WATCHMAN

守山狗王

郭魂强⊙著

人民日报出版社

图书在版编目（CIP）数据

守望 / 郭魂强著 . —北京 : 人民日报出版社，
2016.11（2021.1 重印）
ISBN 978-7-5115-4317-2

Ⅰ.①守… Ⅱ.①郭… Ⅲ.①新闻—作品集—中国—当代
Ⅳ.① I253

中国版本图书馆 CIP 数据核字 (2016) 第 265055 号

书　　　名：守望
　　　　　　SHOU WANG
著　　　者：郭魂强

出　版　人：刘华新
责任编辑：张炜煜　　贾若莹
装帧设计：阮全勇
出版发行：人民日报出版社
社　　　址：北京金台西路 2 号
邮政编码：100733
发行热线：(010) 65369509 65369512 65363531 65363528
邮购热线：(010) 65369530 65363527
编辑热线：(010) 65369509 65369514
网　　　址：www.peopledailypress.com
经　　　销：新华书店
印　　　刷：三河市嵩川印刷有限公司
法律顾问：北京科宇律师事务所 010-83622312

开　　　本：710mm×1000mm　　　1/16
字　　　数：356 千字
印　　　张：22.5
版　　　次：2016 年 11 月第 1 版
印　　　次：2021 年 1 月第 2 次印刷

书　　　号：ISBN 978-7-5115-4317-2
定　　　价：58.00 元

序

中共中央党校教授　苏士铎

　　党的十八大以来，我国的新闻舆论工作取得了长足进步，一批优秀的新闻媒体和优秀的新闻工作者快速成长起来，令人欣慰。

　　《华商报》是陕西省侨联主管主办的一份综合类都市报，日发行量60万份，具有以西安为中心、辐射全省的发行网络。《华商报》以"民本为魂，民生立报"为办报宗旨，是陕西乃至西北地区发行量、阅读量、影响力最大的报纸之一。

　　习近平总书记指出，做好党的新闻舆论工作，事关旗帜和道路，事关贯彻落实党的理论和路线方针政策，事关顺利推进党和国家各项事业，事关全党全国各族人民凝聚力和向心力，事关党和国家前途命运。在新的时代条件下，党的新闻舆论工作的职责和使命是——高举旗帜、引领导向，围绕中心、服务大局，团结人民、鼓舞士气，成风化人、凝心聚力，澄清谬误、明辨是非，联结中外、沟通世界。要承担起这个职责和使命，必须把政治方向摆在第一位，牢牢坚持党性原则，牢牢坚持马克思主义新闻观，牢牢坚持正确舆论导向，牢牢坚持正面宣传为主。

　　《华商报》首席记者郭魂强同志自幼就怀有记者梦，12年来战斗在新闻工作第一线，为党和人民的新闻事业做出了应有的贡献。他采写的《华商报帮农民卖苹果》获2004年度陕西新闻奖好专栏奖；《副省长怒斥基层干部吃皇粮不干事》获2005年度陕西新闻奖二等奖；《残疾人比我们想象的更难》获2005年度第十六届中国新闻奖三等奖、中国残疾人好新闻奖一等奖；《西安市儿童医院医生收回扣现场被抓》获2006年度陕西新闻奖一等奖、第十七届中国新闻奖三等奖；《陕西定边学生宿舍特大煤气中毒事件调查》连续报道获 2009 年度"华商传媒集团报道金奖"。因业绩突出，郭魂强同志2007 年曾被公派赴美国密苏里大学学习并考察了美国 10 多家新闻单位。

此外，郭魂强同志还获得《华商报》和华商传媒集团"明星记者""十佳员工""优秀干部"等荣誉称号，今年刚刚获得了 2015 年度"陕西省优秀新闻工作者"荣誉称号。

习近平总书记指出，随着形势发展，党的新闻舆论工作必须创新理念、内容、体裁、形式、方法、手段、业态、体制、机制，增强针对性和实效性。要适应分众化、差异化传播趋势，加快构建舆论引导新格局。要推动融合发展，主动借助新媒体传播优势。要抓住时机、把握节奏、讲究策略，从时效着力，体现时效要求。

郭魂强同志时刻牢记新闻工作者的使命与职责，在大量的采访报道中身体力行，他在报纸、微博、微信、网络发表的多篇报道，引起陕西省主要领导乃至中央领导的关注和批示，实实在在解决了老百姓的诸多民生诉求与生活困难，深受读者爱戴，广受好评。

希望全国新闻战线涌现出更多像郭魂强同志这样忠于党、忠于人民的新闻工作者，时刻以记者的神圣使命与责任担当，铸魂图强，坚守良知，匡扶正义。

2016 年 4 月 16 日于北京

我的记者梦

郭魂强

1992 年初春，陕西扶风县南阳乡王家庄车站一小诊所内，读高一的我生病了，发着烧，输着液，浑身软弱无力……

一晃 24 年过去了，我无法准确地描述那位医生的容貌，但他和我的对话至今记忆犹新。医生边给我看病边看着瘦小的我，也可能是出于同情便聊起来："读高中了吧，以后想干个啥？"我那时言语不多，听到医生这样发问，斩钉截铁地回答："我想当记者！"其实那个时候我还根本不太懂"记者"具体是个什么样的职业。

在当时的扶风县城，我获取外界的信息渠道更多的是广播和偶尔得到的已过期的报纸，那些算是我最早的新闻启蒙。尽管当时我还弄不明白"记者"的职业，但是通过广播和报纸，我坚定地认为："记者"就是充满正义感的侠义之士，面对社会的丑恶现象和不公平会拍案而起，用手中之笔歌颂真善美和鞭挞假丑恶的人。

很多年之后，我在"记者"这条道路上越走越远，每当我回想起最初的记者梦还能会心一笑，尽管当年的想法幼稚而青涩，但正是这纯真的想法顽强地支持我走到今日，也正是那时萌芽的对正义的敬畏感一直贯穿着我的记者生涯，也一直支持着我对新闻事件的真相孜孜不倦的追求，对弱者充满的同情和对假丑恶的怒从心生。

时至今日，我还是经常会想起我年少时说出"我想当记者"的情形，聊以自慰的是，这么多年来我始终没有背弃当初年少的梦想，始终没有违背过一个新闻记者的职业道德和良知，而这些也得深深感谢《华商报》这个让我施展才华的舞台。

任何一条通往理想的道路都不是平坦的。因为高考成绩不理想，我读了与记者梦无关的专业，至今还记得我是如何心有不甘、步履蹒跚地走向学校。我一遍遍在心里想着高中语文老师杨育民说过的话："如果你不通过高考来改变自己的命运，那只能父母干啥你也干啥，继续当农民。"

有这么一句话："上帝在你的面前关闭了一扇门，那同时会为你打开一扇窗的。"在西安求学的几年间，我几乎全身心地投入到校彼岸文学社的各种创作中，也因为担任文学社社长，一扫没能考上新闻传媒学校的阴霾，每一天我都激情饱满地阅读大量的书籍，写了大量各种体裁的文字。那段时间，我把对当记者的渴望倾注在各类文学作品的写作上，回想起来真得感谢《陕西农民报》《三秦都市报》《西安晚报》和青少年文汇杂志社的编辑老师，他们不但指导了我最初的写作，也给我今后从事新闻工作奠定了基础。我永远忘不了1997年2月7日发表在《西安晚报》的处女作杂文——《怪口》，尽管只有几百字，但那几百字里却深藏着一个从农村走出的孩子的记者梦啊！

1998年9月参加工作，我没能进入梦寐以求的新闻媒体单位，尽管内心有很大的失落，但我还是在陕西省残联开始了我的工作生涯。这之后的七年间，尽管工作繁忙，但我始终没有忘记少年的记者梦，继续向各新闻单位投稿；也正是这繁忙的跟残疾人频繁打交道的七年，使我深切地获知了弱势群体的艰难，而这种情感也贯穿了之后我的记者生涯。

2004年初，华商报社面向社会招聘编辑、记者，此消息一下子就唤醒了我埋藏多年的梦想……

2004年9月16日，当终于成为《华商报》实习记者的时候，我有强烈的敲开了理想之门的感觉，我是满怀崇敬与敬畏之心步入记者行列的，甚至找不到合适的词语来形容当时的内心感受，但是那种有别于其他职业崇高的责任感和使命感是迄今都不曾忘记和违背的。

2004年9月到2008年1月，从实习记者到经济新闻部助理首席记者，期间，2007年10月我作为报社唯一一名记者随团公派美国密苏里大学学习，考察全美国10多家新闻单位；连续两届获得中国新闻奖和多次获得陕西新闻奖。

2008年2月到2009年7月的榆林记者站站长、资深记者，到2009年7

月任西安新闻部资深记者；连续三年被报社评为"明星记者""十佳员工"和
"抗震救灾先进个人"。

2009年8月至2012年2月，从华商传媒集团地市报项目组到华商报地
市业务部副主任；被评为报社"优秀干部"和华商传媒集团"十佳员工"。

2012年3月至2015年2月，任宝鸡事业部主任（副主编）兼宝鸡记者
站站长、华商网宝鸡特快总监，开创地市报新模式，见证和践行着媒体大融
合的巨变时代。

2015年3月至今的深度调查首席记者，不知疲倦地为着年少的记者梦，
坚守良知，坚守底线，讴歌我们美好的时代，做公众利益的守望者。今年刚
刚被评选为2015年度"报社十佳员工""陕西省优秀新闻工作者"。

十年磨一剑。无论是对世界500强的肯德基违规使用滤油粉的调查，还
是对黑诊所违法违规的调查；无论是在地震灾区对国家领导人的采访，还是
在最基层对普通百姓的采访，我从未忘记那个懵懂少年对"记者"职业最初
的认识，而我也一直秉承着那时就生成的信仰，怀揣着一个坚定的记者梦走
到了今天，并将执着地走向明天！

2015年11月8日于西安

目录

法

治

篇

深度调查 ①

2006 年 7 月 8 日，西安市长安药监分局借挂牌收红包稿件刊发，当即引起省市主要领导批示，而第五天后，得到时任总书记胡锦涛的批示，要求全国范围内严查药监系统腐败案例，从而拉开了国家对药监系统的大整顿。

华商报记者配合中纪委、陕西省纪委展开了调查……

西安市长安区药监分局借挂牌收红包现场被抓

2006 年 7 月 7 日，西安市食品药品监督管理局长安分局举行揭牌仪式，但之前有一家药店向本报举报，称该局要求辖区内的医院和药店缴纳"赞助费"。记者调查发现，举行揭牌仪式当天确有工作人员在收钱，而该局局长张公民也承认收"赞助费"一事，但称缴款都是自愿的。

药店举报：药监局让缴"赞助费"

7 月 6 日晚，本报接到西安市长安区某药店负责人的投诉，称西安市药监局长安分局 7 日上午 9 时在长安饭店举行揭牌仪式，前几日，该局要求辖区内的医院和药店缴纳"赞助费"，少则几百，多则上万，大多数药店意见很大，但因为药监局管着他们，只好缴，他们药店缴了 2000 元现金。

现场目击：参会者排队缴现金

昨日上午9时30分，记者在长安饭店看到，一楼大厅摆了几张桌子，四五名工作人员正在接待参会人员，十几分钟内，有多位与会者排队缴费。

记者首先看到一位女士走到桌前，掏出一个红色纸包，微笑着递给一名男性工作人员，对方微笑着接过纸包打开。记者清楚地看到里面有一沓百元钞票，正想上前仔细查看，但工作人员很快把钱装到黑色腰包里，且没有给那位女士开票据。而那位女士在"揭牌仪式参加人员名单"上签字后，在工作人员的指引下上了6楼会议室。

没过几分钟，一位穿红色T恤的男子来缴费，他把钱交给了穿黑白相间T恤的男性工作人员，记者注意到，工作人员收钱后也没开票据。

上午9时40分，在6楼会议室，有百名参会者等待领导来揭牌，会场横幅上写着"西安市食品药品监督管理局长安分局揭牌仪式暨药品市场整顿工作"。记者询问几位与会者的缴费数额，一位中年男子刚要说，遭到旁边一男子示意，随后他们一起笑着说："没缴多少钱，我们都是自愿的。"

记者调查：局长承认收"赞助费"

下午3时许，在西安市食品药品监督管理局长安分局，局长张公民说，他们确实收到了部分药店和医院的"赞助费"，因会议中午才结束，具体数额要到办公室核查。张公民打电话让办公室将资料拿来，可等了半个多小时，工作人员都拿不来资料。张公民解释，工作人员在外面办事，马上就赶回来。

在记者一再督促下，下午4时许，进来一名穿黑白相间T恤的男子，记者认出他就是上午在长安饭店负责收款的人。张公民介绍，此人叫曹建平，稽查队工作人员，主要负责这次揭牌仪式的收款工作。

张公民说，他们原来是"西安市药品监督管理局长安分局"，这次揭牌主要是他们局增加了食品监管职能，因此，更名为"西安市食品药品监督管理局长安分局"，药店和医院的缴款都是自愿的，他们实在挡不住，不存在强制和摊派收费。当日参加揭牌仪式的药店和医院有60多家，主要是参加药品市场整顿工作的，现在看来，这次收取"赞助费"的做法明显不对，他们将考虑及时退款。

在曹建平提供的资料上有三张票据，第一张缴款金额"2000元"，第二张缴款金额"1500元"，均为药店所缴，票据摘要为"会议费"；第三张缴款金额"500元"，摘要为"赞助费"。三张票据共计4000元，与曹建平所说的"2200元"有极大出入。

另外，记者在揭牌仪式参加人员名单上看到，长安区药材公司名字后写有"空调"字样。

记者采访离开时，该局一工作人员拉住记者，一边往记者手中塞一个信封，一边说"辛苦了，看能不能不发稿子"，此行为被记者当即拒绝。

《华商报》（2006 年 7 月 8 日）

药监长安分局收"赞助费"属顶风作案

本报报道了西安市药监局长安分局揭牌时，收取医院、药店红包事件后，立即引起省药监局、西安市药监局的高度重视，责成长安药监分局快速调查处理，退还钱物，消除影响。

药监长安分局局长张公民虽然亲自退还了一家药店送上的 1500 元赞助费，但事发第二天，他依然坚持说只收取了 4000 元，真实情况是这样吗？

各方反应

省药监局：这种行为败坏了药监形象

"在药监系统行风建设年里，药监长安分局的做法，严重违反了党纪和政纪，败坏了药监形象，这种行为纯属顶风作案，我们已要求西安市药监局快速查处，并及时向社会通报。"昨日，省药监局新闻发言人王永礼说。

市药监局：责令 3 天内退还钱物

西安市药监局办公室负责人介绍，昨日一大早他们看到本报的报道后，局领导及时通知有关处室负责人召开紧急会议。市药监局领导表示，本报及时、准确、客观地报道出基层药监部门工作中存在的问题，经过会议研究决定形成三条整改意见。

首先，责令长安药监分局在 3 日内查清所收全部款项，并及时退还；要求分局写出深刻检查，在全局系统通报批评，并将结果向本报及时反馈；给西安市药监系统发布紧急通知，以此为经验教训，要求基层分局不准以任何形式、任何理由向管辖范围内的药店、医院收取钱物。

律师说法：向经营户收取赞助费违法

陕西许小平律师事务所杨蓬伟律师认为：作为一级行政机关向自己管辖范围内的经营户收取所谓"赞助费"显然不当。从行政关系来看，行政机关行使权力必须有法律依据，否则属违法行为。而药监长安分局收取这项费用，根本没任何法律依据。从民事关系来看，行政机关与经营户本没有任何民事往来，也不存在债权债务关系，所以经营户根本没有义务缴纳这项费用。

昨日，许多读者打来电话，呼吁有关部门严查此事，一查到底，不要祖护姑息。

最新进展：局长上门给一药店退钱

对于这种利用揭牌开会名义收取经营户钱财的做法，药监长安分局如何看待呢？

药监长安分局局长张公民昨日说，7 月 7 日事发当日，记者离开后他们立即召开全局干部会议，决定展开清退工作，但因大多数单位已下班，没及时清退回去。

昨日，药店和医院等经营户已开始清退，而收取一些政府部门的钱物，因恰逢双休日，只能等到星期一上班后处理。

中午 12 时 30 分，局长张公民和办公室负责人党旭，前往位于长安广场的陕西百家药厨医药有限公司道歉。还没等该医药公司总经理马先生明白过来，张公民道歉说："对不起，昨日收取你们的赞助费现如数退还，希望你们提出批评意见。"张公民当场退还了 1500 元现金。

记者调查：药监局究竟收了多少红包？药监长安分局局长昨仍坚称只收了 4000 元

7 月 7 日，药监长安分局揭牌到底收取了多少赞助费？事发第二天，局长张公民依然坚称只收了 4000 元，真实情况确实是这样吗？

昨日，记者从长安区某镇一家药品分公司了解到，他们 7 日去参加了揭牌会议，但去时只带了 100 元，因去得比较晚没有缴赞助费。整个会议感觉就是领导的事情，开到一半她就想走，与他们经营户有什么关系？记者询问："揭牌的同时，药监部门不是还部署药品整顿工作了吗？"工作人员说："我们是分公司，药品整顿总公司去就可以了，但通知让我们分公司也去参加，实在是没意思。"

为查清事实真相，记者昨日又去了两家医院，但结果令人大吃一惊。

长安一家医院负责人介绍，7 月 4 日，药监长安分局稽查队曾以检查的名义来他们医院，并提出了索要"赞助费"的问题，数额 3000 元左右，当时他们十分气愤没有给。但后来又想到他们是执法机关，不敢得罪，因此，7 月 7 日他们派工作人员前往，缴纳的金额不便透露，"但肯定是给钱了"。

"药监长安分局的做法实在是有毁执法机关的形象，纯属摊派，我们不是自愿的，他们来时就直截了当地说，他们要揭牌，能不能给他们'意思一下'，我们是严格按照医疗规程，如果说我们有问题，不要说罚款几千，就是几万我们也愿意缴，但这种强行摊派的做法，让人反感，我们没这个义务。"昨日，一提到缴款的事情，长安区另外一家医院负责人十分气愤地讲述了所发生的事情。这位负责人叹气说，自己有啥办法，药监局管着他们，揭牌那天还是派人参加了，缴纳了 500 元钱。

从目前的调查来看，药监长安分局 7 日至少收取 6 家单位的赞助费，而此前长安分局仅出示 3 张总额为 4000 元的"赞助费"收据。那么，其他几笔赞助费究竟缴到哪里去了？究竟药监长安分局收了多少钱，仍然是个谜。

省药监局局长批示：责令市药监局成立调查组

7 月 8 日，本报报道的药监长安分局揭牌时，收取辖区医院、药店"红包"事件后，引起省药监局领导的高度重视。昨日，省药监局局长李荣杰就此批示，责令西安市药监局快速成立调查组，并严肃处理相关责任人。

李荣杰严肃指出，这种事件给药监全局系统带来极坏的影响，要快速查明事情真相。西安市药监局高度重视药监长安分局收红包事件，认真对待并处理该问题；责令药监长安分局以最快速度全部清退所收费用，并向有关药店和医院赔礼道歉；责令药监长安分局写出深刻检查，并将在全省药监系统内通报批评。同时，李荣杰还要求西安市药监局快速派出调查组，了解收取红包事件的整个过程，根据调查结果，把处理意见上报省药监局和相关领导单位，并向新闻媒体及时通报。

据了解，西安市药监局昨成立调查组，有关局领导带领监察室等部门负责人前往药监长安分局展开调查。

《华商报》（2006 年 7 月 9 日）

十条禁令严刹药监"吃拿卡要"

近日，本报披露了西安市药监局长安分局借挂牌之机，收取涉药单位"赞助费"的事件，在社会上引起强烈反响。省药监局将该事件作为反面教材，全省通报批评，并出台了"十条禁令"，坚决杜绝损害群众利益的行为。

收"赞助费"严重败坏政府形象

据了解，西安市药监局长安分局借挂牌之机，收取涉药单位"赞助费"，是一起严重损害群众利益的违纪事件，与当前省药监系统正在开展的治理商业贿赂和政风行风建设年活动背道而驰，严重损害了群众利益、败坏了政府形象。

省药监局党组决定，在全省食品药品监管系统集中开展纠正损害群众利益行为专项整顿和教育活动。对涉及行政许可、行政处罚、检测认证等权力运行过程的各个环节进行全面检查和清理，实行分段管理和公开公示制度，进一步完善行政执法责任制、行政问责制和年终述职述廉制度；并认真开展治理商业贿赂专项工作，纠正医药行业不正之风。

十禁令杜绝损害群众利益行为

省药监局同时出台 10 条措施，坚决杜绝损害群众利益的行为，并公布举报投诉电话 029—85361320。

禁令一：系统内不举行各类庆典活动，确需举行的，须经省药监局批准。

举行庆典应节俭、从简，不得向管理相对人打招呼、拉赞助、搞摊派，不得接受管理相对人赠送的礼品。

禁令二：严禁下达罚款指标，严禁利用行政执法行为强行搭车收费，严禁在公务活动中借用管理相对人的车辆。

禁令三：各级药监局、省局各处室印发书籍资料、提供咨询，一律实行无偿服务，不得向管理相对人收取任何费用；提供技术服务的企事业单位，不得将应由管理相对人自愿接受的咨询、信息等服务变为强制性服务，强行收费。

禁令四：公开收费项目、收费依据和收费标准。收费必须使用财政部门统一印制的行政事业性收费收据或税务发票，否则，管理相对人有权拒交。

禁令五：受上级部门委托，组织由企业参加的考察、培训、会展等活动时，应本着自愿参加、合理收费的原则，不得强迫参与、超标准收费。

禁令六：工作人员在办理婚丧嫁娶等事宜中要文明、节俭、从简，不得借机敛财；不得有管理相对人参加，不得借用其车辆，收取礼金。

禁令七：不得借用、占用管理相对人财产，不得以任何名义让管理相对人报销各种费用。

禁令八：任何单位、个人不得擅自参加管理相对人的奠基、剪彩等庆典活动；确需参加的，报上一级部门批准后，由所在单位统一安排派代表参加。

禁令九：严禁各类协会、学会、报刊、网站及其他企事业单位、社会团体以食品药品监督管理局名义开展报刊征订、广告宣传、产品推销、编辑企业名录、通讯录及其他有偿服务。

禁令十：公开各类执法权限的法律依据、程序、时限；公开各类事项的办理过程和办理结果；严格执行限时办结制。公开投诉电话，自觉接受社会监督。

《华商报》（2006 年 7 月 18 日）

西安药监局长安分局局长被撤职

8月9日，陕西省公布了对西安市药监局长安分局的处理结果：局长张公民对"红包事件"负直接领导责任，决定撤销张公民党内职务及行政职务，其他相关人员予以党内严重警告等处分，并责令清退所有赞助费、礼物，向受害者道歉。

今年7月初，西安市长安区一药店负责人向新闻媒体投诉称，西安市药监局长安分局7月7日上午举行更名揭牌仪式，由"西安市药品监督管理局长安分局"更名为"西安市食品药品监督管理局长安分局"。提前几日，该局即到辖区内的一些医院和药店，以举行更名揭牌仪式为由要求缴纳赞助费"意思一下"，少的几百元，多则上万元，尽管大多数药店意见很大，但因为药监局是行政主管部门，只好掏钱。

经记者调查证实，举行更名揭牌仪式当天确有工作人员在收钱，现场还一度出现多名与会者排队交费的情景。该局局长张公民也承认确实收到了部分药店和医院的"赞助费"，但称交款均属自愿，收取数额约为4000元，"实在挡不住，不存在强制和摊派收费"。

"红包事件"经媒体曝光后，在当地引起广泛关注。西安市药监局责令长安分局在3日内查清所收全部款项，及时退还，并向市药监系统发布紧急通知，要求基层分局不准以任何形式、任何理由向管辖范围内的药店、医院收取钱物。

7月11日，中央纪委、陕西省纪委、西安市纪委组成联合调查组，对西安市药监局长安分局发生的"红包事件"进行了调查。

经查明，今年6月29日，西安市药监局长安分局局长张公民主持召开党组会议，决定在分局所辖范围内收取赞助费，后以通知参加更名揭牌仪式的名义收取31家医药单位共17400元礼金及一些礼品。

《华商报》（2006年8月10日）

2006 年度华商头版人物回访——

"赞助费"事件反思 "公权私用"如何监督

人物速写

姓名：长安药监局"赞助费"事件涉案人员　性别：男

年龄：不详　籍贯：陕西长安　职业：公务员

语录：

"今年 6 月 29 日，我们局党组会研究决定收'赞助费'，会上当时大家没有太持反对意见，主要是考虑办公经费实在紧张，哎！因此就默许同意了收'赞助费'……现在反思起来，我们错误的决定背离了群众，在社会上造成了恶劣影响，媒体披露行使了舆论监督权利。"

"你们的报道很及时、准确，不仅仅触及了药监部门，而且其他职能部门也再没敢向我们乱伸手、乱摊派……"

西安市药监局检查出了令人警醒、令人发思的 50 多个问题，修订整理理论学习、思想作风、党风廉政、行政执法等七大方面 72 项制度，及时汇编成册，建立了预防和惩治腐败的完整体系和长效机制。

错误：局党委会决定收取"赞助费"

12 月 5 日，多云，2 摄氏度，天气寒冷。

药监局长安分局办公秩序井然，一楼入口处悬"意见箱"，楼道干净整洁，不断有群众出入办公，有些办公室因干部下乡检查工作，特意在办公室门上贴出温馨提示："有急事请拨打手机 ******，敬请谅解。"在三楼局长办公室里，记者多次按门铃都没有人应答。

记者表明身份后想要约见原局长，但局办公室一位女同志微笑着说："我们局长不在，好长时间没有来局里上班，我也不知道去了哪里。副局长出去办事了，只有纪检组长在单位。"然后，这位女同志很快联系该纪检组长黄安生。

在黄安生办公室几句寒暄之后，他便很快谈到今年 7 月 7 日 "赞助费" 事件。他挺直腰板靠到椅子背上，长长叹了一口气，而后双手伏在桌上，表情顿然严肃起来："今年 6 月 29 日，我们局党组会研究决定，在揭牌的时候向辖范围药店和医药收取 '赞助费'，当时，会上大家没有太持反对意见，是局里主要领导提议的，我主要是考虑办公经费实在紧张，导致有些工作几乎没办法开展，哎！因此就默许同意了收 '赞助费' ……（黄安生表情沉重，又长长叹了口气）。现在反思起来，当初局党委会决定是错误的，我们的行为背离了群众，在社会上造成了恶劣影响，媒体披露没有错误，行使了舆论监督权利。"

记者："事情发生后，你们是如何想的，都做了哪些工作？"

黄安生："媒体曝光后，我们领导班子召开紧急会议，立即退还所有 '赞助费'，写出深刻书面检查等待组织处理。说实在话，一段时间内我们领导干部不知所措，特别是党中央、国务院领导批示后，干部思想开始动摇，涉案人员都十分紧张，但大家很快都从慌乱中镇定下来，扎实开展整顿工作。"

黄安生介绍，从今年 7 月到 12 月，他们局相继开展政风行风整顿活动，主要从工作纪律、工作作风、执法行为和抓落实四个方面进行，采取对照检查写心得、集体讨论找问题、民主生活会提意见等方式。主要领导深入基层充分展开调研，局领导班子带头提出整改措施，把全局整改意见印发到每位干部手中，做到对照检查、限期整改，对当时能够完全改正的立即改，对需要一段时间来改正的，建立长效机制，逐步改正。

同时，制定了切实可行的《检查回访制度》，及时把矛盾消灭在萌芽状态，增加了学习次数，每周五下午，各科室组织自学，日常工作中遇到的概念模糊、定位不准的政策、法规性问题，逐一进行讨论；也及时向社会公布领导干部违规违纪举报电话，对发现的问题及时查办。

截至 12 月初，他们分局对照现行的党纪党规、法律法规，重新修订了《分局工作制度》《执法人员行为准则》《行政效能监察》等 8 项内部制度，从教育的细致化、制度的完善化、监督手段的完备化等细节入手，建立了预防和惩治腐败的完整体系和长效机制。

记者多次想见见原局长，但黄安生都婉言谢绝说："他一切都好，积极工作，精神状态也不错，最好不要见面吧，理解理解他！"随后几天，记者多次去药监长安分局都没有见到原局长，及当时负责收"赞助费"的办公室主任党旭；后又听说原局长在西安市药监局工作，但最后还是没有见到他本人。

触动：乱伸手的职能部门大大减少

12月7日，记者又电话回访了当初缴纳"赞助费"的几家单位。"你们的报道很及时、准确，不仅仅触及了药监部门，而且其他职能部门也再没敢向我们乱伸手、乱摊派……想想这事，其实我和药监局长多次打过交道，局长人品还不错，不是一个吃拿卡要的人，但这次为何糊涂呢？"长安区某医院负责人说。

该医院负责人介绍，当初药监局工作人员来时，拿着一份药监局挂牌通知，盛气凌人的要强收几千元"赞助费"，遇到这样的事，他们心里确实很矛盾，不给，害怕以后被处罚；给，又不符合有关规定。其实，大家都明白，现在的执法还很不规范，肯定存在这样那样的问题，他们都能理解，但药监局这次做得明目张胆，完全超越了执法者的职能范围。

第一次药监局上门来时被他们拒绝了，但药监局后又上门索要赞助费，实在应付不过来，经过再三考虑，还是给了千把块"赞助费"，勉强应付。这位负责人坦言，以前逢年过节时，也有一些部门提出给点"赞助费"，但人家是商量的口气，从来没有强要，因此，他们也就心甘情愿地给点"赞助费"。

12月8日早上，记者前往药监局局长上门道歉的那家药店，药店经营秩序良好。在经理办公室，几位工作人员正在忙碌记账，其中一位女工作人员热情地说，他们马经理今天没有来，随后电话联系到马经理。电话里马经理告诉记者，他正在西安北郊原单位开职代会，回来最快也到下午5时许，也不愿意多说其他情况，只说下午回来后和记者联系。8日晚，记者再次和马经理联系，他没有接听电话。

另外，还有几家缴纳"赞助费"的单位直言，上次事件后，他们再没有接到药监长安分局的乱摊派等，药监长安分局也很少随便来检查，企业的经营环境比较宽松。10月份，还接到该局密封好的《整风行风测评表》，广泛征求药店和医院的意见，特别是如何能够人性化执法等问题。

同时，药监长安分局一干部回忆说，该事件他们局领导对问题处理明显滞后，没有给通报"赞助费"的真正金额，局长坚持只收取了2200元，但媒体调查"赞助费"金额远远超过 4000 元；与此同时，媒体也不断接到药店和医院的举报。7 月 8 日，省药监局有关负责人明确表态，药监长安分局的做法严重违反了党纪和政纪，败坏了药监形象，纯属顶风作案；西安市药监局召开紧急会议，责令药监长安分局在 3 日内退还所有款物等措施。

这位干部也认为，事发后的第二天，他们局长能亲自上门给一药店道歉退还 1500 元，并能勇敢面对记者的镜头，可以看出局长确实鼓足勇气。但在纪检部门调查时，此"赞助费"涉及金额始终是一个谜，药监长安分局私下给涉药单位退款退物，但却没把"赞助费"金额告诉媒体。

改变："领导安排错的，干部坚决不去做"

"我们已完成今年工作任务的 99%，各项工作未受到影响，虽局长被撤，另外一副局长被调离，眼下局领导班子只有两人，小事我就和李副局长碰头商量，大事上局委会决定，财务每月都公开一次，及时消除领导干部之间的猜疑。目前，干部基本上掌握一个原则，对是非不明的事情和不符合党纪国法的，干部绝对不会贸然去做。基本上改变了过去干部被动听领导安排，到现在干部主动监督领导的局面。"黄安生很认真地说。

经过严格的自查自纠，他们寻找了四方面问题，一是宗旨意识不强，没有树立起以人为本、科学监管的理念；领导班子在决策时，政治敏锐性不强，政策把握上有缺陷；在如何掌好权、用好权上偏重考虑小团体利益；干部职工没有完全树立起正确的价值观和权力观等。这些深藏在心底的思想观念，导致他们犯了一个很大的错误，败坏了整个药监系统的形象，给党和政府抹了黑。

12 月 5 日，西安市药监局监察室主任祁伏京如此评价该事件影响："这事对领导干部教育十分巨大，一些观念彻底改变了，况且是全局性的改变，问题虽然暴露在基层，但不能说我们就没有问题……"据他介绍，"赞助费"事件发生后，他们局利用一个月进行政风行风集中整顿，开展了"四查活动"，查工作作风、查纪律、查执法行为和查落实，特别是及时查处群众反映分局违规收费等问题，对长安分局"账外账"进行处理，并在全系统开展财务大检查，整顿财务纪律、规范财务管理，杜绝违纪违法行为。

据悉，西安市药监局检查出了令人警醒、令人发思的 50 多个问题；同时，在全局系统下发了"八不准"的禁令，修订整理理论学习、思想作风、党风廉政、行政执法、机关管理、工作程序等七大方面 72 项制度，及时汇编成册，建立了按程序办事、用制度管人的长效机制。

重塑：一票否决，行风建设直指基层领导

"赞助费"事件已经发生，药监系统不能仅仅停留在无尽的懊悔之中，还需要不断改进、提高，重塑执法者良好形象。

省药监局局长李荣杰介绍，这几年特别是今年以来，省药监局在政风行风建设工作中投入了很大精力，想了好多办法，做了大量工作，但还是发生了损害队伍形象的事件，面对突如其来的"赞助费"事件，全省药监系统干部知难而进，从主观上找原因，全系统集中整顿损害群众利益行为和讨论活动，举一反三，从制度和机制上查找根源，把政风行风融入业务之中，和业务工作同安排、同检查、同考核、建立健全政风行风责任机制，建立惩治腐败的长效机制。

省药监局及时出台损害群众利益不正之风的"十条禁令"，从日常监管、行政执法、咨询服务、公务活动包括个人婚丧嫁娶等方面做出严格规定，并公布各级药监局举报投诉电话，加强社会监督和新闻监督。

李荣杰认为，目前，食品药品安全是社会关注的热点、难点问题之一，而药监局又是一个年轻的部门，很多群众对他们的工作了解还不多，产生了很多误解。但确实在基层药监执法一线，存在人员少、经费紧张、素质差和执法不规范等问题，这些已经引起省药监局党组的高度重视。明年政风行风建设仍执行"一票否决"制，对连续三年行风评议排名后三位的单位，其主要负责人就地免职；着力从抓基层队伍建设、领导班子建设、基础设施建设入手，坚决杜绝损害群众利益的行为。

追问：如何健全制度，用制度管理人

"只要严格按照党纪国法办事，这件事情完全可以避免，致命的是大脑里存在以权谋私的思想，药监局党委会错误通过了收赞助费决定，干部也错误执行决定，最终损害了党和政府的形象，请问药监局党委其他成员为何也能同意呢？这里面折射出严重的问题——领导的权力谁来监督，怎样很好地监督等问题。"中国人民大学法学院教授、博士生导师刘俊海一针见血地批驳道。

刘俊海认为，首先，政府职能部门应该给企业提供良好的发展环境，尊

重企业经营自主权、减轻企业负担，而非以伸手要钱要物，侵害企业利益；职能部门必须在财政预算内量力而出，弘扬法治政府、服务政府的品牌，为社会风气好转率先垂范，只有这样才能获得企业的尊重，促进社会和谐发展。

其次，是如何用健全的制度管理人，特别是领导干部。刘俊海建议，对单位"一把手"的决策应实行问责制，若支持违法乱纪决议的领导应追究其责任；对错误决议明确反对并记录在案的，可免予追究其责任。同时，要扩大"一把手"决策的透明度，实行党内党外决策科学化、民主化，基层党组织一定要和党中央保持一致，而非个别领导一手遮天，一家之言。

目前，我们建设诚信社会，如相应的制约机制跟不上，一味强调自觉，只能说明这个制度还很不成熟，还太软弱。因此，必须从思想上、监督机制上查找原因，建立用制度管人的长效机制。

记者手记　但愿收钱别成为严厉执法拦路虎

这几年，医疗、教育、住房成百姓关注的焦点，这些都引起中央到地方政府的高度重视，竭力解决群众遇到的各种烦心事，特别是今年把治理商业贿赂作为重点，纠正行业不正之分，从而减轻群众负担。

我省药监局也开展"政风行风建设年"活动，执行"一票否决"制，对连续三年行风评议排名后三位的单位，其主要负责人就地免职。

然而，就在这种大背景下，药监长安分局还是顶风违纪了，置党纪国法于不顾，实在让百姓失望。本来药监局是打击制售假药劣药的，把住其流入百姓口中的最后一道关口，如果这道关口被击破了，那么，百姓的用药安全将存在很大漏洞。

俗话说："吃人的嘴软，拿人的手短"，药监局收取了被监管单位的钱物，日后如何能够公正、公平去执法，去检查呢？通过这次事件，省药监局及时出台损害群众利益不正之风的"十条禁令"，从日常监管、行政执法、咨询服务、公务活动等方面做出严格规定。

西安市药监局修订了72项制度，汇编成册，建立了用制度管人的长效机制。我们衷心希望这些制度能够起到强大的监督和制约作用，更希望该事件当事人能够从中受到教育，以积极的心态，投入到新的工作中。

《华商报》（2006年12月7日）

深度调查 ②

 核心提示：

　　2015 年 3 月，渭南市出台《渭南市县级人民政府职能转变和机构改革实施意见》，其中特别是对县级部门领导职数实行一正一副的系列改革，可谓一石激起千层浪，各种不同声音交织杂糅在一起，涌动着、裹挟在这次大力度的改革洪流中。

　　就如蒲城一县级部门一把手所说："这次改革就是割肉，割肉肯定会疼，但这次确实很疼，疼还不能出声喊疼……"每一次改革都是权力格局的再调整和利益的再分配，易引起抵触。

陕西渭南市县级政府部门一正一副改革

　　3 月 20 日，星期五，渭北蒲城县，阴天，轻度雾霾，人们的心情可能会受此影响而略显灰暗。心情更复杂的应该是这里的公务员群体，他们即将面临一场改革。

　　今年 3 月，渭南市出台《渭南市县级人民政府职能转变和机构改革实施意见》，新一轮县级政府机构改革全面启动，今年年底前将全面完成。据悉，这次改革将把工商、质监、食药监、盐务等四个部门职责整合，组建市场监督管理局。另外，对县级部门领导职数的一正一副改革也将涉及更多的"领导"群体。

　　蒲城县这次设置政府机构 22 个左右。有人说，改革就是一场革命，就看是革了谁的命。每一次改革都是权力格局的再调整和利益的再分配，势必会引起一些人的抵触。改革大限将至，这里被波及的群体，又将怎么看呢？

一个被改革单位的5组上班镜头

这天上午，华商报记者探访了该县一个面临被撤的政府职能部门（县工商局）。

在该单位办公楼一楼大厅，"为人民服务"五个烫金大字映入眼帘，展板上公示着"群众路线教育活动整改清单"，一楼各科室门上的白色门帘呈黑灰色，看样子好久没有清洗了。

推开悬挂着"办公室"字样的房门，混沌阳光透过窗玻璃照在屋内，懒洋洋的，室内6张办公桌，空无一人，一辆孩童手推车胡乱停放在门口，车内没有婴儿，证明主人外出了没有带它。

隔壁办公室，一名工作人员忙着打电话，一听就是私人电话，看着有人进来，他只是用手捂起听筒，继续通话。

"你在网上看哪一款车呢？""哦，是奥迪，车性能不错的。"这位工作人员在网上熟练地翻阅图片，就连华商报记者拍照时他还在查询中意的车款，这个画面和距离他一米开外挂在墙上的"为人民服务""先进单位"标牌格格不入。

一间悬挂"监察室"门牌的办公室门上着锁，屋内没人。

而在一间有服务窗口的办公室里，一名女工作人员坐在烧得通红的电暖气前，玩弄着手机，压根没注意到有人进来。看见华商报记者拍照她才想起来："我有什么好拍的，拍我干啥？"记者回答："这么暖的天气还开电暖气，浪费不？""你管呢。"

隔壁也是一间服务窗口办公室，三名女性正在扎堆聊天，几乎无视来人的存在。

上述5组镜头是3月20日中午10时30分，华商报记者在蒲城县工商局看到的场景，几乎涵盖了该单位全部科室。

"改革前嘛，照看好门就不错了。"

尽管记者目击的画面并不一定代表该单位的工作常态，但改革大势下，难免有懒政之嫌。紧接着，华商报记者敲响了该局局长办公室的门，想问个究竟。

局长斜倚在老板椅里，二郎腿来回晃悠着，慢条斯理地，一连喊出几个"疼"："这次改革就是割肉，割肉肯定会疼，但这次确实很疼，疼还不能出声喊疼……"随后又反问记者："你们记者关心这事干啥？改革与你们何干？"

面对反问，华商报记者打开手机，让他核查刚刚所拍公务人员上班的懒样儿，他突然从软绵绵的椅子里站了起来，戴上老花镜，仔细端详着照片上的有关人员，并自言自语说："这是下属单位的人，她坐服务窗口干啥？""这好像不是我们单位的人，怎能随便上网玩呢。"

"记者同志，你等等，我打电话询问情况，我现在就问……"可谁知，他一连拨了几个科室的座机，都无应答，"怎么都没人接电话呢？""咱们不急，我再联系，我再联系……"

此时，距离上午下班还有一个小时。这位局长刚才紧绷的脸上露出了难堪的笑容，说："改革前嘛，照看好门就不错了，开门上班一天不容易，那需要经费的。"

华商报："这次改革你们单位将被撤掉，你自己会被怎么安排？"

局长："那是组织考虑的事情，只有服从，不服从就下岗下课。"

华商报："对于这次大面积改革，你如何评价？"

局长："我刚才都喊了几个疼嘛，这次改不许喊疼，更不许说，要讲组织纪律，至于是否合法、合规更不好评价。"

华商报："那和你搭班子的五位副局长如何被安排？你有建议吗？"

局长："我连自己局长的位置都不保，几个副局长我也管不上，顾不了，新部门一正一副，会富余很多局长、副局长，那就要看组织如何安排了，目前就是照看好门，不要出什么大乱子就行了。"

面对改革的话题，渭南市其他几个县区的部门现任副局长都很担忧，可能即将面临被改革掉，内心忐忑不安。

据悉，此次改革对领导职数做出了明确规定，县级部门设正职1名、副职1名，职能任务繁重的可增加1名副职，但要严格控制，部门正职一般不得党政分设，共青团、工会等机构实行兼职不得单设，挂牌机构不得核定专职领导职数，严禁超职数配备领导干部。

华县一部门副局长无奈地说："改革吧，像我们50多岁的年龄很尴尬的，退出公务员队伍，到外面去给人打工肯定没人要，自己也拉不下那个脸；想上进吧，没岗位可上，一正一副的设置怎么去竞争呀，慢慢混吧，熬吧……"

让改革的暴风雨来得更猛烈些，让年轻有为干部脱颖而出

诸如上述官员的消极态度，一定程度上在基层公务员队伍中蔓延。

"公务员现在也加入了弱势群体行业，收入低，处处被人管，被人盯，加之社会仇官心理，过去那种高高在上、高人一等的优越感一下子荡然无存，谁还争着干活……"白水一县级部门纪检书记说，他对社会上这种论调持坚决反对态度。"老虎苍蝇一起打，特别是基层公务员更多层面和广大群众接触，他们的一言一行都要接受群众监督，被监督就是被盯，为什么怕人盯呢？"

他说："就是有些干部的行为不符合规定，心里有鬼，他对渭南这次改革持赞成态度，哪怕革了他的命，只要利于改革，有利于公众。"

和这位纪检干部一样，渭南当地很多基层年轻公务员对改革也持支持态度。

华商报记者采访时，渭南一县级司法部门公务员便道出了心声。他说，目前的机构设置，一方面，论资排辈现象非常严重，不利于有能力的干部得到提拔；另一方面，年轻干部思想活跃，有冲劲，敢想敢干，而部门领导贪求乌纱帽，求平稳不出事，因此就会出现不干事就不会出事的局面，"干与不干一个样，干坏干好一个样"，懒政堕政现象严重。

他疾呼："让改革的暴风雨来得更猛烈些，让年轻有为干部脱颖而出。"

而对于此次的大面积、集中改革的效果可能要到一年后才能检阅，对改革不利的矛盾尽可能地化解在萌芽状态，而非为改革埋下隐患，以至于成为改革的绊脚石或重大阻力。

据悉，这次改革方案也包括县级党委工作部门、人大机关、政协机关、法院、检察院、民主党派机关、群众团体机关同步推进改革。

另外一部门副局长说："官场的游戏规则你懂得，无非钱和关系两样东西，老老实实干工作的不一定提拔重用，认真踏实干工作的领导说你没魄力，没能力，而魄力来自强烈的政绩观，而面子工程后面就是打擦边球，不顾实

际违规强行上项目……"

对于钱和关系问题，该《方案》也做了明确要求，在此轮机构改革中，要严肃政治纪律，不得突击提拔干部、突击进人，严防突击花钱和国有资产流失，确保渭南市县级改革工作今年内完成。

直面解读利益冲突：矛盾中权力官位的取舍与科学妥善分流

3月26日，渭南市小雨转阴天，西临高速上临近渭南市时，就可远远看见高高竖立的公益广告，"陕西东大门，魅力新渭南——宜居、宜业、宜商、宜游"非常醒目，昭示着渭南要将树立新的形象，提升城市品位和魅力。

当车辆驶入渭南西高速出口时，宣传各县区展板非常醒目，以不同的招商内容吸引着八方来客，高速延伸段、朝阳大街半幅都在改造升级，这些都显示着渭南重视西大门建设，抓投资硬环境，努力打造"宜居、宜业、宜商、宜游"的新渭南。

这次机构改革明显会面临岗位少、人员富余的局面，现任局长、副局长分流安置会可能成为首要矛盾，那种取与舍、争与让、混与退等问题严重困扰着被革命的官员，也更极大可能地震动着整个公务员队伍……

对于这次县区机构的改革，渭南市编办副主任董研强没有回避核心问题，对于可能涉及的敏感问题都给予直面解读，改革就是一场革命，必须得改。

第一个焦点问题：县区部局长分流安置问题至少可以通过五个途径给予解决。

第一，可在原单位任虚职，保留公务员身份，也就是说局长给主任科员待遇，副局长给副主任科员待遇；

第二，因年龄偏大、身体原因等部局领导，可保留原工资福利待遇，但不给任何职务，转为普通公务员，但还要坚持在岗上班；

第三，目前优秀部局长可继续任职或调整到其他部门任职；

第四，对目前混编混岗问题这样解决，严格按照公务员实名登记中一人一岗的要求，县级部局副职不再兼任其下属事业单位一把手。也就是说，要想保留公务员身份的，可能不再有任何职务，也没有待遇，转为普通公务员；要么就去下属事业单位任实质领导岗位，但必须取消其公务员身份。

第五，可以去本部门以外的下属单位任领导岗位。

第二个焦点问题：如何提高机构改革中工作积极性问题，是摆在改革者面前的又一个难题，如何破解呢？

董研强：目前确实存在县区改革等待观望现象，因此我们要不断加强宣传，加强培训和指导，上下达成共识，让县区、部门积极参与到这次改革当中。

同时，强调这次改革是刚性的，没有后退和调整的余地，改革具有统一性和一致性，是全市必须推行的"一刀切"政策，必须进行改革。

目前，市上正在加强调研，进行试点，为县区提供经验，由点到面，全面铺开，有些人必须要挨这一刀——那就是平时不认真工作，没有担当，没有主动性，没有创新，不把群众装在心里的领导干部，让有激情、有能力、有担当的干部上。

第三个焦点问题：现任的部门局长、副局转非领导岗位是降职使用吗？是否违反《公务员管理法》？是否有退出机制？

董研强笑着答复，"这个问题问得很尖锐"。实职领导岗位转到对应的非领导岗位不属于降职使用，认为是降职使用的，理解上有一定的偏差。

当然，这问题的矛盾焦点在县区，妥善处置是在考验县区主要领导的智慧，改革是必然趋势，压缩编制也是势不可挡，就是要重新拟定县政府各部门"三定"规定，全面梳理职能部门职责，根据职责从严确定人员编制、领导职数。

他认为，转为非领导岗位后待遇没有变，变化的只是工作职能和管理权限，而权限是组织赋予职能部门的而不是个人的，岗位设置变化了，那么对于岗位上人也会随之变化，没有违反《公务员管理法》。

"是否有退出机制呢？"

董研强说："目前还没有。"

第四个焦点问题：工商、质监、药监、盐务四部门合并为市场监督管理局，而省市并未撤销合并，如何对接省市？还有衔接乡镇的问题，乡镇执法主体如何落实？

董研强：这四个部门的整合是这次县级部门改革的重点和难点，难度确实很大，一个县上一下子就会有10多个正副局长没岗位，这涉及这些部门领导干部的切身利益，目前正在积极联系县区调研、试点。

这四个部门的整合是自下而上的改革，先在县区试点改革，取得成功经验后逐步进行市级部门改革。对接省市问题，基层都有经验，已经习惯了"上面千条线，下面一枚针"的工作流程，不存在对接上面部门的问题。

第五个焦点问题：至于如何对接乡镇的问题。目前乡镇改革正在进行中，这次乡镇改革力度也是最大，要求最严，人员变化最突出的，特别是撤村并镇矛盾也很尖锐，两个乡镇合并一个的话，至少会富余 7 名乡镇领导干部，分流安置工作已经逐步推开。

这次乡镇最难的是县级部门派驻乡镇站所问题，比如要把驻乡镇的财政所、土地所、工商所、司法所、药监所等站所全部划转至乡镇，人、财、物全部由乡镇统一管理。

至于执法主体问题，根据需要和条件，将会推动县区通过法定程序向乡镇下放部分市场执法权。

第六个焦点问题：如何做到简政放权？公众从中如何得到实惠？

提到简政放权问题，董研强非常自信地说，渭南此项工作在全省乃至全国都走在前列，去年 7 月 3 日，中央编办有关领导带领国务院督导组来渭南调研简政放权工作，督导组充分肯定了渭南此项工作中采取的措施和成效。

自 2012 年以来，渭南市共开展简政放权及相关工作 3 轮 6 次，累计下放、取消、转移经济社会管理权限 1171 项，其中下放 885 项，取消 145 项，分两批向社会中介组织转移政府职能 141 项，极大地激发和调动了社会、市场的活力。全省率先晒出政府"权力清单"和"审批流程"。

今年他们将推动"五项重点改革"，让广大群众真切感受改革带来的实际成效，将推动建设项目审批制度改革、推动中介服务组织政社分开改革、深化工商注册登记制度改革、深化监管执法体制改革、深化政府向社会中介组织转移职能改革。

第七个焦点问题：此次改革的政策依据，也就是改革的合法性问题。改革的需要能否替代法定事由？

董研强：这次改革是认真贯彻落实中央、省《关于地方政府职能转变和机构改革的意见》精神而实施的，目的是推进简政放权，优化机构设置，严控人员编制，提高行政效能。

这次改革严格遵守机构编制的各项法律、法规和政策，不得将上级业务部门的会议、文件、领导讲话等要求，作为调整机构编制事项依据。要将机构编制政策规定执行情况纳入党委、政府督察工作范围，加大对违法违纪行为的查处力度，对顶风违纪的严肃处理，涉嫌犯罪的已送司法机关。

改革的最终落脚点，调动整合有限资源为公众服务

改革最终的目的是如何更好地为公众服务，不管人员如何调整，机构如何整合，就是要调动有限资源，把人、财、物等配置到最需要的地方，而非参与者、亲历者和见证者有可能误解为"换汤不换药""你方唱罢我登场"的失败局面。

对于渭南这次改革，华商报记者连线采访了国家行政学院教授、经济教研部主任张占斌。

他高兴地说，去年 7 月 16 日，他带领国家行政学院第三方评估组去过渭南，评估中央、省下放、取消事项的落实情况以及渭南简政放权工作的开展情况；还实际考察了市级交警部门取消下放审批权限、优化办事流程等便民服务具体措施。

他认为，渭南市对贯彻落实中央、省委关于全面深化改革的决策部署、深入推进简政放权、切实转变政府职能等方面做出了表率，走在陕西省的前列，值得肯定。特别是县级部门一正一副的领导配置的改革力度还是比较大的，在陕西省乃至全国都有一定影响。

他这样评价，只有通过简政放权，优化必要的行政审批程序，才能有效地减少寻租，防止腐败，从而提升政府公信力、执行力和权威性，更好地服务经济社会发展、服务人民群众，促进全面深化改革目标的实现。

依靠深化行政审批制度改革，向社会下放权力，还权于民，这样不仅能减轻政府负担，还能培养公众的责任意识，提高人民群众的认同感和参与度，充分调动积极性和能动性，从而有力地激发社会创造力。

"一个萝卜一个坑，先看坑再说栽萝卜"

据渭南市编办有关负责人介绍，按照 2009 年县级机构改革的明确要求，"县级政府工作部门领导职数一般配备正职 1 名，副职 1~2 名"。在改革实施过程中，各县市区结合本地实际，按照市级总体要求研究确定各部门职数。

但在县级部门实际领导配置上，因为军转安置、解决遗留问题等原因，县（市）区的部门会存在着干部超配问题。

一个县"富余"干部可能上百人

记者查阅了合阳县政府网站，该县公开的县级部门共 27 个，可以正常打开的部门网站 20 个，以其公开的领导班子职数统计：公安局 13 人、经济发展局 6 人、工业和信息化局 9 人、教育局 6 人、民政局 10 人、司法局 6 人、审计局 7 人、人社局 10 人、住建局 13 人、林业局 10 人、水务局 8 人、交通局 11 人、安监局 5 人、旅游局 8 人、卫生局 6 人、统计局 4 人、信访局 1 人、工商局 5 人、质监局 7 人、政府办 8 人，20 个部门共计领导干部 153 人，平均每个部门领导 8 人。

11 个部门的局长（主任）和党委书记岗位都是分设，均有 1 人担任；副局长岗位平均为 3.5 人；另外每个单位都单设纪委书记；部分部门还有工会主席、党委副书记等领导岗位。

记者查阅渭南市其他县区政府网站发现，领导超编超职问题不仅仅发生在合阳县，大多数县市与合阳县情况大同小异。

配备领导职数比较多的主要集中在公安、民政、住建、交通等业务比较繁杂的部门。

按照现规定，如果合阳县上述 20 部门全部实行一正一副计算，20 个部门共需领导干部 40 人，也就是说按照现有领导配置数 153 人计算，仅仅合阳县"富余"领导 113 人。

另据华商报记者查阅合阳县政府网站，公开的县委工作部门 19 个、政府直属机构 9 个、乡镇 12 个、其他 14 个，这些部门也将一并进行机构改革，可能会涉及分流问题的领导干部将更多。

以此类推，渭南市有 10 个县（市）区，每个县区政府部门按照富余 100 个部门领导计算，全渭南市涉及此轮改革的官员，据渭南市编办有关负责人推算"可能会近千人"。

"大家都应该已有足够思想准备"

另外，这次改革还涉及党委的改革，比如宣传部、组织部、纪委、人大、政协、法院、检察院、共青团、妇联等部门的改革，每个县区市富余人员将会远远超过 100 人。

新一轮县级改革方案规定，省、市规定："部门领导职数正职 1 名，副职 1 名，职能任务繁重部门可增加 1 名副职，但应严格控制。"此外还规定，各部门正职一般不得党政分设，对总工程师等专业技术性领导职数、挂牌机构领导职数等核定，明确了更为严格的规定。

目前，省、市规定"因机构改革编制和编制精简，造成单位人员和职数超额的，允许超编运行，逐步消化"，在县级通盘考虑领导配备上，将会安排一定时期的缓冲，"也就是说允许超编运行一段时间"，但今后将严格按编制配备，坚决不允许再超职数超编。

在此情况下，分流安置超编干部无疑是一个棘手问题，"我们下一步，还要制定和出台超配领导的分流办法，消化超配的领导干部"，渭南市编办有关负责人说："按照统一部署，各县市自行上报的新一轮机构改革方案，3 月 1 日已经由市上批复下发，各县保留哪些部门、哪些要合并，干部职数保留多少、配备要求，大的方面都已经定下来了，可以根据实际情况适当调整，但总体原则是要压缩。"

据了解，各县市的机构改革方案一般要经历四个环节，期间经过多次沟通：最初由当地编办根据中央和省市要求拿出初步意见，再由县市编制委员会（委员包括组织部门、人事部门、县长等）讨论研究，再由县市政府各部门参与研究，最后上常委会研究确定，以县委县政府名义上报到市上。

3 月 12 日，渭南市编办系统开了一次座谈会，除总结去年工作外主要是"吹吹风，今年的重点工作就是县区机改，也是重点难点"，上述负责人认为"改革方案几上几下，已经筹备大半年了，大家都应该有足够的思想准备"。

"做思想工作，有点像拆迁"

尽管改革已经酝酿大半年，很多人应该有思想准备，但"干部分流"仍是个不容回避的现实问题。华商报记者联系到一位长期担任县组织部长的官员，该官员曾多次参与主导做类似干部调整的"思想工作"。在他看来，这轮改革"对大多数人影响不大，对领导影响大，毕竟正职只有一个，县上就那么大，大家都好个脸面"。

"实际上也许没有想象的那么难，机构改革又不是一次两次了，每一次都牵扯到人的问题，只不过大家把上一次的疼都忘了。"作为组织部长，他最爱说的一句话就是"改革总是要往前走，这一次轮到你了，作为干部，你得有这个认识，有这个准备，至少也应该有这个觉悟，不是个人之间的矛盾，而是改革走到这儿了，不需要这个职位了"。还有一句话也经常被提起，"如果你是书记县长，那咋办？"

他举例说：2012 年那次机构改革，干部动员会召开的同时，三定方案、任职文件同时也就下发了，紧接着就在会议室进行"集体谈话"，"实际上动员会开完了，改革也就基本落实了，下来就是给个别人做工作的问题了"。"个别人有抵触情绪很正常，大家上一个台阶也不容易，岗位调整可能牵扯到诸如待遇、个人发展、家庭变动（比如距离城市远近、市管干部还是县管干部等）多方面问题。实际上每次换届都会涉及大量人事变化，都要面对类似问题，总有人不满意有意见。"

据了解，过去干部分流还可以考虑提前离岗、提前退休，但现在提前离岗涉嫌"吃空饷"，被坚决禁止；提前退休，则可能会影响个人待遇，很多人不满意。"应该承认，现在人的观念发生了很多变化，过去那种我是一块砖，哪里需要哪里搬的认识有些淡化了，最常听到的问题是：凭啥让他上，让我下？"

遇到这些情形，只能做更细致的工作，"有点像拆迁，总有个别人跟钉子户一样，很难说通。这时候就要全方位做工作，找朋友、家属、上下级帮助本人正确认识。在做工作时，一般只要是非原则问题，合理要求，能考虑的问题组织都会适当考虑，尽量减少阻力。当然还有组织纪律做底线，不能你想干什么就干什么，一味迁就"。

渭南市编办有关负责人说，按照中省和渭南市领导要求，各县（市）区机构改革必须在年内完成，人员消化各地自行安排。这轮改革与以前不同的是，编制将成为今后干部配备的"前置条件"。"以往配备干部，更多考虑工作需要，编制办意见只是参考，但今后干部配备调整，上会以前必须先查编制、先查三定方案，再谈配备方案。"

《华商报》（2015 年 4 月 13 日）

深度调查 ③

 核心提示:

> 　　一起假公章借款案,历经七年八次审理,如今还未完结。但咸阳市秦都区年近六旬的刘毅,却因此生活完全变了——公司被拖得几乎瘫痪,家也散了,原本富裕的生活也陷入了窘境。
>
> 　　但最让他不解的是,那个私刻假公章借款的人并不是他,可在法院的判决结果里,他却要背负这一切。

假公章借款案七年八审　第九审至今未判

　　5月14日上午8时许,陕西咸阳秦都区,刘毅正在吃饭,其实早饭就是一碗清汤寡水的大米红豆稀饭,半碗都没喝完他便开始哽咽起来,泪水一滴一滴掉进碗里,年近六旬的他当着华商报记者面哭了,毫无掩饰。

　　"2008年一起假公章借款案本与我没有任何关系,但三级法院来回审了七年,判了八次,目前按照法院判决来说,我还是欠着别人的钱,可那是别人私刻假公章借的钱呀。"

　　七年过去,老刘的咸阳崇光实业有限公司(以下简称"崇光公司")也被拖得基本瘫痪了,家庭也基本散了,生活陷入了困境。如今,第九次审理刚刚立案,谁也不知道这起简单的假公章借款案什么时候可以完结。

项目经理私刻公章,向人借款

　　事情还需要从2008年一起假公章借款案说起。2007年7月,刘毅公司聘用了赵某为项目经理，赵某同时任咸阳朝阳住宅开发有限责任公司（以下简称"朝阳公司"）总经理。2008年1月，"崇光公司"发现赵某在外头向人借款并私刻公章后马上报警。

2008年3月3日，咸阳市公安局秦都分局立案侦查，3月7日，因赵某涉嫌伪造公司印章罪被取保候审；5月22日，警方提请检察机关批准逮捕赵某，理由是"涉嫌职务挪用罪和伪造公司印章罪"。随后，赵某的项目经理职务被"崇光公司"解除。

赵某虽然被解聘，但其私刻的项目部印章却惹出了大麻烦，此前赵某曾分别于2007年12月13日、2008年1月8日，用假印章"炮制"了两份向史佰权、史孝立的"借款合同"，金额分别为：41万元和30万元。

本想着这两笔借款跟自己没有关系，而且已经报警，谁知随后上述两借款人史佰权、史孝立先后于2009年起诉"崇光公司"、赵某和"朝阳公司"，一审、二审、再审诉讼中，"崇光公司"多次请求法院对假印章进行鉴定，但法院都没有同意，二审维持一审，再审维持二审。

2011年5月省高院最终判决："崇光公司"等三被告共同承担史孝立等人借款。但为何对方找刘毅要钱，而不去找赵某，刘毅觉得，可能因为赵某公司状况不佳，而当时，他的公司至少还运转着。

判决生效后，秦都区法院四次查封"崇光公司"名下的物业，还将已出售并入住的私人住房查封至今。刘毅33万积蓄先后被秦都区法院强行执行划转了。

假公章被确定，但借款还得你来还

在此期间，刘毅继续奔走，随后秦都区警方委托陕西公安司法鉴定中心对公章进行鉴定，2011年5月20日，该中心出具结果，确定系伪造。而在当年的4月27日，警方所做的一份问询笔录里，曾私刻假公章的赵某交代：借史孝立的30万元用于"朝阳公司"，已经偿还5万元，这笔借款与刘毅没有关系。

2012年12月28日，省高院暂缓执行决定书，暂缓案件执行。2013年2月28日，省高院民事裁定书撤销省高院再审裁定，指定咸阳中院再审。

但新的鉴定结果却没有对该案的后续审理起到直接作用，后面的两次审理还是一个结果，刘毅的公司应承担债务。

刘毅不服，一直申诉上访，直到 2014 年 1 月 16 日，陕西省高级人民法院 00005 裁定书撤销了原一审、二审、再审后的所有判决和裁定，发回咸阳市秦都区人民法院重审。

理由是：该案件事实的主要证据《借款合同》上加盖的"崇光公司"印章经公安机关鉴定是伪造的，并且公安机关对此已立案侦查，原一审、二审判决认定该案的基本事实不清。

事实似乎很清楚。2015 年 4 月 17 日，秦都区法院重新审理了此案，而判决书对陕西省高院发回重审的事实和理由，以及警方的立案侦查等只字未提，继续维持原一审判决，刘毅"崇光公司"又败诉了。

判你胜诉也没有错，判你败诉也没有错

2014 年 1 月 17 日省高院将全部案卷发回，1 月至 4 月底刘毅多次去秦都法院询问，该法院一度甚至找不到案卷，无法审理。直到 5 月刘毅投诉至省高院，经省高院纪检组调查后，案卷才在秦都区法院档案室找到。

由于省高院的 00005 号裁定，该案的基本事实不清，刘毅随即于 1 月 23 日在秦都法院立案申请 33 万元的执行回转（是指在案件执行中或者执行完毕后据以执行的法律文书被撤销或变更，执行机关对已被执行的财产重新采取执行措施，恢复原先的状态），该院在执行了三个月后，改口说是执行回转不能执行，原因是没立案，只是备案。

刘毅质疑说，所有的判决都撤销了，那么史某有什么理由还拿着他公司的钱在用？明明就是立了执行转回的案子，为什么秦都区法院有法不依呢？

2013 年 2 月 28 日，省高院撤销再审裁定，指令咸阳中院再审。同年 5 月 29 日，咸阳市中院维持原再审判决，但是判决书正本至今没有送达"崇光公司"。在审理期间，咸阳中院法官提醒刘毅的代理律师"不让律师再管此案"。

华商报记者也从其代理律师张律师处核实了上述情况。上述反复判决让当事人怀疑有人干预审判，而且当事人提供给华商报记者几组录音中，这种干预审理法官也多次承认。

在录音里，记者数次听到了审理法官们无奈：说有领导打招呼，案件不

让上审委会研究，继续维持原一审判决。

当事人和秦都区法院一位审理法官前后几次对话的录音更为直接明了，法官从中被三番五次折腾得无计可施，万般无奈。

这位法官说："那我也不瞒你说了，到现在我不知道咋弄，我也不瞒你说呢，领导挡住不让上会，然后有了新的意见就是终止诉讼，我认为这对当事人利益损害非常深大，是一种不公平的行为，让法院把本来一个正常的案件变得悬而未决，我认为这种方式解决问题也是不恰当，不合适的。

"我也很理解你，几十万块钱叫压到那儿，莫名其妙地，心里边下不去，但作为我现在已经处在这么一个尴尬状态上，有时候法官经常处在这么个尴尬状态上，我们法官也没办法啦！

"有很多事情人家领导就直接给我指示了，不让上会，但我给领导说终止诉讼后，案件又消除不了如何恢复？我就把我弄了个骑墙的位置上，因为我是一个法官，尽管有很多人跟我说这说那，但我不能违背法律规定去进行，特别是程序方面的问题。

"我认为从我院的角度上讲，你在一审法院要把这个问题解决了是有难度的，你想想执行回转有多麻烦。我给你明确说，判你胜诉也没错，判你败诉也没错，就是一个认识问题。"

执行法官：我是迫于各方领导压力，领导让我弄的

2015 年 5 月 19 日 10 时许，华商报记者跟随刘毅去秦都区法院催问案子。

秦都区法院前述法官介绍，此案面临的问题很清楚，"我能把审委会的决定否定了去？我这只是严格执行审委会的决定，服从决定，要看问题的症结所在吗？"

这位法官："春节前你给我说过，要上会时这个挡住不让，那个挡住不让……"

他环顾办公室四周，发现有其他人在，声音压得很低说："老刘，有些话你还不清楚，我们多次交流探讨过，还用我再说吗？"

刘毅接着说："案子里有人在捣鬼，有人干预。"该法官急了并大声说："老刘，是不是我在捣鬼？我可以把所有事情都摆到桌面给大家看，我没有捣鬼。"

他当面这样评析该案："从不同的角度，不同的方式看问题，会有不同

的认识是正常的,我们法院可以有自己的观点和认识,省院的认识可能还跟我们院不一样,我这是独立审判,省院意见也是仅供参考。首先不能认为我们院判决错了,但我也不能认为你的观点是错的,结论是个认识问题。"

对于警方已经认定的证据,为什么秦都法院没有采信,判决书中只字未提呢?当多次追问刘法官时,他多次说:"这是个认识问题,谁都没有错。"至于为何判决中不提及印章造假呢?他说:"这是审判机密不便告诉。"

刘毅对秦都法院划转 33 万款项也耿耿于怀,认为涉嫌严重违法,而秦都区执行局一位负责执行此案法官也说:"我是迫于各方领导压力,领导让我弄的。"

刘毅向记者提供了他和这位法官的对话录音。

刘毅:你现在的问题就是领导给你施加压力,再怎么执行也不能把我一个案外人给非法执行了。

执行法官:人家领导叫我执行。

刘毅:这个案子咱得讲理,按法去办,执行回转的事你给我想办法。

执行法官:好,想办法给你往回执行。

刘毅:我求你给我帮忙,也给你添麻烦了,领导以权压人压事太明显,太突出。

执行法官:我也是在压力之下执行的。

采访中,数位资深法官也对此案深感惊讶,一起简单案子在咸阳两级法院如此折腾,的确令人生疑。

对于刘毅举报有领导插手干预此案,2015 年 5 月 24 日,华商报记者多方调查核实,并约见该被指干预司法的领导,对方承认自己无意介入了此案件,曾给秦都区法院院长说过此案件。最后这位官员表示"不再过问此案,让法院依法判决吧"。

普通案件两审终结,为何会搞七年八审

52 岁的张攀峰长期从事法律教学,现任陕西卓勋律师事务所律师,一直跟踪此案。在他看来,此案件原审法院涉及两个错误,第一认定事实错误。赵某私刻印章并用假印章签订《借款合同》,属于赵某个人意志,不是职务行为,应认定赵某个人犯罪行为,况且借款全部用于赵某自己的公司上,根

据《最高人民法院关于审理经济纠纷案件中涉及经济犯罪嫌疑若干问题的规定》的第五条：行为人盗窃、盗用单位公章、业务介绍信，或私刻单位公章签订经济合同，骗取财务归个人占有、使用构成犯罪的，单位对行为人该犯罪行为所造成的经济损失不承担民事责任。因此，"崇光公司"不承担还款责任。

此外，原审秦都区法院和咸阳市中院，对一些基本事实前后不一致。比如，借款数额，此前一直认定是 30 万，第八次判决才认定为 25 万；再如，《借款合同》上的假印章，此前七次审理时当事人都提印章鉴定之事，而从来没有哪个法官注意过，直到第七次审理陕西高院发裁定书时才予以明确；所借 30 万是怎么来的？直到第八审，秦都区法院才去农行查询，结果是赵某从来没有在毛条路农行立过户开过卡，那么钱去哪里了？又从哪儿来？显然存在事实不清的问题。

另外，按照先刑事再民事的原则，在有确凿证据能够证明赵某涉嫌经济犯罪，且秦都警方曾向法院做了情况说明的前提下，秦都区法院收到公安机关函告后，却没有中止审理并移送案件，而是继续审理，显然程序错误。

张攀峰认为，在我国普通案件两审终审，个别案例提起再审，一般整个下来最多也就审四次，而这起案件七年八审，正如当事人所言，"可以申请审次最多案件的吉尼斯世界纪录了"。

对于即将开始的第九次开庭审理，刘毅和张攀峰律师说，他们已经做好了充分的准备。

《华商报》（2015 年 5 月 30 日）

深度调查 4

22 年前，50 岁的杨新民因涉嫌贪污挪用公款罪被检察院立案侦查。"在此期间，检察机关对我没日没夜地进行逼供，还殴打我，并且逼着同事写伪证材料。"杨新民回忆着当时被审查的细节。

同年 9 月 3 日被依法逮捕，他被关押了 1599 天后，于 1998 年 8 月 24 日给予"不起诉决定"，理由是：不构成挪用公款罪；库盗现场警方未定结论，其贪污证据不足。冤案的平反源于亲属在美国告御状……

22 年来，杨新民一直举报自己的冤案，截至现在他还在为自己讨公道，被开除的公职至今没有恢复……

冤案已平反，国家赔偿了 被开除的公职却难以恢复

错误逮捕关押 1599 天，被单位农行开除公职

2015 年，杨新民已经是 72 岁的老人了，他原是农行兴平支行干部，现住陕西兴平市农行家属院，坚强活着的最后希望就是陕西省高院至今未宣判的再审判决书，而这一等就是整整四年两个月。

未宣判就有胜诉的可能，杨新民还在苦苦等待。

22 年前，也就是 1993 年 6 月 11 日，50 岁的他因涉嫌贪污挪用公款罪被兴平市人民检察院监视居住。"在此期间，检察机关对我没日没夜地进行逼供，还殴打我，并且逼着同事写伪证材料。"杨新民回忆着当时被审查的

细节。

同年 9 月 3 日被依法逮捕，他被关押了 1599 天后，检方穷尽了所有法律程序后，于 1998 年 8 月 24 日给予"不起诉决定"，理由是：所谓的"公款私存"并未给国家造成经济损失，不构成挪用公款罪；库盗现场警方未定结论，其贪污证据不足。

"关押了 1599 天后，老杨几乎不成人样了，黑瘦黑瘦的，走路都要让人搀扶，一家人哭瘫在地上……"面对华商报记者采访，杨新民夫妇泣不成声，22 年的冤屈、愤怒、申诉、维权塞满了老人的脑海。

"关押释放后，我也就要求上班，时任行长答复，只要把案子撤销了，开除你就没有依据了，就可以回来上班。我回单位上班就是想坚强地活着，就是为了这口气，我没贪污国家钱财；而现在我还能再活几年，不至于把冤情带到坟墓里去，坚决不当冤死鬼，要讨回一个公道。"

就在杨新民到处申诉期间，2000 年 8 月 30 日，农行兴平市支行党委会研究决定，对杨新民给予行政开除公职处分，并报请农行咸阳市分行，随文附件兴平市检察院《不予起诉决定书》。

同年 11 月 27 日，咸阳市分行批复兴平支行：经报请陕西省农行同意，给予其开除公职处分。11 月 29 日，兴平市支行按照咸阳市分行批复，做出了开除杨新民公职的处分。

2015 年 6 月 30 日，华商报记者看到了上述开除杨新民公职的文件。

而该《开除决定书》农行兴平市支行没有书面送达杨新民。据杨新民介绍，第一次见到《开除决定书》是 2009 年，在兴平市人民法院劳动争议案庭审现场，审判长当场交给杨新民的。

2002 年 6 月 10 日，兴平市人民检察院立案复查认为：此前的"不起诉决定书"认定事实有误，适用法律不当，决定对杨新民不起诉。

2003 年，60 岁的杨新民本该退休安享晚年，但他还在为自己的案子来回奔波于兴平、咸阳和省会西安。

2003 年 1 月 9 日，咸阳市检察院复查审查决定：维持兴平市人民检察院复查决定。

急中生智美国告御状　冤假错案终被平反

对于当年杨新民亲属奔走呼喊，到处申诉，在兴平广为传播，最为震撼的是，杨新民远在美国的亲属也参与了其中。

据杨新民介绍，他的小舅子在美国求学工作，知道他的遭遇后奋笔疾书，1998年，恰逢时任国家主要领导赴美访问期间，利用美国的社会关系，此信便递到了国家主要领导人手中。之后由时任陕西省委主要领导督促省检察院重新审查此案。

杨新民不服咸阳市人民检察院复查决定，向陕西省人民检察院提出申诉。杨新民认为：他在担任证券专管员期间，对本金和利息的收存采取整收、整支汇总的办法记账，因债券和奖券到期的时间不同，不是兑付一笔进账一笔，而是将收回的本息与原单据核对汇总后记账，并划转各基层单位。所以咸阳市人民检察院复查认定其贪污2022.03元利息的事实错误。

2004年12月27日，陕西省人民检察院查明：兴平市人民检察院、咸阳市人民检察院认定，杨新民1990年12月15日至1992年4月2日，担任农行证券专管员期间，在本系统各所、社兑付过期奖票中，先后六次采用作废利息付出凭证的手段，贪污公款2022.03元的事实不存在，定性错误，适用法律不当。

陕西省人民检察院复查决定：撤销兴平市人民检察院《不起诉决定书》和《刑事申诉复查决定书》以及咸阳市人民检察院《刑事申诉复查决定书》。

案发11年后，杨新民错案得到平反，他认为可以顺利地恢复公职、恢复名誉、落实待遇，可谁知这种诉求的大门死死地向他关闭了，经过检方等多部门协助，农行兴平支行还是没有落实他的待遇，补发工资、办理退休和社会保险。

2005年5月17日，杨新民向兴平市人民检察院申请国家赔偿，理由是错误逮捕。2015年6月29日，华商报记者看到了兴平市人民检察院《刑事赔偿决定书》，此文件中载明："经兴平市人民检察院查明，1990年12月15日至1992年4月2日，杨新民担任农行证券专管员期间，贪污公款2022.03元的事实不存在，定性错误，适用法律不当。本院在行使检察权中，对赔偿请求人杨新民错误逮捕，具有赔偿义务，经检委会研究决定，赔偿杨新民错误关押 1599 天，按照 2005 年全国城镇单位在岗职工日平均工资 73.3 元，决定赔偿杨新民 117206.7 元。"

"对扣押杨新民的国库券、企业债券、现金等个人财产，按扣压物品清单返还；采取监视居住和取保候审期间的赔偿请求，不属于国家刑事赔偿范围；对申请身心伤残医疗费的赔偿，没有法律依据。"

恢复公职遭拒绝　劳动仲裁讨公道

案件已经被平反，国家赔偿也胜诉，他信心满满地该回单位上班了吧，但时隔 12 年后，农行兴平支行已经换了几任领导，此前行长已经调离，恢复公职落实待遇显然被搁浅，后任行长不再主动提及此事，闪烁其词。

"令我遗憾的是，我去单位找领导要求上班，单位说我于 2000 年已经被开除公职了，事后我多次找咸阳市分行，谈过多次，也闹过多次，2003 年 10 月 26 日，我向陕西省农行反映被开除一事，而后也始终没有任何结果。"

2009 年 7 月 23 日，农行咸阳市分行《关于杨新民上访问题的复函》中载明：经研究杨新民的主要违规事实存在，而且被执法机关查实；主要涉及三个方面问题："私自收取 1000 元好处费""公款私存""库房被盗造成的损失"，鉴于以上事实，2000 年开除其公职的决定符合制度规定。

此《复函》犹如晴天霹雳，让杨新民不知所措，蒙冤被关押了 1599 天，受尽折磨，内心的愤怒涌上心田。

他认为：农行开除他依据的是兴平市检察院 1998 年的《不予起诉决定书》，而该《决定书》2004 年 12 月 27 日已经被陕西省人民检察院撤销，给他的冤假错案予以平反。因此，农行也该纠正开除他公职的错误决定，杨新民提出三个诉求：农行全面给他平反，恢复名誉；补发 10 多年欠发的工资；按照国家有关规定办理退休手续。

杨新民讲述了当年事情的几个细节，所谓的"公款私存问题"。1992 年前后，农行为了增加自己的存款额和竞争力，在社会上经个人手中收回工行发行的此类证券，以便到期后兑付划转至农行，农行的这种做法违反了中国人民银行的规定，持有这笔证券是不合法的。

因此，为了业务的便利，经与工行有关领导协商，按照工行的要求，将这些未到期证券暂存在他名下，以便到期后划回农行，且此项业务归工行储蓄部门需记名，不得以农行单位面目出现，这就是所谓的"公款私存"，这些情况农行领导都知道。

库房被盗责任问题。库房被盗案发生在 1993 年 1 月 26 日，而他已于 1992 年 6 月调另外部门任会计工作，不再住库了，而行里一直没有安排合适人员接替住库工作。他在接此工作前，曾向时任行长郭中孝建议过，要求加强安全保卫设施，当时人事部门负责人在场，可以证明。

库房被盗后，他第一时间向行里建议报警，但被当时行长拒绝了，内部调查两个月后未果才向警方报案，截至现在还是一个无头案。行里领导为了推卸责任，让他承担行里损失而被他拒绝后，便将他举报到检察机关，扣了一个贪污挪用公款罪的帽子，于是就有前文叙述的冤假错案。

2009 年 8 月 17 日，张新民终于拿到了自己被开除公职的文件，立即前往兴平市劳动争议仲裁委员会提起申诉，同年 9 月 1 日，该委员会书面答复："经审查，不符合受理条件，决定不予以受理。如不服本决定，应自收到本决定书之日起 15 日内向人民法院提起诉讼。"

诉讼时效已过期　一审二审驳回请求

劳动仲裁途径受阻后，杨新民只剩下一条维权途径了。

同年，杨新民将农行兴平市支行、农行咸阳市分行起诉到兴平市人民法院，认为开除公职决定书所依据的事实不存在，适用法律错误，程序上没有报企业工会、职代会讨论并通过，更没有送达他本人或同住成年家属，所以违法。请求撤销农行开除其公职决定；恢复名誉公职、补发工资、办理退休养老手续、赔偿精神损失等。

合议庭当庭归纳双方争议焦点：起诉时是否符合时效的法定条件；被单位开除公职从程序上讲是否已将《开除决定书》送达杨新民，做出开除决定是否存在法定事实，是否依据有关程序和规定。

兴平市法院判决书载明：由于案件跨度时间长、经历人员众多、社会影响广泛，曾多次为双方进行调解，并聘请社会有影响力的人大代表、政协委员参与调解，但双方分歧仍然很大。

本院认为：1993 年 1 月 26 日，农行兴平支行发现其证券库被盗，原告杨新民担任该行证券专管员工作未交出；兑换奖票公款私存违反兴平工行有关规定。1998 年 8 月 24 日决定不予以起诉结束刑事羁押，至 2000 年 11 月 29 日开除公职之日，没有证据能证明找过单位领导要求上班或向上级部门申诉过，直到 2003 年 10 月 26 日才向陕西省农行反映，2009 年申请劳动仲裁而未受理。

从时效上讲，已超过 1995 年 1 月 1 日施行的《劳动法》第八十二条规定应当自劳动争议发生之日起 60 日的时效规定，判决驳回原告杨新民的诉讼请求。

一审败诉后，杨新民没有退缩，继续上诉。他认为：一审法院明显存在几个核心问题：

一、事实认定错误。1993 年 1 月 26 日，证券库被盗时，以他尚拥有库房钥匙为由，推断他理应负有管理职责，全然不顾发生库房被盗时已经调离住库职位一年之久的事实；1998 年羁押结束后，他便一直要求回单位上班，单位领导答复：只要把他的刑事案件撤销了就可以上班，况且申诉反映一直都没停止过。

二、适用法律错误。依据最高人民法院《关于审理劳动争议案件适用法律若干意见的解释二》第一条：人民法院受理劳动争议案件，因解除或终止劳动关系发生的争议，用人单位不能证明劳动者收到解除或者终止劳动关系书面通知时间的，劳动者主张权利之日为劳动争议发生之日。

杨新民介绍，在兴平市人民法院庭审期间，兴平市农行在法庭的一再追问下，才当庭给他送达了开除公职决定书。

兴平市人民法院审理查明：兴平市农行《关于开除杨新民违反银行规章制度的开除公职决定》〔2000〕186 号，兴平市农行承认此决定书未书面送达杨新民。

鉴于此，杨新民上诉至咸阳市中级人民法院，2010 年 12 月 16 日咸阳市中院判决：驳回上诉，维持原判。

再审至省高院 4 年多未判 "农行不差钱，败诉了会赔偿"

在杨新民看来，自己的错案已经被检查机关平反并获得国家赔偿，恢复公职名誉、补发工资和落实退休等是理所应当的，但并未如愿以偿。于是，他向陕西省高院申请再审。

2011年5月13日,陕西省高级法院受理了其与农行兴平支行、农行咸阳分行劳动争议纠纷一案,并于当日组成合议庭,进行审查。

2015年6月30日,杨新民告诉华商报记者,陕西省高院受理案件后至今没有开庭,协商过一次,到现在也没有任何结果,他也多次去陕西省高院催问案件进展均未果。

对于杨新民案件,华商报记者6月30日前往农行兴平市支行、咸阳市分行进行采访,有关负责人明确表示,他们要逐级向陕西省分行请示,有结果会第一时间回复,截至记者发稿时农行方面没有任何回复。

"农行有的是钱,他们也在等陕西省高院再审结果,如果农行败诉了需要赔付,他们也不会拖欠杨新民的,毕竟他也是行里老人手,错关了那么多年挺可怜的,但他不断地无理取闹也很烦人。"农行一位不愿透露姓名的负责人说。

而兴平市人民检察院有关负责人表示,杨新民错案当时影响很大,案件惊动了国家主要领导,错案已早早被纠正了并获得了国家赔偿,农行方面也该给其恢复公职,落实待遇,他们也会积极协调督促农行方面。

杨新民介绍,虽然陕西省高院至今没有开庭审理此案,整整4年多了,他还有胜诉的希望,目前生活十分艰辛,仅仅依靠老伴2000多元退休金维持。目前他还会经常为养老、医疗等权利奔波于兴平支行、咸阳分行和省农行。

2015年初,农行咸阳分行让兴平支行将他1993—2000年的工资给予补发,兴平支行当即造表并叫他签了字,报至咸阳分行,但工资至今没有补发给他,杳无音讯。

律师观点:以超时效为由驳回杨新民诉请属适用法律错误

陕西法正平安律师事务所律师屈建国认为,纵观此案件杨新民错案已经给予了国家赔偿,但没有启动或者追究错案责任,理应再给予继续追究。

中央政法委2013年出台《关于切实防止冤假错案的规定》,建立健全合议庭、独任法官、检察官、人民警察权责一致的办案责任制,法官、检察官、人民警察在职责范围内对办案质量终身负责。对法官、检察官、人民警察的违法办案行为，依照有关法律和规定追究责任。

对于采用刑讯逼供等非法方法收集的犯罪嫌疑人、被告人供述和采用暴力、威胁等非法方法收集的证人证言、被害人陈述，不得作为定案的根据。对于定罪证据不足的案件，应当坚持疑罪从无原则，依法宣告被告人无罪，不能降格做出"留有余地"的判决。对于定罪确实、充分，但影响量刑的证据存在疑点的案件，应当在量刑时做出有利于被告人的处理。

而对于杨新民劳动争议一案是因刑事案件而起的，在刑事案件完全撤销后，理应恢复工作、补发工资和为其办理退休手续。争议的焦点是：解除劳动关系的书面通知必须送达劳动者本人，这是最高人民法院司法解释关于劳动争议发生之日如何认定的立法本意。

从杨新民收到这份《开除公职决定书》之日起计算仲裁申请时效，才是对法律的正确理解，因此以超过时效为由驳回诉请属适用法律错误。由于解决杨新民工作待遇的前提是卸下刑事责任这一包袱，在杨新民未能完全无罪并得到彻底平反前，是无法行使和享受劳动者的相关待遇的，何况杨新民在未收到书面开除公职通知前并不确认劳动关系的状态，因此本案在杨新民得到彻底无罪结论后应当恢复工作、补发工资并为其办理退休手续。

《华商报》(2015 年 7 月 14 日)

深度调查 **5**

 核心提示:

> 2009年3月初，本报接到实名举报信称，榆林市政府原副秘书长，神府经济开发区管委会原党委书记、主任雷亚星贱卖40万吨指标煤，违规担任下属单位法定代表人，给单位造成重大损失。
>
> 雷亚星案件经本报披露后，引起榆林市纪委、检察院等部门重视，3月底，雷亚星等3人被刑拘；4月14日，被榆林市检察院批准逮捕，查明受贿共计398万元。
>
> 而雷亚星案又牵扯出神木县委常委、副县长高小明受贿案，该案件涉及人员更多，是一起窝案。

榆林市政府原副秘书长雷亚星窝案调查

贱卖指标煤被职工实名举报

近日，神府能源开发有限公司（以下简称"能源公司"）多名职工实名举报称，榆林市政府原副秘书长，神府经济开发区管委会原党委书记、主任雷亚星在任期间，违规担任下属公司法定代表人，贱卖40万吨指标煤，导致公司损失惨重。

据悉，这封举报信中称，"能源公司"是一家股份制公司，其中职工控股51%，其余49%的股份由神府经济开发区管委会占有，该公司属管委会的下属单位。在2007年2月至2009年1月，雷亚星曾任神府经济开发区管委会党委书记、主任。

举报信中称，2007 年 5 月，雷亚星在职工不知情的情况下，将"能源公司"法定代表人更换成自己，对公司资产未进行评估，未做出盈利分配，给自己入股 40 万元现金。同时，将公司 40 万吨指标煤每吨收取 1 元管理费贱卖。最近，雷亚星又把 2009 年度 40 万吨指标煤再次委托神木扶云有限公司（以下简称"扶云公司"）经营，激起广大职工不满。

"4000 万纯利润我不知去向"

对于被职工举报一事，雷亚星近日接受记者采访时说："我知道情况，也曾经和职工沟通过，但大家都不理解……"当提及兼任下属单位法定代表人时，雷亚星说，当时更换"能源公司"法定代表人时，他迟疑了好长时间，"我知道自己是公务员，是榆林市政府副秘书长，管委会党委书记、主任，不能兼任，但最后也没坚持原则，在职工推举下就稀里糊涂兼任了，入股 40 万元也是事实，但大家都是同意的"。

对于举报信中提到的"贱卖 40 万吨指标煤"一事，雷亚星说："委托经营的 40 万吨指标煤，是为了不把指标作废，收取一点管理费，增加职工福利待遇，就和'扶云公司'签订了委托经营合同，收取 40 万元管理费，这笔钱早已到账……"

雷亚星给记者也简单算了一笔账，他听朋友说，2008 年每吨煤纯利润至少在 100 元，那么 40 万吨指标煤纯利润至少在 4000 万元，"我也不知道这些钱去了哪里。"他说，"'扶云公司'只支付了 40 万元管理费，还有 500多万元的分红，其他的我想有账可查……"

而举报者反映，雷亚星和"扶云公司"老板是熟人亲戚关系。但这种说法遭到雷亚星的否定，他说让委托经营主要是"扶云公司"有煤炭经营资格。

省纪委派员到榆林展开调查

"能源公司"的实名举报信也引起榆林市纪委高度重视，榆林市纪委有关负责人透露说："案情比较重大，省纪委直接派人来榆林展开调查。"

知情者透露，神府经济开发区管委会紧急叫停 2009 年度 40 万吨指标煤委托经营活动，等待有关部门调查。3 月 2 日，省纪委有关办案人员说，他们也接到实名举报信，并前往榆林展开调查，但未透露案件查处情况。

记者获悉，今年1月底，雷亚星不再担任榆林市政府副秘书长一职，而被任命为神府经济开发区管委会党委副书记、副主任。目前，管委会党委书记、主任一职由榆林市副市长姜国璋兼任。

《华商报》（2009年3月7日）

遭实名举报被查处　雷亚星涉嫌受贿被逮捕

本报曾报道的榆林市政府原副秘书长、神府经济开发区管委会原党委书记、主任雷亚星被实名举报一事有了新进展，现初步查明，雷亚星等三人共涉嫌受贿398万元，目前三人均已被榆林市检察院批准逮捕。

与雷亚星一起被逮捕的另外两人是神府能源开发有限公司副总经理刘耀辉，神府经济开发区管委会市政所所长王治田，三人已被榆林市检察院4月14日批准逮捕。

昨日，榆林市纪检监察机关办案工作会议上，榆林市纪委有关负责人透露，当时雷亚星被举报后，他们多次和雷亚星谈话，希望他主动承认错误，退还有关钱财。而雷亚星解释认为，职工反映的委托经营40万吨指标煤是神府经济开发区管委会集体研究决定的，自己没有错误。

后来，纪委又委托新上任的榆林市副市长姜国璋和雷亚星谈话，但雷亚星还说自己没有错误。而事实情况是，他的这种做法给国有资产造成了重大损失。

榆林市纪委在对其立案审查前的一个星期，责令雷亚星立即终止2009年度40万吨指标煤委托经营合同，减少国有资产损失。

而对雷亚星立案调查后，第三天他就自己交代出180多万元和一辆小轿车的经济问题，而后供出了神府能源开发有限公司副总经理刘耀辉、神府经济开发区管委会市政所所长王治田。目前初步查明，雷亚星等三人共涉嫌受贿398万元和几辆小轿车。目前，三人受贿钱物已被全部收回。

据悉，榆林市纪委目前正在对该公司去年委托经营的40万吨指标煤合同进行研究，并对去年40万吨指标煤经营情况进行财务审计，然后依法按照合同约定，查明 40 万吨指标煤利润的去向，追回损失的国有资产。

《华商报》(2009 年 4 月 18 日)

神木副县长高小明被双规　已交代受贿 200 多万

神木县副县长高小明因违法违纪，2009 年 3 月 31 日被"双规"，截至 4 月 17 日，其已主动交代受贿 200 多万元。

副县长涉嫌受贿被"双规"

4 月 3 日，神木县政府召开党组会。会上，县纪委受榆林市纪委委托，宣读榆林市纪委决定：副县长高小明因存在违法违纪问题，决定对其"双规"并立案审查。但具体涉及高小明什么案情，县政府党组会上并没有通报。

据悉，高小明生于 1966 年 12 月，佳县人。1984 年 10 月参加工作，现任神木县委常委、副县长。分管交通局、国土局、矿管办、安监局、环保局，负责联系神东公司、神朔铁路公司。

副县长高小明被"双规"并立案审查的消息不胫而走，在神木快速传开。据了解，此前，有关部门在调查审理榆林市政府副秘书长、神府经济开发区管委会党委书记、主任雷亚星案时，带出神木县高小明涉嫌受贿案，目前雷亚星等三人已被批准逮捕。

已主动交代受贿 200 多万元

记者了解到，高小明主要涉嫌收受煤老板贿赂。同时，与高小明一起被调查的还有几名部局长、个别乡镇的主要领导。另有消息称，此前该县修一条路时需要经过一煤矿，该煤矿老板给高小明行贿后，道路被改道，从而引发其他煤老板举报。

据权威部门消息，3 月 31 日，高小明被纪检部门"双规"立案审查，起初主动交代受贿 25 万元，而截至 4 月 17 日，已累计交代受贿 200 多万元，目前还在继续审查。

榆林市纪委有关人士透露，高小明案是涉及多人的重大受贿案，他们在省纪委的直接指导下，和榆林市检察院联合办案。

据悉，2001 年 6 月前，高小明在子洲县城关镇担任过镇长、镇党委书记，2001 年 6 月，作为陕西省第三批援藏干部到阿里地区普兰县担任县委副书记。

记者从子洲县委了解到，3 年援藏结束后，高小明被任命为子洲县副县长，但一直没在子洲上班，听说要调走，后来就调到神木县任职。

县财政局长也被"双规"

据悉，高小明受贿案是涉及多人的重大受贿案，背后的案情十分复杂，目前纪检、检察等部门正深入调查。

知情者透露，高小明其中一笔受贿涉及神木当地一名工程老板杨某。杨某在大柳塔镇贾家村以修建河堤的名义"挖明盘"，即当地老百姓所讲的挖黑煤，共买卖土地 400 多亩。杨某在办理手续过程中，神木县财政局长刘曰华起着关键作用，通过刘曰华，杨某认识了高小明，于是发生了行贿受贿事件。目前，刘曰华也被"双规"。

榆林市纪委有关领导认为，高小明从子洲县调往神木县任县委常委、副县长，领导班子调整后，高小明分管的业务更多了，手中权力也大了，因此受贿能力也增大了。"权力是一把双刃剑，送钱就是送铐子，该案件说情的人很多，但是我们一定要顶住压力，把案子办好，给人民一个交代。"

昨日下午，榆林市纪委有关负责人介绍，目前此案还在调查中，不便透露更多案情。

《华商报》（2009 年 4 月 20 日）

陕西神木原副县长受贿获刑 12 年
"称收钱多了就习惯了"

高小明，陕西省神木县原县委常委、副县长。4 月 12 日，因受贿 241 万元，高小明被法院以受贿罪一审判处有期徒刑 12 年。

在法庭上，高小明宣读了自己的万言悔过书，讲述了他从昔日的"县官"一失足走上被告人席的经历。

从 2007 年春至 2008 年 9 月，我在担任神木县委常委、副县长期间，利用自己负责高速公路建设等项目的机会，收下了 13 家企业、单位和个人所送现金 241 万元。

从拒绝接受到来者不拒

过去，我曾是"优秀共产党员"，是一名领导干部；现在，却成了收受巨额贿赂的犯罪分子，成为党和人民痛恨的罪人。这是为什么呢？是因为随着我任职期间应酬的增多，出入高档消费场所机会的增多，和我交往的人的增多，求我办事的人接连不断，我的廉政意识有所放松，开始接受一些名贵烟酒、高档礼品和购物券。对于送礼的人，我由开始的拒绝接受到后来的来者不拒。

当听到人们对一些煤老板一掷千金的议论，想着自己为工作如此辛苦，我就抱着"常在河边走，哪能不湿鞋"的想法，开始收受烟酒、购物券、高档礼品。从此，自己的警惕性渐渐放松，私欲之门也在无声无息中打开。我从拒绝参加当事人的吃请，到起初半推半就地接受一些小礼品，再到一次就收下煤老板白某送的 10 万元，渐渐地发展到一发不可收拾，直至最后身陷牢狱。

收下钱后，我也曾心惊肉跳，思想也曾激烈地斗争过，也曾想过把钱交到纪检监察部门，但转而一想，别人送给我钱是抬举我，不如以后再退。就这样，一次次地给自己找借口，一次次收下了别人送来的 10 万元、20 万元、50 万元甚至更多的钱。

当时我的心里完全是一种欲罢不能，对金钱是又爱又恨又怕的态度。逐渐地自己收受钱财多了，慢慢地也就习惯了，收钱时也就心安理得了。

2008 年 6 月，榆林市一建工集团神府分公司的项目经理为了让我帮他解决工程中出现的车辆管理、补偿等问题，送给我 30 万元。当时他以给我买两条烟为名递给我一个纸袋子，我当时心里想袋子里可能是钱，但在回家的路上我在车上没敢打开纸袋，回去后打开一看果然是一捆捆百元现金。再说 2008 年秋的一天，神木县的一个路桥建设公司总经理为感谢我在工程等方面给予的协调和支持，来我办公室送给我 15 万元时，我心里又爱又怕，怕的是出事，爱的是钱来得太容易。但是因为有了前两次的经历，我就习以为常了。

贪慕虚荣坠入犯罪深渊

给对方办了事，我就收下了对方给的感谢费。我将受贿得来的 241 万元钱，用于个人和家庭消费，为家里买车，在榆林开发区和海南为自己买房。

我之所以今天受贿成为被告人，并不是偶然的，而是逐步演化发展而致的，是没落的腐朽思想、贪婪的享乐主义、自私的拜金主义浓缩在自己身上的结果。自己拒腐防变的能力远远小于金钱的诱惑力，视法律如儿戏，结果沦落为金钱的俘虏，最终成了党和人民所唾弃的罪人。

记得煤老板白某来我办公室送礼时，我给下属安排好准备考察白某要求的事项后，白某临走的时候，拿出一个手提纸袋放在我的办公桌上，我立即站起来拿起纸袋拉着他往门外推。当时，我对他的举动既反感又厌恶。而当他拉开门把袋子扔在地上时，我看见楼道里有人，怕被人看见，于是把门反锁，捡起袋子。当看到整捆整捆的 10 万元时，我心惊肉跳，坐立不安，不停地在房子里徘徊、抽烟。我的思想很复杂，虽然想过退钱，但转而一想，别人送给我钱是抬举我，以后再说退还的话。

就这样，我在以后的日子里一次又一次地从刘某、马某、贺某等人手中接过了 100 多万元的现金。到了最后，当我收别人的钱时，连退钱的想法都没有了。特别是收受煤老板杨某两次所送的现金 100 万元后，我的感觉是心安理得。

这一切都是我贪慕虚荣的结果，是我将自己一步步推向了犯罪深渊。

没有倒在枪林弹雨中，而是倒在金钱面前

遇到送钱人，我便持有表面推托内心欢喜的态度，结果自己逐渐走上了犯罪之路。殊不知法网恢恢，疏而不漏，待到身戴枷锁时，悔之已晚。

总结教训，就是自己长期放松了学习和主观世界的改造，不能正确对待人生观、价值观，淡化了全心全意为人民服务的宗旨意识，以工作太忙没有时间为借口，不能科学合理地安排时间学习党章和有关知识、法律法规，不

能正确对待手中的权力，没能真正做到权为民所用、利为民所谋，在利益面前成为一个拜金主义者，将权力这把双刃剑刺向了自己。

看到煤矿老板们收入数千万元，我的心理开始失衡，廉政防线崩溃，私欲膨胀。最终，失去了理智，忘记了自己是一名入党多年的老共产党员，让腐朽思想逐步侵入到自己的灵魂深处，并生根发芽。为人民服务的思想和行为渐渐消逝，萌生了享乐主义、拜金主义思想，为犯罪埋下了思想隐患。

在工作中，我养成了个性强、政策性和原则性极差的工作作风。手中有了权后，开始脱离群众，面对投资巨大的工程，我开始忘乎所以，大小事都由自己操纵。

当兵时，在老山前线，我出生入死，冒着枪林弹雨，没有倒下去；援藏时，我战胜了严酷的自然条件，没有倒下去；在日常工作中，我战胜了一切困难，也没有倒下去；最后，我却倒在了金钱面前。

我对不起党和人民对我多年的关心和培养，对不起所有曾经鼓励和帮助过我的人，对不起家人长期以来对我工作的支持，对不起身患重病的妻子。曾经，我是女儿的骄傲，现在，我却成了一名罪犯。

《华商报》（2010 年 6 月 8 日）

深度调查 6

 核心提示：

　　2011 年，时任南郑县法院院长的何军辉因牵涉到该县一起土地窝案中，被汉中市纪委调查。当年 6 月 3 日，何军辉因涉嫌受贿罪被刑事拘留，后被逮捕。

　　然而，因为"法院开庭后发现证据有瑕疵"等原因，该案自 2014 年 8 月底第二次审理至今，没有宣判。

　　另外，何军辉在法庭上提出的遭刑讯逼供的问题，也已启动"非法证据排除"程序，但时至 2016 年 1 月未果。

陕西南郑县法院原院长涉嫌受贿被捕　历时 4 年未判

　　2015 年 8 月 19 日晨，60 岁的何军辉满头白发、面容憔悴，拖着疲惫的身躯，在爱人杨真和 14 岁残疾儿子的陪同下，来到陕西省高级人民法院北门口，想反映自己的案子。

　　儿子是捡来的，是多年前患脑病的弃婴，夫妇俩一直收养至今，儿子执拗地非要跟着。没办法，杨真说："你好好在车里看着妈妈的包包，不敢让小偷拿去，爸爸妈妈很快就回来，乖！"有了给妈妈看包包的任务，儿子安静了很多，坐在车里紧紧抱着包包，乖乖地待着。

　　杨真附身吻了儿子额头，陪着丈夫小心翼翼过了马路，向车里的儿子不断挥手，夫妇俩一起进了省高院办公大楼。

被指受贿 15.5 万二次开庭未宣判

2011 年 5 月 26 日下午，时任南郑县法院院长的何军辉被汉中市纪委调查，原因是牵涉到该县 "3 号地"（编号为 2010NZ23 号地）而引发的土地窝案。当年 6 月 3 日，因涉嫌受贿罪被刑事拘留；6 月 15 日，省检察院决定逮捕。

汉中市检察院起诉书指控何军辉涉嫌受贿，主要依据是：

2009 年 7 月，何军辉以县法院院长身份同时兼任南郑大道东段五条道路（分别为圣水路、石燕路、汉桂路、冷水路、龙岗路）建设项目总指挥。一个叫伍英彬的商人通过介绍找到何，表示想在南郑购置土地搞开发，并请求何给予帮助。

何军辉利用总指挥职务之便，给伍引荐有关领导，帮其成功购地。2010 年先后收受伍英彬西安世纪金花商场购物卡两张（价值 1.5 万元）、现金 4 万元。

随后，何军辉以加快建设为由，督促安排县城投公司编制 "3 号地" 的规划。伍英彬以陕西航天地产开发有限公司（以下简称 "陕航公司"）委托人身份参与购地。之后，伍英彬以 "陕航公司" 名义向南郑县城投公司出具文件，改由汉中金钰房地产开发公司（以下简称 "金钰公司"）履约，于 2011 年 3 月通过招、拍、挂，以 3911.93 万元取得 "3 号地" 土地使用权。

汉中市检察院认为：被告人何军辉非法收受他人现金 5.5 万元（1.5 万元购物卡和 4 万元现金），后又追加其受贿 10 万元，共计 15.5 万，应以受贿罪追究其刑事责任。

因回避原则，省检察院指定宝鸡市检察院公诉，2012 年 6 月 28 日起诉至宝鸡市中院。

2012 年 9 月 13 日，宝鸡市中院在宁强县人民法院第一次开庭，庭审中何军辉提出由于遭遇刑讯逼供，证据涉嫌非法取得。何军辉患高血压多年，庭审中一度晕倒，后宝鸡市中院当庭宣布启动 "非法证据排除" 程序，同年 11 月 16 日，何被取保候审。

宝鸡市中院第二次开庭审理此案是 2014 年 8 月 29 日，至今没有宣判。

一个商人翻云覆雨，多名官员受贿被判刑

2011 年 7 月 11 日，汉中市纪委通报查处的 16 起干部违纪违法典型案件，

其中土地出让交易"3号地"案是一起窝案，10多名干部涉案，南郑县多名官员被调查。包括副县长李建和（已判刑）、县住建局局长兼县城投公司董事长刘建军（已判刑）、县国土资源储备交易中心主任吴云皎（已判刑）、县法院院长何军辉等4人被指收受贿赂。

这起窝案由商人伍英彬牵出，其本来受"陕航公司"委托参与"3号地"购地开发，项目前期一直以"陕航公司"名义提交各种文件，签订土地使用权出让协议。运作基本成型时，伍英彬谎称"陕航公司"不再竞买"3号地"，又联系"金钰公司"竞买，请求南郑县国土资源局土地储备中心主任吴云皎帮忙协助变更。随后"金钰公司"果然顺利独家竞标，获得了"3号地"的土地使用权。

伍英彬既吃了"陕航公司"的数百万回扣，又吃了"金钰公司"巨额回扣，"陕航公司"自然不会答应的，通过核查揭开了上述的交易黑幕，于2011年4月20日，"陕航公司"向陕西省纪委递交了吴云皎收受贿赂的举报材料。此案就此揭开。

刘建军，作为南郑县住建局原局长兼县城投公司原董事长，法院查明其为伍英彬帮忙协调"3号地"规划、申报事宜，收受现金5万元和5000元购物卡，按照伍的要求代表南郑县城投公司与"陕航公司"签订了"3号地"的土地使用权出让协议。同时刘建军在其他工程承包中多次收受他人贿赂，后被判刑14年，依法没收涉案赃款292.5万元。

吴云皎，南郑县国土资源局土地储备中心原主任，法院查明其收受伍英彬现金2万元，以及"陕航公司"开发的西安常青苑小区价值125.1233万元住房一套，很快将"3号地"出让方案提交储委会研究，并在"3号地"由"陕航公司"变更为"金钰公司"事宜上帮忙。吴最终被判有期徒刑12年，犯罪所得138.6233万元予以没收。

南郑县原副县长李建和，是吴云皎介绍给伍英彬认识的。由于吴的涉案，李建和也被牵出，李被汉中市纪委调查后，主动交代了其在当地"7号地"受贿50万元，终被判刑7年，犯罪所得予以追缴。

2013年4月25日，西安市中院判处伍英彬合同诈骗罪，判刑7年，处罚金20万元；犯行贿罪，判刑8年4个月；决定执行有期徒刑13年。同时追缴价值57.28万元的吉普车，发还被害单位"陕航公司"，并继续追缴赃款

37.72 万元。

从上述判决书可以梳理出一个基本脉络，商人伍英彬利用金钱逐一打通了城投公司刘建军、土地储备中心吴云皎和主管土地的副县长李建和，"3 号地"的规划、申报、变更、招标、拍卖、出让等，都离不开这些人的直接操办。

值得注意的是，涉案 3 人的供词中均没有一个字提及何军辉的打招呼和帮助之内容。

三张购物卡被消费，两张同时同地被消费

"我一个法院院长，怎能有职权管土地、城建、规划呢？根本管不到'3 号地'的申报、规划、建设，两者根本不是一回事。"何军辉对华商报记者说，他任项目总指挥是在县政府一次会议上决定的，但他自称自己一直没见过这个任命文件，之后更没为该项目签过一个字，开过一个会。对检察机关的各项指控，他也都表示不认可。

据何军辉回忆，2011 年 4 月 26 日，县长办公会专题研究"3 号地"交易中的徇私舞弊问题（吴云皎已经被宣判），参加会议的有县纪委、县法制办、土地、城投公司和法院等部门，会上他才知道"3 号地"被"一女二嫁"的事情。他提了几点建议：土地纠纷问题不属于法院管辖范围，应由政府职能部门查处，并由过错方赔偿经济损失。有一天，伍英彬打电话向他发火，质问说："你怎么建议让政府来查我，等着瞧。"

何军辉说，"3 号地"早在 2009 年 10 月就经市规划局研究通过，并于 2010 年 1 月 29 日以汉市规审字〔2010〕20 号文件下达；2009 年底，南郑县政府就由伍英彬出资着手编制样规，2010 年 3 月，规划问题已经解决，伍英彬根本不需要找他。而自己从来没有接到过县上的兼职五条道路的总指挥文件，也没参加督导检查和协调事宜，更没有签过一个字。"3 号地"的出售主要由城投公司、国土部门和分管领导主导进行，与自己这个法院院长无关。

汉中市检察院起诉书载明：何军辉给伍英彬帮助购买"3 号地"及规划事宜，收受 1.5 万元购物卡和 4 万元现金（合计 5.5 万元）。该院查明，伍英彬 2010 年 1 月 12 日，在世纪金花美居生活家办理了 3 张购物卡，1 万元的一张（卡号 018261），5000 元的两张（卡号分别为：051943、051944），共计 2 万元。

其中卡号为 018261 的 1 万元购物卡于 2010 年 2 月 12 日 17 时 32 分，在西安世纪金花钟楼店购买尼康镜头、尼康数码相机；卡号分别为 051943、051944 购物卡各 5000 元，于 2010 年 4 月 10 日在该店刷卡 3706 元购买了夹克，4134.10 元购买手表。而汉中市检察院多方查找，无法确定购买人是谁，更无购买人任何信息。

而上述购物卡，汉中市中级法院却查明，刘建军用 5000 元购物卡消费买了衣服；同时汉中市检察院也查明，两张 5000 元的购物卡同日同时同地被消费，而何军辉和刘建军两人相约一起去消费的可能性很小，因此，何军辉是否持卡消费暂时无直接证据。

受贿 10 万元证据成谜，证人多份材料否认

检察机关指控，汉中生意人何海平为帮南郑县法院临聘人员的侄儿转为国家正式干部，给何军辉行贿 10 万元。

然而，何海平前后反复的证言，也疑似被刑讯逼供。

相关司法文书记载：第一次笔录何海平证实曾送过 10 万元给何军辉。

但 2011 年 7 月 19 日，何海平又致信汉中市检察院检察官易陕青："自从 10 号从你办公室回来后，几天几夜睡不着，头发白了，想了很久……这件事我一开始就以支持和配合的态度，按你们的意思说了，可你们还是几次叫我，我也不知怎样才行。如果按照你们的意思我签字了，现在新刑事诉讼法规定，证人不出庭做证的可以强制出庭，到时我说不出什么。如果说错了对不上的话，第一把你夹在中间，第二把我自己也害了，所以我非常为难，为了不让你为难，我写一份真实的证明材料留给你，实在对不起老哥了……"

同日，何海平又邮递另外一份"证明材料"称："我和何军辉认识时间短，况且他又是领导，所以实事求是地说，我没给何军辉送 10 万元一事。"该证明材料同时也邮递给了何军辉的爱人杨真。

2011 年 10 月 31 日，汉中市检察院补查"关于何军辉收受 10 万元的去向问题"，这样答复公诉部门："在退查阶段询问何军辉，他拒不配合。为了进一步查明细节，办案人员通过何海平妻子、母亲、姐姐给何做工作，让其到检察院如实做证无果，给其电话短信也无果，市院反贪局函请市公安局配合协查，但至今也没任何结果。"

"2011年10月31日,何海平以特快专递形式从兰州给办案人员一份证明材料,称自己没有送钱。"

2012年1月14日,汉中市检察院再次回复公诉部门,经过蹲点守候,家里和老家都没发现何海平,监控也没有发现其下落,现补充侦查期限已到,要求补充侦查10万元事情无法查实。

至于何海平到底给何军辉送10万元没?钱到底去了哪里?汉中市检察院反贪局两次补充侦查都没有查清楚。

案子还在补充侦查,至今无果

2015年8月21日,华商报记者前往汉中市人民检察院采访,有关负责人坦言,何军辉案子5年了,时间确实有点长,尽快宣判吧,给当事人一个了断,若有罪,那是罪有应得;若无罪,则给予国家赔偿,还人家清白。

2011年的那起"3号地"窝案有些人服刑都快出狱了,何军辉案子还在补充侦查,"他人缘不错,家庭情况也很特殊,有残疾孩子确实不容易,办理取保时检察院还给他做了工作。"这位负责人说。

何军辉面对华商报记者称:汉中市检察院侦查期间使用了刑讯逼供手段,包括用烟头烫伤右手背、两颗牙被打断,以及不让穿鞋、不让穿裤子等。

上述负责人坦言:"何军辉举报我们办案期间刑讯逼供,省市有关部门也展开调查过,我们给省上也专门汇报过,不存在此问题,我们都是依法办的案。"据了解,该案两次开庭,汉中市检察院曾提供过一份同步录音录像光盘,但一直都无法打开播放,侦查期间的真实记录无法回放。

8月25日,汉中市检察院告知华商报记者,有证据证明没有刑讯逼供:分别为录音录像视频和何本人"没有刑讯逼供"的签字。

记者问:既然有同步录音录像证明,那么汉中市检察院为何给宝鸡市中院,出具了同步录音录像不能正常播放的证明?

该负责人表示"不可能吧",至于为何要提供这份证明,他不知情,宝鸡市中院一名副院长曾带队来检察院核查过。

"此案已经审理了两次,也确实没有宣判,我们已启动'非法证据排除'程序后让检察机关补充侦查,但时至今日未果。"宝鸡市中院有关负责人说。

"法院开庭后发现证据有瑕疵,因此案件又退回侦查,反复几次,也开过两次庭，我们也希望法院尽快宣判，听说近期法院又将开庭审理。"宝鸡市人民检察院有关负责人说。

2015年9月18日，何军辉被宝鸡市中院变更了强制措施，由"取保候审"变更为"监视居住"。

10月26日，宝鸡市中院负责人表示，此案件由陕西省高院指令宝鸡市中院审理，他们已经将案情如实汇报至省高院，正在等候省上意见。"我们也很着急，多次派员前往省高院请示汇报。"

《华商报》（2015 年 11 月 18 日）

深度调查 7

核心提示：

　　张胜兰 43 岁时，事业正处于上升阶段，延安地区一家公司甚至已任命他为副经理，就在办理调动手续时，1986 年初，延安地区纪委接到书面举报称张胜兰贪污 50 万元。

　　"贪污 50 万元，在当时是要杀头的，我哪有那么大的胆子？"张胜兰至今想不通，"案子当时被列为延安乃至陕西大案要案。"

　　30 年过去了，张胜兰一直奔波在申诉的路上，他至少跑了 3 万多公里的上访路，2014 年他的冤假错案才被平反，但是恢复公职、落实待遇和错案追究至今没有启动，公平正义的路上，他还在苦苦追寻……

30 年的冤假错案　3 万多公里的申诉路

　　回望自己过去近 30 年的人生，现年 73 岁的张胜兰觉得，一直奔波在申诉的路上。1986 年，时任黄龙县第二建筑公司经理的张胜兰被人接连举报贪污、有经济问题，被当地检察机关立案批捕，后又做出免予起诉决定。

　　之后这些年，张胜兰自学法律，奔走申诉维权，直至 2014 年 7 月 10 日"平反"。他粗略算了下，为了维权，他这些年至少跑了 3 万多公里路。而今，73 岁的张胜兰又开始为恢复公职、国家赔偿奔波。

　　2015 年 3 月 24 日一大早，73 岁的张胜兰又一次去延安市人民检察院催问自己的案子。检察院门卫熟悉地称他为老张，"大家都认识我，见的回数太多了……"因检察长去西安开会，他略显失望。

张胜兰右眼看人时，老是眯着，睁不开，也睁不大。黝黑的脸庞，鼻梁上架着远视镜，三道横向皱纹深深刻在额头上。离开时，张胜兰和检察院办公室主任打了招呼，左手扶着楼梯，慢慢走出办公大楼，准备回家。

这几天，老伴和大女儿相继住院，张胜兰既要照顾老伴，又要跑自己的案子，家里没钱了。

张胜兰眼下借住在大女儿家，房子在 7 楼顶层，没有电梯，"每天我爬126 个楼梯，权当锻炼身体。"屋内木地板全部翘裂，凸凹不平，客厅屋顶三处漏雨，几乎没有什么像样子的家电。

卧室朝北向，可以看到整个小区，屋内只有简单的床、两门柜和写字台，这些家具是七八十年代的老古董，"我被抄家后，什么都没有了，柜子和写字台是从垃圾堆捡回来，看着还能用……"

河南来的技术员

张胜兰，生于 1942 年 5 月 19 日，河南省唐河县人。15 岁那年他还在老家河南省电力学校求学，工民建专业。那个年代，能上中专已经很了不起了。当年上半年，陕西黄龙县建筑公司联系学校要一名技术员，随后他被选调到陕西，先后在陕西农 14 师柳枝造纸厂、渭南 2 号信箱等工程管理施工。1969 年底，跟着在渭南的施工队，他又调入延安姚店工区。

张胜兰回忆：1978 年，建设部组团到东风化肥厂检查验收，结果他负责的施工项目，工程质量、进度、安全等被评为陕西省第二名，获银质奖章，被评为"新长征突击手标兵"，并获得省政府和延安行署的表彰。

在张胜兰提供的资料里，华商报记者看到一份 1979 年 8 月 12 日"黄龙县革命委员会基建局文件"，认为"张胜兰能够认真钻研业务，经过几年的实践，掌握了一般工程的设计、施工等知识，并能够独立承担一般工程项目，所主管和配合施工的几项工程都没有发生质量和安全方面的重大事故，特别是 1978 年东风化肥厂工程质量优异，曾受到省、地建委的表扬，经县革委会第二次行政会议批准，张胜兰等三位同志晋升为技术员"。

1984 年 12 月 29 日，黄龙县政府决定，任命他为黄龙县第二建筑公司经理。同年，黄龙县劳动人事局报请延安地区劳动人事局吸收录用张胜兰为国家干部。1985 年 3 月 4 日，延安地区劳动人事局批复同意。

被连续举报，后逮捕关押

那时 43 岁的张胜兰，正处于事业上升阶段，有三家延安地区单位协商要调他。延安一家公司甚至已任命他为副经理，就在办理调动手续时，1986 年初，延安地区纪委接到书面举报称张胜兰贪污 50 万元。

"贪污 50 万元，在当时是要杀头的，我哪有那么大的胆子？"张胜兰至今想不通，"案子当时被列为延安乃至陕西大案要案。"

后来他才得知，这是一封来自黄龙县建筑公司的书面举报信，当时该公司经理是张某。而张胜兰时任黄龙建筑公司副总经理兼县第二建筑公司经理，他俩曾是非常要好的同事。

同年 1 月，延安地区纪委第 30 号通知延安地区行署人事局，决定撤销该人事局延地劳人发〔1985〕28 号文件，张胜兰转为国家干部的事情"黄了"。

紧接着，地区行署人事局便函黄龙县劳动人事局，撤销张胜兰录用为国家干部的批复，恢复其原工人身份。

"我不知道案件是如何调查的，纪委刚一接到举报信，就把我转干的批复取消了，但那时案子就这么办了。"张胜兰说。

但历时一年多的调查却没有发现问题。1989 年底延安地区纪委认为，张胜兰没有贪污，将举报材料退回黄龙县建筑公司，但没有给张胜兰任何回复，纪委审查中断停止了，此案也就不了了之。

就在纪委调查期间，1989 年 8 月 10 日，黄龙县建筑公司再次向县检察院书面举报张胜兰经济问题，三项共计 24.2 万元。

很快，同年 8 月 14 日黄龙县检察院受理并初查；8 月 19 日，经黄龙县检察院检委会研究决定，对张胜兰以贪污罪立案侦查；8 月 23 日，张胜兰案件由"贪污"改为"挪用公款"，8 月 25 日，黄龙县检察院以挪用公款罪对张胜兰重新立案侦查。

1991 年 8 月 28 日，黄龙县检察院以挪用公款罪对张胜兰刑事拘留，同年 9 月 9 日，被依法逮捕关押在黄龙看守所。

取保候审，22 年未解除

张胜兰被关押 2 年后，因"身患疾病不宜在看守所关押"被取保候审。

1995 年 9 月，黄龙县检察院做出免予起诉决定，原因是"犯罪情节较轻"。

从被免予起诉后的第二天，即 1995 年 9 月 22 日，张胜兰开始了漫漫申诉路，历时 20 年，直至北京最高人民检察院。

1995 年 12 月，张胜兰被单位开除，理由是"1986 年发案至 1995 年他都没有来上班"。

2014 年 7 月 10 日，延安市检察院做出复查决定：以挪用公款一案事实不清、证据不足、适用法律不当为由，撤销黄龙县检察院（1995）黄检刑免诉字第 04 号免予起诉决定书；撤销黄检发（2010）第 10 号关于对张胜兰挪用公款一案复查报告中的"构成犯罪，维持免予起诉"的认定。随后，黄龙县检察院做出刑事赔偿决定书，赔偿张胜兰经济损失、精神损失费等共计 22 万余元。

"延安市检察院的这份复查决定书下发，洗刷了我的罪名，证明我是无罪的，是被冤枉的。"张胜兰说。

让张胜兰至今无法释怀的是："1993 年 6 月 12 日我被办取保候审至今，黄龙县检察院没有办理我的解除取保候审法律手续，21 年了，他们的办案程序严重违法。"

4 月 2 日，华商报记者从检察机关核实了此事，确认黄龙县检察院至今没有办理张胜兰的解除取保候审法律手续。

"为了自己的清白，我跑过 4 次省检察院，从延安到西安来回近 600 公里，就是 2400 公里；从住处到延安市检察院 2 公里，我像上班一样每天都去催，跑了整整 7 年，除过双休日不上班，共 1893 天，又是 7572 公里；平反后，为讨国家赔偿、落实政策，我 40 次往返延安到黄龙县，来回 400 公里，又是 16000 公里。"

"加起来总共 32310 多公里，花费近百万元。相当我到美国转了一趟半，差不多绕了赤道大半圈了，30 年的错案平反了，但落实待遇，国家赔偿才刚刚开始，不知道还要跑多少路……"

40 次申请国家赔偿协商未果

2014 年 9 月 9 日，张胜兰时隔 8 年后再次踏入黄龙县，他这次信心满满，有了延安市检察院撤案文件，相信黄龙县检察院会认真接待，积极配合，很快对冤假错案给予纠正并实施国家赔偿和启动错案追究程序。

然而事情并不那么简单，黄龙县检察院让他先回去等通知。

他申请的国家赔偿共计 10 项内容，恢复名誉、登报公开道歉等，累计赔偿直接费用和精神损失费共 534.2 万。对于国家赔偿申请，黄龙县检察院决定立案审查，截至 2014 年 11 月 6 日，双方多次协商，由于差距过大未果；11 月 7 日，黄龙县检察院检委会研究决定，给予张胜兰赔偿 222332.20 元人民币。

2014 年 12 月 23 日，延安市人社局函告黄龙县人社局，按照延安市纪委同意录用张胜兰为国家干部，并按照有关程序办理。

拿到此函后，张胜兰立即赶往黄龙县人事局，希望尽快恢复公职，落实待遇，但县人社局认为"市人社局此函指向办理事项不明，需要重新出具"，他只好又返回到延安市，找市人社局重新出具有关文件。

今年 1 月 4 日，延安市人社局再次函告黄龙县人社局，撤销相关文件，批复张胜兰转为国家干部文件继续有效。

"县人社局当时答复，尽快恢复我的干部身份，回去等着！"张胜兰说。尽管此后，黄龙县主要领导先后批示，要求县人社局按照市纪委、市委政法委有关文件精神，依据有关程序予以办理。但至今张胜兰仍在等待中继续奔波。

4 月 2 日，张胜兰再次去黄龙县，已经是第 40 次了。"被平反已经 9 个多月，错案追究程序还未启动，不知道还要等多久。"

"我一直坚信：真的假不了，假的真不了"

这 30 年是靠什么意志坚持下来的？张胜兰说："我一直坚信：真的假不了，假的真不了。公职被开除后，特别是家被搜查后，经济来源枯竭了，老伴没工作，4 个孩子尚未成年，家庭处于崩溃边缘，不敢想是怎么过来的。30 年了家里几乎没吃过几次肉，没钱呀，至今还欠朋友借款几十万。"

但即便如此，他也没有寻求过组织和领导的帮助，"我当时认为自己没干违法乱纪的事情，内心坦荡，任他们去调查。"但他没想到，这个申诉路一走走了几十年。

张胜兰毫不隐讳，自己最难原谅两个人——举报者张某和办案的检察官刘某，"目前最希望尽快启动错案追究程序，追究这些人的法律责任。"

3月31日，张胜兰已经向黄龙县检察院、黄龙县纪委提交书面申请，督促尽快启动错案追究程序。

现如今，张胜兰最想知道的是，当时办案的检察官刘某、检察长张某某以及举报者、时任黄龙县建筑公司经理张某，对这个30年后被纠正的错案怎么看？如何追究错案的法律责任？

举报者："都是过去的事了，不说了，不说了"

3月31日，华商报记者跟随张胜兰一起前往当年的举报者张某家。张胜兰还特意买了水果。张某家在一楼。很多年未见，两人都没认出对方。

"你是不是张经理？我是张胜兰。"张胜兰说。两人沉默了两分多钟，空气好像凝固了，张某脸色难看，慢吞吞地说："我是张经理。"

"老哥哥，你身体都好吗？耳朵能听见吗？"张胜兰问。

"能听见，你坐吧。"张某脸无表情地说。

接下来的谈话其实不能叫谈话，几乎是张胜兰一个人在说话，他似乎想把这30年的委屈都倒出来。而一旁的张某，只是一个劲儿抽烟，啥话都没说。

他告诉张某，他的案子被平反了，还谈了家里这些年的苦。"20多年了，我上无片瓦，下无寸地，家破人亡，几乎无法生存下去，老哥你知道不？"听到这里，张某眼泪不由自主地流出来，用纸巾擦了擦眼睛，随后起身步履艰难地进厨房，给自己熬小米稀饭，出厨房时右腿挪动缓慢差点跌倒，张胜兰急忙上前扶了一把。

诉说中，张胜兰还问出了那个一直困扰他的问题："我们哥俩过去关系那么好，没想到你会那样告我！"但直到谈话最后张某才说了句"都是过去的事了，不提了，不提了。你们赶快走吧，老伴马上要回来了，免得难堪，你给我还带水果，我不要，你带走吧"。

时任检察长："当时办了取保候审了，你还想干啥？"

4月1日早晨，张胜兰一大早8点8分就赶到富平县法院，他着急要见到当时办理他案件的检察官刘某。刘某现任富平县法院法官。但事情并不顺利，张胜兰见到刘某时他并不承认自己就是当年办案的检察官刘某，被张胜兰认出来后，又将其拒之办公室门外。

张胜兰火了，用拳头砸着办公室门，并大声喊道："你为什么不敢见我，我的冤假错案被平反了，你知道不？"

当渐渐平静下来时，张胜兰找到了富平县法院的负责人，表明来意后，该负责人安排了一名副院长接待他。在张胜兰的一再要求下，这位副院长电话联系了刘某。电话中刘某说：他不想见张胜兰，案子问题找单位解决吧。

4月2日，张胜兰电话告诉华商报记者，他电话联系上了当年的检察长张某某，"他态度不太好，说当年已经给我办理取保候审了，我还想干啥？我说就是告诉你，你们办的冤假错案，上级如今给我平反了"。

当时的检察长张某某已经75岁，现居住在西安。华商报记者多次拨打张某某的手机，但一直无法拨通。

《华商报》（2015年4月10日）

（作者注：该案件经曝光后，引起陕西省人民检察院、最高人民检察院主要领导批示后，2015年11月底，当事人被落实了国家赔偿、退休政策等待遇，现退休月工资4970元，勉强可以安度晚年。"非常感谢现任延安市检察院检察长崔景文，对我的冤假错案给予平反。"

2016年1月11日，张胜兰可以面带笑容和记者交谈，祝福老人晚年健康、幸福。他说："但错案追究还没启动。时任检察长退休了，检察官也调离了检察系统，谁来带头启动错案追究程序呢？"）

深度调查 8

> 　　陕西府谷交警查车时，司机被交警追赶而跳黄河后，警察没有立即展开救援，而是驾驶着警车离开……4 名民警被检察机关以滥用职权罪提起公诉。
>
> 　　因执法水平不高而引发的命案惊动了榆林市委书记和市长，榆林市委书记李金柱、市长胡志强分别作出了重要批示，全力做好稳控工作，妥善处理善后事宜。

陕西府谷交警查车　司机被追弃车跳黄河身亡

　　府谷交警在一在建工地拦截一辆农用车，司机弃车逃到黄河边，交警紧追不舍，后追前堵，该农用车司机跳进黄河，目前生死不明。

无照驾驶躲交警跳进黄河

　　2008 年 7 月 3 日早上 6 时许，府谷县王家墩乡贺家堡村人贺立旗驾驶货车，从府谷新区黄河边驶向城区一建筑工地，突然被府谷县公安局交警大队从正面拦截。"我丈夫害怕被拘留，就从车上跳下，顺着河堤台阶下到河边，然后沿黄河边向东跑，而交警紧追其后，跑了 200 多米后躲在河堤涵洞下，可谁也没想到，交警还是紧追不舍……"贺立旗妻子高燕玲说。

　　高燕玲介绍，丈夫从涵洞里出来后，继续朝东走，可是从他正前方跑过来几名交警。一边是 10 多米高的河堤，另外一边是滔滔黄河，贺立旗被逼到黄河岸边，这时前后两路交警距离他也很近，"丈夫跳到黄河里，他不会水……"高燕玲说。

据介绍，当时巡查的警车是"陕 K0472 警"，交警一共 6 人，其中带队的是府谷县公安局交警大队副大队长苏海荣。

潜水员多次救人未果

高燕玲和知情群众介绍，当贺立旗跳进黄河后，警察没有立即展开救援，而是驾驶着警车朝西走了。半个多小时后，这辆警车又开过来了，她把警车拦住，要求警察必须给一个交代，并央求警察救人。"3 日上午 8 时，我们接到府谷交警求救，8 时 30 分到达现场开展救援。"现场救援的山西保德县天桥水电有限公司潜水班班长高爱林介绍，当时因电压不稳而烧毁了潜水空压机，后来又拉来一台，耽误了一段救援时间。

截至昨日下午 5 时，他们共潜水多次，从落水点朝上游巡查了 400 多米，没有找到，然后从下游又巡查了 600 多米，也没有找到落水者。而是在黄河里找到另外一具尸体。

高爱林认为，事发时黄河流量每秒 500 立方米，流速每秒三四米，水深4 米多。据初步估计，贺立旗落水后可能被石头夹住或者卷在旋涡里。从目前搜救范围来看，可能暂时无法打捞上来，如果人被淹死了，最快在 3 天以后才能漂上水面。

府谷县检察院已介入调查

昨日中午，府谷县公安局交警大队大队长张志鹏介绍，贺立旗跳入黄河后，现场带队副队长苏海荣开车去找他，他知道情况后，赶快带领民警赶赴现场，并向县公安局、政法委书记汇报情况，采取措施紧急救援。同时，县政法委书记许世祥带领县检察院副检察长余振华等赶往现场，并紧急调集公安、消防、医疗救护等，展开了打捞救援工作和现场调查取证工作。

3 日下午，就在记者采访时，张志鹏阻拦采访，用手指着记者说："走开，把记者赶走！"随后，9 名警察停止救援，冲上河堤围住记者抢夺相机，并推搡、拉扯记者衣服，把记者推上河堤。

对于交警的执法，张志鹏认为，"我们民警执法没有错，只是工作力度太大了"。现场有目击者向记者介绍，当时还给执法交警说，"你们别追了，再追他就不会上来"。

2006年1月1日起实施的《交通警察道路执勤执法工作规范》第十条明确规定，除交通违法行为人驾车逃跑后可能对公共安全和他人生命安全有严重威胁以外，交通警察不得驾驶机动车追缉，可采取记下车号，事后追究法律责任，或者通知前方执勤交通警察堵截等方法进行处理。

截至昨日下午5时记者发稿，贺立旗仍然没有找到。目前，救援队已进一步扩大搜索、打捞范围。

目前，府谷县检察院已经介入调查，府谷县检察院有关负责人介绍，交警执勤时间、地点是否存在问题，以及当时是否及时救援等问题，他们正在展开调查。

《华商报》（2008年7月5日）

跳河司机家属获赔近40万元

备受关注的府谷交警查车时，司机被迫跳黄河淹死有处理结果，当日1名值班交警因涉嫌玩忽职守已被刑拘，其他5名交警已停岗接受监察机关调查。同时，死者家属一次性获得赔偿399800元。

执法经验不足引起命案

7月3日6时许，府谷县王家墩乡贺家堡村民贺立旗，驾驶一辆福田小型农用车在行至新区场平工程区北侧路段，遇到了县公安局交警大队民警巡查，他为逃避交警检查，拔掉车上电门钥匙，迅速向黄河河堤方向跑去，在沿河堤向前行走约500米后，跳入黄河下落不明。

据查，贺立旗系无证驾驶，当时违法载客6人，且其农用车未年检。贺立旗此前曾因无证驾驶、非法载人先后两次被县公安机关行政拘留。

事情发生后，县委常委、政法委书记许世祥，公安局、检察院及时带领公安、交警、消防、医护人员等赶赴现场，积极组织开展打捞、搜救工作，检察机关随即进行了现场勘查，并展开对此事的调查。

经过 50 多个小时紧张搜救，于 7 月 5 日下午 3 时 40 分左右，在黄河碛塄段山西省保德县一侧发现贺立旗尸体并打捞上岸。因在山西无法尸检，需将尸体运到府谷县殡仪馆进行尸检。当晚 9 时许，在尸体运到县城黄河大桥桥头附近时，因死者家属强行抬走尸体而发生争吵。

经调查，交警上路巡查是依法履行职责，贺立旗无证驾驶、载客是明显的违法行为，其死亡主要是因本人逃避执法检查造成的，但与当日交警执法水平不高及经验不足有一定关系。

命案惊动市委书记和市长

当日抢尸事件发生后，府谷县立即召开县委常委会议，紧急启动突发性群体事件应急处置预案。会上成立了由县长张惠荣任组长的事件处置工作组，并决定在事件原因未彻底查清之前，责令县交警大队大队长张志鹏向县委、县政府写出深刻检查，对当值交警予以停岗调查。

同时，要求继续积极主动地做好死者家属、亲友及村民抚慰和劝解工作，尽可能满足他们合情合理的要求，全力安排好他们的生活。对煽动不明真相的群众进行阻断交通、对抗执法机关的少数不法分子予以严厉打击；积极做好家属安抚工作，妥善处理善后事宜。

会后，县委、县政府主要领导及分管领导和相关部门单位负责人立即赶赴现场，调度指挥控制事态。公安机关组织警力全力疏散围观群众，将带头闹事的七名社会闲杂人员带离现场。7 月 6 日凌晨 1 时 30 分，事态得到有效控制，没有造成人员伤亡。

因执法水平不高而引发的命案惊动市委书记和市长，榆林市委书记李金柱、市长胡志强分别作出了重要批示，要求府谷县委、县政府严厉打击不法分子，全力做好稳控工作，妥善处理善后事宜，认真做好信息报送工作。

当班交警涉嫌玩忽职守被刑拘

府谷县检察院初步查明，当日 1 名王姓交警因涉嫌玩忽职守，已被刑事拘留，其他 5 名当值干警已经停岗，正在接受纪检、监察机关调查。截至目前，公安机关已抓获煽动并参与闹事的不法人员 9 名，其中 5 人被刑事拘留，4 人被行政拘留，这些不法人员大多为黑车司机、出租车司机、大货车司机及酒后闹事者。

该事件发生后，府谷县公安局和死者家属进行多次协商，7 月 9 日 11 时许，县公安局与死者家属签订补偿协议，贺立旗共有四个子女，其中最大的 20 岁，最小的 15 岁，妻子常年多病，父母年迈。

府谷县公安局付给死者家属及被抚养人的生活费、死亡补偿金、丧葬费、精神损害费、抚慰金共计人民币 399800 元。

首先给死者家属人民币 2 万元，用于安葬死者，在丧事办理完毕后，再付其余赔偿金。死者家属已在协议书上签字，情绪稳定。

《华商报》（2008 年 7 月 11 日）

（作者注：时任榆林市委书记李金柱现任陕西省人大副主任任，时任市长胡志强现任榆林市委书；2009 年 4 月 7 日，经榆林市检察院批准王某某 4 名交警被检察机关以滥用职权罪提起公诉）

2008 年是案子胜诉后的第 12 年，听说记者要来采访，任光厚夫妇从山梁梁上朝着记者跑来，扑通一下子坐在记者跟前，任光厚眼圈红红的，妻子霍彩莲放声大哭，哭声回荡在山间，述说着一家人的遭遇……

尽管那场"民告官"的官司胜诉了，但一家人遭受的折磨阴影至今存在，幸好有守住司法底线的法官为此而努力，从而使公平公正光芒照射任光厚家庭，让我们重新回顾发生在 1996 年 8 月 21 日下午的那起土疙瘩事件……

依法治国下的陕北"民告官"——
一块土疙瘩引发的冤案

1996 年，当陕北农民任光厚将榆林地区劳动教养管理委员会推上被告席时，他碰触了国家最敏感的一根神经：选择法制还是法治？只要有健全的法律制度，就能实现社会的公平正义吗？

正是从这时候开始，"法治"，这个蕴含着公平正义的社会理想的词语，伴随着"依法治国"的方略出台，真正走进了执政党的纲领之中，也走进了普通中国人的生活。

枣花开了，香气淡淡的，枝头的杏儿也红了。窑洞门前，老猫慵懒地伸长了身子……这是陕北高原上一个普通的夏日。

"没办法提哩!"任光厚眼圈红红的。妻子霍彩莲再也忍不住,放声大哭。对这个家来说,12年前的那场"民告官",虽然最终以他们的胜利收场,但至今想来,伤痛仍远远大于当年"告赢"了政府的那份荣耀。

一块土疙瘩引发的冤案

1996年,岁月长河中一个看似普通的年份。这年2月,中国社会科学院研究员、著名法学家王家福在中南海为中央领导做了一场讲座,题目是《依法治国,建设社会主义法治国家的理论和实践问题》。讲座后,江泽民做了重要讲话,第一次提出了"依法治国"的方略,对依法治国的意义做了全面的阐述。

"依法治国",简单的四个字背后,蕴含着一个国家的法治理想。很快,从庙堂之高到江湖之远,"依法治国"成为人们议论的热词,在一些地方,"依法治国"被简化成"依法治市""依法治县",甚至"依法治路""依法治厂"的标语,出现在城市乡村的各个角落。

这一年,陕北农民任光厚41岁。他初中毕业,从没学过法律,更没打过官司。祖祖辈辈"面朝黄土背朝天",他骨子里只相信一点:人要讲理。可这一年,他遇到了一辈子"最不讲理"的一件事,糊里糊涂被关押了160天。

任光厚是清涧县双庙河乡董家山村人。1996年,他东凑西借刚给家里打了新窑,4个儿女也都即将成人,日子正渐渐好起来。不料这年8月,因为二儿子任爱明无意间"冲撞"了乡政府干部,给全家人带来了一场牢狱之灾。

"那年我刚18岁,出事那天是农历七月初八。"12年过去了,任爱明仍清楚地记得自己"惹下麻烦"的所有细节。那年8月21日下午4点多,任爱明看见自家院子上空的电线杆上蹲着一只猫头鹰,就想赶走"那不吉祥的家伙",他捡起一个土块,随手丢了过去,不料土块掉在了院外路过的人背上。

此人是在村里下乡的乡政府干部王锋。这下麻烦大了,王锋等一帮乡干部进来"论理",双方争执起来。几个乡干部随后把任爱明带到另外一户村民家"询问",任的母亲和哥哥、妹妹也追了过去,双方争吵不止。直到任光厚闻讯赶来,为了息事宁人,他忙不迭地给几个乡干部赔礼道歉。"等明天再说这事!"乡干部临走时撂下话。

第二天即 8 月 22 日，在双庙河乡政府，清涧县一位政法委副书记和县公安局副局长贺某等人正在下乡，乡领导就把"干部被打"的事做了一番汇报，贺某当即派了两个民警和乡政府干部一起"调查处理"。一起冤案就此展开序幕。

骂"领导"全家被"收拾"

当天，两名干警和 4 名乡干部前去董家山村调查。

因为事先知道任家父子在修路的工地上干活，他们在村口"兵分两路"。乡干部一路去找任爱明，民警进村调查。法院后来的审判结果确认了这些事实：当时民警康平吩咐，把任爱明逮住后铐上手铐！就这样，正在工地上干活的任爱明被戴上手铐，任光厚也被叫了过来。与此同时，两民警进村后路遇任爱明的哥哥任正明，双方发生冲突，警察也要给其戴手铐，撕扯了起来。"这时候，我妈和我妹妹、弟弟也赶来了。看我和我哥都被铐上了，就和他们争吵起来，结果是我们一家人都被抓走了！"任爱明回忆。

接下来发生的事让任光厚一家的"牢狱之灾"更加不能避免：当干警和乡干部"押"着任爱明等人走到大路上时，遇到了县政法委一位副书记和下令"调查"的公安局副局长贺某，任光厚和贺某"讲理"时，因为骂了对方"你不是娘养的"，对方勃然大怒，当天，清涧县公安局就把任光厚夫妇和任正明收容审查，给任爱明和另一个弟弟行政拘留 15 天，给任光厚 16 岁的女儿治安警告处分。就这样，一家人全被"收拾"了。

任光厚夫妇俩和大儿子一直被关到 9 月 4 日，公安局才呈报榆林地区劳动教养管理委员会，对三个人劳动教养。3 个月后，结果下来了，任正明劳教 3 年，任光厚劳教两年。霍彩莲劳教两年，所外执行，缴纳保证金 1500 元。其间，任光厚一家没有任何为自己辩解和申诉的机会。在劳教决定书下来时，他们已被超期关押 3 个月之久。

1997 年 1 月 7 日，马上要过年了，任光厚和儿子被送往劳教所执行劳教。妻子霍彩莲则被打得满身伤痕，回到家中"所外执行"。

一个好好的家，此时几乎垮了。任爱明和 69 岁的外爷，开始为营救家人奔波。他们找到了榆林地区律师事务所的吴文律师，早年在清涧做律师的吴文同情他们的遭遇，接下案子。

诉状递到榆林市人民法院（现在的榆林市榆阳区法院），法院很快受理了。就在案件进行中的 1 月 28 日，榆林市人民法院做出了停止劳动教养执行的裁定。当年腊月，赶在小年这一天，任家父子终于暂时回到了家。"那天，父亲回来了，我跪在地上哭了好久，我觉得都是我连累了爸爸和哥哥……"任爱明至今想起那一天，依然泪流满面。

告倒劳教委员会

"这个案子实在是太荒唐了，就是一场闹剧。"吴文说。他记得自己接手案件时，就认定这个案子一定会赢，但关键是法院是否受理。还好，案子被顺利受理，因为是行政诉讼，法院也很重视。公开审理中，任光厚一方提供的各方面证据都很确凿，而公安机关办案的程序漏洞百出，很快，一审判决就出来了。

榆林市人民法院认为：清涧县公安局在未查清真相的情况下，即偏听偏信，在未出示任何合法手续的情况下，就对任正明使用械具，并错误地委托乡政府干部对任爱明使用手铐。在清涧县公安局违法执行公务的前提下，任光厚等才和干警发生撕拉行为。法院因此认为，榆林地区劳动教养管理委员会的劳动教养决定事实不清，适用法律不当，判决撤销了劳动教养决定。

拿到一审判决的任光厚哭了，这是他生平第一次和法院打交道，没想到法院判得这么公道！但很快，对方不服上诉。

这次宣判，一直拖延到 1997 年的 5 月 20 日，距离他们被抓已经过去了 9 个月。当时法院面临着很大的压力，但最终，法院还是依法确认了一审判决认定的事实，维持原判，驳回了榆林地区劳动教养管理委员会的上诉，400 元诉讼费也由劳教委员会承担。

终于胜诉了！当最终的结果出来时，小山村里响起了清脆的鞭炮声，乡亲们和任光厚一家，共同欢庆迟迟到来的公正结果。

吴文还记得终审宣判后公安局和乡政府的尴尬。"这么判，让我们以后咋做工作嘛！"一位公安局的领导当时就曾这样说。

和政府打官司"需要勇气"

12 年过去了，对任光厚一家来说，曾经承受的悲伤、屈辱已经成为过去，但提起旧事，他们依然很伤心。

想起当年，人被抓了，庄稼撂荒了，果园顾不上了，为了讨个公道，他们甚至不惜借高利贷，前后负债12万元，一直到今天，还有欠款7000元。"打算今年好好干，把最后这笔欠款还了。"在内蒙古打工的任爱明说。他曾经在内疚和悔恨中煎熬过很长一段时间，一直觉得是自己当初一个无意的举动把家人拉进了深渊。其后多年，他一直在外打工。

但案件最后的光明结局也多少让他们有了一些心理补偿：当时，他们打赢官司的时候，轰动了四乡八里，人们奔走相告，感叹于法律的公道，也感叹于这一家人的坚忍。

而在那个村庄，任光厚是"民告官"的第一人，一直到现在，再没有人和政府打过官司。"这是需要勇气的。"

任光厚觉得通过这个案子，自己对法律的认识和过去没有什么不同："人还是要讲理。"不久前，他又打起了他生命中的第二场官司，对方也是村民，屡次侵犯他果树的财产权，他决定再次通过法律来讨个公道。"我劝我爸别打了，毕竟打官司挺难的……"任爱明说。但父亲坚持要通过法律给自己讨个公道："当年那么大案子，咱都赢了……"

而对吴文来说，他也一直记得这个案子。"在我所代理的行政诉讼案件中，这个案子是比较完美的。"

他记得，1996年正是律师法颁布的一年，也是行政处罚法颁布的一年，更是"依法治国"方略提出的一年，是"法制"与"法治"正在争论的一年。依法治国很大程度上是"依法治官"，对这个国家来说，司法进步是在点滴之中取得的。1996年，他和任光厚等人一起，再次体会了这个国家对法治的迫切呼唤。

"现在行政诉讼还是不容易"

今年已经64岁的吴文，是改革开放以来陕西第一代律师之一。30年的法治变迁，作为一个律师，他有着深切的体会。

1981年，清涧县法院决定成立一个法律顾问室，其实就是清涧县律师事务所的前身，这也是清涧县第一个法律服务机构，但当时只是县政府下面的一个部门。当时办公室只有吴文一个人，他实际上成了清涧县的第一个律师。

1983 年，清涧县律师事务所成立。"那时候，人们对律师、对开庭都感到非常新鲜，开一次庭，常有几百人去听，最多的时候有上千人去听。记得我们开庭都是在剧院里开的，而且人们都是不请自来。"吴文回忆。也正是因为他在清涧县做律师的经历，后来任光厚一家找到了他。

对任光厚一案，吴文印象最深刻的是劳动教养制度问题太多了。"法律规定，不经过审判，任何人不能剥夺他人的人身自由。但偏偏劳动教养不需要经过审判程序，公安机关直接就能剥夺人身自由，而且最多长达 3 年！"吴文说。

当年他就曾向有关部门反映过劳动教养制度的缺陷，希望至少予以改进，但没有回音。"我印象太深刻了，这一家人被劳教，完全没有任何申辩的机会。而如果通过正当的司法审判，根据事实和法律，任光厚一家绝对不会被关起来的。"吴文说。

此后的吴文一直在关注劳动教养制度。他注意到，公安机关一年劳教不少人，但很少有人提起行政诉讼。"有的人本身有些问题，更不愿起诉了，因为这个诉讼太难了。"2003 年，在收容审查制度被废止后，劳动教养制度再次成为法学界诟病的一个"恶法"。

近年来，不少法学专家呼吁废止劳动教养制度，立法机关也予以重视。"行为纠治法"有望代替旧的劳动教养制度。这一切都让吴文很关切。"当年，任光厚的案子能赢不容易，到现在，行政诉讼其实还是很难的。这其实和政府部门的观念等都有关系。我们的官员至今还没有习惯当被告。"吴文说。

"法治""法制"之争

法治：根据法律治理国家和社会。

法制：法律制度体系，包括一个国家的全部法律、法规以及立法、执法、司法、守法和法律监督等。——引自《现代汉语词典》（第 5 版）

"法制"与"法治"之争，出现在 1996 年，并非偶然。从 1978 年开始，伴随着 1982 年新的宪法颁布，中国人已经开始萌生、起步了建设现代法律自治的过程。

1992 年，伴随着市场经济的真正启动，出台了一系列法律，一个符合市场经济的法律体系正在逐步建成。但法律制度的健全和完善，是否意味着一切已经在法律的秩序下规范运行?

显然不是,行政违法案件频频出现,一些部门执法作风备受诟病正是其证明。事实上,1996 年之前,法学界已经倾向使用"法治"一词,而在官方和政界话语中,依然使用着"法制"一词。伴随着当年江泽民提出"依法治国"的方略,"法制"与"法治"的争论也越来越热烈。

法制,在这场争论中被形象地比喻为"带刀之法",许多学者认为,在"一手抓建设,一手抓法制"的理念中,法律还是刀把子,是专政工具,对于经济活动、制度文明很少起到作用;而法治,则是"从水之治",水是温柔公平的象征,象征着"法"的真正价值。另外,法制更多的是指法律制度的建设,是静态的;而法治,则是一种治国的方略或者理想,指的是所有的人、政党,所有的社会活动都要通过法律程序来运行。

正如学者郭道晖所言:"法治是人民之治,非群众之治;法治是以法治国,非以党治国。"

1996 年 3 月,全国人大八届四次会议公布的《国民经济和社会发展"九五计划"和 2010 年远景目标纲要》,将"依法治国"作为一项根本方针和奋斗目标确立下来。文件提到"努力建设社会主义法制国家",虽然用的还是"制",但在 1997 年的"十五大"报告中,则悄悄改成了"社会主义法治国家"。从此之后,"建设社会主义法治"的话语就固定和延续下来了。

纵观中国的改革开放历程,话语之争往往是很重要的,1996 年的这场争论亦如是。从此之后,中国人选择"法治"作为自己的生活方式,虽然走向法治的道路很漫长,但一切都已经开始,人们正怀着信心,走向前方。

《华商报》(2008 年 8 月 23 日)

(合作作者 江雪)

(作者注:2013 年 12 月 3 日,十二届全国人大常委会第六次会议通过《关于废止有关劳动教养法律规定的决议》,至此在我国存在 56 年的劳教制度退出历史舞台)

食安篇

深度调查 ⑩

 核心提示：

- 历时近一年，线人发现秘密：使用"滤油粉"可延长煎炸油寿命
- 未经卫生部门批准，肯德基向煎炸食品的食用油里添加化学品延长食用油寿命。
- "滤油粉"有关资料中声明："不能确保此化学品在根据适当安全规定和正常操作程序被使用时是毫无危险的。"
- 食品、卫生专家明确指出：食用油高温加热反复使用可能产生丙烯酰胺和苯并芘等致癌物质。

肯德基：违规添加"滤油粉" 反复使用煎炸油

发现惊人秘密：加入"滤油粉"煎炸油可变清

西安市民郭先生，熟谙食品加工行业，一次偶然的机会他发现了一个惊人的秘密：用油煎炸食品后，油通常会变混浊甚至变质，但此时如果在煎炸油中使用一种物质，就会使混浊的煎炸油变得清亮起来，就像新油一样。为此，他以要开办食品加工厂为由，花费了近一年的时间进行了解。

据郭先生调查了解，这种物质的俗名叫"滤油粉"，主要功能是可延长油的使用寿命，甚至从不报废。

2006 年 2 月份左右，郭先生通过互联网联系到了一个销售"滤油粉"的零售商，该零售商姓陈，在宁波市专门批发零售"滤油粉"。经过多次通话

沟通，陈老板给郭先生邮箱里发了份资料，对"滤油粉"的真实情况进行了说明，结果让郭先生大吃一惊。按照他的理解，这样使用食用煎炸油可能涉嫌是"二手油"。

记者在陈某提供的另一份《处理煎炸油以保持油品质量的研究报告》上也看到，这种处理煎炸油的"滤油粉"，首次加入时间是使用新油一天后。

根据该报告的试验条件，煎炸油是指使用后的油，而要加入"滤油粉"，该油的游离脂肪酸浓度（与酸价相当）低于1.5%。只有在0.7%以下的，每天按油量的2%加入；处于两者之间的，可以适量增加加入量；高于1.5%，建议丢弃。

在正常使用情况下，煎炸油使用2~3天，油的游离脂肪酸浓度将大于2%。

同时，该报告指出，使用"滤油粉"处理煎炸油的效果是：完全控制酸价（报告注明：人为控制酸价值，以便使油中酸价值推迟达到报废标准）、退油色70%以上（报告注明：退油色也是延长煎炸油使用时间的手段之一）等七项效果，他们自己试验发现，从2003年1月开始使用至今，没有丢弃一滴油。该"滤油粉"是美国达拉斯集团生产的。

春节过后，郭先生再次和"滤油粉"上海某公司的负责人取得联系，这是该产品在中国的经销公司。该公司负责人传真来一份英文资料，经过记者翻译后显示，这是一份美国达拉斯集团质量证书。该证书指出，他们的产品是根据《美国食品化学品法规》中有关食用油脂过滤的规范生产的。而另一份《材料安全数据报告》中也指出"不能确保此化学品在根据适当安全规定和正常操作程序被使用时是毫无危险的"。

突查肯德基店：榆林店、咸阳店都在使用"滤油粉"

现场试验：白色粉末让混浊煎炸油变透亮

根据郭先生提供的情况，2007年2月27日，记者前往榆林市肯德基连锁店进一步核实。

当日下午，记者和榆林市卫生局取得联系，该局局长对此非常重视。晚9时许，记者一行4人提前来到位于新建路的肯德基店，店内前来就餐的顾客很多，大部分是年轻人，还有不少小朋友。

晚10时30分，肯德基店客人陆续离开，员工们也开始打扫大厅和厨房卫生。

晚 10 时 45 分，守候在店外的卫生执法人员进入肯德基检查，记者随同执法人员也进入肯德基后厨。在后厨看到，工作人员正在打扫卫生，有一名男工作人员在清洗一炸锅，油锅分成两个油槽，其中左边油池的煎炸油比较清亮，右边油槽里的油十分混浊，油槽里也漂着一些油炸食品颗粒。

该店值班经理郑先生解释，左边油槽里的煎炸油已用"滤油粉"滤过，因此比较清亮。在执法人员的要求下，这位工作人员按照操作程序，对右边油槽混浊的煎炸油进行过滤。

记者看到，这位工作人员推来滤油池并放在炸锅底部，同时把滤油纸用夹板固定，然后向滤油纸上撒入一小袋白色粉末，最后把滤油池放在炸锅底下，用管子把滤油池和炸锅相连接。

等油温升到规定温度后，工作人员一边用刷子清洗油槽，并打开油槽开关让槽内混浊的煎炸油流入底下的滤油池，经过几分钟过滤后，油槽内剩下了很多黄色煳状杂质。等油槽清洗干净后，工作人员又把滤后的煎炸油升到油槽内，几分钟后，油槽内注满了滤过的煎炸油。记者看到，经过这么简单的处理后，原来混浊的煎炸油一下变得清澈透亮。

榆林店："滤油粉"起"抛光"作用

这种白色粉末为何有如此神奇的功效，到底是什么产品呢？

据肯德基店值班经理郑先生介绍，这种白色粉末是由公司统一配送的，产品名字叫"滤油粉"，是从美国进口的。在该店库房里，记者看到这种白色粉末装在纸质盒子里，纸盒子上印有肯德基标识"KFC"，有"滤油粉"三个汉字。经过仔细查找，外包装上贴有一个很小的标签，上面写着品名：滤油粉；成分：非晶形水合硅酸镁，40 磅散装；生产商：美国达拉斯公司。

"滤油粉"内包装是白色塑料袋，塑料袋上有这样一段汉字提示语："内装：非晶形水合硅酸镁。小心：防止与眼接触。如进入眼中，用清水清洗，若仍有不适需就医。"其他都是英文。但记者也注意到，该店工作人员在操作时，并没有相应的防护措施。

在内外包装上，记者没有看到这种产品的使用说明，也没有该产品的卫生许可证和执行的卫生标准，以及"滤油粉"使用的说明书、产品检验合格证明、批号等，更没有标识"食品添加剂"字样。

郑经理介绍，油池里的煎炸油有 20 多公斤，需要加入 300 多克"滤油粉"。

下面是记者和郑经理的一番对话——

记："滤油粉"的主要作用是什么？

郑：对混浊的煎炸油起"抛光"作用。滤油过程我们行话叫"抛光"，去除煎炸油里的杂质，提高煎炸食品色泽，并延长煎炸油的使用寿命。

记：一般一油槽煎炸油能用多长时间？

郑：要根据炸制食品的多少，一般 3 天或更长时间更换一次。

记：如何鉴定煎炸油需要更换呢？

郑：有肯德基公司统一配送的试纸，如果检验出油品的质量超过试纸蓝色标示三格以上，就知道需要更换煎炸油了。

记者看到，郑经理提供一个宽 0.7 厘米、长 9.5 厘米的试纸，上面共有 4 个蓝色格子，试纸外包装上全是英文标签。

记：这种检验手段是怎样制定的，有没有执行标准？

郑：我们是按照肯德基国际公司标准执行的，其他也不知道。

记：煎炸油反复使用和加入"滤油粉"，对人体是否有危害？

郑：应该没有危害吧，我们一直都这样操作。

据介绍，煎炸油里使用这种"滤油粉"，可以降低煎炸油的酸价、过氧化值、颜色、气味和重金属等。

咸阳店："抛光"后煎炸油可用 10 天

其他肯德基店的"滤油粉"使用情况是否相同呢？

2 月 15 日晚 10 时 30 分左右，咸阳人民路的一家肯德基店内消费者很多，其中有不少是小孩。在该市卫生局、秦都区卫生监督所执法人员的带领下，记者进入了该店的操作间。

在煎炸区，两个油槽内，盛满着已经使用的食用油，非常混浊。而在旁边的一个铁桶内，一白色塑料袋里装有白色粉状物，据介绍这就是"滤油粉"。

"'滤油粉'铺在滤油纸上，油在油池里循环。"店方负责人张静主动告诉记者。

张静介绍，对油"抛光"后，通常情况下，时间长的可以使用 10 天左右，短的在五六天，具体的使用情况，要用试纸进行测试，还要受到营业状况的限制。

根据店里记录，该油槽里边的油，是 2 月 12 日晚放进去的，他们每天坚持用"滤油粉"，对正在使用的油进行"抛光"，一天两次，早上是 6：

30~7：00，中午时间不定，一般是 13：00~14：00，要视状况来定。

油的品质同样要用试纸来测定，而根据试纸测试显示，当晚的油显示试纸变颜色只有一格，而通常显示三格蓝色变黄后，就会停止使用，需要换油。

同样，该店负责人没向执法人员出示相应的"滤油粉"使用批准手续。

执法人员：从来没见过"滤油粉"这种产品

对能让混浊煎炸油短时间内变清亮一事，榆林市卫生局执法人员表示，此前他们多次来肯德基店检查，但从来没有见到过"滤油粉"这种产品。

执法人员从 2 月 27 日晚 11 时开始检查，一直到 28 日凌晨 2 时许，多次督促肯德基店郑经理提供"滤油粉"进购和允许添加的合法材料，但郑经理现场没有提供出所需材料，只提供了内部操作的工艺流程。

在执法人员的一再要求下，郑经理说："我们肯定有合法手续，但今天确实无法提供。"

当晚，执法人员对两个油池的煎炸油滤前和滤后均进行抽检，并当场进行试验。过滤前试纸有两格颜色变黄，而经过"滤油粉""抛光"后，煎炸油颜色明显变亮、变清，执法人员用试纸测验发现，试纸只有一格变黄，这足以说明"滤油粉"起了重要作用。

2 月 28 日凌晨 3 时，榆林肯德基店未出示"滤油粉"须经卫生部许可的相关证件，执法人员依据《中华人民共和国食品卫生法》有关规定，对该产品就地封存。

据介绍，生产经营或者使用不符合食品添加剂使用卫生标准或有关规定的，按照《食品卫生法》第四十四条的规定予以处罚。

食品专家说法：反复使用煎炸油易产生致癌物质

对于肯德基使用"滤油粉"一事，陕西师范大学食品工程系教授仇农学、李建科接受本报记者采访时表示，这种产品他们还没有见过，目前在国内也没有这方面的研究发现，国内在食用油过滤上还没有反复使用的产品，根据名称，应该是物理吸附。但对《处理煎炸油以保持油品质量的研究报告》，两位教授表示，这份报告并不完全。

他们认为，如果仅仅起物理性吸附，对食品的影响并不大，但反复使用煎炸油，油的营养价值肯定会大大降低。植物油在高温下反复使用，会发生高温氧化酸败，酸败油脂对机体的细胞色素酶等多种酶系统会产生损害作用。长期摄入酸败变质的油脂，对身体健康有损害。

同时，反复加热会使食用油氧化，容易产生酸败。在该报告的实验中，只是对食品油中的游离脂肪酸浓度（酸价）进行了测试，而衡量油的另外一个重要理化指标——过氧化值，报告中没有体现。对这些指标的控制，起到保持食用油的新鲜度，使油达到国家要求的标准。而反复对油加热，油脂容易产生其他的有害物质，比如炸薯条时，可能会产生丙烯酰胺等致癌物质，而炸鸡时，可能会产生苯并芘等致癌物质，但该报告中，并没有体现出对产生的有害物质进行试验。

据两位教授介绍，在中国要使用该产品，应该取得国家相关部门的证书，方可使用。但经过过滤后的煎炸油是否会含有有害物质，还需要对使用"滤油粉"前后的油进行测试，才能确定。

同样，国家食品安全陕西定点检测实验室主任、陕西省疾控中心理化实验室负责人也持上述同样观点，食用油反复高温煎炸食品，可产生致癌物质苯并芘等。

这位负责人介绍，目前对煎炸油，国家才开始研究制定标准，并列入中国食品安全计划。这两年我省一直在做这方面工作，仅对油条进行采集，采集点分布在西安、宝鸡、延安、安康、渭南富平、咸阳泾阳等地。

事件最新进展：省卫生厅加急报告送卫生部

昨日下午，记者前往百胜餐饮集团西安公司采访。接待人员称他们公共事务部负责人不在，无法接受采访。昨晚7时许，记者电话采访了该公司公共事务部朱部长。对于肯德基店向煎炸油里添加"滤油粉"这一疑问，朱部长没有正面回答，只是解释说："所有产品和原料是安全可靠的，'滤油粉'的添加符合国家规定和标准。"

记者又问："符合国家什么规定？'滤油粉'添加是否经过卫生部审批？"朱部长电话里不直接回答记者问题。记者多次反复提问，但朱部长以听不清为由始终没有回答，并要求记者发传真给他们单位，最后在记者一再耐心追问下，朱部长挂断了电话。

昨晚记者从省卫生部门有关负责人处获悉，截至昨日下午，百胜餐饮集团西安公司没有提供出卫生部的批准文件。同时，卫生部食品添加剂现行名录里也没有"滤油粉"这一添加剂。从 2 月 15 日至昨日共 20 天时间里，咸阳市卫生局、榆林市卫生局和西安市卫生局先后对肯德基店进行了检查，并暂扣了"滤油粉"。

昨日，省卫生厅以加急文件将该情况报送国家卫生部，并将对抽检的煎炸油和"滤油粉"送卫生部进行检验。

《华商报》（2007 年 3 月 8 日）

肯德基反复使用煎炸油陕西市民反响强烈

陕西许小平律师事务所律师：食品添加剂应遵守法规

陕西许小平律师事务所的律师杨蓬伟认为：食品生产经营单位使用"滤油粉"或使用进口食品添加剂都应当遵守我国现行法规的相关规定。

《中华人民共和国食品卫生法》第四十四条规定，生产经营或者使用不符合卫生标准和卫生管理办法规定的食品添加剂、食品容器、包装材料和食品用工具、设备以及洗涤剂、消毒剂的，应责令停止生产或者使用，没收违法所得，并处以违法所得一倍以上三倍以下的罚款；没有违法所得的，处以五千元以下的罚款。

杨蓬伟律师强调，食品生产经营单位应当严格按照国家规定生产、销售食物，应当将老百姓的生命健康放在第一位，不应当贪图小利，为了省钱，生产那些有害健康的食品或使用不合格添加剂。肯德基店使用"滤油粉"一事应当深入调查，发现违法行为应当依法从严惩处。

省粮油产品质量监督检验所：油反复使用会降低营养

针对"肯德基使用'滤油粉'"一事，陕西省粮油产品质量监督检验所尉蕊仙副所长认为，反复使用煎炸油，油的营养成分肯定下降，通过使用"滤油粉"，强行把衡量油的重要理化指标——过氧化值和酸价拉下来，指标虽然下降了，但油本身会不会发生其他质的变异，应该引起高度重视。

尉蕊仙副所长介绍，目前国家还没有制定煎炸油的使用标准，现行的标准是中华人民共和国国家标准关于食用植物油卫生标准中对食用油的理化指标酸价、过氧化值进行详细规定，肯德基店使用的煎炸油是否执行现行标准还不太清楚。

家住西安市西郊的张女士，针对肯德基添加"滤油粉"一事非常气愤。原来，张女士的儿子比较挑食，但对肯德基的炸鸡翅偏爱，他们只好隔三岔五地带孩子去肯德基店里就餐，每次到店里，孩子总是连吃带拿，这种现象已经持续四年了。

昨日，从华商报看到肯德基违规添加"滤油粉"事件，她很震惊。张女士介绍，作为一名家庭主妇，她懂得连续使用过几次食用油后，因为油质混浊，加上气味难闻，应该把油倒掉，这是生活基本常识。肯德基利用"滤油粉"将油反复使用，通过长期的煎炸，油是否存在报废？向油里添加"滤油粉"是否合法？滤过的油是否对人有危害？这些疑问，作为负责人的肯德基，应该向中国广大消费者有个交代。

张女士无奈地说："自己儿子已经吃了四年多的肯德基，还不知道在煎炸油中添加的粉为何物，是否对身体有害，现在想想就后怕。"

省消协：未明示使用"滤油粉"侵犯知情权

"食用油添加'滤油粉'，是否会危害消费者的身体健康，这应该是一个大问题。"昨日下午，陕西省消费者协会副秘书长张正佑表示，肯德基应及时暂停使用"滤油粉"，并向广大消费者公开说明情况，必要时，应向全省消费者道歉。

他告诉记者，昨日一大早，就有消费者向他反映了《华商报》报道"肯德基违规添加'滤油粉'煎炸油反复使用"一事，"听到这样的事情，感到非常震惊，之前我也不知道还有'滤油粉'。"张正佑说，食用油添加"滤油粉"，是否会危害消费者的身体健康，这应该是一个大问题。

对违规添加"滤油粉"一事，张正佑认为，此行为首先侵犯了广大消费者的知情权。根据我国《消法》等相关法律，经营者向消费者提供的所有产品，添加了食品添加剂的，应该在产品上标示。

肯德基回应：添加"滤油粉"符合标准

就本报报道的"肯德基违规使用'滤油粉'"一事，百胜餐饮公司西安办公室昨日下午回复本报认为，使用"滤油粉"是为了有效去除烹饪油中的食物残渣，中国肯德基餐厅使用"滤油粉"处理后继续使用的烹饪油，完全符合国家所规定的指标要求。但有专家指出，即使可以添加"滤油粉"，但是否可以通过添加"滤油粉"延长食用油使用寿命，让煎炸油反复使用？

昨日下午近6时，百胜餐饮公司西安办公室向本报传真了一份《中国肯德基关于"滤油粉"使用情况的媒体回复》。该《回复》指出，中国肯德基严格遵守国家的各项法律法规，使用"滤油粉"处理后继续使用的烹饪油，完全符合国家"食用植物油煎炸过程中的卫生标准"指标要求，一旦接近指标要求限度，都会立刻废弃。

《回复》中称，"滤油粉"是一种商品名称，其化学名称为"三硅酸镁"，而"三硅酸镁"是国家允许用作食品加工助剂的。该《回复》也表明，肯德基餐厅开始使用"三硅酸镁"作为助滤剂这项技术，目的是通过过滤和物理吸附，有效去除烹饪油中的食物残渣，确保烹饪油的品质。

记者发现，《回复》中所称的"滤油粉"化学名称是"三硅酸镁"，但记者跟随卫生执法人员在肯德基榆林店里看到所用的"滤油粉"的外包装箱上"滤油粉"的化学成分是"非晶形水合硅酸镁"。

对此，记者咨询多名化学专家，他们均对"非晶形水合硅酸镁"与"三硅酸镁"如何断定是否相同表示"目前还不清楚"，截至昨晚11时记者发稿时，也没有得到证实。

《华商报》（2007年3月9日）

卫生部正在检测"滤油粉"

"滤油粉"（成分：非晶形水合硅酸镁）是否能向煎炸油里添加，本报从

3月2日开始一直联系卫生部，但卫生部一直未正面回答本报。

昨日下午5时58分，卫生部给本报发来传真，称正委托中国疾控中心对陕西卫生部门暂扣的"滤油粉"进行检测，同时对"滤油粉"在煎炸油中的残留情况，及对人体健康的影响进行危险性评估。

陕西卫生执法部门暂扣肯德基店正在使用的"滤油粉"（成分：非晶形水合硅酸镁）后，3月2日本报即向卫生部发出书面采访提纲：

近日，本报接到举报，称肯德基连锁餐饮店向反复使用的煎炸油里添加一种白色粉末，外包装标明"滤油粉（JDE86150001）"，成分是"非晶形水合硅酸镁"，生产商是"美国达拉斯公司"，内包装全部是英文，没有中文。经过我们调查，举报基本属实，该连锁餐饮店没有提供出"滤油粉"的合法手续，现在想通过贵部核实该产品在国内的使用情况。

1. 目前我国允许使用的食品添加剂，是否有"美国达拉斯公司"生产的"滤油粉"？

2. 煎炸油报废的标准？

3. 煎炸油里是否可以添加该产品？对人体是否有危害？

4. 如果允许添加，那该产品是否按照《食品添加剂卫生管理办法》等法规进行严格审批？

对此采访，卫生部一直没有回复本报。

3月8日，本报报道了肯德基连锁快餐店在煎炸油中添加"滤油粉"一事。当日下午近6时，百胜餐饮集团西安办公室向本报发来《中国肯德基关于"滤油粉"使用情况的媒体回复》。《回复》称，"滤油粉"是一种商品名称，其化学名称为"三硅酸镁"，而"三硅酸镁"是国家允许用作食品加工助剂的。

昨日下午5时58分，卫生部新闻办公室给本报发来传真：

3月8日，部分媒体报道了陕西肯德基连锁快餐店在煎炸油中添加"滤油粉"的情况。

经全国食品添加剂标准化技术委员会研究认为，如果上述"滤油粉"的主要成分为"三硅酸镁"，则可以在食品加工过程中起助滤作用。"三硅酸镁"是我国允许使用的食品工业用加工助剂，被列入了国家《食品添加剂使用卫生标准》（GB2760）中的《食品工业用加工助剂推荐名单》。按照《食品添加剂使用卫生标准》的规定，作为食品工业用加工助剂使用的三硅酸镁，应该达到食品级的要求。

卫生部正在对上述"滤油粉"委托中国疾控中心进行检测，同时，对"滤油粉"在煎炸油中的残留情况及对人体健康的影响进行危险性评估。

而对本报报道的肯德基使用的"滤油粉"（成分：非晶形水合硅酸镁），卫生部传真中没有提及。

《华商报》（2007 年 3 月 10 日）

是否符合标准谁说了算

消费者 vs 肯德基：十问"煎炸油反复使用"

就肯德基添加"滤油粉"反复使用煎炸油的情况，不少读者给本报打来电话，提出疑问。昨日上午 11 时许，本报汇总了十大问题，反映给中国百胜餐饮集团西安办公室，他们表示会向总部提交这些问题，由总部来答复，他们将在下午回复本报。下午 5 时许，记者致电该公司，得到的答复是下午 6 时答复本报。但直到昨夜 11 时截稿时，本报也未得到答复。

消费者反映的问题主要集中在肯德基反复使用煎炸油方面：食用油反复使用是否对人体有害？肯德基反复使用是出于什么考虑？如何解释有的店煎炸油反复使用 10 天的问题？怎样保证没有危害？煎炸油废弃的标准是什么？怎样检测？

对肯德基"滤油粉的化学名称是三硅酸镁"的说法，也有不少消费者提出：既然使用"滤油粉"物理吸附，是否会改变油的化学成分？三硅酸镁、非晶形水合硅酸镁、硅酸镁是否同一物质，性能、成分是否一致，可否替换？进口添加剂是否要向国家有关部门申报？

有消费者也提出：卫生执法部门对肯德基店的"滤油粉"就地封存后，肯德基为什么迟迟不出示相关的文件？

西安市民刘先生昨日打来电话说，3 月 8 日，肯德基《关于"滤油粉"使用情况的媒体回复》中所指的报废指标，是企业标准还是国家标准等问题，肯德基单方面说了不算。

供应商："滤油粉"国内未经审批

对消费者提出的十大问题不作答复，但昨晚 7 时许，百胜餐饮集团对卫生部发布的通报及时作出反应，"对卫生部的这一卫生要闻表示欢迎和高兴"，并表示，将全力配合中国疾病预防控制中心进行有关的检测。

昨日下午，卫生部发布情况通报后，中国肯德基公司就作出反应，昨晚7 时 5 分，该公司向本报发来传真，其中表示，中国肯德基公司注意到 3 月9 日中华人民共和国卫生部发布的卫生要闻。他们对卫生部的这一卫生要闻表示欢迎和高兴，中国肯德基公司一贯以严格的规章制度来保证正确使用"三硅酸镁"这一食品工业用加工助剂。

此前，百胜餐饮集团西安办公室一再声称，中国肯德基餐厅使用"滤油粉"处理过的烹饪油，完全符合国家所规定的指标要求。3 月 8 日，记者电话采访了为肯德基供应"滤油粉"的经销商——上海美利丰国际贸易发展有限公司的吴经理。他说，他们负责从美国达拉斯集团进口、配送"滤油粉"，专门为百胜餐饮集团的中国东部、西部部分市场供应。

记者问这种"滤油粉"是否经过卫生部门审批，该经理解释说："没有，在美国一直是往食品里添加。"记者又问："在国内使用也不需要审批吗？"吴经理反问道："我们一直专供肯德基等洋快餐，大约 4 年时间了，这还要审批吗？"

记者让吴经理传真一份"滤油粉"相关资料时，吴经理婉言拒绝。

"滤油粉"到底是哪种物质

化学专家 vs 肯德基

三硅酸镁 ≠ 非晶形水合硅酸镁

对于本报报道中陕西卫生执法人员在肯德基店查扣的"滤油粉"（成分：非晶形水合硅酸镁），和百胜餐饮集团西安办公室称的"滤油粉"（化学成分：三硅酸镁）的异同，陕西教育学院化学教研室有关负责人认为，这是两种不同的物质。

《电子化学手册》中介绍，硅酸镁的主要成分是：二氧化硅、氧化镁和硫酸钠，俗称滑石粉，被广泛应用于造纸、化工、油漆、陶瓷、电缆、橡胶等工业部门。非晶形水合硅酸镁含有水，而水会使油发生变质，非晶形水合硅酸镁中还含有杂质，成分中包括 CaO（氧化钙）、Al_2O_3（三氧化二铝）、Fe_2O_3（三氧化二铁），而铝和铁分别会导致老年痴呆和胃溃疡等疾病。

而三硅酸镁（分子式：$Mg_2Si_3O_8 \cdot 5H_2O$）不溶于水和醋酸，易被无机酸分解，常用于玻璃、陶瓷、橡胶、制药等；还可用作中和胃酸药、抗酸剂，用于陶瓷、橡胶工业做填料，食品工业做抗结块剂、助滤剂、被膜剂等。

西安交通大学、西北大学等高校的化学专家也认为，三硅酸镁和非晶形水合硅酸镁肯定是两种不同的物质。

两者是一种物质

3月8日，百胜餐饮集团给本报的回复函中表示，"滤油粉"的化学名称是三硅酸镁，而对"非晶形水合硅酸镁"并未提及，但该名称却是在肯德基店里的"滤油粉"包装上发现的，同时，该包装上还有肯德基标识。当日下午，本报记者致电中国百胜餐饮集团西安办公室媒体关系专员，该工作人员称，经咨询总部，"两者是同一物质"。但昨日下午，记者再次致电该工作人员，索取"滤油粉"的成分说明等相关资料时，该工作人员坚持表示"两者是一样的，英文翻译就是这个名字"。

来自美国达拉斯集团的"滤油粉"的成分究竟是什么？昨晚，本报记者进入该集团网站发现，该网站上也没有明确说明"滤油粉"的成分。

美国达拉斯集团共有两款"滤油粉"系列产品，分别是 MAGNESOLXL ShorteningSaver 和基于 MAGNESOL 品牌的 DALSORB 品牌产品。相关网站这样表述，如果在烹饪用油中添加非晶形水合硅酸镁、三硅酸镁加专用无机盐等化学成分，就能有效降低用油中的自由脂肪酸的形成，这样就能提高烹饪油的再利用，大大节省企业的成本。

各地反应

广州、北京、上海、重庆等拟检查肯德基油品

据《南方都市报》报道，广州市食安办有关负责人称，拟对全市肯德基餐厅的油品使用情况，进行专项检查。

针对同样事件，《北京日报》报道，北京将对肯德基加工食品使用的原料、辅料进行全面抽检。同时上海、重庆、成都等城市卫生部门表示，对肯德基使用的煎炸油进行抽检。

卫生监管部门

对洋餐饮监管薄弱给卫生部门敲了警钟

陕西省卫生监管部门有关负责人明确表示，对外国餐饮企业的监管力度相对薄弱，也可以说有些空白，现在他们正在加大这方面的监督力度。这次肯德基添加"滤油粉"事件，给所有卫生监管部门敲了个警钟。

该负责人认为，由于国外食品企业进入中国市场时间较晚，大都有一整套成熟的工作流程，卫生部门无形中也就放松了对这些外资食品企业的监管。再说，外企身份特殊，作为监管部门很难对其工作流程的某一环节进行检查，特别是像肯德基这样的跨国公司，一个地区的监管部门，很难对其进行实质性监督；即便抽检，外企提供的资料是否准确、是否符合中国要求，他们同样无法界定。

《华商报》（2007 年 3 月 10 日）

我国正制定食品安全发布机制

记者昨日从卫生部新闻办获悉，卫生部正在会同有关部门研究关于食品安全信息的发布机制。

记者电话采访了卫生部新闻发言人毛群安，据介绍，目前卫生部正在会同有关部门研究关于食品安全信息的发布机制，最近"两会"期间，代表委员对食品安全信息的发布和监督工作提出了一些意见和建议，卫生部既要关注公众的饮食卫生安全，同时也要保证信息发布的及时、准确、权威和科学。

据了解，卫生部 2005 年第 4 号公告建议公众，尽可能避免连续长时间或高温烹饪淀粉类食品，减少丙烯酰胺给健康造成的危害。公告中提示，丙烯酰胺是一种化学物质，是生产聚丙烯酰胺的原料，可用于污水净化等工业用途。淀粉类食品在高温（>120℃）烹调下容易产生丙烯酰胺。丙烯酰胺可能是一种致癌物，长期低剂量接触丙烯酰胺会出现嗜睡、幻觉和震颤等症状，伴随末梢神经病。

长时间食用高温油炸食品主要有三种危害：长期高温会使油类产生反式脂肪酸，容易引起高血压、心脏病等心脑血管疾病；油炸食品可产生丙烯酰胺，长期食用对人体有致癌影响；在食用油炸薯条、薯片、油条等食品时，人们摄入的脂肪量比平时要多，打破了膳食平衡。

《华商报》（2007 年 3 月 13 日）

肯德基"滤油粉"身世调查困局

肯德基店通过添加"滤油粉"使混浊的油变清亮了，于是可以反复煎炸食品！滤油粉标识上显示其成分为"非晶形水合硅酸镁"，有关部门的报告中认为是食品加工助剂"三硅酸镁"。

这种神奇的"滤油粉"究竟是什么？历时一个多月的调查，仍然迷雾重重。

查出"滤油粉"卫生执法人员称没见过

2006 年 11 月，本报接到知情者举报，肯德基店使用"滤油粉"降低食用油酸价和过氧化值，使煎炸油反复使用以达到降低成本的目的。

为取得足够的证据，记者和知情者大量查询资料，了解到肯德基确实在煎炸食品过程中添加一种叫作"滤油粉"的东西。于是决定对肯德基店使用"滤油粉"情况进行了解。

2007 年 2 月 15 日晚 10 时 30 分，记者随同咸阳市、秦都区两级卫生监督执法人员进入咸阳市人民路一家肯德基店。

在煎炸区有两个油槽，盛满着已经使用过的煎炸油，显得非常混浊。而在旁边的铁桶内，一白色塑料袋里装有非常细腻的粉状物，店方负责人告诉卫生执法人员，这就是"滤油粉"。

以下是当晚采访时记者与该店负责人的对话录音：

"加'滤油粉'的作用是什么？"

"可以延长油的使用寿命。"

"使用的原理是什么？"

"我们不学原理。"

"产品是哪里出的？"

"我们也不知道，外包装箱上可能有。"

"有没有说明书？"

"说明书没注意，成分是什么我也不知道。"

一连串问题，让在场执法人员十分纳闷，这种白色粉末他们从来没有见过。

2月27日，记者又前往榆林市调查。

当日下午，记者和榆林市卫生局取得联系，"滤油粉"，一个新词语引起了执法者好奇，能有这么好的东西，一定要去看看。

晚上10时45分，记者随同执法人员进入肯德基后厨里。在后厨看到，油锅分成两个油槽，其中左边油槽里煎炸油比较清亮，而右边油槽煎炸油十分混浊，油槽里还漂着一些油炸食品颗粒。

该店值班经理郑先生称，左边油槽里的煎炸油已用"滤油粉"过滤过，因此比较清亮。在执法人员的要求下，工作人员对右边油槽混浊的煎炸油按照公司规定进行过滤。十多分钟后，原来混浊的煎炸油一下变得清澈透亮。对能让混浊煎炸油短时间内神奇变清亮一事，榆林市卫生局执法人员表示，此前他们多次来肯德基店检查，但从来没有见到过"滤油粉"。

在现场记者看到，"滤油粉"装在纸质盒子里，印有肯德基标识"KFC"，有"滤油粉"等汉字。在外包装上贴有一小标签，上面写着"品名：滤油粉；成分：非晶形水合硅酸镁，40磅散装；生产商：美国达拉斯公司"等。内包装白色塑料袋上，大都是英文，其中有这样一段汉字提示语——"内装：非晶形合成水合硅酸镁。小心：防止于（与）眼接触。如进入眼中，用清水清洗，若仍有不适需就医。"

在内外包装上，记者没有看到这种产品能够往食用油里添加的有关说明，也没有该产品的卫生许可证和执行的卫生标准、"滤油粉"使用的说明书、产品检验合格证明、批号等，也没有标识"食品添加剂"字样。

据郑经理介绍，油槽里的煎炸油有20多公斤，需要300多克"滤油粉"，"滤油粉"可以降低煎炸油的酸价、过氧化值、颜色、气味和重金属等。

榆林市卫生执法人员从 27 日晚 11 时开始检查，一直到 28 日凌晨 2 时许，多次督促肯德基店郑经理提供"滤油粉"进购和允许添加等合法材料，但肯德基店仍未出示卫生部门要求的相关证件。最后，执法人员依据《食品卫生法》第 44 条规定依法对该产品就地封存。(《食品卫生法》第 44 条规定：违反本法规定，生产经营或者使用不符合卫生标准和卫生管理办法规定的食品添加剂、食品容器、包装材料和食品用工具、设备以及洗涤剂、消毒剂的，责令停止生产或者使用，没收违法所得，并处以违法所得一倍以上三倍以下的罚款；没有违法所得的，处以五千元以下的罚款。)

小小"滤油粉"难住了地方卫生部门

因为咸阳、榆林两市卫生部门无法认定"滤油粉"到底是什么物质，3 月 2 日，记者和省卫生厅主要领导取得联系，希望得到省卫生监督部门配合，尽快调查以消除疑问。

与此同时，记者向卫生部发出采访请求，希望能得到卫生部的权威说法，"滤油粉"到底是什么物质，食品里是否可以添加，若能添加是否经过卫生部批准，煎炸油报废标准是什么等几个问题。

3 月 5 日，卫生部回复本报，上述这些问题是很专业的问题，让与中国疾病预防控制中心联系。此后的几天里，疾控中心也未正面回答。

几天过去了，卫生部门一直没有公布对查扣"滤油粉"的处理结果。记者了解到，由于在现行的食品添加剂名录中没有"滤油粉"，省卫生厅由此推断，"滤油粉"没经过卫生部批准！为了进一步确认，3 月 7 日，省卫生厅将此事以加急文件上报卫生部。

3 月 8 日，本报披露了肯德基添加"滤油粉"，反复使用煎炸油，被当地卫生主管部门查扣的消息。

此后，本报记者多次和卫生部、国家疾控中心联系，但始终没有获取"滤油粉"(成分：非晶形水合硅酸镁)等问题的答复。遗憾的是，卫生部 3 月 9 日首次面对媒体和 3 月 13 日最后一次公布的检查结果中，始终没有提及"非晶形水合硅酸镁"是何物质，卫生部什么时候批准可向食品中添加等消费者关注的问题。

卫生部对肯德基所用"滤油粉"进行检测和危险性评估，在4天内就这样结束了，"滤油粉"（成分：非晶形水合硅酸镁）究竟是否经过卫生部批准，本来只需要"是"或"否"便可回答的问题，却让卫生执法人员感到棘手，从区、市、省，再到卫生部，各级卫生管理部门似乎都不知所措。

整个事件似乎印证了一位卫生执法官员的说法：我们对外国企业的监督还十分薄弱，甚至可以说是空白。

"滤油粉"事件四疑团待解

疑惑一："滤油粉"反复控制煎炸油主要指标，有无危害？

据美国达拉斯集团网站介绍，使用"滤油粉"，可以控制煎炸油的主要卫生指标，酸价、过氧化值可分别降低91%、86%。

中国肯德基的公开声明也表示，通过过滤清除烹饪油总的食物残渣；用专用试纸监控烹饪油的化学成分变化，一旦接近指标要求限度，立即报废。根本不存在用几次或者几天的概念，一切以检测结果为准绳。那么，肯德基关于"滤油粉"的使用标准究竟是什么？使用"滤油粉"后煎炸用油时间是否应该有记录？

2005年，卫生部发布4号公告称，高温加工的淀粉类食品（如油炸薯片和油炸薯条等）中致癌物质丙烯酰胺含量较高，其中薯类油炸食品中丙烯酰胺平均含量高出谷类油炸食品4倍。建议：尽可能避免连续长时间或高温烹饪淀粉类食品；改变油炸和高脂肪食品为主的饮食习惯，减少因丙烯酰胺可能导致的健康危害。

疑惑：通过使用"滤油粉"延长煎炸油的使用寿命，是否会不断增加有害物质产生？

其专用试纸的检验原理是什么？能够检验哪些指标？能否检测丙烯酰胺、苯并芘等致癌物质？

疑惑二：采用很多年前评价标准是否科学？

卫生部的通报中指出，1969年，联合国粮农组织、世界卫生组织联合食品添加剂专家委员会（JECFA）首次对三硅酸镁进行了安全性评价，1973年、1976年、1980年和1982年对评价结果进行了完善，评估认为：三硅酸镁为硅酸盐的一种，在环境中普遍存在。动物代谢研究表明，食用120小时后可从尿液排出；大鼠及狗的短期毒理学试验结果表明，在一定剂量水平喂饲四周后，一些动物会出现间歇的烦渴、多尿、软便等症状，其他观察结果均在正常范围内；大鼠长期毒理学研究未发现致癌效应。综合以上评估结果，JECFA 认为没有证据显示三硅酸镁能够在体内蓄积，不需要限定每日允许摄入量（ADI）。

而美国一网站上显示，"滤油粉"产品所运用的食品专利——"食品用油中使用非晶形水合硅酸镁等化学成分"。该专利是由三个美国人发明，于 1997 年 1 月申请通过。该专利随后授权于美国达拉斯集团。

疑惑："滤油粉"是 1997 年才取得发明专利的，而如今采用很多年前的安全性评价标准来衡量，是否合适？

疑惑三：我国此前对"滤油粉"是否做过危险性评估？

《食品添加剂卫生管理办法》规定，进口食品添加剂新品种，应直接向卫生部提出申请，申请时需要出示省级以上卫生行政部门的检验机构出具的毒理学安全性评价报告，连续三批产品的卫生学检验报告、化学结构及理化指标等近 20 项材料。

天津科技大学食品科学与生物工程学院教授吕晓玲接受本报记者采访时表示，食品加工助剂不同于食品添加剂，但仍属于食品添加剂范畴，适用于《食品添加剂卫生管理办法》的相关规定，但对使用"滤油粉"等操作办法，国家没有具体规定。

疑惑：卫生部在这次"滤油粉"事件发生之后，对"滤油粉"在煎炸油中的残留情况及对人体健康的影响进行危险性评估，那么 8 年前"滤油粉"进入中国时，相关部门有没有进行过检测和危险性评估？

疑惑四："滤油粉"是否可以完全安全使用？

中国肯德基在公开声明中指出，肯德基使用的食品级食品工业用加工助剂三硅酸镁（俗称：滤油粉）对人体健康没有损害，符合国家有关规定和相关国际标准。

而美国达拉斯集团的《材料安全数据报告》中则指出"不能确保此化学品在根据适当安全规定和正常操作程序被使用时是毫无危险的"。

疑惑：对此应该如何解释？通过添加"滤油粉"延长煎炸油使用寿命，反复使用，是否安全？肯德基是否应该在食品标签标注"滤油粉"使用情况，让消费者明白自己所购买食品是否含有添加剂（助剂）、成分、含量及可能产生的危害。

有关"滤油粉"身世的观点

相关部门	时 间	观 点
生产商：美国达拉斯集团（DALLAS GROUP OF AMERICAN）		"滤油粉"是一种白色吸附性物质，不含二氧化矽，能够有效地在煎炸过程中撇去可能转变成有害残渣的食品碎屑，减缓烹饪油的变质，同时能够防止食品表层变黑，保持亮丽的外观
美国一网站		"滤油粉"产品所运用的食品专利——"食品用油中使用非晶形水合硅酸镁等等化学成分"，由三个美国人发明，于1997年1月申请通过。该专利随后授权于美国达拉斯集团用于"MAGNESOL XL"等"滤油粉"产品运用
陕西师范大学教授仇农学	3月8日	两者是同素异构体，可能是同一种物质，但相对"非晶形水合硅酸镁"，"三硅酸镁"纯度要高一些，具体的差异需要通过做实验来确定
陕西教育学院化学教研室负责人	3月9日	两者是不同的物质
国家食品添加剂标准委员会常务委员、天津科技大学食品生物工程学院教授刘志摩	3月13日	肯定是两种不同物质
中国肯德基	3月8日	"滤油粉"成分是三硅酸镁
"滤油粉"天津经销商	3月8日	非晶形水合硅酸镁卫生部未审批
淄博市临淄阿林达化工有限公司负责人	3月9日	非晶形水合硅酸镁广泛用于工业，不能用于食品生产
卫生部	3月9日	如果是三硅酸镁，则符合国家标准
卫生部	3月13日	是三硅酸镁，符合标准

食品安全管理模式：应由"事后"转向"事前"

据新华社电，中国农业大学食品科学与营养工程学院胡小松教授 15 日表示，我国的食品安全管理必须从目前的"市场抽检、媒体曝光、事后打击"的事后管理模式，尽快转变为"全程控制、产品追溯、诚信保障、风险评价、危害预警和应急响应"的事前管理模式。

胡小松是在中国农业大学举办的"3·15"食品安全论坛上做上述表示的。

中国农业大学党委书记瞿振元接受记者采访时说，中国农业大学食品学院 2006 年对北京市一些星级酒店中的冷食卫生状况进行了调查，主要考察其细菌总数和大肠菌群数情况，调查结果令人担忧，不少食品中有害微生物数量严重超标。

瞿振元建议，我国的食品安全管理必须完善政府管理体系和管理机制，切实明确行政主体的职责，将事前事中的全面监督和事后严格问责相结合，预防与惩处并重。

他还建议，目前急需在各大区域围绕重要农产品和食品物流集散地建立国家区域农产品和食品交易中心市场，并与大中城市农产品和食品交易中心市场以及终端市场联网，构建食品安全监管网络。对所有进入流通领域的农产品和食品，实行市场准入制度，并可溯源追踪。

《华商报》(2007 年 3 月 16 日)

"滤油粉"滤出食品安全监管缺漏

在调查肯德基使用"滤油粉"的过程中，一些现场执法人员显得很疑惑："滤油粉？没见过，也没听过！"随后，有卫生官员也表示："我国对外国餐饮企业的监管还十分薄弱，甚至可以说是空白……"

抛开"滤油粉是否安全"这个问题,煎炸油长期使用,其营养价值肯定会降低

网友的忧虑　对"洋快餐"的监管有点软

记得儿子小的时候过生日,为了犒劳他,时不时会带他去肯德基店好好吃一顿;在84岁的老父亲去世前不久,我一改过去经常捎回去水果糕点的习惯,从省城西安买回肯德基汉堡让他尝新鲜;我自己总是在遛街累的时候,毫不犹豫地走进熙熙攘攘的肯德基店,买个汉堡,在店里播放的欢快的音乐中轻松地边吃边陶醉。

我想,许多人可能都和我一样。

然而,媒体却报道肯德基添加滤油粉,煎炸油反复使用。虽然卫生部发布通告声明滤油粉符合国家标准,但专家还是说,即使抛开"滤油粉是否安全"这个话题,煎炸油长期使用,油的营养价值也肯定会大为降低,同时,反复对油加热,油脂还容易产生其他有害物质……

这是一位网友的一段话。

正如这位网友所说,现如今,洋快餐已经成为消费者的一个重要选择,特别是青少年更是洋快餐店的常客。城里的孩子,可能很少有没去过肯德基之类的洋快餐店的。肯德基"滤油粉事件",在继苏丹红、反脂肪酸等事件之后,再一次将对洋快餐的食品卫生监管的这根软肋牵扯出来。

肯德基不配合,咸阳、榆林的执法人员无奈离去

执法的尴尬:卫生监督员不会办"大案"

卫生执法人员介入调查滤油粉是从上月开始的,当时的情景让人感到意外和难堪。

2月15日晚10时左右,咸阳市卫生局负责人在听完情况反映后,当时就表示"这是个大案",并派出市、区两级多名卫生监督员展开调查。

当晚11时左右,记者随同执法人员进入肯德基店厨房里,工作人员拿出了他们使用的滤油粉,该店负责人也介绍了"滤油粉是用来延长油的使用寿命的""时间短的用五六天,时间长的用10天左右"等情况。

执法人员向餐厅负责人索要滤油粉的相关资料时,对方一直没有出示,

随后，咸阳卫生执法人员离开了餐厅。而按照执法的有关程序，店方不能提供相关合法手续时，执法人员应该采取暂扣或封存措施。

同样，2月27日晚在榆林肯德基店，在执法人员要求下，该店一直没有出示滤油粉的相关手续，执法人员立即依照《食品卫生法》第25条规定，对滤油粉就地封存。但肯德基店负责人却拒绝在执法笔录上签字，直到2月28日凌晨2时许，执法人员无奈离开执法现场。

按照行政执法的有关规定，如果遇到当事人拒绝在文书上签字，执法人员完全可以采取留置送达等方式，但榆林市卫生执法人员却束手无策。

省卫生厅"拿不准"，卫生部让记者去找专家解释

监管的缺位：无人解答两种物质的异同

本报获悉肯德基使用滤油粉事件后，立即和省卫生厅主要领导取得联系，希望省卫生监督所快速介入展开调查。3月2日，省卫生厅厅长责令西安市卫生局、省卫生监督所调查，并要求省卫生监督所第一时间给本报记者通报情况。

随后几天，西安市卫生局对肯德基多家餐饮店突击检查，并对滤油粉进行抽检和暂扣，要求肯德基提供国家允许滤油粉向食品里添加的有关证据。

从2月15日在咸阳肯德基店发现使用滤油粉，再到3月7日省卫生厅加急上报卫生部，来来回回都在围绕向肯德基索要证据，而肯德基未能给执法人员提供有效合法的证据。

《食品卫生法》第44条规定，使用不符合卫生管理办法规定的食品添加剂、食品容器等，责令停止使用，没收违法所得，并处以违法所得一倍以上三倍以下的罚款；同时，该法第46条规定，食品添加剂的包装标识或者产品说明书上不标明或者虚假标注生产日期、保质期限等规定事项的，或者违反规定不标注中文标识的，责令改正，可以处以五百元以上一万元以下的罚款。

但这些明确的法规在"滤油粉事件"中失去了效力，咸阳、榆林等基层卫生部门拿不准、怕出错，就汇报给省卫生厅。最后，省卫生厅决定上报卫生部，等待卫生部判定。

但是直到现在，没有哪个部门愿意正面解答"滤油粉事件"中非晶形水合硅酸镁和三硅酸镁的异同。

"如果没有中文标识，那肯定违反了卫生法有关规定……"这是记者3月2日首次给卫生部发出采访提纲后，卫生部有关人员直接判定的结果。可3月5日卫生部给记者回复，要采访还是与中国疾控中心联系。

记者反问："这些问题需要卫生行政部门回答，疾控中心怎能解释呢？"卫生部答复："你还是和疾控中心联系吧！"在后来其他媒体记者采访时，卫生部干脆回答说他们是行政部门，专业的问题去找专家解释。

食品添加剂是"过五关斩六将"慎之又慎确定下来的，要根据严格的毒理评价，然后由国家食品添加剂标准化技术委员会讨论审定，报国家质量监督检验检疫总局批准，最后由卫生部发布实施。

那么，卫生部最终的《肯德基所用"滤油粉"检测和安全情况通报》中，对于"非晶形水合硅酸镁"和"三硅酸镁"的界定还是没有明确。

食品添加剂使用卫生标准与国际标准不接轨，缺乏统一的食品分类体系
标准的不足：滥用添加剂有空子可钻

我国关于食品添加剂监管主要依据是《食品卫生法》《食品添加剂卫生管理办法》和《食品添加剂使用卫生标准》等法规。

昨日，记者电话采访了中国疾控中心有关研究员，该研究员表示，食品添加剂标准不足，是食品添加剂安全管理的隐忧，一方面容易导致监管不到位，另一方面可能导致误判。

该研究员谈到，食品添加剂使用卫生标准与国际标准不接轨，缺乏统一的食品分类体系。这就造成依照标准，同一种食品添加剂可能用在蛋糕里，但不能用在面包里，这是旧有的食品添加剂品种申报、审定的方式形成的。

北京市质量技监局原副局长、民盟中央常委傅仙罗建议：财政部、国家标准委加大人力、物力、财力投入，采用先进的国际标准，逐步完善食品添加剂的国家标准；食品标签上逐步推行每日允许摄入量（ADI值）标识。

她认为，科学地运用添加剂，会提高食品质量。反之，如果滥用添加剂或使用不科学，会造成食品的化学污染，其危害不可低估。

傅仙罗认为，目前，我国实行的相关食品添加剂标准还存在着一些不足，需要修改。

首先，国家标准对添加剂的分类是以企业使用起来比较直观、方便为目

的的。如果添加剂的分类能够参照 FAO（联合国粮农组织）/WHO（世界卫生组织）食品添加剂专业委员会建议的添加剂安全性能分类，那么既便于对添加剂在生产、流通、使用中的管理，又便于引起消费者的注意。

其次，国家标准存在一定的缺陷，这给滥用添加剂提供了合法性。如国家标准中对某些食品添加剂缺乏限量标准和与此对应的检测规程。特别是食品添加剂中的甜味剂、增稠剂，国家标准中并未给出明确的限量。而不少甜味剂还没有合适的检测方法和标准；少数有不良后果的食品添加剂，在发达国家已经淘汰，而我国还在使用。在我国批准使用的 22 类 1500 多种食品添加剂中，有一部分还没有国家标准。

央视关注"滤油粉事件"采访华商报记者

今日上午 9：25 央视十二套《今日说法》重播

本报近日率先披露肯德基"滤油粉事件"后，引起全国多家媒体关注。昨日中午，中央电视台《今日说法》栏目对此事进行了报道。

这期题为《肯德基是怎样"炸"成的》的节目，还原了榆林卫生执法人员到肯德基店调查执法的经过，记者采访了肯德基西安办公室、陕西省卫生厅和部分消费者。消费者普遍对肯德基使用滤油粉后煎炸食品的安全问题表示关注。

节目特邀嘉宾、中国农业大学食品科学与营养工程学院教授胡小松认为，"滤油粉事件"发生后，很多消费者一听到滤油用的粉，就立刻精神高度紧张起来，他相信这是一个惯性，这是消费者心理抵抗的一个惯性，也是自我保护的一个惯性。

胡小松认为，经过十来年，特别是最近 5 年在食品安全上严厉的管理，国家整体的食品安全状况越来越好，这是第一个应该建立的信心；第二个是食品安全问题不断被报道出来，消费者应该感到高兴，因为媒体不断曝光是正在净化市场；第三个就是目前一系列的安全事件，从学者的角度来分析的话，危害度并不是那么大，所以恐惧度不要太高。

在节目中，主持人追问"非晶形水合硅酸镁"和"三硅酸镁"的区别和联系，但特邀嘉宾没有直接回答。今日上午 9：25，该节目在央视十二套重播。

人大代表呼吁——

尽快制定《食品安全法》

近日，国务院副总理吴仪在与浙江代表团一起审议政府工作报告时，代表政府作出郑重承诺："一定尽最大努力让老百姓吃上安全、放心的食品，用上安全、放心的药品！"

"滤油粉"检测迟迟没有结果，参加全国两会的全国人大代表李葵南对卫生部门反应迟缓提出了质疑，同时表示，她保留对此事质询的权利。

但对由此牵出的食品安全问题，她也提出，希望尽快制定出《食品卫生法》的修订案或《食品安全法》，其中包括预警制度：一旦问题食品被发现后，应赶快提醒消费者，尽量不食用，因为它可能对身体健康造成危害；制定召回和封存制度；提高检测标准；责任追究制度：如果是由于监管缺位造成对老百姓健康的危害，就应该追究这些人的渎职责任。如果违反了相关法律，应追究刑事责任；紧急回应机制：这样的回应机制，可及时缓解老百姓心中的疑惑，让老百姓能够安全、放心地食用食品。

同样，全国人大代表、陕西省高级人民法院副院长黄河认为，国家应该对洋快餐的食用标准作出规定，并尽快制定《食品安全法》。

职能部门行动——

启动食品添加剂准入制

本报 3 月 8 日独家披露肯德基滤油粉事件后，引起卫生部高度重视，同时也时值"两会"期间，代表委员对食品安全信息的发布和监督工作提出了一些意见和建议，这些问题引起了国家有关部门的重视。

中国农业大学食品科学与营养工程学院胡小松教授认为，我国食品安全管理必须尽快转变为"全程控制、产品追溯、诚信保障、风险评价、危害预警和应急响应"的事前管理模式。

3 月 12 日，卫生部新闻发言人指出，针对食品安全通报等问题，卫生部正在会同有关部门研究关于食品安全信息的发布机制，卫生部既要关注公众的饮食卫生安全，同时，也要保证信息发布的及时、准确、权威和科学，要求餐饮企业严格按照有关规定，包括添加剂、加工助剂的使用。

　　3月15日，国家质检总局食品司负责人表示，今年将继续加大食品生产环节监管力度、加大对没有生产许可证的食品企业的查处力度。该局副巡视员毕玉安说："我们今年出重拳打击的就是非食品原料加工食品，打击用那些非常腐败、肮脏的回收食品加工食品，打击食品黑窝点。"此外，国家质检总局还全面启动了食品添加剂、食品包装材料等相关产品的市场准入制度。

　　同日，卫生部发出《进一步加强餐饮卫生监督工作》通知，要求全国进一步加强餐饮卫生监督，加强对食用油、调味品、食用盐、水产品、畜禽产品、食品添加剂等重点原料的监督检查。

　　记者获悉，目前卫生部正在就《食品卫生案件协查通报暂行规定》征求意见，主要是对违法企业利用省际卫生监督机构信息交流不畅的空子，专门跨省销售违法产品，甚至随意标注生产地址，在执法部门沟通案情的时间里趁机逃跑或者转移。

《华商报》(2007 年 3 月 17 日)

　　（作者注：《中国人民共和国食品安全法》由全国人大常务常委会于2009年2月28日发布，自2009年6月1日起实行。）

深度调查 11

食品安全事关每个人的健康。数据显示，陕西整体上食用农产品合格率达到 96%，走在全国前列，但在具体的流程监管上还有一些问题。

2015 年 6 月，华商报记者深入田间地头、农药市场、批发市场、餐饮门店、农业部门、食药部门走访，面对面了解蔬菜生产周期、监管过程中存在的漏洞……

端上饭桌前我们的蔬菜安全吗？

2015 年 6 月 2 日，西安，小到中雨，老李的 100 多亩蔬菜基地浸透在水雾中，基地后是依稀可见的秦岭，这种雨季对他来说很是担忧，黄瓜、西红柿等蔬菜马上要上市，更需要太阳的照晒，他一根一根地抽着香烟，一连抽了 8 根，显得很焦躁。

蔬菜基地种植者：蔬菜的生长周期离不开农药上

"听说明天雨就停了，你也不要太着急。"在蔬菜基地干活的村民安慰着老李。看着远去的人群，老李嘴微微地笑了，"都替我操着心，害怕今年再赔了"。

说起赔钱，他不得不提及农资成本，农药、化肥、种子等投入。这其中，用药最让他操心，严格按照农业部门要求，不用剧毒、高毒农药——比如"3911"，而改用成本比较高的低毒、生物制剂农药，"基本确保蔬菜上市农药残留达标，让公众吃上放心、安全的蔬菜，我们心里也踏实，种菜就是一个良心活……"

"3911"是什么？早在2010年4月，农业部、公安部等部门发文，限制在蔬菜等作物上使用17种农药，名列榜首的"甲拌磷"，俗名"3911"。

老李说，国家禁止和限制使用的农药残留大，对人体危害大，但杀虫效果好。比如韭菜病虫害多，但使用"1609"效果非常好；黄瓜打激素类农药后，果形完美、色泽光鲜；西红柿使用催红剂、膨大剂后，可提前上市……

"据经验判断，每亩地投入300元农药费用是比较合适的，也是相对安全的，但上市前10天停止用药几乎是达不到的，这让我们技术员费尽了脑筋，伤透了神……"老李很重视蔬菜安全，经常和农技员小赵为用药争论不休。

其实，农技员小赵也不年轻了，40多岁，种了20多年蔬菜。实际工作中，有两个问题一直困扰着他，一是蔬菜采摘周期和药效安全周期的矛盾；二是农药安全周期和蔬菜预防周期的矛盾。

"比如说，黄瓜成熟季节2天必须采摘一次，而喷打农药后至少7天不能采摘，而实际情况停药期间必须进地摘菜，而且至少要摘三次，否则成品黄瓜会老在架上，会血本无归的，因此，逼得人把可能不安全的黄瓜流通到市场，增加了安全隐患。"小赵说。

第二个问题，蔬菜的生产特点以"预防为主，治疗为辅"，蔬菜有病没病必须提前喷洒农药，每隔7天左右就要打一次农药。他举了一个例子，要等房子着火了才去救火，救下的也是残垣断壁的半截房子，因此，蔬菜的生长周期内都离不开农药。

问题比较严重的是不成规模的散户菜农，用药随意性强，配药浓度大，喷洒周期短，亟须加大监管力度。

农资市场

高毒农药"3911"记者很容易买到

高毒的"3911"在农药市场能买到吗？带着疑问，华商报记者前往陕西省某区随机探访。

华商报记者：有没有3911？

老板：有，没有摆出来，你干啥用？

华商报记者：给蔬菜用呀，虫害多，杀地下虫。

老板：杀地下虫 3911 不太管用，定植后虫害太多才用 3911 呢。

华商报记者：一瓶多少钱？

老板：整件卖，每瓶 12 元，零售每瓶 15 元。

华商报记者：那好，先买一瓶吧。

老板：一瓶太少了，整箱拆开我们怎么卖呢？

尽管老板嘟嘟囔囔不情愿，但还是走出农药店，蹲下身子拉开了隔壁卷闸门，门只留了半人高的缝，老板猫着腰钻进后又快速拉下卷闸门，不一会儿，老板取出一瓶"3911"给了记者。这瓶农药画着恐怖的高毒标识，使用说明标注：只能用于棉花拌种或浸种，禁止用于粮食、蔬菜、果树。

在另外几家农药店，华商报记者询问是否有"3911"，答案都是有，无须出示身份证登记。

有经营者拒卖高毒农药，称"卖的是良心"

华商报记者在扶风县绛帐镇探访农资市场。6 月 4 日下午 4 时许，在一家"农资服务部"的药店，人头攒动，药店老板给菜农详细介绍药品使用方法。

华商报记者：有 3911 没？

老板（瞪大了眼睛）：3911？干什么用的？

记者：杀蔬菜虫子？

老板：对不起，不能卖给你，这是蔬菜限制使用的农药，请仔细看公示栏。

在该药店墙壁上看到"农资监管服务监督台"，主要标明高毒农药定点销售门店的具体监管人和监督电话；"高毒农药社会监督台"主要标明高毒农药违规经营、使用的社会监督员。该服务部的高毒农药经营销售记录本里，载明每一瓶高毒农药的销售时间、农药名称、登记证号、生产企业名称、购买单位、购买人、身份证号、规格、数量、住址、电话等。

老板王海，今年 65 岁，经营农资店快 40 年了。"没错，我是卖农药的，但更卖的是良心、是责任和安全，我宁愿不挣钱，也不能干伤天害理之事，对于国家明确禁止的农药我们不会进购，更不会销售。"

农贸市场

在扶风一市场抽检 5 种蔬菜农药残留均合格

6 月 4 日早上,华商报记者在扶风县益元市场抽取了芹菜、菠菜、香菜、小青菜和豆角等 5 种蔬菜,现场在农贸市场检测室对农药残留进行测试。工作人员介绍,目前食菜中毒主要是由有机磷和氨基甲酸酯类农药引起,农药残留速测法就是基于有机磷或氨基甲酸酯类农药对胆碱酯酶的强烈抑制作用进行检测。检测结果抑制率大于等于 50% 是不合格,抑制率小于 40% 为合格,抑制率介于 40% 与 50% 之间为可疑。

现场测定的芹菜抑制率为 23%,其他 4 种蔬菜检测结果也都合格。记者翻阅了该市场 2014 年全年抽检记录本,没有发现一例农药残留超标的记录。但以下蔬菜的抑制率接近 40%:油麦菜 39.8%、胡萝卜 30.9%、韭菜 37.2%、茄子 34.6%、韭苔 37%、芹菜 23.9%,这些百分比至少说明,上述蔬菜农药残留还是比较高的。

在扶风老实人超市,华商报记者在农药残留登记本看到,2014 年 8 月 19 日记录着豆角抑制率 60%、今年 2 月 9 日豇豆抑制率 51.79%、3 月 11 日生菜抑制率 61.19%、3 月 22 日油麦菜抑制率高达 76.37%。记者让超市工作人员抽检了菠菜、包菜,大约 30 分钟后刚要打印检测结果,设备却坏了。

西安朱雀市场:设备有问题但“抽检都合格”

6 月 7 日 10 时许,在西安朱雀农产品批发市场的食用农产品检验检测中心,华商报记者采访了值班负责人刘某。

华商报记者:这几天蔬菜市场抽检怎么样?

刘某:好着呢,抽检都合格。这个季节,根据以往经验叶菜农药残留超标的较多,目前新检测机器没有下来,老设备的对比通道有点问题,目前没法做农药残留超标的检测。

华商报记者:设备坏了多长时间?

刘某:机器没有坏,就是设备的对比通道有点问题,农药残留检测应该没问题;去年我们刚划转至食药监后,就进行了设备招标采购了,原来说本月初到达,但现在还没送来,我们也很着急。

华商报记者:蔬菜要进入批发市场是如何把关的?

刘某:按照规定进入市场都要索证验票的,但市场就这么大,固定摊位300 多个,散户流动性大,核查每一辆车显然不现实。

华商报记者：你们抽检品种、数量都有哪些？

刘某：每天抽样 100 多样品，水果、蔬菜、大肉（牛羊肉未做检测），只对固定摊位批发企业抽检，散户不抽检，没法抽检。

一些批发商也不知道蔬菜来自哪儿

"新鲜洋葱便宜批发喽，不多了赶快来批发喽……"在西安朱雀农产品批发市场蔬菜批发区，华商报记者被一女老板的吆喝声所吸引。记者上前和她聊起来，她说这批洋葱是山东的，但具体是哪家企业的就不知道了，她的菜源也不固定，好像从没索要人家产地合格证明。

在另外一家蒜苔批发店，一对年龄约 50 岁的夫妇，生意略显冷清。华商报记者询问："这产地是哪里？"女老板回答："是山东的，很新鲜。"记者再次追问："是山东哪家企业的？"女老板愣住了："哪里的？孩他爸，这是山东哪里的？"男的不耐烦地说："问那么具体干啥？别人送来的，我们也不知道。"

辣椒批发门店，新鲜的辣椒红艳艳一片，编织袋上印着"大鹰小椒　产地直销　中国河南"。

华商报记者：能提供产地证明吗？

女老板：可以，没问题，是山西货。

华商报记者：那你的外包装写着产地河南？

女老板：哦，山西的辣子，我们用了河南的编织袋。

餐馆

"买菜一半凭认真，一半稀里糊涂"

6 月 7 日 9 时许，西安朱雀农产品批发市场。华商报记者见到了在高新区开餐馆的李老板，他是开着面包车来采购蔬菜，认真地整理买菜的票据，然后装进上衣口袋。

"买菜一半凭认真，一半稀里糊涂，市场这么多家摊位没有哪一家挂出农药残留合格标示。一半认真就是买新鲜的蔬菜，至少没有霉变等明显缺陷；一半稀里糊涂就是不知道哪种蔬菜农药残留合格，心里真的不踏实。"

他开饭馆已经快三年了，每天进购蔬菜 2000 元左右。为了蔬菜的安全他基本是早晨买新鲜的蔬菜，贵一点但感觉心里踏实，当天购买当天销售完毕。

李老板呼吁，希望市场上检查次数多些，抽查多些，在醒目位置公示市场检查情况，公布举报电话，便于市民投诉反映；更希望公示出蔬菜检验报告，规范经营。

当提及消费者就餐后询问蔬菜购销渠道时，老板李先生从口袋里掏出一沓票据，"索票索证工作我还是比较认真的，哪怕是 2 元钱的香菜我都会要票据的，食药监局要求也比较严格，必须建立台账管理"。

不少餐馆在附近市场买菜很少索票

6 月 7 日，华商报记者在西安纬二街西段袁记连锁餐饮店就餐，吃饭期间和店长聊了起来。

表明身份后，记者要店长提供餐内出现的蔬菜的采购凭证，比如豆芽、馄饨皮、大葱的台账，店长先是一愣，"我们的食材都是公司统一配送的，只有豆芽是店里自己采购的，专门有人配送，至于是哪家公司我还不清楚，联系后给你答复"。

6 月 10 日 10 时许，华商报记者终于看到了袁记餐饮店提供的豆芽进货收款收据，提供的是从 6 月 1 日至 6 日的收据，收据上没有任何印章，收款人："冯"，大豆芽、小豆芽每天近 100 斤。

这几天他们也开始追溯豆芽是否合格，一直和送豆芽的人联系，终于拿到了"大豆芽""小豆芽"的质监报告和"玉成豆制品加工部"个体户工商营业执照。华商报记者翻阅了两份质监报告，委托检验时间是 2015 年 1 月 13 日，检验结果显示："送样品合格"。

那么冯某和该加工部是什么关系呢？这一问题又难住了店长，"我们也没想那么多，我们还要继续索证，豆芽到底是哪里生产的"。华商报记者在西安多家小餐饮店就餐，索要食材有关票据时，餐饮店老板疑惑地说："我们蔬菜都在附近农贸市场购买的，也没有这方面的意识，即使索要蔬菜摊点也没有，都是熟人了，再去索证感觉对人家不放心。"

蔬菜安全监管还要补上哪些短板？

6 月 5 日，陕西省农业厅农产品监管局有关负责人介绍，2009 年至今，陕西省蔬菜、畜禽水产品的抽检合格率达到并一直保持在 96% 以上。

特别是 2014 年，种植业产品、畜禽产品合格率分别为 96%、99.6% 以上，生鲜乳三聚氰胺监测合格率达到 100%。

现状：蔬菜监测，豇豆、韭菜、芹菜问题多

该负责人非常担心地说，尽管抽检合格率达到 96%，但农产品质量安全隐患依然存在。种植业方面，农业部门 2014 年例行监测，蔬菜中检出次数最多的是克百威（高毒杀虫剂），其次是氧乐果（高毒杀虫剂）；非禁限用农药残留超标较多的是多菌灵和毒死蜱。从品种上看，问题较多的为豇豆、韭菜和芹菜。

在畜牧业方面，问题主要集中在生猪上，抗生素问题表现严重。华商报记者在采访中看到，由蔬菜种植户老李提供的农业部农产品质量安全中心编印的教材中，农药对健康的影响中明确写着"最新研究报道，人类的一些疾病和许多癌症都是由农药引起的"。

高毒农药屡禁不止的深层次原因，是农民讲究"实惠"。农民用药主要考虑三点，第一是效益，投入产出合不合理；第二是效果，管不管用；第三是成本，便不便宜，因此偏爱和习惯使用一些高效、价廉的高毒药物甚至禁用药物，给质量安全带来很大隐患。

问题

蔬菜施药和运输环节监管有漏洞

"我们农业监管体系中存在两个比较严重的漏洞，分别是蔬菜田间地头施药监管和运输监管。"6 月 3 日，陕西某区农产品质量安全检验检测中心负责人坦言。

尽管他们每周一次农药残留抽检和动态抽检，对农药残留超标的第一时间告知责任主体，采取封园措施，推迟农产品上市；尽管对蔬菜生产者告知农药使用要登记在册，要及时记录购买农药发票、施药次数、农药名称等信息；还有，施药后安全周期是 7 至 12 天，但菜农非要违反规定偷偷地提前上市，根本无法跟踪监管。

"上述规定如果蔬菜基地和菜农不去执行，他们也没什么好办法去监管，这完全是一个良心活，因此，这几个生产环节几乎是脱离监督管理的。"该负责人担忧地说。

第二个是运输、储存环节监管是空白，特别是冷库储存过程中要用硫黄熏冷库，这种做法肯定会或多或少改变蔬菜、水果的性能，产生安全隐患。农产品运输环节尽管是由农业部门监管，但农业部门根本无权上路去执法检查。

产品自检体系尚未建成

陕西省食药监局农产品处调研报告显示，省级食用农产品质量检测中心没有整合，生产企业、批发市场、重点农产品生产基地的产品自检体系尚未建成，市、县两级检测网尚未完善。

检测方式以速测为主要手段，普遍存在"检不了、检不出、检不准"的问题。

要保障农产品质量安全，无论从生产环节还是从监管检测环节，都需要科技做支撑，光监督是生产不出安全优质产品的，还得有安全优质的生产、过程管控、检验检测等技术支撑。

西安市阎良区农林局有关负责人介绍，目前镇街监管站、基层检测点均使用卡式农残速测仪，每批样品的检测时间大约需要20分钟，并且只能对有机磷和氨基甲酸酯类农药进行粗略定性检测。检测的精准度不高，也会造成定性检测合格，定量检测超标的问题。

食用农产品监管有时无法可依

"我省食用农产品流通监管状况不够理想，相应的监管体系也尚未健全，目前，我国尚未对食用农产品监管专门立法，在具体的监管中有时会出现无法可依，无章可循的难题。"陕西省食药监局有关负责人不回避监管中存在的问题。

食用农产品监管缺少完善的制度体系支撑，如生产加工、入市、退市、追溯等没有一个完整的制度链条来统一规范和约束。

此外，陕西省食药监局有关负责人介绍，很多群众缺少对食用农产品安全知识的了解，加之以前多重管理，群众投诉举报渠道不畅，面对问题产品手足无措。也有一部分群众法律意识淡薄，不懂得运用法律武器维护自己的合法权益。全社会共同监督的氛围尚未形成，举报奖励机制在部分市县没有实施。

行动：加快建立质量安全追溯体系

我省已着手制定《陕西省食用农产品监督管理办法》《陕西省食用农产品标识管理规定》《陕西省食用农产品安全生产规定》《陕西省食用农产品准入规定》等一系列地方性法规。

通过基层调研和分析，陕西省食药监局正在加紧制定适合陕西省流通环节生鲜肉质量安全监管的各项政策。2014年10月，已经成立专项课题组，预计将在今年内出台。

省级监管机构根据需要制定一系列规范性指导意见，如《关于食用农产品准入相关问题的指导意见》《关于食用农产品安全追溯相关问题的指导意见》等，指导市县有效实施对食用农产品的科学有效监管。

按品种设置生产经营准入条件，可根据单品的制作流程、经营程序设置操作规范，变以往"不应该怎么做"为"应该怎么做"，成熟一个，培育一个，从点到面，逐步规范，形成规模，壮大一批，对无视规范私自生产加工销售的坚决予以打击和取缔。

我省多部门发布的《关于加强食用农产品质量安全监管工作的意见》中，专门要求稳步推行食用农产品产地准出和市场准入管理。据悉，目前陕西省食品安全追溯制度建设方面正处于起步阶段，在推进过程中还存在一些问题。意见要求，加快建立食用农产品质量安全追溯体系，可率先在"菜篮子"产品主产区推动农业产业化龙头企业、农民专业合作社、家庭农场开展质量追溯试点。

此外，将由省级监管部门制订食用农产品安全宣传规划，市、县制订具体的实施方案，深入贯彻实施《食品安全法》等法律法规，广泛深入地开展食品质量安全法制教育，着力提高生产经营者食用农产品质量安全意识，诚信生产，守法经营。

《华商报》（2015年6月16日）

深度调查 12

　　每到学生上学的日子，一些大学、中学甚至小学、幼儿园周边，流动小摊贩便开始扎堆"经营"，这些油炸、油煎、关东煮之类的小吃，尽管有些看起来来历不明，却大受学生们的欢迎。

　　这些小摊点食材从哪儿来？又是如何加工的？校园周边的"学生餐"到底安不安全？2015年9月中旬，华商报记者对多所学校周边的小摊贩进行了跟踪调查。

学生"舌尖上的安全"如何来守护

校园周边"小餐车"多出自城中村小作坊

　　青龙寺以南，西影路小学对面的城中村——西安市雁塔区王家村，因为周边学校多，人流密集，成了附近餐饮小摊贩的聚集地。每天上午11时许，摊贩们进进出出王家村，有外卖早点的收工回来，也有准备外出卖午饭的，令村口的通道好不繁忙。

　　记者在村口简单统计，出自这里的小摊"美食"品种繁多，有"铁板里脊夹馍""台湾无骨香酥鸡柳薯条""烤面筋""土渣烧饼""麻辣烫""手抓饼""烧烤天下新奥尔良风味""烤鸡排、鸡腿、鸡翅""老北京糖葫芦""竹筒粽子""铁板炒""煎饼"以及各种米饭套餐。

　　走出村口，摊贩们便朝着各自熟悉的目的地而去，呼啦一下子消失在人海中。他们中的一些，将摊点设在学校附近，从城中村小作坊加工的各色食品，摇身一变成了"学生餐"。

小作坊卫生差，水池连着厕所

9月15日，晴天。上午10时30分，阳光刺眼，雁塔区王家村。

本就狭窄的村口过道上，一个大垃圾箱占了入村通道的近一半，散发着难闻的臭气。推着小车的摊贩们进进出出，遇到这个"大家伙"，不得不来回避让。

从入村通道进入，第一排第二家出租户，临街一楼是门面房，其实就是外卖的操作间。只见一个男子右脚踩在锅架子上稳住灶头，左手垫着毛巾握着炒锅，右手掌一铁勺，吃力地翻炒着一锅土豆丝，而灶头前一两米外，便可见多处人畜便溺物。

菜品陆续出锅，有麻辣豆腐、炒豆角等。这时，一男一女把菜装入三轮车，准备运往别处。透过敞开的门面房，华商报记者看到，里面的操作间混乱不堪，食材被胡乱堆放在地上，屋内也没有悬挂任何证照。

从门面房旁边的大门进入院内，左手是散发着臭气的厕所，厕所连着水池，水池台面不足一平方米。水池里放着两个拖把，还有一个直径约50厘米的菜盆，盆里放着削过皮的土豆，还有蒸米饭的锅，水池台面俨然就是一个临时菜板。

二楼的出租户说，他在这里住了五六年了，房租比较便宜，一个月200元左右。据其讲，他来租住时一楼的租户就在卖饭，菜食主要销售至西安交通大学南门附近。

"黑作坊"菜品，送到学校门口餐馆

这种黑窝点加工的餐品真的卖到学校门口去了吗？就在华商报记者半信半疑时，一楼外卖操作间有人吆喝起来："你俩收拾好了吗？赶快走嘛，都快11点了。"

记者看了看手表，时间是10时50分。这时，餐品被全部装入三轮车，刚才的一男一女坐上车，男的小心翼翼地驾驶三轮车出了村子，顺着青龙路向东驶去，华商报记者一直跟随着三轮车前行。

　　三轮车驶过青龙寺北门后，逆行由南向北驶入雁翔路，朝着南二环方向飞快而去，一路上和对面来的车辆几乎发生冲撞，等三轮车驶过南二环后，华商报记者一路跟踪，直到远远地看到了西安交通大学南门的门牌。

　　三轮车在一家"锅巴米饭"门口停车，时间为 11 时 5 分。车上的一男一女把餐品搬进这家门店，摆放好准备迎接顾客。

　　记者看到，门店外面放着一辆小餐车，餐车招牌上写着炒细面、炒饼、炒拉条、炒麻食、炒河粉、炒米粉、炒馍花、扬州炒饭、老干妈炒饭、鱼香肉丝炒饭等。

　　而前来就餐的大学生，对于这些食物的来源，全然不知。华商报记者将了解到的信息，随机告诉了同学们，其中多名同学表示怀疑，认为吃了多年的"锅巴米饭"不可能出自城中村黑作坊。但当华商报记者打开手机让同学查看照片后，多人觉得不舒服，其中 2 名女生直接把盒饭扔了，另外 3 人拒绝食用，同时表示会向同学们传播，也会向有关部门举报；还有 3 人，听完记者讲述后，其中 1 人没有在意，2 人表示半信半疑。

　　当日中午 12 时 20 分，华商报记者离开该"锅巴米饭"门店，再次返回位于王家村的上述门面时，掌勺的男师傅不在，操作间大门紧锁。院子里的租户说，估计是去交大南门的门店了。

"美味关东煮"，一天毛收入过千元

　　9 月 17 日中午，华商报记者再次来到王家村附近的西影路小学，正值学生放学，学校门口的多个摊点被小学生围得水泄不通，"吃起来美得很，我尝你的！""美得很，爽口！"两名小学生买到冰镇饮料后，边走边互相品尝"美味"。

　　其实"美味"就是一男子临时勾兑的加冰块饮料，制作工具和原料被放在自行车上。华商报记者上前询问这些原料的进货渠道，该男子解释说："我也是临时卖，临时卖！"说罢，推着自行车走了。

　　众多摊点中，一个挂着"美味关东煮"牌子的摊点引起了华商报记者的关注，摊贩是个年龄稍大的老人。

　　下午 1 时许，各种摊贩所准备的餐食被学生一抢而光，摊贩相互盘问着收入，看来生意不错。

"美味关东煮"老板也收拾好了餐车，骑着车慢悠悠地返回了。华商报记者原以为他就住在附近，便一直跟着他前行，谁知他经过了西影路、小寨东路、翠华路、纬零街、长安路，最后过了南三环消失在前往长安区的人流中。

他为何要长途跋涉从长安区前往王家村附近"做买卖"呢？据不愿透露姓名的另一个摊贩老板说，西安交大附近学校多，学生多，可以卖个好价钱，"能挣钱嘛！"

后来，记者见到了这个卖"关东煮"的老人。老人说，他家是长安区的，已经退休了，在家闲着没事干，老两口瞅准了校门口的生意，小摊本不大利润很高。他笑着说，今年生意比去年差，但整体上还不错，每天中午、下午卖两顿，他一个摊点每天有五六百元的营业收入；老伴的摊点在航天中学门口，每天卖七八百元，两个摊点每天毛收入一千三四百元，"我已经卖了四五年了"。

华商报记者粗略估算，假设夫妻俩日营业收入合计 1300 元，50% 的利润率，则一天的纯利润是 650 元，一个月出摊 22 天，一年除去学生放假时间，营业 10 个月的话，一年的纯收入也多达 14 万元。

街头快餐食品，大多来自城中村

实际上，在西安城区仅存的几个城中村里，无证餐馆、黑作坊已经形成一定气候，大量外来务工人员临时在此落脚，人流量很大，生意自然不错。某种程度上，西安街头相当一部分中午的快餐食品，都来自这些城中村。

"就在村子里吃饭对了，便宜嘛，吃饱一碗面几块钱，出了村子一碗面 10 多块。"9 月 16 日午间，在附近干活的民工一溜一串进了王家村，相互商量吃什么饭，也有学生三五成群进村就餐。

"我是太乙路小学的，每天中午都回家，有时在家吃饭，有时在餐馆吃，不一定，想吃好的就在餐馆里，父母不让在外面吃饭，嫌不卫生。"一个男同学说。而另外几名戴着红领巾的同学进了"好再来面馆"，华商报记者也进入该餐馆，屋内有几位农民工模样的顾客等待上饭，店内没有悬挂任何证照。就餐同学说，他们都是附近学校的，有铁五小、西影路小学的。

华商报记者在王家村二组统计发现，该村子餐馆主要集中在 4 个巷子里，不完全统计约 36 家，面馆居多，炒菜、馒头、零食、油条等油炸食品，而其中一部分黑作坊看好了学校门口的市场，在作坊制作好原材料，带到学校门口去卖给学生。

高新区附近像沙井村等几个仅存的城中村，那里的小作坊，也是附近办公室职员、装修小工、学生午餐的主要供应者。一般都是在租住处做好送到街头或者写字楼下摆摊，主要供应卤面、盒饭、面条饺子等。

城管人员与小摊贩"相安无事"

学校、写字楼附近的午餐市场已经形成，那么当下职能部门是如何监管的呢？

记者在王家村、西影路小学一带调查的一周时间里，每天上午 11 时 50 分左右，只看见城管开着车身喷着"雁塔城管"字样的电瓶车如期而至，其他有关的职能部门连巡查都没见到。城管人员一般下车随便转转，占道经营的 20 多家"三轮摊贩"各忙各的，城管人员则在电瓶车里和熟人聊天，要不就蹲在马路道沿上玩手机，任由摊贩叫卖，油脂、垃圾、塑料袋扔得满地都是。

9 月 15 日中午，华商报记者意外见到两名城管对一个卖盒饭的小伙说："你不能在此摆摊卖盒饭，明天不要再来了，记住没？"小伙很纳闷地说："这么多摊点你不管，就不让我卖？凭啥！""不凭啥，你就不能卖！"

城管走后，该小伙很不服气："我才来第二次，只管我，是我没交保护费吧？"他说，每次来时他用自行车驮二三十份盒饭，每份 12 元，中午能卖完，当问及他的加工店时，该小伙不愿意透露，"我也是给人家打工，挣个辛苦钱"。

这些临时摊点是否给城管缴费呢？与多位摊贩的交谈中可以探究一二。"城管也来管，但都是管生面孔，熟人就不太管，通过罚款都认识了，实在管得严的话，我们就连三轮车都给城管了，一个三轮车就值一两千元，扣走后继续再买三轮车，继续再出摊，轮流反复……"一位摊贩说。

"我们进城也要生存，他们管我们罚我们，才有收入奖金，但是不可能每天都罚款吧，罚一次款可以平安自由经营一段时间，挣得比罚款多得多，因此大家都成了熟人，怎么罚呀，大家都心照不宣。"

城管人员则抱怨说："过去大家都怕市容，那时候真动手，后来社会舆论同情小商贩，指责管理者，上头要求也很严，我们只能维持基本秩序，不要太过分即可，至于食品卫生人家有人管。"

《华商报》（2015 年 10 月 9 日）

居民楼内"小饭桌"只管做饭，很少考虑隐患

据不完全估计，每天出现在西安街头的午餐小摊贩不下数千家，给这座城市里的数十万人提供了方便，但监管方面可能的疏漏，还是让人们对这每天吃进肚中的数十万份餐食深感担忧，尤其就餐者中间相当一部分人还是孩子。对于一些要上各种课外辅导班、兴趣班的孩子来说，在外解决的不仅仅是午餐，还有晚餐。

现行职能部门对小饭桌、小作坊、小餐饮及摊贩提出的管理规定，不能说不详细，比如登记备案制度、许可证制度、健康证制度等，但实际执行情形，却不容乐观。

老师担忧：一旦出事，连找都找不见

"我们学校门口一放学，基本上被一些小摊点包围。"未央区一中学不愿透露姓名的老师说，"麻辣味、油炸味居多，孩子们也爱吃，三五成群相互吃请，老师也没办法。不是说校园周边50米还是100米不准摆摊设点吗？基本是个空文，离开校园100米，学生也都基本走散了，他们卖给谁去？最关键的是，这些临时小摊点来去无踪，一旦出事，连找都找不见，出事都不知道为啥出事。"

这位老师说，现在的学生大多有点零花钱，这些东西价格不贵，口味偏重，"吃惯了还上瘾，因为其他的没味儿"，孩子们才不管安全不安全，人家买他也买，有的孩子"一周的零花钱不到周三就花完了，在学校门口摊点吃还能欠账。有的孩子一次请几个同学吃，摊主也高兴"。

对学生在外就餐，学校也做了大量工作，甚至和学生、家长签订了安全责任书，"但学校外边我们就管不上了"。

西安市八十九中付老师说，校园周边的摊贩，多是自制食品，设备简陋，卫生差，"但味道好，对学生有吸引力。从食品安全和校园管理角度看，最好能给办执照，实行许可管理和登记备案，纳入监管。现在大多是一个孩子，学校安全责任压力很大，一旦出问题，家长肯定找学校。可这些问题却是非

学校力所能及的"。

付老师认为,当前食品风险的传播性、危害性及不确定性,使得风险远远超出了学校及家庭所能承受的范围,食品安全最好得全程监管,"这些摊贩辛苦也想赚钱,只要监管合理合法,不给增加太多负担,他们应该也不会反对。没证的坚决撵走,这样我们也能轻松点,家长也放心"。

西安的很多中小学,为了孩子的饮食安全,都自办了食堂,一旦孩子不在校就餐,必须家长签字同意并承担后果。

碑林区一所名校校长面对华商报记者说:"这也是没有办法的办法,我们自己办食堂风险也很大,从进货到加工任何一个环节都必须严格监管,就害怕学生出问题,学校名誉受损,更重要的是没办法给家长交代。"

"为什么要跟家长签责任书,就是因为大量孩子在托管班吃午饭,这也是当下一个实际困难,家长都忙,学校离得也远。这部分学生我们要求家长必须操心。我们的学生吃完饭必须进教室趴在桌子上午休,但外边的各种情况都有:有些孩子自己换托管班,有些不去自己在外头买着吃,有些吃了饭找个借口跑出去上网,这些都不是小事。"

托管班:只管做饭,很少考虑安全风险

颖园小区位于西影路小学西隔壁,小区院子不大。华商报记者简单统计共有 13 个托管班,基本上都在对外招生。

"×××放心托管"位于小区内一楼东户,面积近百平米,9 月 17 日中午,托管班屋内 20 多名学生正在就餐,客厅摆着一个长条桌子,一圈吃饭的学生边看动画片边吃饭。靠墙是双层架子床,两个卧室全被架子床占满,只留通道,拥挤不堪。

厨房共有两人操作,一名老年妇女和一位中年妇女,就是这里的"老师"。据其介绍,这房子是自己的,都是家常便饭,面、米饭、饺子搭配,"都是妈妈的味道",低年级午托 350 元,全托 500 多元,"高年级孩子因为能吃收费也高些"。

另一家托管班人数更多,位于一楼的两个单元房打通,俨然一个"小学校",各年级学生都有。屋内摆放了几排桌子,供吃饭和学习所用,在临近厨房的桌子,有 4 名戴红领巾的男生手举扑克牌,"你出牌,出牌,不出我

就出了……"

女老板解释："有些学生中午根本不休息，总该有个事干嘛，打牌也是消磨时间，休息，换个脑子。"

记者先后走访4个托管班，人数都在20人以上，最多的40多人，初步估算出该小区托管的学生人数达400人以上。记者以家长名义咨询，是否纳入食药监监管、登记备案，多数老板都声称"麻烦得很，没有必要"，理由是"咱都是实在人，办班又不是一天两天，做的都是家常饭，自家大人小孩也在这里吃，肯定没问题"。

至于为什么不愿意主动登记，理由多为："不知道找谁，得跑好几个部门，搞不清楚谁说了算。""不知道要收多少钱，一个部门一个月收100元也受不了。""如果真按文件上要求的，索证、索票和保存进货查验记录，这个班也不用开了，都是家常便饭，挣几个小钱，太麻烦了。"

记者问：假设你们进的货比如肉蛋菜有问题，把孩子吃坏了，该咋办？这些从业者显然很少考虑这种可能，大多回答："不可能，咱天天做饭呢，哪能这么巧？"

监管治理：发现难、入户难、提升难、取缔难

近年来出现的"托管班"，又称"小饭桌""托管中心"，是在各中小学周围出现的新的"家庭作坊式"餐饮经营方式，"小饭桌"确实解决了许多年轻父母因为工作不能兼顾孩子吃饭的难题。

但与"小饭桌"的规模和增速不相匹配的是，其经营不规范、监管不到位等问题大量存在。

记者调查发现，大部分小饭桌都在居民楼内开办，厨房面积小，不能按功能分区，布局混乱，很多生熟食品及厨具没有分开，缺乏必要的消毒设施；从业人员的健康情况以及食品安全没有保障。

来自管理部门的信息表明，由于"小饭桌"规模小，软硬件较差，人员素质复杂，一般都达不到《餐饮服务许可管理审查规范》规定的任何一种业态的准入标准，所以"无法办理许可审批手续，也不在《食品安全法》规定的许可范围"。

省食药监局有关人士表示，目前好的做法是对"小饭桌"进行备案登记，

我省各地市目前都在摸索监管措施。

据了解，西安市新城区中小学多，校园周边"小饭桌"聚集，该区尝试由街办牵头、部门协作监管模式，在政府网站食品药品专栏及微信公众号上对备案小饭桌进行公示。

对主动申请备案的"小饭桌"经营户进行联合验收，符合条件的发放"小饭桌登记备案证"；对不符合要求、存在安全隐患的"小饭桌"经营户也一并公示。目前已经验收公示第一批 41 家"小饭桌"，鼓励家长选择有"备案证"的。

碑林区对未经备案登记的 12 家"小饭桌"进行了曝光；雁塔区则组织力量对翠华路沿线"小饭桌"摸底登记，就地址、开办者姓名、联系方式、就餐人数等，建立监管档案。集中培训从业人员，目前已有 145 人取得合格证。

但各部门负责人都承认，上述数字相对于辖区数以百计的小饭桌，实在谈不上成绩。"发现难、入户难、提升难、取缔难"问题一直存在。

"我们只能根据传单或者在学校门口蹲守，找上门去做工作，人家不开门你没办法，关门换地方你也没办法，条件差该取缔，阻力也很大。很多时候，家长也不理解，有没有证家长不管，孩子在这里吃饭好好的，一直没出啥事，又离得近，凭啥你要取缔？"

政策措施：新条例明年实施，基层监管力量仍不足

2015 年 7 月 30 日，《陕西省食品小作坊小餐饮及摊贩管理条例》出台，明年 1 月 1 日实施。该《条例》明确了县级以上食品药品监管、工商、城建、城管或市容、卫生等部门在食品小作坊小餐饮及摊贩管理中的具体职责。

条例规定：食品小作坊、小餐饮实行许可制度管理，食品摊贩实行登记备案制度管理，实施许可、发放登记卡不得收取任何费用。食品小作坊、小餐饮和食品摊贩从业人员应持有效健康证明，并在明显位置悬挂。

"登记许可不收费，就是为了打消从业者的顾虑，不给他们增加经济负担，从而减少阻力。但实际操作中，很多人还是怕麻烦，比如健康证，能不办就不办，或者少办应付检查。"有关部门管理人员说。

《条例》规定：中小学校门外道路两侧 100 米或 50 米范围内，不得划定食品摊贩经营区域。但实际情形是，各个中小学周边的食品摊贩成群结队，

而且离学校越近生意越好，该规定执行难度极大。此前这种游击战一直在各学校周边上演。

另外规定，食品小作坊、小餐饮索证索票和进货查验记录保存期，不少于产品保质期满后 6 个月，没有明确保质期的，不得少于一年；摊贩一年内累计三次违反《条例》，责令停业吊销许可证。

具体怎么执行监管，我省各地都在探索之中。对流动小摊贩的监管，宝鸡市扶风县备案登记制 2014 年开始探索。

城建部门主要负责临时性马路市场、学校附近、占道经营的食品摊点和集贸市场以外的流动食品小摊贩的管理；对食品摊贩摊位予以规范后，食药监局积极跟进监管：只要在划定区域活动，有相应防鼠、防蝇、防尘设施和废弃物存放设施，用水符合规定，从业人员取得健康证，并签订《食品安全承诺书》均可登记备案。此外建立联动监管、班外巡查、暗访和定期抽查等制度。

9 月 22 日，省食药监管理局有关负责人介绍，去年全省集中开展儿童食品和校园周边食品安全专项整治，共检查 22581 户次，发现存在突出问题或风险隐患 3866 户次。检查发现，主要问题是生产环节超量、超范围使用添加剂等。

此外，基层监管能力不足问题突出。一是人员少，据测算我省需要 1.2 万人的基层监管队伍，目前仅 4547 人；二是业务不熟，目前 4547 人中 70% 没从事过食药监工作。

《华商报》(2015 年 10 月 9 日)

深度调查 13

2005 年 11 月 16 日，记者听到我省在泾阳县进行禽流感演练，可是有关部门不让华商报社记者参加。后经报社领导同意后，记者顶着压力赶赴禽流感演练现场，乔装打扮，混进队伍，钻进会场并相互配合，通过艰难采访，终于拿到了独家报道。

副省长怒斥基层干部吃皇粮不干事

"你们家的鸡强制免疫了吗？请拿出你的免疫记录本。"这是王寿森副省长昨日在泾阳县全省禽流感疫情应急演练现场时，到农户家询问的第一句话。可让他没想到的是，连续突查了 3 家养殖户，防控均不到位，令他十分气愤。王寿森当众手指当地个别基层干部，怒斥："你们吃皇粮不干事！"

突击抽查养殖户免疫，怒斥个别干部

2005 年 11 月 17 日，王寿森来到泾阳县太平镇西寨村全省禽流感疫情演练现场，首先查看了养殖户师顺先家里鸡的养殖状况，并询问鸡是否进行禽流感强制免疫。师回答"没有"，王寿森让师拿出免疫记录本，可是他拿出的却是买小鸡时鸡场送给他的《饲养管理手册》。

为了核对禽流感免疫到底是否到位，王寿森停止了观摩禽流感演练，而是随机抽查了另两家养殖户，结果也是令他惊讶，既没见到畜牧部门来强制免疫，也没有免疫记录本。王寿森生气地对当地陪同干部说："你们为何不

把精力放在扎扎实实的工作中，而是走形式，走过场？"王寿森当着众多群众的面，怒斥当地个别基层干部："你们吃皇粮不干事！"

召开禽流感紧急会议，强调防控要抓细节

演练结束后，王寿森在泾阳县召开禽流感紧急会议。会上，他再次强调：各级必须明确防控禽流感的重要性，千万不要盲目乐观，侥幸过关。要从讲政治、讲大局的高度来抓好此项工作，要把防控禽流感作为目前畜牧部门的头等大事来抓；从细节做起，特别是强制免疫工作，从现在起对 100 只规模的养禽场也要强制免疫，干部进村、进户包片，落实观察员，建立疫苗注射档案；马上组织以畜牧部门、乡村干部为主的普查队伍，对养殖户相对集中的村庄展开调查，引导养殖户加强卫生管理；市县区不要盲目进购疫苗，由省上统一调配；同时，更重要的是要明确责任，严肃责任追究制，把是否发生疫情作为防控到位与否的标准，一旦发生疫情将追究到人，不管查到谁，都要严肃处理。

省农业厅厅长梁凤民总结了工作中存在的问题，主要是基层畜牧部门工作不扎实，存在侥幸心理。梁凤民要求，各市农牧部门必须在 11 月 20 日之前，将强制免疫、服务态度、疫苗注射档案建立抽检情况等上报农业厅。

《华商报》（2005 年 11 月 9 日）

陕西省卫生厅十路人马督察防控

昨日，省卫生厅就进一步做好我省防控人感染禽流感工作再次进行了部署。省卫生厅厅长李鸿光明确表示，力争我省今冬明春不发生人感染禽流感病例，并提出四项具体措施。

措施一：建应急处置工作队

禽流感是通过禽类运输和候鸟迁徙传播的。我省目前这两种情况的可能性都存在，候鸟的传播可能性更大，不能有丝毫的麻痹大意，一定要做好人

感染高致病性禽流感发生的各种预防准备。这是卫生部门当前的首要任务。各级卫生行政部门要组建应急处置工作队，一旦发生疫情，立即赶赴现场。

措施二：乡村医生及时上报

宣传的重点是医务人员和高暴露人群。各级卫生部门要采取积极措施在群众中广泛宣传和普及人感染高致病性禽流感疫情的预防知识。要落实乡村医生对人感染高致病性禽流感疫情的检测报告责任，一旦发生疫情，乡村医生要在第一时间向县级疾病预防控制中心和卫生局报告。

措施三：出现症状立即隔离

各级卫生行政部门一定要和农牧部门密切配合，对人感染高致病性禽流感疫情真正做到早发现、早报告、早扑灭，并要与农业部门做到三同时：同时到达疫区，同时开展调查，同时进行疫情处置。一旦发现高暴露人群、密切接触人群发烧、有流感样症状甚至肺部有阴影，立即就地隔离治疗。

措施四：十小组赴各地督察

省卫生厅近日将组织专家，组成十个小组分赴各地对人感染高致病性禽流感的防控准备工作进行督察。各市要加强人员培训、做好自查督导工作，确保各项措施落实，力争今冬明春我省不发生人感染高致病性禽流感疫情。

《华商报》（2005 年 11 月 9 日）

衣食住行要小心

面对禽流感，许多市民担心：羽绒服还能不能穿了？市民如何预防才能不受到禽流感的侵袭？昨日，省卫生专家从衣食住行等四方面回答了这些疑问。

衣：羽绒服一观二闻三触摸

正规厂家生产的羽绒服是安全的，虽然患病鸡鸭的羽毛的确携带病毒，但凡是正规厂家生产的合格羽绒服，在选择制作材料时，都会经过高温杀毒等处理。建议大家在购买羽绒服、羽绒被时，先要看其做工；其次要闻羽绒服的味道，如果有强烈的鸭味或者鹅味，就不要购买；再次是用手触摸，如果感到里面的羽绒有一种"梗"的感觉，建议最好不要购买。

食：饭前、回家一定要洗手

人们在公共汽车等公共场所很可能会接触到病毒，比如一名禽流感病毒携带者打喷嚏时用手捂了嘴，然后用这只手抓扶了车里的扶杆，随后健康人也抓握了这段扶杆，病毒就会被传染到健康人身上。所以，"吃东西前、回家后一定要洗手"，把可能存在的病毒清洗掉。

住：每日定时两次开窗通风

专家提醒市民养成良好的生活习惯，特别是有小孩和老人的家庭，不论天有多冷，每天最好都要定时开窗通风两次，每次30分钟。通风时间最好定在上午9∶00~10∶00和下午3∶00~4∶00，新鲜空气有稀释病毒、清洁室内空气的作用。

行：远离空气混浊人员密集地

建议市民少去以下几种场所：病人集中的医院；人员密集、空气混浊的电影院、网吧、地下超市。幼儿园如果出现了流感患儿，应尽快将其隔离，以免传染。再有一个多月就是元旦，专家建议元旦长假市民最好不要到温暖的南方旅游。

《华商报》（2005 年 11 月 9 日）

价格异常波动将启动应急预案

近一时期，我国部分地区发生了禽流感疫情。为做好防控工作，维护市场价格稳定，陕西省物价局对我省物价实行信息监测，如果出现价格异常波动，将启动应急预案。对趁机哄抬物价等扰乱市场秩序的，以及乱收费的单位要依法从重、从快处理。

省物价局要求各地加强价格监测分析，对于特别是防治禽流感疫苗和防护用品以及部分生活必需品价格，要实行重点监测，一旦发现价格异常波动，要迅速报告同级人民政府和上一级物价部门，以便及时采取措施。

如果发现疫情，该县区要每周三次（周一、周三、周五）将当地肉、禽、蛋、奶、菜以及防治禽流感疫苗和防护用品等产品价格的监测情况，于当日下午 2 时以前分别报送国家发展改革委和省物价局价格监测中心。西安市每周三按时向国家价格监测中心报送监测信息。

市场上一旦发生价格异常波动，物价部门要会同有关单位启动应急工作预案，运用价格调节基金和重要商品储备制度，调控疫情发生地区商品的市场供应，保证市场价格稳定。如果价格异常波动涉及的范围比较广，上涨幅度比较大，影响正常生产和流通，应依据《非常时期落实价格干预措施和紧急措施暂行办法》，实行价格临时干预措施，确保市场稳定。

重点检查与防治禽流感有关的商品以及检疫、防疫、消毒等环节的收费行为，切实防止一些单位趁机乱涨价、乱收费。凡是属于政府定价和指导价的商品，严格按规定执行；属于市场调节价的，要引导和规范市场价格行为。对趁机囤积居奇、哄抬物价、扰乱市场秩序的不法经营者，以及乱收费的单位，要依法从重、从快处理，并追究相关责任人的责任。对情节严重、性质恶劣、影响较大的典型案件要公开曝光。

一旦发现疫情，疫情发生地区物价部门要制定扶持养殖户和生产经营企业的具体措施，确保疫情过后肉、蛋、奶等生活必需品的生产能力迅速恢复，保障市场供应和价格稳定。

《华商报》（2005 年 11 月 14 日）

首要任务防控人禽流感

从去年 10 月开始至今，我国已发现 14 人感染禽流感，其中死亡 8 人，治愈 4 人，另有两人仍在接受治疗。与我省毗邻的四川、宁夏、内蒙古、湖北、山西等 5 省区都相继发生了禽流感疫情。昨日，省卫生厅在户县召开全省人禽流感防控会议，把防控人禽流感作为全省卫生工作的首要任务。

形势严峻：禽流感随时可能发生

去年秋冬以来，我国有 17 个省份发生了禽流感疫情。省卫生厅厅长李鸿光介绍，去年卫生系统共参与和处置不明原因禽类死亡 6 起，对 20 多人进行了医学观察。虽然我省目前尚未发生禽流感疫情和人禽流感病例，但随着气候逐渐变暖，候鸟北迁，防控形势依然严峻，我省随时可能发生禽流感甚至人禽流感。

为此，省卫生厅对防控人禽流感提出严格要求，对责任不明确，落实不到位，工作不力而造成疫情传入、扩散的，要实行责任追究制；对违反有关法律和法规的，要及时依法作出严肃处理，力争我省不发生禽流感疫情和杜绝人感染禽流感。

应对措施：以最快形式上报疫情

省卫生厅要求各市做好准备工作，把疾病控制、卫生监督、健康教育、医疗救治等工作落实到单位、个人，一旦有疫情，疾控中心、卫生局立即赶到现场，启动发热门诊，以最快形式上报，任何人和单位不得干扰。

禽流感大多发生在农村，因此，将每个村的村医作为疫情观察员，发现疫情及时报告。加强与农业部门的联系，疫点处置结束后，疾控中心要指导乡镇卫生院和村医对养殖户、疫情处置人员进行医学观察和流行性病学调查，对高暴露人员防护到位。

防控难点六问题不易解决

一、开春以后候鸟迁徙频繁，带病毒鸟和家禽接触机会增多，传播概率增大，而我省南北跨度达 880 公里，又处于南北和东西两条候鸟迁徙的主要路线上，黄河、洛河、泾河、渭河、汉江等沿岸，都是候鸟的停留地，随时随地都可能引发禽流感。

二、我省散养家禽数量较大，免疫难度大，去年秋季集中免疫的家禽已超过免疫期。

三、与我省毗邻的四川、宁夏、内蒙古、湖北、山西 5 省区发生禽流感疫情，存在通过禽类调运把疫情传到我省的可能。

四、禽流感确诊监测过程一般在 3 天以上，而人禽流感潜伏期为 1~7 天，若待禽流感确诊后再去防控人禽流感，必定为时已晚。

五、人禽流感病死率高达 50% 以上，远远超过非典型性肺炎。

六、我省鸡新城疫病（一种疾病名称）和死鸡时有发生。

《华商报》（2006 年 2 月 27 日）

深度调查 14

核心提示：

食品安全是事关国计民生的重要问题。2007 年底这两组独家报道准确、客观，记者通过长时间暗访，终于抓住黑宰场屠杀病死猪肉和国营定点屠宰场给猪灌水的现场。

该组连续报道也引起商务部的高度重视，西安市还成立畜禽稽查大队，从制度上确保了猪肉市场检查的执法主体。

区长督战铲平 4 年黑宰场　屠宰场给猪灌水抓现

一头小猪崽挂在肉架上，一男子正在分割猪肉。见有生人到来，他很快把红色铁门关上。近日，家住雁塔区甘家寨村的老王说："我们村农贸市场近日肉价涨得很快，有几家肉店的肉颜色好像不对，听说是病死猪肉，大家十分担心……"

另一知情者举报称："雁塔区有一个长达 4 年之久的黑屠宰场，猪肉一部分送往农贸市场，但大部分被送往附近的饭馆、饺子馆、包子店等，是把肉全部绞碎来卖，以逃避检查，有时候还非法屠宰病死猪……"

知情者线索提供的屠宰场，在雁塔区丈八办事处小烟庄村里。

在一家大门朝北开着的铝合金门窗厂，5 名工人正热火朝天地干着活。刚进厂门口，便可以看到"进入车辆要消毒"等字样。"老板，这里还有空房吗？我们想租一间大仓库。"记者佯装租房，和老板搭话。"我们这里没有仓库，后面是一个屠宰场，可能只有小房子，你进去看看再说吧！"老板忙着他手头活。

院子西边是一个金属加工厂，再往里走 20 米，正面是一个厕所，厕所东面的一扇红色铁门半开着，一头小猪崽挂在肉架上，一男子正在分割猪肉。见有生人到来，他很快把红色铁门关上。悬挂着的小猪崽是否病死猪？如果不是，养猪户为何把未出栏的猪崽卖掉？

知情者披露，因为我省部分县区发生猪蓝耳病疫情，死于蓝耳病或其他病变的小猪便卖到黑屠宰场，每头 100 元左右，屠宰场经过宰杀，每头能卖300 元左右。该处多次遭受检查，但都没有彻底被取缔，违法生产达 4 年之久。

铝合金门窗厂有很多车辆出入，但因大多是厢式小货车，记者观察黑屠宰场其他三面都是高高的围墙，没有后门，运送生猪和猪肉都从北门出入，在此守候是最佳的位置。

追黑

运送至周边城中村市场小烟庄→甘家寨东、西村市场→沙井村农贸市场→何家村、边家村等方向

记者近日多次到该屠宰场守候。一天早上 5 时许，该厂里突然出现两辆机动三轮车，车上装满了猪肉，两个司机都穿蓝大褂。其中一辆车出门后朝东驶去，另外一辆车朝西驶去。记者开车跟随着朝东去的那辆车。

三轮车从小烟庄驶出后，穿过丈八北路，沿着科技四路向东狂奔，猪肉没有用任何篷布遮挡。通过唐延路、科技二路，三轮车到达甘家寨西村市场。车上男子卸下两扇猪肉后，开车穿过甘家寨村，进入沙井村。

在沙井村农贸市场里，清洁工人正在打扫卫生，馒头店老板正在和面。该男子把车停稳后，又从车上卸下两扇猪肉放在肉摊上，匆匆忙忙离开沙井村朝太白南路驶去。

由于清晨马路上车辆和行人很少，三轮车一路狂奔，闯过红灯。三轮车行驶在太白路公交五公司附近，记者所乘车辆在等待红灯时，三轮车一直北行朝南二环驶去，驶过南二环后消失。按照线路推断，该男子可能把猪肉送到何家村、边家村等附近农贸市场。

6 时 30 分，记者再次返回该黑屠宰场。

6 时 55 分，刚才送猪肉的三轮车回场。

6 时 57 分，一青年男子骑着电动自行车，车上驮了两扇猪肉从屠宰场内驶出，记者跟踪观察，电动自行车沿着科技四路、唐延路，穿过甘家寨村最繁华街道，最后到达甘家寨东村市场。

早上 7 时，甘家寨已是人头攒动，其实村子里的市场就是楼与楼之间的狭小间隙，宽 3 米多、长 50 多米。骑电动自行车男子喘了口气，点着一根香烟深深地吸了一口，然后把肉放在案板上开始分割，一切显得那么自然和从容。

10 多分钟过去了，一扇猪肉分割成功，猪后腿、前腿、五花肉、骨头，男子高兴地招呼顾客前来购买猪肉。

探黑：市场老板谎称肉从定点屠宰场来

"肉上即使盖着检疫章、合格证等，谁都能刻，买肉关键要凭眼睛看……"甘家寨、沙井村等肉铺老板，是否知道小烟庄村的那家屠宰场为非法屠宰场呢？

甘家寨西村市场

"老板，我们想开饭馆，你铺子肉质量咋样？"

"美得很，你看这肉多干，绝对不是注水肉，请放心购买！"肉铺老板说。

"这肉是从哪里批发来的，经过检疫了没有？"

"没问题，我是从定点屠宰场弄来的，宰场一般是杀我看上的猪。"

说罢，老板开始寻找检疫合格证，但在他的店内根本没有找到合格证；老板又从猪肉上寻找印章，找到的一处红色印章十分模糊。

肉铺老板介绍，他们在甘家寨西村已经营肉铺 6 年了，肉的质量绝对放心。离开时，老板补充说："猪肉上即使盖着检疫章、合格证等，也有可能是假的，谁都能刻一个，买肉关键要凭眼睛看……"

甘家寨东村市场

那个骑电动自行车男子的肉铺，买肉的人很多。他给大家介绍，肉是从定点宰场批发过来的，质量绝对放心。肉刀在他手中熟练地挥舞着，他边卖边吆喝："后腿 13 元、前腿 11 元，新鲜猪肉！"

记者："你的肉是从哪里批发来的？"

他脱口而出："户县屠宰场，要哪块肉，得几斤？"

沙井村市场

沙井村肉铺有三四家，生意好像很淡，到了中午时分，猪肉大部分还没有卖出。

见有客人到来，肉铺老板都显得十分热情。"肉质量不错，买一点！"

记者询问老板："你的猪肉是从哪里批发的？"

"丈八宰场，就在西户路边的那一个，是政府定点的宰场，质量没问题！"

查黑：13头病死猪肉全部没收销毁

知情者举报称，该屠宰场还非法屠宰病死猪，但要拿到宰杀病死猪的证据十分艰难，为了不打草惊蛇，记者和知情者没有立即把这一情况向有关部门举报，希望抓住有力证据后，一举摧毁非法屠宰场。

12月11日终于获得消息，病死猪好像已进屠宰场，屠宰场里还有几头生猪。当天记者将信息通报给西安市商贸局，该局有关领导责令雁塔区定点办立即展开清查行动。

昨日凌晨4时，雁塔区农林水务局、定点办、区动物卫生监督所、工商、公安等部门出动。

5时20分，一辆厢式货车从屠宰场驶出，在外守候的执法人员直接冲进屠宰场，到达加工间后，宰工闻风而逃。现场卫生条件极差，地面污水横流，汤池肮脏不堪，地面上有几头病死猪，待宰圈内还有7头成年猪，屠宰后的猪肉尸、脏器胡乱摊放在地面。

宰工看到执法人员，一名宰工提起死猪崽顺手扔在了垃圾旁，后在执法人员的要求下，他不得不把死猪崽扔上执法车辆。"这里负责人我们都认识，名叫王宏，多次取缔但还在继续非法屠宰。"执法人员介绍。

7时许，一名高个中年男子驾陕001621车到来，下车后和执法人员看起来很熟悉。据说他就是王宏，并嬉笑着："你们跑来没事干了，天这么冷不在家好好睡觉。"执法人员及时提醒他注意言语："这次要彻底取缔你，不要有侥幸心理。"

后王宏给执法人员说："不取缔不行？还一定要拆除？""对，要立即取缔！"王宏便十分无奈地叫来所有宰工，让他们拆除所有设备，特别是挂肉架子在执法人员的督促下，用电焊机彻底切割。

昨日，执法人员对现场的屠宰工具、私宰作坊公章等予以没收，捣毁了汤池，强行拆除了挂肉用的悬空钢架。

经执法人员现场检查，这批肉尸重量不等，最轻者仅重5公斤左右，这些猪肉都有不同程度病变特征，皮肤出血，脏器淋巴病变明显，个别宰杀放血不良，属于国家严禁出售交易的病死猪肉。执法人员当即做出决定，将现场13头（重达500公斤）病死猪肉全部没收销毁。

随后，执法人员责令王宏在动物检疫员监督下，将该批成猪运往产地检疫点进行检查和观察，待检疫合格后出具产地检疫合格证明，准许进入正规定点宰场屠宰。

另外，联合执法组还检查了院内一熟食加工点以及一辆微型货车，没收了变质猪蹄、下水、猪油共计约70公斤。将所有没收的病死猪肉、脏器等，按照相关规定要求，集中进行了无害化处理。

据了解，屠宰场老板王宏，2003年因屠宰场验收不合格，而被西安市商贸局依法取消了定点屠宰资格，从而变成了黑屠宰场。此前，西安市商贸局、雁塔区政府、雁塔区农水局等多次取缔过，但因种种原因都没取缔成功。昨日的联合执法是雁塔区农水局近年来最大的一次，也是查扣病死猪最多的一次，有力地打击了私屠滥宰违法行为。

目前，雁塔区定点办正在追查病死猪来源。

雁塔区全面整顿禽肉市场，追究黑屠宰场刑事责任

"就是搭上我这条老命，一定也要把这家黑屠宰场铲除，南郊乃至整个西安肉市场就干净了，老百姓可吃上放心肉……"昨日早上，雁塔区动物卫生监督所人员再次前往小烟庄黑屠宰场，对其彻底拆除。雁塔区副区长刘崇利昨带队督察取缔工作，并表示要全面排查禽肉市场，下一步将追究黑屠宰场刑事责任。

昨日早上，记者和雁塔区动物卫生监督所工作人员一起前往小烟庄黑屠宰场，看到肉架等没有彻底拆除时，执法人员拉来电焊等设备，对所有的

肉架进行切割当场暂扣，并把肉架横梁切割成多断，房屋和围墙也被彻底推倒。

昨日下午，雁塔区副区长刘崇利带队前往徐家庄农贸市场检查猪肉，该市场共有八九家肉店，其中，一家有动物产品检疫合格证明，其他几家都没有该证明，几家猪肉销售台账记录不全。而该处多家肉店工作人员解释，"检疫证明让老板带走了"，或有些干脆说"提供给餐饮店了"。

按照有关规定，禽肉零售店除工商营业执照外，还必须取得动物防疫合格证，必须给消费者提供动物产品检疫合格证明、陕西省畜禽产品质量检验合格证等有效证明。

据了解，雁塔区共有 31 个农贸市场，肉店经营户 355 家，39 家还在无证经营。昨日早上，雁塔区农林水务局召开会议，部署全面排查黑屠宰场。

"我们不但要做好后续行政处罚，而且还要追究黑屠宰场刑事责任。"昨日下午，雁塔区政府紧急召开质监、卫生、工商、粮食、农水及 8 个街道办事处有关负责人会议，部署禽肉市场整顿工作。副区长刘崇利要求，各职能部门要高度重视食品安全问题，立即行动起来，各负其责，对全区食品安全进行拉网式检查。

区长督战，黑屠宰场被夷平

"注意安全，闲杂人员赶快撤离……"随之，铲车升起铲兜重重地砸向西安市雁塔区小烟庄村黑屠宰场的临建房屋上。昨日下午 3 时 35 分，在该村非法生产长达 4 年的屠宰场终于被彻底铲平。目前，西安市雁塔区农林水务局等部门正在进行拉网式排查，25 家猪肉经营户昨日被下发整改通知书，整改不过关者将被彻底取缔。

25 家猪肉经营户要整改

据了解，14 日晚上 9 时开始，雁塔区农林水务局等部门对本报披露的甘家寨村、沙井村销售黑屠宰场猪肉进行摸点排查，直到昨日凌晨，他们制订出检查计划，抽调 15 名执法人员，分 4 组突击检查市场，昨日早上 7 时许，执法人员开始行动。

沙井村农贸市场内共有 9 家猪肉店铺，猪肉的颜色均匀，有光泽，是从定点批发市场进购，肉品质量没有问题，但这 9 家肉铺都没有工商营业执照和卫生许可证等有效合法证照。执法人员立即给市场管理人员提出整改要求，并给经营户下发整改通知书，若不限期办理有关证件将被取缔。

甘家寨村农贸市场同样也存在这样的问题，16 家经营户都是个体户，大都没有固定的门面房，没有工商营业执照等，执法人员及时下达了限期整改通知书。

雁塔区区长下令铲平黑屠宰场

昨日上午，雁塔区区长吴键前往黑屠宰场，要求有关部门彻底铲平黑屠宰场。区动物卫生监督所早上把屠宰场围墙拆除后，下午 2 时 35 分，丈八街道办事处党委书记吉虎带队，出动 20 多名工人，动用一辆铲车铲平黑屠宰场。

区动物卫生监督所要求肉铺经营户限期整改，整改不过关的、逾期未更换《动物防疫合格证》或无证经营和动物防疫条件不达标者，将依照《动物防疫法》进行严厉处罚。并提醒经营户在办理《动物防疫合格证》时，必须携带身份证原件和复印件、一寸近期免冠照片、工商营业执照和食品卫生许可证等复印件，并经检疫人员现场审核合格后才给予办理。

教您这样辨别放心肉

所谓"放心肉"是指不带病毒、细菌、毒物、虫或虫卵、污物，食用后确实能发挥肉品营养作用，对人体有益的肉品。出售盖有圆形章的肉是"放心肉"，圆形章是肉品合格的印章，章内标有某某定点屠宰场、序号和年、月、日，表明经过兽医部门生猪宰前检疫和宰后检疫，以及屠宰场肉品品质检验合格。

雁塔区农林水务局提醒广大市民，"放心肉"从外观看脂肪洁白，肉有光泽，外表微干或微湿润，弹性好，指压皮肉产生的凹陷能立即恢复，气味好。如猪肉上盖有其他印章，一般是有害化处理章，不能食用。

有关部门公布了投诉举报电话，雁塔区定点办：85262631，区动物卫生监督所：85375818，请广大市民监督举报。

猪肉公示牌多数未挂

西安市政府要求从 12 月 14 日起所有经营户实行"猪肉公示牌"制度，同时有关部门想办法做了不少事：铲除黑屠宰场、与生猪养殖和屠宰重点企业建立稳定的供货关系、每天监督上市肉品，但是记者调查发现，有些经营户并不重视甚至还不知晓"猪肉公示牌"制。为了让老百姓吃上放心肉，经营户们应该理解政策变化和市场需求，真正把肉品质量放在心上。

挂牌：要放心上

33 家仅 8 家挂牌

12 月 14 日，本报报道黑屠宰场查出 500 公斤病死猪肉，引起西安市政府高度重视，市长陈宝根指示开展拉网式排查，政府同时要求从 14 日起所有经营户实行"猪肉公示牌"制度。目前西安每天要消费三四千头猪，有 1500 家猪肉经营户。但记者昨日走访了西安市雁塔、碑林、莲湖三个区的 33 家经营户，只有 8 家挂牌经营。有些经营户在记者督促下当场找牌子，有些经营户则不解地问："挂它干啥？"

从昨日起，西安市已开展为期 3 个月的猪肉市场专项整治，让消费者吃上"放心肉"，工商部门制订了整治方案，工商、商贸、卫生、农业、公安等部门联合行动，在全市猪肉经营户中全面实行"猪肉公示牌"制度，要求将产地、进购时间、定点屠宰企业和价格等内容向消费者公示。

有公示牌但没挂出来

"我们有公示牌子，但还没有及时挂，我们马上挂，马上挂……"昨日下午 4 时许，雁塔区吉祥农贸市场内王老板介绍，"猪肉公示牌"他们才制作一周多，还没有使用，消费者来买肉时，基本上不太看，也不问，他们主要是嫌麻烦，因此也就没有悬挂。

在记者提醒下，王老板拿出猪肉进购票据，其中有 18 日的动物产品检疫合格证明等票据，肉是从朱雀批发市场进购，随后王老板在"猪肉公示牌"上进行了认真填写。王老板北边两家经营户，也没有挂"猪肉公示牌"。

在该市场共有 15 家猪肉经营户，6 家基本已收摊，9 家还在正常经营，但 15 家经营户都没有悬挂公示牌，询问猪肉进购票据时，大都说"老板拿走了"或"没用，已经扔了"。

"我们已经挂牌快一个月了，票据、检疫证等都要给消费者看……"莲湖区南油巷市场，一家经营户认真地说，"肉价这么高，我们必须让消费者放心，不能挣黑心钱。"该市场共有 8 家肉店，都悬挂着"猪肉公示牌"，票据等都贴在公示牌上。

不知道为何挂公示牌

而在碑林区张家村市场，"诚信肉店"老板说："没有通知让挂公示牌，我咋不知道？"记者询问进肉票据，他拿不出来，"我扔了"。另 3 家也称没有接到通知挂牌。

记者又前往莲湖区南小巷农贸市场，这里有 6 家猪肉经营户没挂"公示牌"，记者和一家经营户进行了简单对话："有猪肉公示牌吗？""有。""怎么不挂？""挂它干啥？"

据悉，这里经营户领取"猪肉公示牌"有一周时间，但该市场没有一家悬挂。

监管：放心食用，每日监控肉品质量

经各方努力，西安市雁塔区非法生产长达 4 年的黑屠宰场终被铲除，净化了辖区乃至西安猪肉市场。为建立农产品质量安全监管长效机制，雁塔区农林水务局昨日成立肉品质量监管巡查小组，坚持每日对各个市场进行巡查，确保辖区消费者吃上放心肉。

据了解，从 9 月开始至 12 月，雁塔区农林水务局对 4 个定点屠宰场、大型农贸市场和大型超市进行检查监控，共检疫屠宰生猪 10.3 万头，上市肉品 4000 多吨，检出病害肉品 723 公斤，全部进行了无害化处理。

区农林水务局有关负责人表示："要以这次事件为契机，下大力气整治辖区农产品安全，并初步建立了安全监管长效机制。"据介绍，雁塔区农林水务局出台了雁塔区定点屠宰场规范化管理考核评比办法，按月评比，年终考核，从而规范定点屠宰行为；向社会公布雁塔区定点办、肉品质量监督电话，接受群众举报，随时查处不法经营行为，坚决打击私屠乱宰；由雁塔区动物卫生监督所负责成立肉品质量监管巡查小组，每日监督各市场肉品质量。

同时，还成立蔬菜、果品质量监管巡查小组，定期对市场、超市、生产基地进行监管；加大宣传力度，提高市民自觉抵制不合格农产品的意识。

雁塔区农林水务局公布投诉举报电话：雁塔区定点办：029-85262631，区动物卫生监督所：029-85375818。

《华商报》（2007 年 12 月 16 日）

（作者注：时任西安市市长陈宝根现任西安人大主任；时任雁塔区区长吴键，现任西安市委常委、宣传部长。）

陕西户县国营屠宰场顶风作案　给猪灌水现场被抓

核心提示：

顶风作案：西安正开展为期三个月的猪肉市场专项整治，而一屠宰场竟卖注水肉。

手法恶劣：已灌水 20 多天，每 50 公斤生猪灌盐水 5 公斤左右，可多产 2.5 公斤猪肉。

被抓现行：记者拍到灌水现场后，老板承认"我们是羞先人呢"，屠宰场被责令停业。

这样灌水：用木棍把猪嘴撬开，将水管捅进猪嘴里，一人站在高处用瓶子向猪嘴里灌水，另一人骑在猪身上，用力压着，防止猪乱动。

2007 年 12 月 14 日，本报报道黑宰场查出半吨病死猪肉后，副省长吴登昌批示全省拉网检查定点屠宰场。同时，西安市开展为期三个月的猪肉市场专项整治，然而就在整顿期间，还有屠宰场顶风作案。"我们余下好长时间吃不到干肉了，这里都是注水肉，2 斤猪肉可渗出半斤多水，给有关部门举报也没人管……"近日，户县余下一知情者举报注水猪肉。连市场上的经营户也苦不堪言，注水肉让所有人深恶痛绝。

消费者：怨！市场注水肉太多，反映过了没结果

知情者介绍，他经常到余下农贸市场买菜、买肉。前一段时间，大家到市场买的猪肉水汪汪的，很明显就是注水肉。开始经营户还都不承认，过了一段时间消费者就很少去买肉。"注水肉一点都不好吃，我们几个退休职工给多个部门反映过，但都没有结果。"知情者说。后来，他的一个卖肉的朋友告诉了他真相，原来，余下农贸市场的猪肉大多从余下国营定点屠宰场批发而来，源头在屠宰场，生猪是被灌过盐水的。

据透露，余下国营定点屠宰场每隔 2 个小时就给生猪灌盐水 15 公斤，等生猪吸收一段时间再灌，直到彻底灌不进去了才停止灌水，然后再屠宰生猪。

当天，知情者把购买的猪肉拿来给记者看，从外观看脂肪洁白、肉有光泽，但肉的表面水分很大，把肉提起来一分多钟后，就可以看到水慢慢流出。然后记者去余下农贸市场，虽然几家经营户都快收摊了，但案板上摆出来的猪肉水分很大。

经营者：烦！上面来查就收敛，过后宰场接着灌

12 月 19 日下午 3 时许，在知情者带领下，记者来到余下屠宰场，门口白色墙壁上写着"余下国营定点屠宰场"，场内悬挂着红色标语，"热烈欢迎上级领导前来指导检查工作"等字样，场内打扫得十分干净，好多工人都等待着上级领导的到来，根本听不到猪叫的声音。但经记者了解，一般情况下，从每天下午 1 时开始，该屠宰场就开始给猪灌水，很远就能听到猪叫。

知情者介绍，19 日一大早，屠宰场就知道了西安市猪肉专项整治领导小组下午要来检查工作，暂时停止灌水行为。19 日市上来检查后的第二天，也就是 20 日早上，余下农贸市场的猪肉全部是干肉，没有注水肉，其中原因十分简单，都是检查组来督导的结果。但到了 21 日，市场上又出现注水肉。知情者说，他的一个朋友说，如果再卖注水肉，他就打算收摊不干了，太昧良心。

记者：访！墙头拍下灌水现场，遭遇对方围追堵截

昨日下午 1 时 30 分，记者再次前往余下定点屠宰场，在马路边上可以

听见猪叫的声音，按照时间推算，屠宰场里肯定在给生猪灌水。记者经过商讨，如果直接进宰场可能会抓拍不到现场，因此，只好通过其他途径抓拍给猪灌水的现场。

这家屠宰场位于户县至余下的公路边，宰场门口朝北开着，临近公路，其他三面围墙都靠近麦田。记者走进麦田，循着猪叫声来到宰场西南角，该处围墙高 3 米左右，能听到几个人说话，有水的响声。从南围墙头往里看，里面有 2 人穿着泥鞋正在提水，拿着水管准备给生猪灌水。

记者攀上 3 米高的西围墙往里查看，发现在黑黑的猪圈里，共有七八头猪，两名工人穿着泥鞋，将生猪拖到池子边上，一人用木棍把猪的嘴巴撬开，另一人把水管捅到猪嘴里，然后，其中一人站在高处用瓶子向低处的猪嘴里灌水，另一人则骑在猪的身上，用力压着，防止猪乱动。几分钟后，一大桶水都被灌到猪肚子里，被灌饱的生猪，一低头肚子里的水就往外流。

两人正在忙着给猪灌水时，突然发现记者在拍照，站在高处一人急忙把水瓢、可乐瓶子往地上一扔，拔腿就跑，站在猪圈摁生猪的人，由于猪圈比较高，两次才跳出猪圈逃跑。

由于抓拍到给猪灌水的现场，屠宰场工人和老板冲出宰场，死追记者不放，五六人把记者车辆死死围住，随后记者给户县公安局余下分局报警，并通报户县质监局等职能部门。记者五次警告对方围堵采访车是违法行为，但他们还是不让车辆离开，阻拦车辆 20 多分钟，幸亏警方及时赶到，记者才脱身。

屠宰场：招！灌 5 公斤盐水多产 2.5 公斤肉

"你们刚刚在干什么？"记者问。"我们是在羞先人呢（陕西方言，指让祖宗蒙羞），实在没办法，不灌水就赔本。"宰场负责人杨某苦笑着说。

杨某说，目前市场上普遍存在注水肉。七八月份，当时宰场猪肉批发价每公斤 19 元时，生猪价格每公斤 13 元，其他宰场已经卖注水肉了，到 11 月，他实在撑不住了才这么做。他的生猪从蒲城拉来，生猪每公斤 14.4 元时就开始赔本，去一趟蒲城赔本 2000 元左右，后来 3 次共赔本 6000 元。"连续赔本让我生了邪念。"杨某说，他灌水有 20 多天，每 50 公斤生猪一般宰杀猪肉 35 公斤，50 公斤生猪灌水 5 公斤左右，可以多产 2.5 公斤猪肉。

随后，民警陪同记者进入刚才给猪灌水的地方，虽然匆忙中老板将猪圈打扫了一遍，但两大包盐还在池子上放着，盐的存在，进一步证明了知情者的说法，但该老板所说的灌水量和消费者举报的相差较远。

执法者：查！下发停业通知，要求限期整改

昨日下午 3 时许，户县肉品质量监督稽查大队、户县经贸局定点办、户县工商局等执法部门先后到达，展开调查。稽查大队负责人李新民说："我们多次稽查，都没抓到过给猪灌水的现场，十分感谢媒体监督。"

记者昨晚从户县经贸局定点办获悉，他们已给余下屠宰场下发停业通知书，要求限期整改。目前，户县工商局也已展开调查，责令不能屠宰一头生猪，等待下一步调查处理。

《华商报》（2007 年 12 月 24 日）

户县拉网式排查屠宰场

本报昨日报道户县余下国营屠宰场给猪灌水一文后，引起西安市商贸局、户县经贸局、户县工商局高度重视。日前，户县工商局暂扣其工商营业执照，并对全县屠宰场开展拉网式排查。

昨日，户县肉品质量监督稽查大队队长李新民说，事发后稽查大队、定点办、工商局等对宰场内 13 头生猪就地看管，不允许生猪被运走，也不允许宰杀，更不允许流向社会，派专管员观察猪的动态：该宰场是 1998 年开始被定点的宰杀生猪点。目前，他们已没收该屠宰场"三章两证"，并对该宰场进一步调查。

户县经贸局定点办主任姬武华说，昨日他们及时召开 9 家定点屠宰场会议，全县通报批评余下宰场给猪灌水行为，并把有关情况及时汇报给西安市商贸局。"从屠宰场给猪灌水来看，市场管理人员监管还不很到位，下一步我们将加大巡查力度，从源头上确保消费者吃上放心肉。"户县工商局纪委书记张绪会表示，昨日他们召开局长办公会议，各科、所长参加，成立了专门的调查组，并立案调查，并要求余下工商所对该宰场近 20 天的经营情况

展开调查；在全县展开拉网式排查，取缔无照经营行为，一旦发现注水肉当场没收；经检队对全县各屠宰场进行检查。要求各工商所加大日常巡查力度，尤其是要加大夜间宰场巡查力度；建立猪肉市场义务监督员制度，在群众中发展熟悉猪肉信息的群众为义务监督员，随时针对猪肉市场存在的问题进行调查。

据了解，全县目前存在合法宰场数家，其中国有企业 5 家，村办集体企业 1 家，合伙企业 1 家，个人经营户 1 家，每天销售生猪 130 多头，主要销往户县农贸市场和农村。

《华商报》（2007 年 12 月 25 日）

深度调查 15

 核心提示：

> 2009年6月初，记者认识了揭秘鲜榨果汁的内幕者，但他胆小、谨慎，开始不敢揭露其中隐情，更害怕业内人士知道是他揭秘的而遭到打击报复。
>
> 这是一条非常引人关注的民生新闻，记者没有放弃调查采访，后来经过8次和他接触，用心理战术攻破了其内心顾虑，他大胆讲出其中秘密，并主动积极配合记者调查，使鲜榨果汁内幕得到曝光……

业内人士曝黑幕："添加剂＋水＝鲜榨果汁？"调查

鲜榨果汁因口感好、色泽艳，深受消费者喜爱，也成为一些高档酒店、餐厅的常备饮品，售价不菲。顾名思义，"鲜榨果汁"应该就是用新鲜的水果现场榨取的饮品，原汁原味，不添加其他物质。然而，近日，榆林一从事"鲜榨果汁"的业内人士曝出惊人内幕——"鲜榨果汁"多是用添加剂加入大量水勾兑而成。

鲜榨果汁：售价比成本高出十倍

"在暴利和欺骗面前，我良心发现，无法再继续干下去，一大杯玉米汁成本只有六七元，而给消费者的价钱是八九十元，翻了十几倍，而自己才只拿利润的一小部分，更多的利润让酒店获得……"近日，从事"鲜榨果汁"

的刘先生曝出其中内幕。

刘先生说，目前省内一些城市的酒店提供鲜榨果汁，其运作方式是对外承包，也就是酒店负责提供场地、水电以及食宿；承包方负责提供相关设备、制作原材料、操作人员以及为酒店服务员兑现提成等。

鲜榨果汁的制作过程非常简单，通俗讲是非常少的水果中加入"鲜榨果汁伴侣"，然后再加入大量水，并加入香精、优果粉、奶精等配料，几分钟时间就做好了"鲜榨果汁"。

刘先生计算了鲜榨玉米汁的成本：一大杯 1.5 升的玉米汁需要一听 3 元的玉米罐头、一桶 1 升装的玉米汁伴侣（成本在 45 元左右），每次按加入 80 毫升计算，成本 3.6 元；优果粉每次成本 0.3 元、奶粉每次 0.3 元（奶精更便宜），总体计算下来一大杯玉米汁的成本是 7.2 元。而在酒店，这样一大杯的鲜榨玉米汁的标价为 88 元。

刘先生说，他和酒店的分成比例为四六分成，即自己可拿到 35.2 元，扣除 7.2 元的原材料成本，服务员提成 6 元，剩余利润 22 元；而酒店方每杯可赚到 52.8 元。

"鲜榨果汁"：故意写成"现榨果汁"

近日，记者在榆林一酒店就餐时看到，有客人点了标价 90 多元的鲜榨玉米汁。记者随后来到鲜榨果汁操作台，只见工作台上摆放着一台榨汁机和八九个塑料桶，上面标着玉米伴侣、柳橙伴侣、黑米伴侣、西瓜伴侣、奇异果伴侣、芦荟伴侣、木瓜伴侣和红枣伴侣等；还有几个装有白色粉末的小塑料盒，一盒标着优果粉，另一盒是奶精。

记者看到，服务员将一听玉米罐头中的玉米粒倒入榨汁机，又加入了一些开水，经过一分钟搅拌，玉米打成糊状然后过滤，玉米汁再次倒入榨汁机中，又从"玉米汁伴侣"桶中倒入 80~100 毫升浓稠的淡黄色液体，再加入两小勺优果粉、一小勺奶精和适量开水，再次用榨汁机搅拌大约 30 秒钟，一杯"鲜榨玉米汁"就出炉了。

记者：第一次榨玉米粒的时候为什么没有香味，而第二次却很香？

服务员：里面加入这么多辅料，有香精，当然香啦！

记者：这么一大杯往里加多少辅料？

服务员：就是我刚才加的标准。

记者：标准咋定的？

服务员：老板教的，就让这么干，还能有啥标准？而"鲜榨西瓜汁"的流程一样，只能看到很少几块西瓜，一大杯所谓"鲜榨西瓜汁"几乎是开水和多种辅料合成的。

刘先生说，真正的鲜榨果汁出汁率不高，但成本又相当高；此外鲜榨的果汁很容易变色，质地不均匀，还容易发生沉淀。由于果汁时间一久会变色，口味感差，消费者会不买账，于是"鲜榨果汁"就有了市场，受到欢迎。

据了解，"鲜榨果汁伴侣"中含有酸度调节剂、安赛蜜、苯甲酸钠、食用胶、柠檬黄、日落黄、诱惑红、香精等十余种添加剂，根本不含任何天然果汁，完全是人工合成的"果汁"。而优果粉其实是一种稳定剂，添加以后果肉和水不会明显分层，果肉分布均匀，消费者误认为饮料使用了大量水果。

此外，一些酒店也在玩文字游戏，把"鲜榨果汁"写成"现榨果汁"，欺骗消费者。

鲜榨果汁：目前国家没有标准

"目前鲜榨果汁国家没有标准，其中到底添加了多少种类的食品添加剂更不好说，要说的话最主要是对食品添加量的控制。"省疾控中心负责人说，鲜榨果汁中添加的添加物，大都含有食用色素、食用香精等配料，因为品种不同、配料不同，其食用后到底有没有危害，目前不能下定论。而经营者都是从生产厂家购买的混配产品，可能连厂家自身也不知道里面到底含有什么成分。对消费者身体是否构成危害，危害程度更是未知数。

榆林市工商局有关负责人说，即使按照国家标准来制作这些食品添加剂，这些勾兑的果汁与真正果汁比较起来，还是有很大差别的，酒店的这一行为无疑涉嫌欺诈消费者。

据悉，目前经营鲜榨果汁的各种添加剂已形成一个产业链，从批发到销售环节，一定程度上有很大的市场份额。

刘先生认为，目前急需要一个比较详细的行业标准来规范市场，比如，酒店鲜榨果汁到底能不能添加添加剂？如果能，添加多少？果汁中果肉、水和添加剂的比例应该在什么范围内？

鲜榨果汁：已引起职能部门重视

"酒店经营鲜榨果汁行为已引起我们高度重视，这里面主要存在三个问题，第一制作鲜榨果汁国家没有标准，随意性大；第二添加剂量的控制，人为因素很大，一个调剂师一种手法，最后这里面可能存在欺诈行为，恶意提高价格。"榆林市卫生监督所副所长李喜荣说。

李喜荣介绍，这是一个新生行业，对其监督已纳入食品卫生监管视野之中，他们也打算对鲜榨果汁进行抽检，主要评价对人体的危害、细菌污染等指标。

据悉，新实施的《食品安全法》规范了食品添加剂的生产和应用，食品添加剂应当在技术上要经过风险评估，方可列入允许使用的范围；不得在食品生产中使用食品添加剂以外的化学物质和其他可能危害人体健康的物质。

同时，新法规定添加了食品添加剂目录以外的物质，哪怕是对人体无害，也是违法行为。

近日，榆林市卫生部门将联合相关部门对鲜榨果汁市场进行检查，对可能涉及的违法行为严肃查处。

《华商报》（2009 年 6 月 18 日）

榆林急查鲜榨果汁市场

滥用食品添加剂要立案查处

事实上，国家去年 12 月就开展打击违法添加非食用物质和滥用食品添加剂的专项整治工作。今年 3 月 6 日，卫生部在《全国打击违法添加非食用物质和滥用食品添加剂专项整治近期工作重点及要求》中明确指出，重点打击餐饮场所鲜榨果汁等饮料滥用添加剂的违法行为。"时过半年，这种情况由知情者提供线索，经记者调查披露开来，足以说明基层有关部门检查不力，或者说存在走过场的情况。特别是今年3月，卫生部明确要求在餐饮场所重点打击鲜榨果汁等饮料滥用添加剂的违法行为，基层难道没有发现鲜榨果汁存在的问题？……"昨日，省卫生监督所有关人士说。

省卫生厅法监处负责人说，昨日一大早看到《华商报》的报道后，感到非常惊讶，这样制作鲜榨果汁从来没见过，也没听说过，基层也没有汇报过，看到报道后才知道。昨日，省卫生厅已责令榆林市卫生局开展调查，同时要求全省各级卫生部门快速行动起来，加大对鲜榨果汁滥用添加剂的检查力度，维护广大消费者的饮食安全。

昨日，在西安出差的榆林市委常委、副市长井剑萍看到报道后，批示有关部门立即严查，并要求紧急召开食品安全相关成员部门会议。上午，榆林市政府副秘书长刘东林主持召开相关部门会议，全市立即开展专项检查活动，将检查结果每3日报送市食品安全委员会办公室。

刘东林要求各县区、各相关部门立即组织对管辖范围内的酒店、餐馆开展一次全面的监督检查，全面掌握餐饮单位鲜榨果蔬汁制作过程中食品添加剂的使用量、使用范围及操作规程等，排查食品安全隐患。

各级卫生监督机构要加强对管辖范围内宾馆、酒店、歌舞厅、茶社、KTV等场所的监督检查，重点检查食品添加剂采购台账记录、食品原料仓库、果汁加工间（场所）等。特别是加强对"果蔬汁伴侣"的监督检查，对发现的未取得"QS"标志或标识不全的添加剂要予以封存；对滥用食品添加剂的食品经营单位，要立案查处。

即日开展果蔬汁现场抽样

榆林市食品安全委员会要求各经营单位采购食品添加剂时，应索取发票等购货凭据，并做好采购记录，便于溯源；向食品生产单位、批发市场等批量采购食品的，还应索取食品卫生许可证、检验（检疫）合格证明等。

鲜榨果蔬汁是指以水果或蔬菜为主要原料，以压榨等机械方法加工所得的新鲜果汁或蔬菜汁。经营单位不得将浓缩果汁调配产品等作为鲜榨果蔬汁销售。

卫生监督机构应从即日起开展果蔬汁现场抽样工作，检测项目为菌落总数、大肠菌群、致病菌、防腐剂、色素等。榆林市食品安全委员会有关负责人介绍，目前我国没有专门针对鲜榨果蔬汁制定的卫生标准，这次检测项目应结合现场检查情况，并参照《果蔬汁饮料卫生标准》GB19297—2003 和《食品添加剂卫生标准》GB2760 的有关规定执行。

《华商报》（2009 年 6 月 18 日）

（作者注：时任榆林市委常委、副市长的井剑萍现任陕西省人大副秘书长。）

医疗篇

深度调查 16

2006 年 3 月 2 日，本报报道的西安市儿童院医生收回扣现场被抓后，引起热议。本报记者也紧追不舍，一直挖出了更深、更大的内幕……

本组稿件客观、全面、独家的报道，引起了社会各方的高度关注，有始有终，给公众一个圆满的答复，大大提升了本报的舆论监督力和公信力。

西安市儿童医院医生收回扣现场被抓

3 月 1 日下午 3 时 15 分，正当一名女医药代表走进西安市儿童医院急诊科医生办公室并紧紧关上门后，守候多时的记者立刻冲进去，将刚刚收下红包的"张医生"堵在屋内，在还没来得及离去的女医药代表的提包内，发现整整 51 个装有写着姓名的红包。

"2 月下旬，一些医药代表将到西安市儿童医院拿医生开过药的电脑明细单，以便付给医生回扣。"记者获得消息后提前来到该院，经过两天的守候，终于揭开了该院医生收受医药代表回扣的秘密。

医生名字后为何有"正"？

据了解，电脑明细单是医药代表最终给医生开药回扣金额的凭据，没有它，医药代表根本无法知道一个科室的大夫谁开了多少药，也就没办法按数量给钱。为了获得这张电脑明细单，记者佯装也是来取单子的某公司医药代表，借机看到了这张单子。在单子上，所有医生的名字都很清楚，有的名字后面"正"字多，有的则很少。据知情者介绍，如果不是搞这一行的，根本不会弄清楚这里面的奥秘。而仅仅一张单子里，涉及的金额超乎人们的想象。

真正的"大鱼"在哪？

2月28日下午3时左右，已经有很多挎着包、拿着文件袋的医药代表出现在儿童医院一些科室门前。由于科室里带孩子看病的人络绎不绝，这些医药代表站在科室门口、走廊上，时不时朝内观望。看来，有病人在场，他们不会轻易出手的。时间过去了约一个小时，二楼走廊上的病人少些了。但由于某科室3个房子内还坐着病人，候在门外的医药代表开始流露出焦急的神情。

下午5时30分左右，记者发现一名穿粉色大衣的女医药代表，低头将提包里的钱往空白病历里卷。就在她刚忙完的时候，一名中年男医药代表走进了医生办公室。记者欲跟入时，被一名护士拦住去路。而这时那名男医药代表已经进到里面，神色诡秘地关上了门……

据报料人介绍，因怕被人看见，他们给钱的过程很快。之所以把包好的钱用病历卷上，是为了不脱手，只需要跟医生的手捏一下，东西就给了。

守候到当晚11时，又有5名医药代表出现，但报料人说，真正的"大鱼"还没有出现……

51个红包都是给谁的？

终于，到3月1日下午，"大鱼"陆续出现了。所谓的"大鱼"，就是药的品种在该院较多，而且每月用药量较大的中间商。下午3时，看着一名医药代表急速进入到该院一楼急诊科医生办公室，记者立刻冲了过去。但由于距离较远，等冲进办公室内，里面的人已经离开了。记者佯装找错了医生，又耐心地在走廊附近等候。

过了15分钟左右，根据报料人示意，记者再次推开急诊科紧闭着的房门，冲了进去。只见屋里一名戴眼镜的女医生站在桌子旁，左手还揣在白大褂的兜里。经再三要求，她不情愿地掏出了兜里的3个小纸包。只见上面分别写着"王*娟""张亚维""张亚萍"三个姓名。打开包，里面分别包了14元、56元和60元现金。

在还没来得及走的中年女医药代表提包内，则赫然发现51个同样的小纸包。纸包上分别用蓝钢笔水写着姓名。打开一些包,里面则都是现金。由于这名医药代表始终不张口,记者只得询问戴眼镜的女医生。虽然她不愿讲自己的姓名,但同科室的黄医生告知她姓张。

女医药代表幡然悔悟

洪仿今年 20 多岁,家在东北。2000 年医校毕业后,由于找不到工作,便听从一位校友的介绍,进入一家医药公司当了医药代表。虽然开始做起来很难,但受着诸多"前辈"们挣钱示范的影响,她一直用力在这个行业里摸爬滚打,荷包渐丰。但就在今年春节前夕,她因一次经历而幡然悔悟:

"那是春节前夕的一天,我去医院准备找一个科室的主任吃饭,无意间看见一个老太太在医院的收费处哭,哭声令人心酸。听后我才知道,原来是她的儿子得了病,已经东拼西凑借了 3 万多元,现在医院还要催款。我问了一下老人的药单,才发现医院大都开的是对这种病吃了也没多少效果的高价药品。"她说,那一刻她的心底受到了极大的震撼,也突然间认识到众多医药代表在药品虚高的过程中所起的作用……

已决定退出此行当的洪仿说,很多良知尚未泯灭的医药代表,其实都不愿再干这行了。但是由于陷得很深,一些人很难拔出脚:一旦走通了门路,财源滚滚,要想彻底抽身,实在有些身不由己。

接连接触了几名医药代表,在说起自身曾经为打开医院、医生这些关口所花费的经历、金钱和所受的磨难时,他们都在心底里恨医生。可是"没办法,要挣钱,只有和他们打成一片"。

《华商报》(2006 年 3 年 2 日)

(潘京 文)

西安儿童医院医生收回扣续:当事医生被停职

本报昨日报道的《西安市儿童医院医生收回扣当场被抓》的消息,引起省卫生厅高度重视。昨日下午,省卫生厅召开专题会议,安排部署打击医药购销商业贿赂问题。明确指出，若发现医务人员吃药品回扣的，一律免职，情节严重的交司法机关处理；同时，禁止医药代表到医院促销药品，若发现促销的医药公司，要冻结其药款、停止业务往来，取消在陕西两年的投标资格。

省卫生厅厅长李鸿光昨日传达了《中共中央、国务院办公厅印发〈关于开展治理商业贿赂专项工作的意见〉的通知》和省委、省政府的相关要求，通报了西安市儿童医院医生收回扣被《华商报》曝光事件，并对全省开展打击医药购销商业贿赂问题进行了安排部署。

把当天《华商报》相关内容印发给每一位医务人员

李鸿光厅长指出，首先，要抓好警示教育。昨日，省卫生厅为每个与会同志购买了一份当天的《华商报》，要把报纸内容印发给每一位医务人员，要警钟长鸣，引以为戒，教育大家自觉抵制行业不正之风。

其次，要健全制度，严格执行药品招标要以社会药房零售价为标底的规定。不设标底，不准开标，已经招过标的，标底价高于社会药房零售价的，允许医院二次砍价；要建立医院药品价格公示制度。省直、省管各医院每月初要将上月各自药品实际销售价格报省卫生厅纠风办，在卫生厅网站上进行公布；各级各类医院都不得以任何形式允许医生开单提成；要从治理医药回扣的核心环节抓起，建立处方统计管理和用药公示制度，从严管好处方、医嘱；要严格收费制度，对虚列收费项目、套餐式检查、重复计费行为要严肃查处。

到医院促销的医药公司将取消在陕两年投标资格

第三，要严厉打击医药购销商业贿赂行为。发现医务人员吃药品回扣的一律免职，情节严重的交司法机关处理；严厉打击医院药房统方（指医院中个人或部门为医药代表提供医生或部门一定时期内临床用药量的信息，供其发放药品回扣）行为，谁统方开除谁，并对药剂科主任免职处理；对开单提成的医务人员，按情节轻重给予批评教育、经济处罚、取消职称晋升资格、吊销执业资格处分，情节严重的交司法机关处理；要严格禁止医药代表到医院促销药品，发现促销的医药公司，要冻结其药款、停止业务往来、取消其在陕西两年的投标资格。

《华商报》（2006 年 3 月 3 日）

一医药代表七年送回扣百万

本报对西安市儿童医院医生收回扣一事连续报道后，引起了各方人士的极大关注，有多名医药代表和医务工作者自愿站出来，加入到揭露医药回扣黑幕的行列中。

月拿上万元拿得心不安

昨日，西安南郊一家大医院的胸外科主任揭露说，目前收受医药回扣已达到了登峰造极的程度，医院上下都在拿医药回扣，医生只拿少部分，而大部分让医院药剂科主任和医院领导收取。如果再不斩断这种幕后交易的链条，群众看病贵始终不能解决。医院如果再不加强管理，不知道还会出现啥耸人听闻的丑闻！

据他介绍，大医院医生的回扣要比小医院多很多，因为大医院的资源更吸引患者，只要是药品，不管价格高低都有回扣空间，抗菌素和氨基酸、医药耗材回扣较大，一般都占到利润的 20%~30%。其实在这种环境下，医生也没有办法，因为只要开药就有回扣，仔细想想大家就知道这里面的问题，医生每月开多少数量的药品，医药代表怎么会一清二楚呢？

而问题恰恰就出在了这里，医院门诊药房有人专门给医药代表统方，用电脑打出每个医生所开具的药品数量，然后直接交给医药公司，医药公司按照约定给医生发"红包"，这就有了专门找医生送"红包"这一环节。

"说句实话，我每月拿医药代表回扣上万元，虽司空见惯但心里实在不安，不知医院咋能经营成这样子，从上到下都乱套了！我敢肯定，每个能涉及药品的人员都参与了，医生、药剂科、主管药品的副院长和院长，都与医药代表、药厂纠缠在一起，特别是药剂科主任和药厂关系更为密切，甚至也包括医院院长，一般人无法知道他们的交易黑幕。"

据介绍，只要卫生部门发文检查时，医院会暂时停止门诊统方，等检查风声一过，马上就把统方结果送给医药公司，过不了多长时间，医药公司就会把钱送给医生。

本报报道西安市儿童医院医生收回扣事件以来，数百名读者打进热线表达对此事的关注：51 个"红包"究竟都是送给谁的，"红包"里到底有多少钱，医院医生以前收到的回扣该如何处理等问题，成为读者关注的焦点。

声音一：对医生收"红包"一查到底

众多读者在来电中提出疑问：当场发现的 51 个小包都写有哪些医务人员的名字？总钱数是多少？这些"红包"是要送给谁的？希望调查组能公布结果。

西安交大旭邦培训中心的陈天哲认为，在这个物质社会里，谁都不是圣者，医生也要养家糊口，但"君子爱财，取之有道"！他认为，一个好医生应该是遵纪守法、恪守医德、尊重患者的人。报道中的张医生承认"小纸包里的钱是药品回扣的钱"，而且这种事情"有几次"了，难免让人对该医生的职业道德产生怀疑。他认为，这些医生的做法玷污了"白衣天使"的称号，根本就不配留在医生队伍中。特别要提的是，那 51 个"红包"是送给谁的？里面有多少钱？希望一查到底。

声音二：医院院长该承担什么责任？

读者武先生认为，归根结底是医院领导有责任，因为，有些事并不是医生的初衷，出现问题应该是医院管理不力造成的。

读者屈文平气愤地说："医生为什么敢多次拿回扣？况且，查出写有名字的'红包'达 51 个，证明拿回扣绝不是当事医生一个人的偶然行为。作为管理者，医院院长该承担什么样的责任呢？"

清单与"红包"有 16 人姓名相同

3 月 1 日下午，记者在西安市儿童医院急诊科办公室内发现的 51 个医药回扣包已被医药代表拿走。这些姓名后都跟有或多或少的阿拉伯数字和"正"字，而这则意味着这些人将可能接受或多或少的回扣。

经核对，姓名重合的有：陈某、楚某某、胡某某、雷某某、刘某某、许某某、王某、王某某、汪某、田某某、闫某某、张某、王某。如此可以看出，不同医药代表所持的回扣包，给的对象有时是同一个人。

本报已将掌握的相关资料转交有关部门，希望能将此事查个水落石出。

《华商报》（2006 年 3 月 4 日）

西安市儿童医院院长王贵杰在接受记者专访时称——

对医生收回扣放松了警惕

昨日中午，在处于舆论旋涡中的西安市儿童医院，记者专访了该院院长王贵杰，他坦承对医生收回扣一事负主要领导责任，同时表示愿意接受上级部门的处理。以下是记者与王贵杰之间的对话。

记者：不知贵院现在对医生收回扣之事调查得怎样了？

王：还在调查中。记者现场发现的 51 个"红包"被医药代表拿走了，医药代表人也不见了，只能统计医生处方，但这个难度很大，还没有结果。

记者：请问那 51 个"红包"是给谁的？

王：肯定有我们医院的，也可能有其他医院的。

记者：为什么会出现这样的事情？

王：医生收取药品回扣现象具有广泛性、顽固性和隐蔽性，根源在于体制和机制的不合理，整治工作是一项长期的、十分艰巨的任务。因此作为领导者，自己在认识上还没有完全到位，只是感觉很难，单纯依赖一个单位根治不了，所以放松了警惕。虽然采取了一些措施，但制度不完善，执行不力，处罚不狠，导致该现象仍有发生。

记者：您平常都采取了哪些措施？

王：从前年开始，发现一个医药代表撵一个，每个月统计药品销量，哪种药品销量多就查原因，查医生大处方，销量高的药品就停。

记者：停多久？

王：停半年吧，停一种药太难了，涉及很多关系。

记者：有没有医生被处罚的？

王：有，就是没有吊销执照的。

记者：效果怎样？

王：有一定效果，医院药品占收入比例从 57% 降到了 51%，很不容易了。

记者：药品怎样进入医院？

王：这方面医院管理很严，要上药事委员会，3 个月开一次，不允许院长在内的任何领导过问，由专家现场画勾，画上哪种药品就用哪种药品。

记者：事情发生后，目前医院有哪些整改措施？

王：医院各部门及有关人员正在配合有关部门调查。医院开了全院职工会，今天（3月3日）公布了专门的银行账号，要求凡是收回扣的医生自觉上缴，还设立了群众举报箱，发现问题严肃查处。今后，所有医生发现收取回扣立即吊销执业证书；医药代表发现一个送保卫科一个，并立即终止与其所属医药公司的合同，禁止其促销的药品进入医院。

记者：在这起事件中，你有责任吗？

王：我当然有管理责任，是主要责任。自己认识上还没完全到位。今后要提高认识，从患者角度考虑，认识到治理医生收回扣的重要性和紧迫性。

记者：有没有想到引咎辞职？

王：目前医院处于危机当中，更需要坚强的领导班子，要保证医院的正常工作，我暂时没有辞职的打算。我们领导班子会给社会一个满意的交代，重新树立形象。

记者：是否想到会受到处理？

王：想到了，做好了一切思想准备，任何处理都虚心接受。

《华商报》（2006 年 3 月 4 日）

陕西省卫生厅重申九条禁令　医院领导吃回扣免职

省卫生厅昨日下午召开全省卫生系统电视电话会议，重点部署了打击商业贿赂警示教育工作，再次重申已经下发的《关于严禁收受患者"红包"和药品回扣的规定》中的九条"禁令"，要求全省医务人员，包括医院领导严格遵守纪律和有关规定。同时强调，发现医院领导吃回扣一律免职，情节严重的，交司法机关处理。

在会上，省卫生厅厅长李鸿光点名批评了西安市儿童医院医生收受药品回扣的行为，要求全省医疗机构要引以为戒，对医务人员进行警示教育。

3月2日，此事经《华商报》曝光后，引起省卫生厅和省纪委驻卫生厅纪检组的高度重视，分别责成西安市卫生局有关领导快速展开调查。

李鸿光昨日强调，在打击商业贿赂案件中，要贯彻"谁主管、谁负责"和"管行业必须管行风"的原则，建立党政一把手总负责、其他领导成员各自负责、纪委组织协调、党政工团齐抓共管的机制。医疗机构工作不力、疏于管理、压案不查、瞒案不报的，视情节给予通报批评、警告、取消医院等级、停业整顿等处理，并追究领导责任。

"九条禁令"链接：开大处方可给予待岗

一、严禁索要、接受患者及其亲友的"红包"和宴请。对无法拒收的"红包"，应在两个工作日内上交所在单位，否则，取消当年职称评定资格或解聘处理。

二、严禁利用职务之便，非法收受药品、器械设备、试剂等生产、经销企业以各种名义形式给予的回扣、提成和其他不正当利益，情节严重的，吊销其执业证书；构成犯罪的，移送司法机关依法追究刑事责任。

三、严禁为药品经销单位"统方"（指提供用药数据），凡违反规定者，对"统方"人员给予待岗或辞退处理；免去该科科主任职务。

四、严禁向患者推销（代销）药品、器械、卫生材料、保健品、美容化妆品，或通过介绍、转诊病人到其他单位检查、治疗等从中收取费用。否则，按第二条收受回扣处罚。

五、严禁医药代表到医院搞促销活动。对违反规定的，冻结药款，停止与其业务往来，全省通报批评，取消该企业 2 年内参加医疗机构药品集中招标采购投标资格；情节严重的，提交有关部门依法进行查处。

六、严禁对用药处方、仪器检查、化验检查及其他医学检查等实行开单提成，或用不正当手段拉病人。否则，给予通报批评、取消该单位年度评优资格、免除其主要负责人职务、降低或取消其等级医院资格。

七、严禁违反诊疗用药原则，开贵重药、大处方和开与患者病情无关的药物及辅助检查。否则，对当事人给予经济处罚，停止处方权或给予待岗处理。

八、严禁违反国家收费规定，擅自提高收费标准，或巧立名目分解项目收费、多收费，或私自收费。否则，责令将乱收、多收的费用如数退还患者；对乱收、多收、私收费者予以经济处罚、停止处方权、取消当年职称评定资格或解聘处理；科室乱收费、私自收费的，追究该科科主任的责任；医院乱收费的，追究该院院长的责任。

九、严禁违反招标规定，不履行中标药品购销合同，不使用中标药品。违反规定的，给予通报批评、取消该单位年度评比先进资格，并追究有关领导和直接责任人的责任。

《华商报》（2006 年 3 月 11 日）

西安市卫生局对王贵杰展开离职审计

■ 儿童医院院长王贵杰被责令辞职后，市局助理巡视员王改正兼任院长
■ 3 名负有责任的副院长分别受到党纪或行政处分

今年 3 月 2 日，本报报道了西安市儿童医院医生收回扣当场被抓事件后，引起西安市卫生局等部门的高度重视和社会各界广泛关注。记者昨日从西安市卫生局获悉，经调查组调查，事件经过和主要事实已基本查清，并有了处理结果：责令西安市儿童医院院长、党委副书记王贵杰辞去党内和行政职务，其他 3 名负有责任的医院副院长也受到相应处分。目前西安市卫生局已展开对王贵杰任职期间财务状况的专项审计工作。市卫生局助理巡视员王改正兼任儿童医院新院长，目前已上岗工作。

卫生局领导挂帅进驻儿童医院调查

昨日，西安市卫生局纪委书记陈若安介绍，儿童医院医生收"红包"事件被报道后，西安市卫生局高度重视，迅速成立以局领导挂帅，纪委、监察室、政治处、医政处和规资处等部门参与的调查组，3 月 2 日上午 9 时进驻儿童医院，分为两个调查小组展开取证工作，对相关医药公司、医疗科室和医生谈话取证。

同时，要求市直其他医院自查自纠，引以为戒，强化监督力度，坚决杜绝此类问题的发生，对领导不力、监督不严、疏于管理、发生严重不正之风问题的单位，要按照党风廉政建设责任制的规定追究有关领导责任。

王贵杰被责令辞去党内和行政职务

据陈若安介绍，目前此事件的经过和主要事实已基本查清，儿童医院院长、党委副书记王贵杰，作为该医院党风廉政建设责任制主要负责人，未能全面履行自己的职责，对下属监管不力，对此应该负重要领导责任；同时，作为院长，在管理中对医德医风工作重视不够，管理和监督落实不到位，领导管理存在薄弱环节，根据《西安市党政领导干部辞职办法（试行）》和党风廉政建设责任制的有关规定，经 2006 年 4 月 3 日卫生局党委会议和局长办公会议研究决定，责令王贵杰辞去西安市儿童医院院长、党委副书记职务。

目前王贵杰已经辞去西安市儿童医院上述领导职务，等待纪委的离职审计。西安市卫生局已经展开对王贵杰任职期间财务情况的专项审计工作。

儿童医院其他 3 位领导也受到党纪或行政处分。屈兴民，西安市儿童医院党委书记、副院长，作为该医院党风廉政建设责任制主要负责人，未能全面履行自己的职责，对下属监管不力，对此应该负重要领导责任，经 2006 年 4 月 3 日市局党委会议研究决定，给予屈兴民党内严重警告处分。

周南，西安市儿童医院副院长，主管药品工作，对医疗管理制度落实不力，应负主要领导责任，经 2006 年 4 月 3 日市局长办公会议研究决定，给予周南行政记大过处分。

刘植，西安市儿童医院副院长，主管门诊部工作，对医疗管理制度落实不力，应负主要领导责任，经 2006 年 4 月 3 日市局长办公会议研究决定，给予刘植行政记大过处分。

同时，记者还了解到，对西安市儿童医院急诊科副主任张金虎（主持工作）、副主任楚建萍行政警告处分；药剂科科长王安民、副科长成华行政警告处分。

《华商报》（2006 年 4 月 14 日）

市局助理巡视员王改正兼任儿童医院院长

在对王贵杰、屈兴民、周南、刘植等医院领导做出处分的同时，西安市卫生局党委经请示中共西安市委组织部同意,经2006年4月3日局党委会议研究决定,由市卫生局助理巡视员王改正,临时兼任西安市儿童医院院长、党委副书记。据了解,王改正几年前曾担任过该院副院长,熟悉医院业务和环境,可以马上开始正常的业务工作,是在非常时期采取的非常措施。

目前,以上人员的任免通知已在4月10日宣布实施。

对广受读者关注的"51个红包"问题,西安市卫生局称按照省、市纪委的要求,仍在查证核实,查证一个落实一个,一定会给群众一个满意答复。

有关部门采取多项措施调查"收回扣"事件——

"51个红包"仍陷迷雾

据西安市卫生局调查领导小组副组长、市卫生局纪委书记陈若安介绍,儿童医院医生收回扣事件发生后,他们制订了明确方案,采取了多项调查措施,在稳定好医院医务人员思想的同时,围绕药品进入医院及药品在医院内流通利益链的每一个环节,采取查看资料、个别谈话、重点突破等方法,有重点地调查近年来医院在制度建设、药品采购程序、医疗管理等方面情况。他表示,"51个红包"究竟送给谁,因调查难度大,调查仍在继续。

多名医生开过100支(盒)"锌钙特"或"新福欣"

据介绍,调查组查封了被本报曝光的陕西阳光医药公司和西安中药集团达仁堂医药公司在儿童医院的账户。这两家公司的医药代表主要为儿童医院提供"锌钙特"和"新福欣"等药品。调查组要求儿童医院终止和这两家医药公司的业务往来,停止与其签订购销合同,冻结所欠药品货款。

据调查,该医院门诊医生从2005年6月至2006年3月2日,开过"新福欣"(1克)的医生114人,其中数量在100支以上的医生21人,开过"锌钙特"的医生139人,其中数量在100盒以上的医生13人。其中,每支"新福欣",医药代表给医生回扣8元,回扣占销售金额的比重为31.37%;每盒"锌钙特",医药代表给医生回扣6元,回扣占销售金额的比重为19.46%。

医药代表称:医生姓名和金额不清楚

调查组还对相关医药代表进行了调查。为掌握收受"红包"的人员和收受回扣的金额,调查组对"锌钙特"口服液和"新福欣"两种药品的陕西阳光医药公司医药推销员赵玉蓝进行调查，在电话多次联系不上后，派专人到赵玉蓝家中走访，但该人一直没有露面。后从公安莲湖分局庙后街派出所了解到，赵玉蓝说她当时给了医生张亚萍3个红包，其余红包未能送出，人员（指医生）姓名和金额（指回扣）自己不清楚。

为了进一步落实51个"红包"所涉及的医务人员，调查组对儿童医院相关人员进行了排查。3月4日，西安市卫生局对"红包"上写有姓名的29人分为6个调查组进行重点谈话，当日晚，又对29人中的28人（1人出差不在本市）进行分别谈话，对相关人员的处方情况进行了统计核实。

目前，关于"51个红包"究竟将送给谁，调查组仍在调查中。

新院长王改正：不想多说话，只想多干事

昨日中午，记者在西安市儿童医院采访时看到，在门诊一楼入口处，有两名导医人员正在忙碌地指挥患者就诊，挂号、收费处秩序井然。而在门诊二楼专家门诊处，排队等候看病的患者较多，几名医务人员也在积极协调患者就诊，让患者在楼道椅子上排队等候。

据在此给孩子看病的陈女士说，以前带孩子来看病要排很长时间队伍，秩序混乱，可今天来后病人虽较多，但秩序井然，她再有5分钟就能给孩子看上病。

对于医院这种新变化、新气象，新兼任西安市儿童医院院长的市卫生局助理巡视员王改正很低调地对记者说："我知道自己肩上的责任。目前很多群众、医务人员都在关注着儿童医院的起色。我本人是学医的，也是一名外科医生，曾经在儿童医院工作过。现在，我不想多说话，只想尽快熟悉环境，脚踏实地干好工作，多干实事，让百姓来评价和监督。"

新任院长工作一年四月有余，2007年8月13日出事——

新任医院院长王改正被检察院立案侦查

西安市卫生局助理巡视员并兼任西安市儿童医院院长王改正近日被陕西省检察院传讯，主要是因其涉嫌商业贿赂。目前，西安市儿童医院党委书记

临时主持医院工作，该医院就诊秩序井井有条，工作安排到位。

市儿童医院院长王改正秘密被检察院带走

"那天早上，也就是 8 月 13 日，我们医院领导班子还商量下午院周会事项，可是两点多了还没有等到王院长来开会，当时 100 多名中层干部都耐心等着他来安排工作，给他多次打手机都没有人接听……"提起王改正被省检察院秘密带走一事，该医院有关负责人透露说。

9 月 3 日，这位负责人介绍，8 月 13 日，王院长突然神秘失踪让院领导班子十分纳闷。当天下午会议结束后，他们一直和王院长联系，但他的手机就是没人接听，怀疑他可能中午酒喝多了？要么身体不舒服？大家将一切可能想到的情况都想了，但就是找不见王院长本人。

后来有人提议查看一下办公楼里的监控录像，是否能查找王院长当天的活动，于是相关工作人员就打开办公楼里的监控录像后发现，8 月 13 日中午 11 时 20 分，王院长和 3 名男子一起走出办公大楼。

这 3 名男子是谁呢？大家一时都吓蒙了。当晚 11 时，市儿童医院领导班子赶快给西安市卫生局局长汇报，这时才得知，王改正院长被陕西省人民检察院带走讯问，但具体原因不详。

王改正院长突然被传讯大家都十分不解，"我们真没想到他会有什么问题。"

他去年在"非常时刻"来医院主持工作后，业务上一直都比较敬业，关心下属，从来没有厅局级领导干部官架子，平易近人；为人也比较谨慎，经常提醒大家要廉洁自律，并且明确提出反对一切商业贿赂。

几天后，西安市纪委陪同陕西省人民检察院来医院告知情况。检察院有关工作人员称："王改正可能暂时不能回医院工作，有人举报他收受贿赂需要调查"，然后让医院提供这几年招标、基建等账本，其他的检察院都没有告知。

党委书记临时主持医院工作

9 月 3 日中午，在西安市儿童医院看到，在门诊一楼入口处，有 10 多名导医员正在忙碌地指挥患者就诊，挂号、收费处秩序井然。门诊二楼专家门诊处，几名医务人员也在积极协调患者就诊，让患者坐在楼道椅子上排队等候。

带孩子来就诊的刘先生说，近日因天气变化比较大，孩子发烧几天了，多日来，虽病人较多、排队时间长，但看到医务人员耐心指导患者就诊，心里感觉好多了。

王改正被检察机关带走后，市卫生局决定让医院党委书记临时主持工作。该院党委书记介绍，去年，《华商报》披露儿童医院个别医生收受药品回扣后，医院出现短时间内人心涣散等情况，但王改正来后，医院采取一系列措施并且取得了一定成效。比如，医院设立就医服务中心，落实门诊高峰期和节假日工作预案等服务措施，和科室签订《行风建设责任书》，和个人签订《抵制商业贿赂行为承诺书》，设立廉政账户等。同时，制定《重大经济事项管理的规定》《经济合同管理办法》，重大经济事项领导负责制和责任追究制。

市卫生局紧急通报王改正被审查一事

西安市卫生局助理巡视员王改正被检察机关带走讯问后，引起西安市卫生局高度重视。8月22日卫生局局务会上，西安市卫生局局长秦鸿学给市卫生局中层干部通报，王改正被省检察院传讯，可能涉及商业贿赂案件，希望大家引以为戒，提高自身修养，抵制商业贿赂。

8月28日，西安市卫生局系统召开反腐倡廉，抵制商业贿赂会议，要求所有人员参加。

去年4月，西安市儿童医院前任院长被责令辞职后，西安市卫生局党委经请示中共西安市委组织部同意，经2006年4月3日局党委会议研究决定，由市卫生局助理巡视员王改正临时兼任西安市儿童医院院长、党委副书记。

当时，王改正任该院院长时很低调地说："我知道自己肩上的责任，目前很多群众、医务人员都在关注着儿童医院的起色。我本人是学医的，也是一名外科医生，曾经在儿童医院工作过。现在，我不想多说话，只想尽快熟悉环境，脚踏实地干好工作，多干实事，让百姓来评价和监督。"

省检察院：案件正在审理不便透露

9月3日上午，省检察院宣传处有关负责人表示，该案件属检察院自侦案件，尚在调查当中，等案件查明后会通报社会。

对王改正被带走讯问一事，该负责人称她目前还不知道该案件，无法准确告知。

据悉，王改正突然被省检察院传讯，主要是可能涉及商业贿赂问题，牵扯到在市卫生局和该医院任职期间等问题。

从 8 月 13 日王改正被秘密传讯后，至今没有回到西安市卫生局、西安市儿童医院工作。2007 年 8 月 30 日王改正被刑事拘留，同年 9 月 11 日被依法逮捕；2008 年 2 月 19 日，西安市中级人民法院以受贿罪判处王改正有期徒刑十年。

事件回放

■3 月 2 日，本报报道西安市儿童医院医生收回扣当场被抓一事，引起社会强烈反响。当日省卫生厅责成西安市卫生局严查。

■3 月 2 日，西安市工商局公平交易分局紧急出动，以涉嫌商业贿赂对西安市儿童医院 2004 年、2005 年及今年部分财务档案柜、3 台电脑服务器等进行了封存。

■3 月 2 日，儿童医院当事的急诊科医生张亚萍被停职，并被吊销执业证书，同时全院通报批评，扣发其 2006 年全年个人绩效工资。儿童医院终止与涉及此事的陕西阳光医药公司、西安中药集团达仁堂医药公司的业务关系，停止与其签订药品购销合同，冻结所欠药品货款。

■3 月 4 日，本报发表《51 个 "红包" 究竟是送给谁的？》等稿件。儿童医院院长王贵杰在接受本报记者专访时承认对医生收回扣负有管理责任，但他表示不会引咎辞职。

■4 月 3 日，经西安市卫生局党委会议和局长办公会议研究决定，责令王贵杰辞去西安市儿童医院院长和党委副书记领导职务，等待纪委的离职财务审计。西安市儿童医院党委书记、副院长屈兴民，副院长周南、刘植等被分别给予处分。

■4 月 10 日，西安市卫生局助理巡视员王改正兼任儿童医院新院长，上岗工作。

■2007 年 8 月 13 日，新任儿童医院院长王改正被省检察院带走调查。

《华商报》（2007 年 9 月 5 日）

药企违法 5 年内不得经营

在昨日召开的全省治理医药企业商业贿赂专项会议上，省纪委常委、监察厅副厅长纪相忠严肃指出，在医药购销过程中，对行贿和受贿的人员，不管涉及谁，必须严肃查处，决不姑息。

六大问题将被专项重点治理

据省监察厅副厅长纪相忠介绍，目前在药品安全和生产流通领域内，存在着一些不容忽视的问题，特别是药品购销中引发的一系列问题。今年发生在西安市儿童医院的医生收红包事件就是这方面的一个典型。目前，这名送红包医药代表所属的公司不但名誉扫地，而且经济上受到巨大损失。目前，这名送红包的医药代表仍在逃，对她所属的医药公司处理，还有待弄清楚事实后再决定。

昨日，省药监局局长李荣杰表示，针对存在的问题，省药监局在专项治理工作中，重点打击六个方面：

一、医药企业及其营销人员以各种名义给予医疗机构及工作人员、医务人员回扣、提成等财物的行为；

二、医药经营企业及相关人员在批发零售、原料采购、广告宣传、参加药品医疗器械投标竞标过程中，采取不正当手段获取商业机会或商业利益的行为；

三、医药企业在药品、医疗器械的审评审批、认证发证、检验检测、稽查处罚等重点监管环节中，以不正当手段获得准入资质、减轻或逃避处罚的行为；

四、医药企业通过不正当手段使其产品进入医保目录、虚报成本抬高药价，获取商业机会或商业利益的行为；

五、药监系统工作人员插手干预药品、医疗器械企业经营或投资入股药品、医疗器械研究、生产、经营获取不正当利益的行为；

六、药监系统工作人员在行使监管权力过程中，收受药品、医疗器械生产经营企业及相关人员以各种名义给予的现金、有价证券和支付凭证等行为。

各级药监部门要建"黑名单"

据了解，省药监局将建立医药企业"黑名单"制度，实行诚信分级管理，实施企业诚信守法提醒制、警示制、公示制。对采取不正当交易行为获取商业机会的药品、医疗器械生产经营企业，各级药监部门要建"黑名单"，对列入"黑名单"的企业，及时向社会公布，并限期整改；逾期未改的，将采取严厉措施予以制裁。

对已构成违反《药品管理法》或《医疗器械管理条例》的，依法处置直至吊销许可证或撤销药品批准证明文件，5 年内不受理其申请，并不得参与经营。

《华商报》（2006 年 4 月 25 日）

2006 年度头版人物

良知"深喉"揭开儿童医院"红包"黑幕

回望 2006，可以安慰我们的，还有本年度最为人们耳熟能详的两个字，那就是"和谐"。呼唤和谐，建设和谐，正需要我们每个人点点滴滴的努力。我们今日起推出《2006"华商"头版人物》系列报道，也正是基于这良好的愿望。让我们来温习 2006，来记住这些值得我们铭记的人与事。相信一个和谐美丽的社会，就在前方不远。

每一个爆炸性新闻的背后，都隐藏着一个或几个"深喉"的身影。他们"没有"姓名、"没有"年龄，承担着风险，却与荣誉无缘。

他们，是既得利益集团的反叛者，又是敢于站出来维护公众权益的践行者。虽然永远也不会成为"封面人物"，却终将因其英雄的付出，赢得历史的尊重……

专家推介语

"深喉"的出现，其意义不仅表明行业良知在复苏，也告诉我们，恪守职业道德者并不乏其人。他们的沉默往往是因为缺乏直接挑战"权力滥用"的勇气，而拥有权力者正是因为控制着资源，所以才胡作非为。儿童医院事件体现出，只要营造一个追求诚信的社会氛围，一些看似弱小的"深喉"就有机会站出来，为关乎我们每个人利益的问题做出自己的牺牲。（陕西省社科院社会学家江波）

人物速写

"深喉"：TA

年龄：不详

籍贯：不详

语录："我只希望政府出来刹住这股风。"

报道回顾

《西安市儿童医院医生收回扣现场被抓》发表于 2006 年 3 月 2 日头版，随后，本报又连续报道焦点新闻：《西安儿童医院院长专访：暂时没有辞职的打算》《西安儿童医院院长被责令辞职三副院长受处分》《儿童医院新院长王改正：不想多说话　只想多干事》，此事在国内引起较大反响，在省内掀起了一场整顿医疗商业贿赂的风暴。

回顾 2006 年，《西安市儿童医院医生收回扣现场被抓》无疑是最具震撼效应的新闻报道之一。它的出现，不仅有力揭示出医疗界当前存在的严重痼疾，更补充了"天价医疗费"在现实中的依据。

报道产生了极大反响。但在人们街谈巷议的时候，可能谁也不知道，那个文中给记者发来"信号"的"深喉"，此刻已躲在暗处，警觉着来自各个方向的危险信息……

发"信号"人——医药代表中的"深喉"

重温当时的一幕，我的心会不自然地骤然发紧。

2006 年 3 月 1 日下午，西安市儿童医院门诊一楼。为了获得人赃俱获的现场，记者一行焦急地守候在急诊科办公室附近，等待"信号"的到来。

办公室的门一会儿开，一会儿关，人来人往，究竟里面是否在交易，谁也不清楚。

下午 3 时整，"信号"突至：有大鱼进去了！

说时迟那时快，我们随同执法人员迅速从各个角落冲进办公室，屋内一个年轻女医生正在换下白大褂。见大家急速地进门，先是一愣，继而问干什么？此时门已大开，刚进来时还在的两个人已经不在了。无奈之下，只好佯称走错了，赶忙退出来。

"还有机会。"暗处的 TA（出于保护当事人的考虑，此处隐去其性别，用拼音 TA 来代替）发短信安慰说："大鱼还在。"

好不容易又熬了 10 分钟。"信号"再次来到！

"他们进去了，快！""信号"再次到来。

那一刻，呼吸都要停止了。奔向办公室的几秒钟里，只希望一切都是 TA 所说的那样。哐！门开了，屋内的人全呆住了。从一个中年妇女惊慌的眼神里，执法人员迅速锁定了手还插在白大褂里的中年女医生："你手里拿的什么，能不能看一下？"

众目睽睽下，她慢慢抬起手臂，只见手指间夹着刚拿到的红包——一切真相大白！

成功了！决定性的一刻换来了新闻的尊严，正气的弘扬。报道见报后，儿童医院当事医生受到处罚，院长被责令辞职，其他 3 名副院长也分别受到党纪或行政处分。而被本报曝光的两家医药公司也被调查组责令终止与医院业务往来……全省范围内掀起了打击医药购销商业贿赂行为的风暴。而媒体的强势介入也真正实现了舆论监督的威力。

"深喉"的觉醒

报道后的儿童医院，在经过了一段时间的整饬之后，医风焕然一新，患者反映就医难、用药贵的情况已经减少。公众的利益因一篇报道获得了维护。

"深喉"本来自于一部电影的片名，后专用来指代向媒体披露事实真相的局内人。近年来，国内众多爆炸性的新闻，其背后无不有"深喉"的身影。他们或是既得利益集团中的一员，或是掌握着关键信息的局内人。但他们的勇敢举动，无一不揭露了真相，维护了正义。

在 2006 年，除了 TA，还有更多的行业"深喉"涌现出来，在他们的配合下，记者揭开了一个个黑幕，将一个个隐蔽的潜规则公之于众……

7月中旬，在调查一品牌牛奶涉嫌早产的报道中，一位"深喉"站了出来。他是一位在行业中摸爬滚打多年的生意人，因熟知内幕，曾屡次想联系媒体，但是否将一个有品牌声誉的牛奶产品生产内幕公之于众，对此，他也苦闷过多时，可最终还是抵挡住了各种压力，挺身报料。

当时正值盛夏，年届不惑的他陪着我在公司周围走访，几次都差点晕倒。他说，如果不是无法忍受牛奶早产的潜规则，他真不愿多事。

在他的指点下，尽管门禁森严，我还是带相机进了厂区，并拍到了最关键的证据。采访见报后，这一品牌牛奶厂家立即将3万件优酸乳做早产奶集中处理，公众权益因"深喉"的出现得到了有力维护。

时值社会转型期，各个行业都存在着一些不为人知的内幕。这些内幕隐藏于种种表象之下，不仅蚕食着公共利益，更啃噬着整个国家的肌体。如今，在正义的感召下，一些敢于放弃既得利益、揭示真相的人，终于站了出来。

但是，挺身而出的"深喉"得到的却是不公正的评价。TA揭示了医生收药品回扣的真相，并协助媒体获得了最一针见血的证据。但报道刊发后，却生出种种非议："叛徒，沽名钓誉的小人""肯定是为了泄一己私愤"。指责中，"深喉"的举动饱受争议。

然而，指责的声音是多么不顾事实和别有用心。在医疗回扣存在多年以来，当所有人都把拿药品红包当作天经地义的事情的时候，TA的站出要有多么大的勇气，需要拥有多么强大的、正直的力量！

正因为有了像TA一样众多的"深喉"们的出现，密不透风的铁幕才有可能被逐一掀开……

打破最可怕的沉默

毋庸置疑，"深喉"所为是高尚者的作为。但敢于站出来有时只需要勇气，防备危险、躲开明枪暗箭则更需要智慧。当危险袭来时，"深喉"往往却只能是一个人面对。

今年5月，一位家住长安区的"深喉"因常年向记者反映各种内幕而突遭报复。当他躺在咸阳一家医院打来电话时，我无法想到，如此机警、干练的汉子，竟然也逃不过报复。多年来，他多次向各个媒体反映土地、污染以及行政机关违法等问题，虽从来在报道中见不到他的身影，可他的倔强反映，却因触及很多具有实力的利益集团而备受憎恨。"幸亏我反应快，要不今天连电话也打不成了。"一天下午，他家突然就闯进来几个歹徒，一阵疯砍之后，他倒在了血泊之中……

多年来，由于立法以及制度上的缺失，"深喉"处境艰险。2003年，因向媒体举报辽宁锦州交行问题，4名局内人先后经历过工作、生活上的巨大坎坷，其中鲍宇还被数名歹徒砍伤；2004年，实名举报"顶头上司"——海南省万宁市工商局局长的陈少青，虽引发了全省工商系统的"反腐风暴"，但却在随后屡遭报复，直至被砍成重伤……

在一个个行业黑幕被揭开的同时，几乎都伴随着多多少少来自"深喉"们的不幸消息。他们的英雄付出，往往会遭到被揭黑对象的疯狂反扑，由于本身身份隐蔽，很多"深喉"不到万不得已，一般都不愿寻求公众的支持。因此，他们不仅要担负精神上的压力，其危险程度也都足以想见。

然而，与"深喉"行为形成反差的，是众多领域内掌握着关键信息的人的缄默。他们虽明知内幕的存在，深知国家被侵害，甚至于作奸犯科的真相，但却从来都是默不作声，既享受着既得利益带来的成果，又眼睁睁看着公众的利益被侵蚀。而这，无疑是一种最可怕的沉默。

延续这种沉默还是愤然站出，取决于是站在公理和正义的一边，还是低眉信手、遵从于潜规则的威力。当一个人能够从属大众利益，从维护公众利益角度出发揭出黑幕的时候，他无疑是高尚的、具有责任心和使命感的人。

如今，能提供给"深喉"在生活、安全等多方面帮助的条件还不具备，但我们可以相信，随着立法和制度的进一步完善，公众知情权逐步得到重视，所有有勇气站出来讲话的"深喉"，都将最终赢得人们的尊重。因为有他们的存在，才使得整个社会更加公正、透明、和谐、进步。

（潘京 文）

记者手记：

感谢你：让我目击最宝贵的现场。

因为当初的约定，此刻我无法用哪怕最俭省的笔触来描绘TA，甚至不能说明TA的性别。但我知道，TA是一个充满责任心和道德感的人，没有

TA 的协助，报道将寸步难行。我对 TA 心怀感激。

虽面临身份被泄露的危险，TA 却始终站在我的身边。尤其在最关键的时候，是 TA 的一个个信号，让我们目击了最宝贵的现场。

然而，如今我却满怀愧疚——据称，报道结束不久，TA 即因被追杀而"仓皇"出走。走后 TA 在电话中说，有事一定告诉我，可一年将尽，TA 却始终没有任何音讯……

这是一次从没有过的采访经历，是责任与信任、勇气与智慧交织的调查过程。TA 的勇敢站出，保证了黑幕的顺利揭开。而媒体及时、公正的报道，则以被维护了的公众权益，回馈给所有的"深喉"以信心和勇气。

《华商报》(2006 年 12 月 13 日)

深度调查 17

> 日前，陕西省政府办公厅印发《关于城市公立医院综合改革试点的实施意见》，从2015年起选择宝鸡、延安、西安、安康等4个市启动综合试点，力争三年内在全省展开。
>
> 其中的组建医院管理委员会、推行院长年薪制、同等级医疗机构间医学检查检验结果互认，以及取消药品加成，按病付费等改革试点，旨在让公立医院回归公益性，解决看病贵、看病难的问题，在业内反响强烈。

陕西医改：越级到大医院看病报销费用减半

医改不管怎么改，最终就是要让老百姓实实在在地感觉到实惠、方便，起到药到病除，保证健康的目的，这是群众欢迎的医改，也是医改的出发点和立足点……

那么，此次医改的大背景是什么？具体实施中还有哪些问题需要注意？2015年10月26日，华商报记者专访了省卫计委主任戴征社。

1. 日前我省公立医院改革方案公布，主要任务和目的是什么？此前做过哪些准备？

戴征社：城市公立医院改革主要是解决"两大目标"。纵向解决优质医疗资源下沉问题，打破省市区所管辖各自医院的现有模式。现在优质医疗资源主要在城市，城乡差距比较大，加之医疗机构布局也不尽科学，因此这次改革，就是要纵向解决优质医疗资源下沉问题，解决老百姓的"看病难"。横向方面，医院内部要探索新机制，以解决老百姓"看病贵"问题，体现医院公益性，指导医院落实科学管理、"三合理"（合理用药、合理检查、合理治疗）问题。也就是说，不要把医院看成是挣钱的单位，通过内部机制解决老百姓看病安全、高效、方便问题。

城市公立医院改革是医改的难点和重点，这项工作最核心是体现公益性。为了这次改革，我们前往福建、上海、安徽、浙江等地考察学习，把这些省份的经验成绩以及做法带回来。而且，宝鸡此前作为国家试点，也探索出了一定经验。

2. 这次推出四个试点城市有什么考虑？

戴征社：这次我省提出抓四个试点市，继续抓宝鸡、延安国家改革试点市，增加了西安、安康。这四个试点市分布于关中、陕北、陕南，基本代表了我省公立医院的各种情况。我们做了充分的准备，全国很少有省份选省会城市做改革试点，我们为什么选西安呢？我们认为，西安市优质医疗资源集中、医疗机构情况比较复杂、改革难度非常大。但只要把西安地区改革试点做成功了，陕西城市公立医院改革也就能基本到位，其他地市改革遇到的问题都会迎刃而解。

3. 西安市公立医院医疗资源最集中，情况最复杂，改革难度最大，作为新试点，你们做了哪些准备？

戴征社：西安的改革的确最难，目前涉及大中小医院共 70 多家，结构比较复杂：省属医院 6 家，市属几十家，两校 6 院，还有部队办医院，体制也比较复杂。单就药品零差价后谁给补贴，各个医院财政、人事渠道都不一样，难度的确非常大。为了解决此问题，省卫计委近日专门成立班子协助西安市，目前正在对西安地区公立医院进行调研和政策研讨。

4. 这次我省改革提出要建立若干新机制，其中社会舆论比较关注的是一个叫"医疗管理委员会"的新机构，为什么要设置该机构？想解决什么问题？

戴征社：设立医管会主要是为了保证医院公益性、解决医院科学决策的问题。

现在的公立医院虽然理论上说政府管着，但多年来医院自我发展，盲目扩张，形成很强的趋利性，不断地无序扩张，内设科室的设置都是医院说了算。比如说，儿科、妇科、慢病科、老年康复科、传染病科、重症精神科，这些带有支撑公共卫生的科室，好多医院都不愿意搞；一些很大的三级医院只设传染病门诊不设床位，因此形成全省儿科紧缺、妇科紧缺、重症精神疾病几乎没有人管，传染病也是薄弱环节。

过去一段时间，政府基本上不给三级医院投钱，因此在医院管理上也不到位。我们这次成立医管会就是要统一安排，由政府负责同志牵头，政府部门、人大代表、政协委员、医生代表和其他利益方组成。比如主管副省长将来就是我们省的医管会主任，涉及财政、社保等部门的领导将为成员，研究解决医院的科学决策和健康发展问题。

过去我们卫计委主抓直管医院的发展问题，但现在必须站在老百姓方面想，办医院主旨是解决看病难、看病贵问题。简单说来，医管会主要制定医院重大事项决策（医院发展规划、章程制定、重大项目实施、财政投入、运行监管、绩效考核、院长选拔聘任、年薪标准等），受聘院长主要要体现政府办医院的责任，院长必须认真体会政府的意图和公立医院的公益性，向老百姓健康负责，还要保证医药服务价格合理。因此，必须形成医院新的内部机制，也就是给医院"还权"，合理界定公立医院自主运行管理权限，严禁违规干涉医院人事管理权、收入分配、内部运行、绩效考核等自主权。

院长实行年薪制、落实目标责任制、如何考核等都会有一个大的突破。院长、副院长的年薪，由政府参照行业特点合理确定并支付，完成考核目标拿全薪，完成不好扣钱，直至解聘。医院院长、副院长的薪酬待遇将彻底与医院绩效脱离，由财政发钱，让院长不再紧盯经济指标，一门心思搞管理、搞服务，让医疗回归本原，一定要解决这个问题。

5. 取消药品差价，很多医院都希望政府能加大投入，否则就声称会难以运转，但这次改革方案中，政府似乎不准备大幅增加投入，医院该怎么做？

戴征社：以目前省管的 6 所医院为例，每年业务毛收入 40 亿，一般来说药品销售收入占 40%，差价占 15%，如果都要政府包起来，根本供不起。省人民医院假如说今年共收入 20 个亿，40% 就是 8 个亿，15% 的利润占 1 个多亿，财政根本拿不出这么多钱。

因此这次改革，主要通过调整医疗服务收费标准来弥补药品零差价的缺口问题。主要靠医疗服务调价、政府补助、加强成本核算来分担。首先是建立以市为单位、医保机构参与的药品耗材价格谈判机制，鼓励辖区内医院联合采购，高值医用耗材必须通过省级集中采购平台，进行网上阳光采购。其次是总体降低大型检查治疗设备价格，合理提高诊疗、手术、护理、床位、中医等服务价格，同步推进医保支付改革。

实际上调价要解决这么几个问题，第一，零差价后缺口一定要能弥补，所有项目首先要保成本，保证医院正常运转。按照宝鸡9月份的调价，零差价后收入缺口财政拿出10%，医院节支5%，其余85%都由调价来解决，基本可以实现。通过把药品、医疗耗材都纳入招标，再二次议价，通过价格谈判把水分挤出来，把价格真正降下来。

当然，在调价前我们会先行安排测试，就像宝鸡，先期测试在各医院模拟了两个月，按现行价格运行但按照新价格测算，基本可以确定"总量不变、结构调整、体现医生价值、保护患者利益"四个目标都兼顾时，才会正式启动调价。

6. 此前人们看到城市大医院人满为患，县乡医院患者严重不足、设备闲置，新方案如何解决这个问题？

戴征社：这就是分级诊疗制要解决的问题，方案要求今后各乡镇、社区必须有2名全科医生。目前全省8000多名医生通过转岗培训，陕南、陕北较少一些，必须解决好全科医生首诊接诊问题，所有县级医院必须设全科门诊，所有转诊必须在全科体系内运转。

考虑到基层能力弱的问题，我们将六大群体（65岁以上老人、0至5岁婴儿、孕产妇、重大传染病、急诊、重症精神病患者）从强行转诊里分离出来，根据实际情况而行，不影响报销。除以上六大群体外的患者，如果不按照分级诊疗转诊，越级到大医院看病，报销费用减半或者1/3。从目前运行来看，试点的几个大医院床位开始空缺。前几天宝鸡市中心医院院长电话说，他们目前有床位空缺，延安人民医院也有空床现象，西京医院、西安交大一附院、省人民医院的门诊量和住院量都在下降，所以分级诊疗的效果还是比较明显的，起到了引导作用。

7. 新医改方案里，如何解决医生的社会价值问题？

戴征社：解决医生社会价值问题，在现行分配制度里我们的医生体现的价值太少，比如专家一个门诊挂号才 7 元钱；下一步与技术高度关联项目收费要调高，检查价格要调低，为医院下一步改革分配制度做预先制度安排。

门诊价格调高，比如专家门诊挂号费提高了，他们的收入就会自然提高，医生的价值就得到体现了，不再与药品、医药代表联系了，让医生从根本上脱离趋利性的问题。当然，门诊挂号费用大部分由医保来承担。

再者，把医院过去不合理的问题调整一下，提高管理水平，加强内部成本核算，压缩不合理的浪费。其实在当前粗放管理下，医院的不合理开支包括浪费也很严重，陕北一个县级医院一年一个多亿收入，通过内部核算一年就节约了近 1000 万元。

8. 多年来以药养医，很多医生都习惯了目前的收入状况，一旦彻底断开，如何保证医务人员的积极性？

戴征社：按照国外大多数国家的薪酬水平，一个全科医生的收入，一般是社会平均工资的 3 倍，一般的大内科、心脑血管类、麻醉医生的工资都是社会平均工资的 7 倍多。我们还是发展中国家，不能和国外直接类比。但要让我们的医生真正静下心来为老百姓看病，在医院内部，因岗定薪、同岗同酬、多劳多得、优绩优酬，重点向临床一线、业务骨干、关键岗位倾斜。基本的想法是要让一个普通医生的收入高于社会平均工资，高水平的好医生收入可更高一些。这样的收入水平，才能把医生的价值体现出来，调动医生的积极性。

9. 方案提出深化编制人事制度改革，探索城市公立医院不纳入编制管理，难度大吗？

戴征社：人事制度改革肯定也是难点。下一步这些医院将要走脱离编制的路子，推行岗位管理和全员聘用，定岗不定人，根据医疗行业特点制定专门的养老制度，这些都需要探索。

薪酬制度这次总体上要调高，但内部还要拉开档次，既要解决积极性问题，还要解决社会公平问题，这里也涉及人事、财政比较复杂的事情。

还有过去的厂办二级医院要向社会转移，走医养结合、发展特色专科的路子。但是从目前调研情况来看，这些人员还不愿意脱离体制。比如说交大一附院医疗联合体内的 4 个二级医院，就有公立政府办的、社会办的和厂办的，这里面的复杂性，协调起来也很难。

总结起来就是西安地区的复杂性、调价的敏感性、人事薪酬制度的复杂性、公立和社会办医的特殊性，这几个方面构成了这次改革的社会关注和极大压力。

10. 这次改革，您作为卫计委主任，还有哪些担心？具体实施中还有哪些问题需要特别注意？

戴征社：医改是整个社会关注的焦点：老百姓最在意的是，改革是否会把负担转移到自己身上。老百姓也很关注看病难的问题。这主要是能否见到好医生、能否看好病，比如西京医院每天 1 万多的门诊，人满为患。最为敏感的还有医疗集团可能的垄断，既要形成利益集团又要打破垄断，既要保证优质资源下沉，又要考虑医院发展集团化、一体化解决病源来源的问题，也就是老百姓能否自由选择看病，当前我们正在研究。此外，当前经济形势下行压力较大，各级财政都很紧张，也给这次医改带来一定压力。

但我们还是有信心做好这次改革。这次改革陕西有几个优势，第一，省委省政府高度重视，这次文件的出台都是在深化改革领导小组会上定的，省委省政府主要领导都在不断研究调整方案；第二，省人大、政协也都很关注、很支持。还有就是，一直以来，医改办、财政、人社、编办、物价、药监等部门配合很好。

按照安排，我省公立医院改革四个试点城市目前正在进行改革方案培训，争取明年初全面启动。如果一切顺利，在总结实践经验的基础上，2017 年改革将在全省全面推开，2020 年在我国全面实现小康目标时，彻底解决百姓看病难、看病贵问题，建立中国特色的医疗制度框架，人人享有与国家经济发展水平相适应的基本医疗服务。

《华商报》（2015 年 10 月 26 日）

探寻陕西医改：怎么改，难在哪……

医改不管怎么改，最终就是要让老百姓实实在在地感觉到实惠、方便，起到药到病除、保证健康的目的，这是群众欢迎的医改，也是医改的出发点和立足点。此前，我省各地的探索取得了一些成果，同时也显现出改革的一些难点和问题。

大医院"托管"小医院，基层医生缺口大

在陕西此前的改革试点中，大医院"托管"小医院的模式取得了较好效果。

西安土门附近的西电医院，属于企业办医院，此前该院利用自身优势把莲湖区土门附近的数家社区医院进行托管，实行一体化改革：社区医院的医生和集团医院的医生分配制度完全一样，监管制度一样；西电医院社区中心主任兼任两个社区医院的主任，社区主任待遇和集团医院医生一样，社区医生和社区病人完全可以在基层沉淀下来。

数据的背后是老百姓对医联体便捷就医的肯定，在家门口享受了大医院专家的服务。但据西安交大一附院院长施秉银介绍，通过医联体合作后，他们才发现社区太缺医生了，12个社区卫生中心按需要至少约300名医生，目前缺口5/6，因此补充基层医生是当务之急。

尽管在医改中，宝鸡作为试点城市，投资8988万元建设全科医生规范化培训基地，但全科医生和人才缺乏，还是让宝鸡市觉得，"吸引高学历、高职称人员到基层公立医院工作"，才能从根本上解决基层人才匮乏问题。

药价调整后，老百姓负担会不会增加

宝鸡市先后被列为国家公立医院改革、全科医生执业方式与服务模式改革试点市和全省唯一的"1市10县"综合改革试点市，承担全省药品"三统一"（统一采购、统一价格、统一配送）、大病保险等8项先行先试改革任务。

省卫计委负责人认为："宝鸡医改对两个牵扯到多方面利益的问题的尝试，值得重视。"

第一是实行药品零差价，彻底破除以药养医。宝鸡价格改革从9月15日实施，从目前运行1个多月的情况来看，还是比较平稳，调整了2000多种价格。"在总量不动、调整结构、体现医生价值、保证老百姓利益的前提下，做了全面的调整，各方面反应比较平静，没有增加老百姓负担。"

第二是国家正筹划试点的药品二次议价试点，也就是在全省大网，基本

药物和二级医院招标两个大网招标的同时，在这个基础上，宝鸡市 2014 年做了二次议价，推行价格谈判机制。"把药品再次降价，特别是医药耗材降了 30%，总体上把药的问题解决了。"

与此相伴随的是"医院还权改革""两个放开一个保底"：一是放开医院进人，人事上主要是备案；二是放开医院的收入分配，由医院自己定，主要由职代会确定。一个保底，就是政府财政把离退休人员供养起来，由事业拨款来兜底。

医院院长最关心的是总收入

为了彻底破除医院以药养医，保证公立医院公益属性，这次改革将成立医管会，对院长、副院长实行聘任制、年薪制。

据悉，宝鸡市 2010 年作为第一批城市公立医院改革的国家试点市，6 所公立医院院长年薪标准为 25 万，预计西安院长年薪可能会达到 30 万。但会设置很多考核项目，完成全部考核项，可拿到核定年薪，否则可能会逐项扣减工资。

西安某三甲医院院长坦承，他现在每月工资 2 万多元，年收入也就是 25 万左右，副院长、科室主任、医生收入他没有细说，"但肯定比我的少"。

对这次城市公立医院改革，西安某三级医院院长深有感触，"这次医改重提回归公益性，我们都支持。医生本来就是救死扶伤，谁愿意整天跟医药代表混在一起，让患者骂娘？但前几年国家不投入，让医院自己养活自己，结果医院成了生意，尽可能逐利而淡化公益，改来改去又回到起点，关键是要政府立场清晰、财政到位"。

这位院长回忆：几年前他参加陕西省上各大医院院长会议，会议公布了全省三级医院运营情况，各位院长最关心的是总收入，互相比较后他非常郁闷，自己的医院总收入排名垫底，作为院长非常内疚，觉得对不起上级和广大员工。

他回去后认真研究了其他医院运行数据，同时感到非常委屈：他的医院药占比仅为 27%，住院费用人均仅 7000 元，人均门诊费用 182 元，在西安的三级综合医院中创下了"三个最低"。

这位院长说："三个最低，说明我们医院坚持了公益性，让利于病人。但结果却是医院挣不来钱，医生待遇上不去，留不住好医生，病人也大量流失，形成恶性循环。后来我们也不得不考虑挣钱，反正羊毛出在羊身上，只要不是太过分。"

"从方案来看，政府准备通过医药耗材招标二次谈判，降低医药成本，解决 80% 以上的药品零差价缺口，这个设想理论上行得通，实际运行肯定有困难。长时间以药养医，已经形成了一个关联紧密的利益链条，要想彻底打断肯定需要一个过程。"

医改后能否支撑医院运转"心里没底"

对多位三甲医院院长来说，最担心的是药品零差价实施后，政府补偿机制跟不上，一年几个亿的缺口从何而来？目前政府补助只占该医院的 3.3%，医院为了正常运转只能拼命挣钱，医生超负荷运转。

一家三甲医院院长说，药品零差价后医院收入一下子减少几千万，而政府每年投入才 1000 万，目前医院还在建设期，需要不断投入，何况还有医务人员积极性的问题，"药品耗材的招标议价，到底能挤出多大油水；医务服务适当提价，这么一降一提，能不能支撑医院运转，我心里没底"。

对许多公立医院院长来说，"目前公立医院运行主要靠创收维持。如现药品零差价，医药收入约占医院总收入 40%，这个缺口很大。最希望的就是政府能加大投入"。

尽管宝鸡市的公立医院改革试点被认为"基本成功"，但来自当地多家医院的报告也反映出当下运行中的一些困难：

首先是政府投入未落实到位，服务价格体系亟待理顺，"因政策原因造成的医疗服务亏损应全额补偿"。

这些医院还提出：应对承担的公共卫生、抢险救灾、重大活动医疗保障、卫生支农等政府指令性工作给予定额补助；化解公立医院历史债务。健全医疗服务成本、价格监测体系，建立灵活价格调整机制。

另外，"以药补医"机制尚未彻底破除，收入结构不尽合理。建议省上制定相关政策，"对不同级别、不同类型医院确定药品收入比重"，促使医院主动控制过度用药、治疗、检查现象，逐步降低药占比。

推行药品零差率，应该同步跟进价格调整、财政补偿、医保支付改革等配套政策，加快推进药品和医用耗材价格谈判，降低成本费用；规范医院运营行为，既要解决群众看病贵问题，又要保证医院应有合规合理收入，达到"腾笼换鸟"作用。

《华商报》(2015 年 10 月 26 日)

深度调查 18

 核心提示：

2006 年 3 月，本报接到线索：西安市莲湖区中医医院下设的 21 家社区卫生服务站或门诊部，多家没有《医疗机构执业许可证》……

为彻底弄清事情真相，本报记者花费了十多天时间，深入莲湖区大街小巷，对该医院下设机构进行明察暗访，结果发现 17 家社区卫生服务站，都存在非法经营的恶劣行径。

社区卫生服务是当前解决群众看病贵的有益尝试，是国家大力倡导的，而此稿件正好揭露出了目前社区卫生发展存在的典型问题。

西安莲湖区中医医院 21 家社区门诊 17 家是"黑诊所"

业内爆料：办门诊部要月交 2000 元

"我是一名执业医师，懂得医疗卫生法规，当初医院聘任我当社区门诊主任，答应能给我办下《医疗机构执业许可证》，可这都快一年了，还看不到证照的影子，我所承包的丰庆路门诊部是一个地地道道的黑门诊。我不能再无视国家的法律法规，不能再欺骗患者……"今年 3 月初，西安市莲湖区中医医院丰庆路门诊部负责人张昭向本报反映。

"黑诊所"躲检查多次卸牌

张昭称，2005 年 4 月初，莲湖区中医医院院长姚毓轩让她开设丰庆路门诊部，要求租下不少于 100 平方米的房屋并装修到位，医疗设备、医务人员都要配套齐全，他可以负责办社区门诊《医疗机构执业许可证》等。这期间姚毓轩还嫌房子装修不好，张昭又花费 1 万多元重新装修了一遍。

按照有关规定，医疗门诊部应先办好《医疗机构执业许可证》才能营业，但丰庆路门诊部在无证的情况下，还是于去年 6 月份开始营业。无奈，张昭多次催促姚毓轩办理门诊合法手续，但一直没有结果。此后的几个月里，张昭曾多次催问办证一事，可姚毓轩只是说："你放心营业，证照我会抓紧办理。"

可无法正常营业的情况，还是多次发生了。据张昭介绍，从去年下半年开始，姚毓轩多次通知她卸掉门诊部的牌子，事隔多日后，又通知她挂上牌子。这样多次折腾，许多病人都知道了这是一家没有合法证照的"黑门诊"，从此很少有人来看病。后来张昭才了解到，之所以多次让卸掉牌子，是因为卫生部来西安督察工作。

医院负责提供医疗机构资质

记者在张昭出示的《莲湖区中医医院综合目标管理责任书（社区）》上看到，上面明确写着聘任张昭为该医院丰庆路综合门诊部主任，院方为门诊部提供医疗资源、医院信誉（无形资产）、医疗机构资质、管理等服务；门诊部在诊疗活动中，出现的医疗纠纷、事故处理和经济赔偿与院方无关；医院不承担门诊部任何连带责任和经济责任，门诊部向医院交纳 1 万元的风险保证金，并且每月给医院交纳 2000 元的管理费。

由于没有合法证照，去年 11 月张昭被迫停业，直到现在事情仍没有任何进展。张昭目前已经损失了 21 万元，眼下又该交今年的房租了，可是她已没有能力缴纳房费……无奈，张昭要求莲湖区中医医院赔偿全部损失。

院长坦承：允许挂靠可为医院创收

3 月 7 日，记者和张昭一同到莲湖区中医医院询问办证一事。

据院长姚毓轩介绍，当初开设丰庆路门诊部是经过莲湖区卫生局同意的，但阴差阳错的是，从 2005 年 3 月份开始，卫生局忙于其他工作，批证的事情根本顾不上。而他和张昭签订合同的时间恰恰是 2005 年 4 月，因此，办证的事一直没有落实。

姚毓轩说，因国家投入不足，他们医院每月连工资都发不出来，在医院下设分支机构，可以分流医务人员，减轻医院负担。另外设立挂靠的社区卫生服务站或门诊部也可以给医院创造经济收入，其他区县医院都存在挂靠社区门诊的事情。

姚毓轩表示，从去年11月开始，西安市领导在糖坊街检查工作时，发现了一家挂靠在某医院的牙科门诊，西安市卫生局为此发文通知各区县医疗机构，不允许再挂靠社区门诊。他后来与莲湖区卫生局领导交涉，局领导答应给丰庆路门诊部办证，但法人必须是医院，张昭只能是负责人。医院通知张昭后，她对此不同意，非要自己是法人。

"从去年设立门诊时，我就多次提醒张昭，开设门诊部有很大风险，但没有引起张昭的重视，现在损失这么大，要求医院赔偿，可我们医院根本没有这个经济能力。鉴于张昭损失较大，因此，准备给她办理个体诊所照，至于赔偿，是不可能的。"姚毓轩说。

昨日下午，姚毓轩又称，就张昭提出的赔偿要求，他们已经初步达成协议，双方解除了承包合同。医院让其他人员支付张昭6万元，接收了她的门诊部，加上医院退还了原来的管理费、押金2万元，共计8万元。

记者调查：17个社区门诊无证营业

莲湖区中医医院院长姚毓轩称，他们医院过去的确挂靠过很多门诊部，不过现在经过清理，已经只留下10多个。而且剩下的社区服务站或门诊部中，有《医疗机构执业许可证》的有8家。但事实果真如此吗？

3月27日，记者得到一张《莲湖区中医医院社区服务站、外设门诊名单》，上面部分机构标注为"经过卫生局审批发照单位"，张昭开设的丰庆路门诊部赫然在列，但她根本就没有《医疗机构执业许可证》。

同时，记者看到这张名单中共有21个单位，备注栏中写着数字。据知情者介绍，这些数字就是给医院缴纳的月管理费。据统计，这些社区门诊每月缴纳的数额达到28600元，每个单位缴纳数额不等，其中丰庆路门诊每月缴纳2000元，这和医院给张昭开出的收款收据上的数目相吻合。

现场查处："黑门诊"负责人跪求副局长做主

昨日，西安市卫生局接到投诉称，莲湖区中医医院在西郊李家楼社区、北尧头门诊部都是"黑诊所"。西安市卫生局、市卫生监督所随即出动执法人员前往查处。

在北尧头门诊部，记者看到有 4 人正在打麻将，地上还扔了好多瓜子壳，看到有人进来，一名医务人员大声询问"你有事吗？"当看到大批执法人员进入后，医务人员才开始收拾麻将。西安市卫生局副局长王改正看到这家门诊部并没有相关资质，责令这里的负责人立即通知莲湖区中医医院和莲湖区卫生局。

当莲湖区卫生局综合科科长杜治琴匆忙赶到后，王改正问："这是一个什么机构？"杜治琴回答："让我看看，我还不知道。"说罢，杜治琴出了门诊部到外边查看标志牌，然后回来说，是"家保医院"原来的门诊部，"家保医院"已经注册了新地址，这里只是药房，也没办理有关证照。

随后，王改正一行又到莲湖区中医医院八佳花园门诊、八家巷社区服务站等几处社区服务站检查，执法人员要求出示有关社区门诊的合法证照，八家巷社区服务站没有拿出任何证照，八佳花园门诊有《医疗机构执业许可证》，但无《社区卫生服务机构合格证》，且超范围经营，因此仍属不合法的社区医疗机构。王改正责令莲湖区卫生局严肃查处，并现场关闭上述非法社区服务站。

当来到莲湖区中医医院丰庆路门诊时，负责人张昭竟激动得下跪，向王改正痛诉开设门诊的艰难经过，要求给她一个说法。王改正一行耐心听完后表示，西安市卫生局一定会严查此事，不允许任何单位和个人向社区卫生服务机构收取管理费，对反映的莲湖区中医医院挂靠多家黑社区门诊的事宜，将调查后作出答复。

最新举措：社区医疗机构将重新审核

就莲湖区中医医院下设 17 家社区门诊无证经营一事，西安市卫生局基层卫生与妇幼保健处处长刘璐解释说，去年他们对西安市部分社区服务机构明察暗访过，强调要切实解决社区卫生服务机构存在的医疗安全隐患、超范围执业、社区服务公益职能流于形式、非法行医违规执业等问题，但现在看来这些问题还严重存在。他们将对目前西安的社区服务机构重新审核，不合法立即关停。

据她介绍，目前西安市合法的社区卫生服务机构必须有两证，一是《医疗机构执业许可证》，二是《社区卫生服务机构合格证》。从他们颁发的证照统计来看，莲湖区中医医院下设的 21 家社区服务机构几乎没有一家是合法机构，都存在非法经营情况，严重败坏了社区卫生服务机构的公益性职能。如果不将其坚决取缔，前去就诊的群众身体健康将得不到有效保障。

刘璐表示，他们将对西安市审批过的社区服务机构重新审定，不合法的立即关停，同时，也希望社会各界举报假借社区服务机构的名义，开办社区卫生服务机构，西安市卫生监督所医政科举报电话：（029）85525022。

教你几招：看胸牌灯箱辨正规机构

普通市民如何辨别真假社区门诊或社区服务站呢？西安市卫生局基层卫生与妇幼保健处处长刘璐通过本报提醒市民，要注意从 4 个方面识别，同时强调只要是经过市、区卫生行政部门审批的社区医疗服务机构，就能够保证社区居民的医疗安全。

方法一：看名称。应该为"街道名＋居委会名＋社区卫生服务站"，目前西安市社区卫生服务站的门牌均为蓝色。

方法二：看灯箱。红黄两色的灯箱，印刷着"西安社区卫生服务"字样，红十字标志旁还有大雁塔的标识。

方法三：看执照。悬挂《医疗机构执业许可证》和《社区卫生服务机构合格证》。

方法四：看胸牌。正规社区医疗服务机构服务人员的胸牌有"西安社区卫生服务"字样，同时有照片、名字、职称、执业地点等。

《华商报》（2006 年 4 月 04 日）

设挂靠社区门诊　院长免职

本报昨日报道了莲湖区中医医院下设 21 家社区门诊 17 家都是黑诊所后，西安市卫生局迅速责成莲湖区卫生局严肃查处，并于昨日下午召开专门会议，通报批评了莲湖区中医医院的违法行为，指出若发现医疗机构挂靠开办社区门诊的，该医疗机构领导将被免职。

莲湖区中医医院被点名批评

在昨日的整顿医疗服务市场专项会上，西安市卫生局通报了莲湖区中医医院的违法行为，责令莲湖区卫生局立即查处，并于 4 月 14 日前，将检查结果上报西安市卫生局。

西安市卫生局局长秦鸿学要求，要加大社区卫生服务的监管力度，对未取得执业准入的社区卫生机构一律不准执业；对假借社区卫生名义开设的非法门诊部，坚决予以取缔；各区要加强社区卫生服务机构准入后的日常监管，针对执业过程中诊疗、护理常规、急救药械和人员行医资格等影响医疗安全的主要环节，立即组织进行一次全面彻底的检查；清理不合格从业人员，对存在医疗安全隐患的社区卫生机构进行停业整顿；对超范围执业的社区卫生服务机构，要依法予以查处和纠正；禁止卫生部门向社区卫生服务中心站收取任何名目的管理费用；明确社区卫生服务机构举办主体，设立独立法人，独立核算、自负盈亏；严禁任何医疗机构以聘用人员、收取管理费、办分支机构的形式开办社区卫生服务机构，对已经开办的要坚决予以查处、取缔。

查处不力追究领导责任

秦鸿学要求，在查处非法行医案件中，对行政机关、卫生监督机构、医疗机构及其国家工作人员不履行或不正确履行法定职责的，一经查明，将按照《卫生部关于打击非法行医专项行动责任追究的意见》，在依法对机构进行行政立案调查处理的同时，将案件移送给该机构的上级主管部门及同级监督部门、人事部门、纪检监察部门，涉嫌违法的移送司法机关，追究相关人责任，并通报批评责任机构。同时，向所在区县政府通报。

发现医疗机构有聘用非卫生技术人员执业、发布虚假医疗广告信息、超范围执业、以挂靠形式开办社区门诊部、诊所等违法行为，上级主管部门应责令其领导辞职、降职或免职。医疗机构停业整顿直至吊销《医疗机构执业许可证》，12 个月内经两次以上查处仍未改正的，依法严惩。

秦鸿学表示，各级卫生行政部门、卫生监督机构行政执法不认真、不严格，滥用职权、徇私舞弊，对有确切线索的投诉故意拖延、查处不认真、处理不到位的，将严厉追究主要领导及工作人员的责任。

记者调查：个别社区门诊仍违法营业

莲湖区中医医院昨日给本报的书面文件中写道，对下设不合法的社区门诊已逐一取缔。但是昨日下午，记者对莲湖区部分社区门诊调查发现，个别社区门诊仍在违法营业。

昨日下午 3 时许，记者与莲湖区卫生局、卫生监督所和中医医院有关负责人一起，到八家巷社区卫生服务站查看。这家服务站曾在 4 月 3 日被西安市卫生局副局长王改正点名让关停，令人意想不到的是，这家服务站仍在营业，不合格的社区卫生服务站标识仍然存在。

在记者的督促下，莲湖区中医医院院长姚毓轩自己动手拆除标识，而莲湖区卫生监督所执法人员却待在小车里不出来，之后在记者的一再督促下，两名执法人员才出来，10 分钟后，才请一围观者将广告牌撕掉。

草阳社区卫生服务站外面，记者看到社区服务站标识已经拆除，但里屋却有 4 名患者正在接受输液。据不愿透露姓名的男医生介绍，他们已接到莲湖区中医医院让关停的通知，但因几名病人的液体没有输完，因此还得在此接受治疗。

在莲湖区中医医院挂靠的潘家村社区卫生服务站、中医二门诊部、桃园社区等几处卫生服务站，都已经关停。

领导表态：不管查到谁都要严肃处理

无视法律法规，非法下设 17 家社区黑门诊，不按照卫生服务机构标准经营。昨日，省卫生厅副厅长黄立勋介绍，他看了本报昨日的报道后感到震惊，他没有想到莲湖区中医医院如此经营。他当即责成卫生厅医政处、妇社处和西安市卫生局快速查处，不管查到谁都要严肃处理，并及时向社会公布结果。

据了解，今年下半年全省将全面开展医疗机构从业资格大清查，要求各级卫生部门对辖区所有医疗机构进行全面清查，重点检查是否符合当地《医疗机构设置规划》，房屋、科室设置、人员配备、基本设备是否符合《医疗机构基本标准》，有无超范围执业的诊疗科目，从业人员是否具备执业资格等。

经过清查符合要求的，将重新换发执业许可证，准予继续执业，并向社会公示；对不符合"规划""标准"，或未按法律法规规定审批权限设置的，将给予限期整改、停业整顿或吊销执业许可证处理。

另外，从今年起，省卫生厅将进一步强化医疗机构和技术人员的准入管理，新设置的医疗机构实行属地管理，按审批权限依法审批。

《华商报》（2006 年 4 月 5 日）

（作者注：时任西安市卫生局局长秦鸿学，现任西安市人大副主任；时任省卫生厅副厅长黄立勋，现任省卫计委副主任。）

深度调查 19

 核心提示：

> 6月26日是国际禁毒日，2015年的主题为"让我们的生活、我们的社区和我们自身在没有毒品的环境下得以发展"。
>
> 目前，我省有9.2万余名吸毒人员，其中西安有2.6万余人，年龄最小的吸毒者仅13岁。世界禁毒日前夕，华商报记者深入戒毒所，设计了专项调查问卷，对吸毒者的第一次吸毒做了统计分析，拿到了比较精准的数据……

世界禁毒日：吸毒者的"第一次"调查

5名吸毒者的"自白"

毒品，怎样改变了他们的生活？让我们从这5个人的故事说起。

故事1：为了爱情他娶了吸毒的她，8年过去了，她仍在戒毒的路上

8年前，IT工作者小明（化名）认识了小红（化名），被小红所吸引，虽知道小红吸毒，可小明以为可以改变她。结婚8年后，戒毒多次，小红依然没戒掉毒瘾。

目前，小红在省女强制隔离戒毒所戒毒。

小红是西安本地人，今年40岁，在上世纪90年代，她考上了陕西某艺术学校，学习声乐，很苦。当时看到有的人吸食毒品，精神特别亢奋，也不累。因为好奇，小红开始吸毒。

可一吸，就戒不掉了。1997 年毕业后，她开始跟着一些剧团到各地走穴，收入颇高，每月达到了一万二三。可吸毒的费用更高，每个月吸毒费用最低要 3 万块钱，有时候高达 6 万，吸毒也吸坏了嗓子，声带长了疙瘩。8 年前，她和老公小明结了婚，"他当时也知道我吸毒，可他觉得可以改变我。"小红说，然而，小明的爱没有改变小红，小红去一些戒毒所戒毒，因为没有强制，几天就跑出来了，戒毒多次，可她依然吸毒，可小明始终没有放弃她。

2013 年，小红被公安部门送到了强制戒毒所，如今，再有 50 多天就可以出去了，在这一年多时间里，小红戒掉了毒瘾，小明每个月都来看她。小明的爱，让她觉得自己很自私，在戒毒所，她也在思考自己的婚姻，她说，小明是独生子，因为吸毒，她一直怀不了孩子，未来，她不知道还会不会再有勇气和他在一起。她说，她最害怕的就是环境，在戒毒所，没有了吸毒人员的引诱，她也不想吸毒，可是一出去，环境的诱惑，她又害怕自己会再次染上，但面对未来，她说她会尽力的。

故事 2：13 岁时她打工供姐姐上大学，后来却染上了毒瘾

刚刚在省女强制隔离戒毒所过了 20 岁生日的小花，看起来像个中学生，说话还有些稚嫩。

小花说，她来自宝鸡的一个小山村。小花和姐姐学习努力，2008 年，如同电影中的情节一样，小花的姐姐考上了西安一所大学，可学费却难住了一家人。当时，13 岁的小花也考上了一所重点中学，"那天晚上我听到姐姐给爸爸说，要么她不上学了，学费太贵了！"

从小就与姐姐感情深厚的小花听到这里，第二天便弃学到西安打工了。因为未成年，她只好在一家火锅店的厨房帮忙扫扫地干杂活，每月 230 元的工资，她给姐姐寄去 200 元，她姐姐在上学期间勤工俭学。后来，工资慢慢增多了，小花开始给姐姐和家里寄钱。小花的姐姐毕业后到深圳工作，还给小花找了个学习化妆的学校准备让小花学化妆。然而，因为吸毒，小花的命运改变了。2013 年，小花在网吧上网，认识了一些在社会上瞎混的人，开始吸食冰毒。

冰毒的危害有多大？小花深有体会，她说，那段时间常常会出现幻觉，情绪也特别容易激动，身体也逐渐消瘦，只有 50 多斤。在去年 12 月份，小花被强制戒毒，如今，小花体重已经有 90 多斤了，她说，她一定会努力戒掉，绝不复吸,她出去想学门手艺,好好生活。

故事 3:"溜冰"的双胞胎兄弟"只想着早点出去,希望重新开始"

陈某源和陈某满,是双胞胎兄弟,他俩都很瘦,近一米八的个子。没有人会把这哥俩和毒品轻易联系在一起,然而现实是残酷的。

弟弟陈某满说,他的老家是眉县的,父亲在汉中做机械设备生意,母亲在宝鸡市上班。从记事起一直在老家农村由爷爷奶奶照管,6 岁后才进城上学,因父亲忙于生意经常不在家,而母亲管不住哥俩。

"我俩在初中都谈了女朋友,初三没毕业就辍学了,当时我们才 16 岁,开始混社会,到处找工作碰壁,最后去一家洗浴中心干服务生,每月 1500元⋯⋯"陈某满眼圈红红的,泪珠在眼眶内打转转,哽咽起来。

2014 年 6 月底,朋友打电话让他到宝鸡高新区来玩,到后看见一帮人在吸食一种白色晶体,那位朋友让他也吸上一口,说不会上瘾的。"于是,傻乎乎地吸了一口,当时没有任何感觉。"过了一个多月,那位朋友又叫他玩,第二次吸了四五口,觉得很兴奋,也知道这叫"溜冰",很时髦。

半个月之后,那位朋友又叫去玩,他俩本不想去,但心里很想去,第三次吸了七八口,回去后两天内没睡觉,一直在上网,和第二次的感觉一样,就是"精力非常充沛,心里感觉很有劲"。

"现在回想起来,其实第三次已经有瘾了,只不过我们傻得不知道严重后果⋯⋯"

提起第四次吸毒,陈某满说:"心里想着坚决不再吸了,不碰那东西了,主要是吸食后休息不好,吃不好饭,身体支持不住,困乏、瞌睡。但朋友电话一来,心里想着不去,但浑身难受坐卧不安,掏钱买了拇指盖那么大一颗,500 元。"

截至 2015 年 2 月 4 日晚被警方抓获,他俩共"溜冰"十多次,已染上了毒瘾。2 月 5 日被警方送至宝鸡市公安局强制戒毒所。给父亲打电话说要强制戒毒两年,父亲只"嗯"了一声,很显然家里人也蒙了。2 月 10 日亲属接见日,爷爷、奶奶、父母、姐姐都来了,一直责骂:"你们怎么能沾上毒品呢? 怎么沾上的嘛?"

"我们天天算时间,已经戒毒快半年了,身体恢复多了,看着像正常人一样了,只想着早点出去,希望能重新开始。"

故事 4：两次戒毒成功却又复吸了

张某军，42 岁，1990 年交友不慎而吸海洛因，因吸毒至今未婚。"第一次被朋友叫去吸毒，是海洛因，以前我听说过但没见过，当时社会上流行这东西，做生意的、混社会的都在吸，显得很风光，应该没啥，也不会上瘾。"

1990 年的冬天，宝鸡市汉中路一时装店内，几个朋友在一起玩，第一次他吸了三口，很苦，恶心、呕吐，连续三天昏昏沉沉，当时还坚持着上班，"一点都不好玩，并不如想象中的舒服，当时就后悔了"。

一周后，那种恶心感没了，再次被朋友邀请，不去感觉面子上过不去，怕人家说自己扎势、不合群；又吸了三四口，当时没有吐，昏沉沉的光想睡觉，说话时眯着眼睛，飘飘然，突然变得很健谈。

第三次是三天后在朋友家里。"不去吧怕朋友笑话，叫你来耍是看得起你。第三次吸了七八口，感觉自己会吸了，会憋气了，也不觉得苦了，人非常有劲，光想干活，一天都在打扫卫生，老想拖地。"

第四次吸毒他也记得很清楚，给朋友帮忙，人家送了五六个小包包，他想拒绝。"朋友说你连这都不要，那咱们以后没法打交道了。"收下了就拒绝不了诱惑，当时也有很强的负罪感，怕父母知道，心里一直在挣扎。

中间停了两天，当天晚上浑身不舒服，鼻涕眼泪一起下，骨头里痒得难受，就像很多小虫子在爬，当时就知道上瘾了。

给朋友说是上瘾了。自己很害怕，怎么办？朋友说不要怕，再吸一点就好了，"明知道是胡说，但自己偏偏要信，于是把剩下的几包都吸了，一下子感觉身体舒服了。真的上瘾了！既害怕又后悔，恐惧占据了整个心灵"。

1993 年底，吸毒被家人发现了，父亲气急了打了他一顿。"家庭会议决定让我去银川姐姐家隔离戒毒。去银川后，圈子里的朋友也没联系，此后的 6 年戒毒还是比较成功"，一边戒毒一边开饭馆，毒瘾发作了就喝酒、吃药（三唑仑），实在难受了偷偷也吸几口。

2001 年 12 月又回到宝鸡，朋友一帮人吃饭喝酒。"我当时自信我能把握得住，坚决不吸了。可是你整天跟吸毒的人在一块儿，复吸几乎是肯定的。"第二次家庭会议，决定把他再次送出宝鸡。又去湖北亲戚家戒毒。又是 6 年，戒得比较成功。

去年春天再次回到宝鸡，开了自己的美术工作室，主要经营国画、油画、生意还不错，一年 10 多万的收入。

"只要和那个圈子的人见一面，你肯定抵抗不了。"今年 3 月 12 日，他在宝鸡市群众路买毒品时被抓。

故事 5：帮闺蜜戒毒却害了自己 17 年

"我在所领导和各位管教的帮助关心下，已经在身体上戒除毒瘾。我希望能在今后的日子里永远脱离毒品，并保证不再沾染这类人群，回归社会后能自食其力，重新做人。"

6 月 17 日，面对华商报记者，戒毒学员韩某提笔给记者写下上述保证书，保证书背后留下她母亲的联系手机，而保证书由记者保存，以示监督。

下个月，韩某将要强戒期满。这个女孩 9 岁丧父，母亲一人拉扯她姊妹俩长大。

1997 年宝鸡文理学院毕业后，工作还算如意，衣食无忧。偶然间发现一个很要好的闺蜜染上毒品，她感到很惊讶和愤怒，"那时年轻气盛，我下决心一定要帮助朋友戒毒"。

那时她才 20 岁，年龄小又很仗义，朋友难受了她就陪着，也陪着去买毒品，慢慢地也认识了那个圈子里的人，见怪不怪了。"我知道那是毒品，但认为没有影响我的生活，朋友吸毒而我没有吸，我是帮助朋友的。"17 年后的今天，韩某依旧非常义气地说。

1998 年 3 月，因为拉肚子，闺蜜说"吸一口可以止腹泻"，一点点不会上瘾的。她抱着试一试能治病的心态就抽了一口，吸食后当时就呕吐、头晕，很不舒服，但腹泻止住了。

第二次吸毒是在朋友家里，抱着玩一玩的心态，不会上瘾的，时间大约是 1999 年；第三次她已经不能完全想起来，半年后她已经吸毒成瘾了。

内疚、懊悔、恐惧，戒毒复吸，反反复复这个过程持续了 10 多年，可她还想着"希望重新做人，从头再来"。

230 名吸毒者的"第一次"

"一杆烟枪，听不见炮声隆隆，却打得妻离子散。"这是一名被强制戒毒的人员心中的感受。他说，自己出于好奇，三年前和朋友一起在娱乐场所吸食了冰毒，至今花费 10 多万元。而华商报记者通过对宝鸡市公安局强制戒毒所 230 名戒毒人员的调查发现，90% 的人都"怨恨第一次和自己一起吸毒的人"。

问题 1：你第一次接触毒品时多大？在什么场合，和谁在一起？为什么会接触？接触的是哪种毒品？是否担心过上瘾？

刘学员："我第一次接触毒品是 1992 年，才 26 岁，和朋友在一起，就是感觉很好奇，是海洛因。"

李学员："我第一次接触毒品是 1999 年，当时我才 19 岁。那时我和男朋友在一起，因为拉肚子，我不知道男朋友从哪里弄来的海洛因，他让我吸了三口，而后不拉肚子了，浑身也有劲了，当时根本不知道那是毒品，只知道是比较管用的药品，一心只想赶快治好拉肚子，没有多想，也不害怕，男朋友还能骗我吗？"

宋学员："2012 年我第一次接触毒品，老公贩毒，我就跟他一起吸毒了。毒品是海洛因，只是感觉好玩，不知道危害性。"

蒲学员："第一次接触毒品是 2007 年，当时是和朋友在一起，晚上无所事事看着别人吸，感觉好奇。我吸毒后心情非常紧张，想着偶尔一次无所谓，也不知道其危害，更不担心上瘾。"

闫学员："第一次是朋友让吸一口，这位朋友和我关系很好，当时想着就吸一口应该不会上瘾的。现在回想起来非常怨恨让我吸毒的朋友。"

问题 2：你第一次吸完什么感觉？当时怎么看待自己开始吸毒？害怕吗？有没有想过以后再不接触了？

马学员："第一次吸完后的感觉飘飘欲仙，吸毒后非常害怕，想着以后再也不敢了，但戒不了。"

宋学员："头晕、恶心是第一次吸毒后的深刻感受，导致便秘，内分泌失调，当时不害怕。"

蔡学员："吸完后感觉很精神，浑身很舒服，好像也不太害怕。"

张学员："第一次吸毒后非常害怕，呕吐，头晕，浑身难受，听朋友说吸毒后非常亢奋的，出了这种情况非常害怕。"

李学员："吸了海洛因后身体轻飘飘的，因为对毒品无知也不怎么害怕，两周后身体难受，继续吸毒，后来在家里被父母发现后，一家人都很害怕，我也很害怕。"

问题 3：吸毒第一次被人发现是在什么场合？被谁发现？对方什么反应？你怎么想？

王学员："女朋友在住处发现我吸毒，她的情绪非常激动，哭泣不止。但我当时觉得她小题大做，我当时认为自己不会成瘾，但结果可想而知。后来，女朋友也飞了，我也陷入 15 年的毒瘾中，这辈子就这么完了。"

李学员："第一次吸毒是被母亲在家里发现的，母亲当时非常伤心，她哭着骂我，我也很伤心，跪在母亲面前发誓要戒毒，随后就给单位请假戒毒了。"

宋学员："第一次吸毒是在家里被孩子发现，他当时年龄还小，不知道我在吸毒，我给孩子撒谎说是在吃药，孩子被哄骗过去了。但我内心很自责，非常难受。"

刘学员："第一次吸毒是在朋友家里，还被老婆发现了，她很惊讶，发疯似的骂我，但我一直哄骗老婆说没事，不会上瘾的，只是玩玩，以后不再吸毒了，但后来戒毒失败，离婚了，家也散了。"

张学员："第一次是在家里厕所被父母发现的，他们都非常惊讶，我也很内疚，也表态坚决戒掉毒品。但现在才知道戒掉是多么难……我要说，千万别尝试任何种类的毒品。"

刘学员："吸毒后被警方控制，父母在公安局见我，家人伤透了心，我也表态不再吸食冰毒。"

问题 4：你觉得完全戒断毒瘾可能吗？你觉得最重要的一点是什么？如果不行，你觉得影响最大的是什么？

马学员："我觉得可以完全戒断毒瘾，最需要家人的关爱和稳定的工作；如果不能戒掉，我认为主要是个人的毅力问题，还有就是社会上有一些歧视。"

曾学员："可以戒断，最需要毅力和亲情；如果最亲近的人不关心，戒毒肯定会失败的；而如果有戒毒的秘方，我愿用生命去换。"

徐学员："我觉得可以戒掉，当然需要个人充分认识毒品的危害，切断复杂的人际关系，也需要家人创造一个支持的环境。我吸毒 15 年，花掉了 20 多万，当时觉得新鲜，好玩，根本不知道会上瘾，现在才知道上瘾后要去掉有多难。"

董学员："在朋友生日聚会上第一次吸食了海洛因，至今已两年多。吸食半年后浑身无力，离开家乡去外地戒毒，结果还是失败了，难呀。每次我想到父母、妻儿就下定决心要戒毒，但往往力不从心。"

张学员："我吸毒时间长达 20 年了，花费在 80 万，中间做过很多努力戒毒，但都失败了。真的无法抵挡毒品的诱惑，恨死了一起吸毒的朋友，他们会遭报应的。"

李学员："我吸毒 14 年花去 30 多万，而上瘾后戒毒是最难的，最好能换个陌生的环境，身旁有家人支持陪伴，意志坚定的话 3 个月就可戒掉。"

问题 5：你怨恨第一次让你接触毒品的人吗？你会对他们说什么？如果对他人说几句提醒的话，你会说些什么？

张学员："2012 年，我在朋友聚会上被吸引着吸食了冰毒。非常恨第一次一起吸毒的朋友，恨不得杀了他。"

李学员："我非常恨我的男朋友，他让我染上毒瘾，我要是现在再见到他会骂他，我也衷心地劝告他人：接触朋友一定要小心注意，接触什么人就可能变成什么人，一步错毁一生！"

宋学员："第一次和老公一起吸毒，他贩毒也吸毒，我也参与其中，谁也不说谁，我不恨他，更怪我自己。"

郭学员："我都能恨死那朋友，明明是害人的东西，偏偏让人吸食，见了他我肯定会骂他：你害死我了。提醒大家一定要远离毒品，认清朋友。"

赵学员："我不会恨第一次一起吸毒的朋友，也不会骂他……我见了他会说：兄弟，回头吧！"

姚学员："3 年前由于好奇，我和朋友一起吸了冰毒，至今已花费 10 多万元。我恨冰毒，一杆烟枪，听不见炮声隆隆，却打得妻离子散。"

尹学员："40 岁时因为老公不爱我，我吸食了海洛因，至今已 13 年了，现在想起来很后悔，恨自己。我想对女儿说：丫头，妈妈对不起你，我要坚决戒毒。"

《华商报》（2015 年 6 月 26 日）

戒毒所医生：冰毒比海洛因更可怕

40 岁的曾依，是宝鸡市公安局强制戒毒所医生，有 6 年的强戒临床实践。

就大家感兴趣的一些毒品问题，他接受了华商报记者的采访。

完整的戒毒分三个阶段

戒毒首日可出现食欲差，腹痛、腹泻、浑身酸痛、打哈欠、流眼泪等不适症状，戒毒所一般给予药物缓解症状。

戒毒初期就是缓解戒断症状，吸食冰毒的无须服药，主要是心理纠治；成功的有两例，一例是改变生活环境，到了外地断绝了购买毒品的来源；一例是每周强制做尿检使其不敢去吸食毒品。

完整的戒毒过程分为三个阶段：一是生理脱毒阶段，预防由于突然停食、注射毒品所引起的躯体健康问题，一般为两周左右；二是心理康复治疗阶段，主要对成瘾者进行心理治疗和行为矫治，包括帮助其树立信心和责任心，强化其戒毒动机；帮助其分析吸毒的原因，提高自控能力；三是回归社会阶段，规定一般期限为两年。

怎样才算生理戒断？曾依介绍，只要饮食、大小便正常、血压恢复正常，就基本上属于生理戒断；目前3~6个月后送司法强制隔离戒毒所，后续戒毒多久由司法戒毒所决定。

毒品对人身心的控制难以想象

多年的强戒临床实践中，曾依发现，实际上同是吸食海洛因，每个人的感觉都不一样，有的飘飘欲仙、昏昏欲睡、想啥来啥；有的特别兴奋，比如特别勤快，不停地打扫做家务。

曾依说："吸毒严重成瘾的人，毒品对其身心的控制是外人难以想象的：吸几口就像上了天堂，在幻觉中要啥有啥、无所不能；一旦毒瘾发作，如同坠入了地狱，所有的道德尊严都失去了约束力，为了一口毒品可能不择手段。在这样的反反复复中，人对自身的控制力和信心会越来越脆弱，底线越来越低，甚至最后成了条件反射。"

而且吸毒人员一般死亡率较高，相当一部分是因为戒毒一年出所后，因为身体长期没有接触海洛因，却按照过去的剂量注射，身体受不了导致猝死。近两年出所后一针注射导致死亡的吸毒者，不完全统计每年都有10多人。

吸毒者大多误认为不会上瘾

曾依发现，近年吸食新型毒品的人越来越多，以年轻人、有钱人为主，吸食原因一般是因为好奇、提神、助性，大多误认为不会上瘾，最后却逐步"上道"。当下一些场所把冰毒和卖淫结合起来，有些有钱人为了寻求刺激而一掷千金，甚至衍生出一些新型职业，如"冰妹"和串联在卖淫场所、毒贩、冰妹之间的"小马仔"，疯狂的生理刺激和固定的生活来源，使吸食冰毒的人员越来越多。

作为临床医生，曾依认为，"冰毒比海洛因更可怕"，因为冰毒是通过神经和心理直接控制人，成瘾后更多表现为心瘾。在这个群体中不少人迷信"冰毒不上瘾"，追赶时髦乐在其中，并对戒毒处于排斥状态。

《华商报》（2015 年 6 月 26 日）

教育篇

深度调查 20

2008 年 5 月 12 日下午 2 时 28 分，四川汶川发生 8.0 级地震，地动山摇，家园被毁，10 多万同胞失去了生命……

党和国家主要领导第一时间赶赴灾区，和灾区人民群众一起共渡难关，并第一时间向全国人民发出号召："一方有难，八方支援"，全国人民团结一心，投入到抗震救灾的洪流中……

时时刻刻心系灾区的群众和孩子，5 月 31 日，中共中央总书记、国家主席、中央军委主席胡锦涛来到陕西省地震重灾区宁强县，察看灾情，指导抗震救灾工作，华商报记者有幸见到总书记胡锦涛并拍摄到了在灾区的照片，该组照片被陕西省档案馆珍藏！

同年 10 月 28 日，在陕西榆林记者站驻站的我再次拍到前来调研的胡锦涛总书记，面对我的回访，村民周世清激动地说："我做梦都没想到胡锦涛总书记会到我们家里来！胡总书记说话的语气非常柔和，感觉那么温暖，我们一家人心里非常高兴，当时的感觉无法用语言来形容……"

总书记胡锦涛在陕西宁强帐篷学校祝福六一

2008 年 5 月 31 日，中共中央总书记、国家主席、中央军委主席胡锦涛，在陕西省委书记赵乐际、省长袁纯清的陪同下，来到陕西省地震重灾区宁强县，察看灾情，指导抗震救灾工作。

当日下午 3 时许，胡锦涛总书记在宁强县广坪镇金山寺村下车后，在山沟里步行半个小时，来到徐家沟的村民小组。这里一共住着 18 户人家，"5·12"地震和发生在宁强的 5.7 级余震，让这里的房屋全部倒塌。胡锦涛仔细察看灾情，询问当地负责人，村民家里有没有人员伤亡，吃饭有没有保障，用水有没有困难，生病能不能及时救治。

胡锦涛从徐家沟村民小组步行出来后，钻过桥洞，蹚过金沙河支流，登上一个山坡，来到 69 岁的村民许春安家的帐篷里，握着许春安的手问："粮食给你发到手没？钱发了没？"听到许春安说"发了"，胡锦涛高兴地点了点头。

随后，胡锦涛走到受伤的村民许明莲跟前，亲切地问道："你们受苦了。脚骨折了吗？"许明莲说："在地震那天受伤的，已经好多了！"

在村民集中安置点的帐篷前，胡锦涛发表了讲话："乡亲们，大家受苦了。中央的同志牵挂着你们，对你们生产、生活中的困难看在眼里，急在心上。请大家一定放心，党和政府一定会千方百计把受灾群众安顿好，也一定会千方百计帮助你们恢复生产和重建家园。乡亲们，有了党和政府关心、全国人民的援助、你们的自力更生，大家一定会渡过眼前难关，生活一定会好起来。大家有没有信心？"

话音刚落，在场群众一起坚定地回答："有！"

最后，他对随行的基层领导干部说："我们的党员干部关键时刻，冲得上去、豁得出来。下一步恢复重建的任务十分艰巨，大家要团结带领群众，重建家园，党员干部还要发挥模范带头作用。"

总书记的牵挂："同学们很勇敢，我们看到灾区的希望"

5 月 31 日下午 3 时 20 分，在广坪镇金山寺村的简易帐篷小学内，胡锦涛径直走到黑板前，拿起话筒问大家："小朋友们，你们知道明天是什么日子吗？""知道。"小朋友们齐声回答。"六一国际儿童节，对不对？""对。"

"我们今天特意来看望灾区的小朋友们，向你们表示节日的祝福，同时我们还要向全国的少年儿童和少儿工作者表示节日的问候。小朋友们，你们今天还只能在帐篷底下学习，但你们可以相信党和政府一定会为你们建好新校址，一定会让你们有更好的学习环境，好不好？""好！"

随后，胡锦涛总书记转过身，在小黑板上用粉笔写下 16 个字，并领着小朋友们朗读：

"一方有难，八方支援。自力更生，艰苦奋斗"。

胡锦涛动情地对学生们说："在这次地震当中，同学们都表现得很勇敢、很坚强。在你们身上，我们看到灾区的希望、祖国的未来，相信同学们在今后的学习和生活中一定会继续做到自强不息、奋发努力，向党、向祖国、向人民交出一份优异的答卷，好不好？""好，谢谢胡爷爷！谢谢胡爷爷！"

胡锦涛还专门给孩子们准备了礼物——50 个书包，书包装满了铅笔刀、套尺等文具，巧克力等食品，雨伞和陀螺等用品玩具。

总书记的质朴："我们都是人民的勤务员"

下午 3 时 42 分，从帐篷小学出来后，胡锦涛一行前往武警陕西总队医院、兰州军区第三医院、广坪镇卫生院设在金山寺村的帐篷医疗点，随同人员向伤病员介绍说："这是咱们胡总书记，专门从北京来看望你们来了。"

听说胡总书记来了，正在输液的金山寺村 6 组村民陶瑶秀激动地从病床上坐起来，她哽咽着说："你们这么大的官，还来看我们！"陶瑶秀朴实的语言逗笑了在场的其他同志。胡锦涛总书记笑着对她说："我们都是人民的勤务员，人民的事情我们都应该关心。"了解病情后，胡锦涛紧紧握着陶瑶秀老人的手，叮嘱她不要激动，要相信部队医生，好好养病。陶瑶秀今年 65 岁，几天前因为搭建防灾帐篷时摔伤了腿，被设在本村的部队帐篷医院免费接收治疗。

在沈淑琴的病床前，胡锦涛总书记坐在一把小椅子上，向值班军医汪丙昂了解病情。

汪医生介绍说，沈淑琴地震后住在帐篷里，因为受凉感冒，导致中耳炎。胡锦涛总书记十分关切地问汪丙昂："控制住了吗？"汪丙昂回答说："已经控制住了，请总书记放心。"

赵莎莎是这所帐篷医院里最小的患者，今年 12 岁，是广坪镇中学初一学生。胡锦涛来到赵莎莎病床前，问她生什么病了。赵莎莎回答说："淋巴结炎。"胡锦涛看着赵莎莎瘦弱的小手，怜惜地问："扎针疼不疼？""不太疼。"胡锦涛点点头，拉着小莎莎的手说："我们交个朋友吧！"小莎莎高兴地说："谢谢胡爷爷。"临走时，胡锦涛总书记对小莎莎说，不要担心地震，好好学习，长大报效祖国。

群众眼里的总书记："总书记来看我们是心疼灾民"

昨日，听说胡锦涛总书记要到村里来看望灾民，大家十分高兴，他们举家出动，夹道欢迎。身着白色衬衫，黑色裤子，黑色旅游鞋的胡总书记，风尘仆仆，给大家留下了很深的印象。

金山寺村82岁的王彦忠老人说："我们这次受灾后，政府给住的、吃的、穿的、盖的，我们打心眼里感谢。胡总书记来看望我们，是心疼灾民。"

该村40多岁的妇女许明莲说："见到胡总书记后，我特别特别的高兴。他大老远从北京赶来看望我们，也非常辛苦。看得很认真，问得很仔细——吃饭有没有保障，用水有没有困难，生病能不能及时救治，我们的困难他都想到了。我们灾民真的感受到了党和政府带来的温暖。"

广坪中学初三学生许凤琴说："地震刚发生后，我们很伤心，但是看到那么多好心人的帮助，看到胡爷爷给我们鼓劲，我们一定要学会感恩，化悲伤为力量，好好念书，长大做一个有用的人。"

金山寺小学教师沈成林说："胡总书记来到我们这么偏远的山区，我们很感激，也很激动。"

向胡锦涛介绍当地灾情的广坪镇党委书记万春荣说："胡总书记来了，我们基层干部感觉十分温暖，有中央的关心和支持，我们灾后重建一定会做得更好。"

向胡锦涛介绍帐篷医院病人情况的兰州军区第三医院汪丙昂医生说："胡总书记非常平易近人，他很关心群众的伤情病情、关心灾民的生活。胡总书记的到来，让我们对恢复重建更有信心了。"

广坪镇立即召开生产自救动员会

"我们一定要落实胡总书记的重要讲话精神，关心受灾群众，自力更生，艰苦奋斗……"昨日下午5时许，胡锦涛一行离开金山寺村后，广坪镇党委书记万春荣召集现场灾民，立即动员灾民开展生产自救，重建美好家园。

5月12日下午2时28分，四川省汶川县发生里氏8.0级特大级地震，振幅波及陕西省汉中市的宁强县。宁强县距离汶川县边界 225.7 公里。由于宁强县距震中直线距离较短，受"5·12"地震灾害及频繁发生余震的影响比较大，全县受灾的人口达 24 万，因灾死亡 10 人，受伤 1061 人，因灾受损 60975 户 201546 间，倒塌民房 5035 户 13582 间，房屋重度受损 11086 户 36964 间，直接经济损失 18.1 亿元。特别是广坪镇受灾十分严重。

万春荣说："胡总书记的到来给我们很大鼓舞，尽管余震还在继续，但他不顾自己安危，冒着危险前来看望我们灾民，我代表广坪镇所有人民表示感谢，决不辜负胡总书记的嘱托，带领灾民渡过难关。"

汶川地震后，与四川毗邻的陕西汉中、宝鸡等市余震不断，尤其是重灾区的汉中市目前正好进入汛期，导致灾情进一步加剧。据统计，截至 5 月 30 日上午，陕西省死亡人数增至 121 人，受伤 2937 人，紧急转移安置 125 万人，经济损失骤升至 162.4 亿元。

记者手记：

和总书记胡锦涛的两个故事

从事新闻工作让我感到最为自豪的一件事是自己的稿子——《西安市长安区药监分局借挂牌收红包》刊发后，在国内省内引起极大关注，特别是稿子刊发后第五天下午 6 时，先接到陕西省药监局新闻发言人手机说："你的稿子被胡总书记批示了，我们压力很大，中纪委已经安排人来陕西调查。"

我先是一愣，"不可能吧，这么一个稿子怎能引起总书记的关注？"就在犹豫时，时任采访中心副主任的侯亚萍打电话来："接到报社主要领导通知，让我们配合省纪委同志调查长安区药监分局收红包事情，你和省纪委副书记张毅民联系一下。"

接到报社的电话后，我确定该事情是真实的了，当时心里既高兴又紧张，怎么和省纪委对接呢？就在犹豫时手机响起，"是华商报郭记者吗？我是省纪委张毅民，接到报社通知没有？你在哪里我来接你？"

电话里我直接回答："我在陕师大门口。"时间过了半个小时，张毅民亲自驾车前来接我，上车后车辆朝陕西省委大院驶去。路上张毅民告诉事情的来龙去脉，因为稿子被总书记批示后，中纪委、省纪委主要领导都很重视，更需要得到我的高度配合，要详细讲述整个稿子的调查过程。

到达省委院子后，张毅民问我来过省委大院没？我说经常来，攀谈中他知道我原在省残联工作，办公地点在省政府大院，因工作关系经常前往省委，对方感情融洽了很多，到达他的办公室感觉天气已经黑了，楼道、办公室灯火通明。

因时间紧任务重，张毅民直接摊开笔记本认真记录我的调查过程，因他的职业问话习惯，我感觉非常不舒服，好像是我报道错了一样，我也有点不太高兴，"能说的都在我公开的报道中，不能说的我还在调查中"。

彼此谈话的气氛陡然升级，僵持了大约30秒后，他的语气态度缓和了很多并表示了歉意，"对不起，你要配合我们调查，希望把掌握的还没有公开的情况告诉我们，因为这对陕西乃至全国药监系统非常重要，中央可能会清理整顿全国药监系统……"

我思考再三，决定把已经调查完毕而未刊发的细节披露出来，该事件不久，从中央到地方拉开了药监系统大整顿，时任国家药监局局长郑筱萸案件也由此而拉开……

时隔2年后的2008年6月，我在地震宁强灾区又见到了张毅民副书记。他前来督导检查救灾物资发放情况，随同他又进行采访并刊发了稿件，我们成了朋友，成了忘年交，他在灾区的照片我做了保存。

2013年2月13日1时45分，张毅民因病医治无效逝世，享年62岁。当噩耗传来时，我在办公室默默流下了眼泪，认真仔细整理了他生前在灾区我拍摄的照片，遗憾的是，我答应他把照片拷出来给他，但谁能知道却成了永别……

回顾他的一生：他1951年11月出生于北京，1968年12月从北京来到陕西省安塞县沿河湾公社下乡插队。1970年10月参加工作，先后在第三机械工业部532厂、陕西省延安地区团委、延安地区检察院、西安市人民检察院、陕西省纪委、省监察厅等单位部门工作。2006年11月任陕西省纪委副书记；2010年1月任陕西省纪委副书记兼省委巡视工作领导小组办公室主任；2011年9月至今，任省委巡视工作领导小组办公室主任。

2008 年 10 月 28 日，总书记胡锦涛前往陕西榆林调研，我当时是华商报榆林记者站站长，第一时间获得家人的消息后，便从西安连夜出发返回榆林站，准备好一切可能采访的机会，终于在榆林机场拍摄到了胡锦涛，回访了他前往的村民家中，"我们家来总书记了，赶快坐坐我们家的沙发，握握我的手……"因此就有胡锦涛在榆林调研的新闻报道。

《华商报》(2008 年 6 月 1 日)

宁强，爱心重新集结

宁强县，陕西西南角，地处汉江源头，北依秦岭，南枕巴山，地接四川、甘肃、陕西三省，自古为秦蜀要冲，有"三千里汉江第一城"称号。而辖区青木川镇西边就是四川青川县，北邻甘肃康县，西去 40 公里就是四川北川县。

张邦庆和庞仕文是宁强县青木川镇玉泉坝村人，因为有矛盾他俩已多年没有来往。一场地震，使两家人多年的矛盾化解了，他们之间的感情加深了，在这时候显得更加亲切……

地震破坏了宁强人民的家园，打破了宁强的宁静，却也改变了宁强人的生活。

青木川古镇受重创

2008 年 5 月 12 日下午 2 时 28 分，一场突如其来的地震把古镇青木川给改变了，有上百年历史的青木川古镇长 866 米的古镇建筑几乎破坏了，往日的繁华景象没有了，留下的只是残垣断壁，满目疮痍。

古镇年龄最长的，84 岁高龄的徐钟德老人说，青木川古镇上的洋房子、旱船屋、绸缎庄、大烟馆，都是清代古建筑，保存至今实属难得，但在这次地震中破坏了，"这太可惜了"。

青木川镇党委书记冯元明介绍，镇上房屋经过三次地震后，镇政府办公大楼几乎要倒塌，目前镇上 97% 的房屋成了危房，青东、青西两水库多处裂缝，东坝村五组房屋彻底被摧毁……

除了青木川镇、广坪镇、安乐河、毛坝河等乡镇严重受灾外，这次地震宁强县受灾人口24万人，受灾范围广、损失大，造成10人死亡、1062人受伤，倒塌民房5686户16202间，学校受灾226所，倒塌校舍307间，危房8863间，278个医疗机构受损；基础设施、市政设施、工矿企业受损，共造成经济损失18.6亿元，其中居民财产损失10.44亿元。

上访户和村主任化解了矛盾

张邦庆和庞仕文是青木川镇玉泉坝村人，庞仕文是村主任，张邦庆是十几年的老上访户。他俩已经多年不来往，见面不说话，不理睬，但在这次地震中，乡亲们的隔阂化解了。"他是老上访户，跟村里很多人关系都比较紧张，地震发生后，我们把其他灾民全部撤离到安全地带后才发现，65岁的张邦庆夫妇俩待在露天的街道上，神情非常紧张。"庞仕文说。

庞仕文看到后二话没说，就把这夫妇俩转移到临时帐篷里，他俩不好意思去，主要是和村民平时关系比较紧张。在他的鼓励下，这夫妇俩住进了帐篷，大家也跑前跑后给搬东西。5月29日，救灾帐篷送到玉泉坝村，张邦庆是第一个领到帐篷的人，大家都给他帮忙搭建，张邦庆激动地流着眼泪说："以前都是我不好，跟大家太斤斤计较了……"

现在，张邦庆夫妇见到庞仕文和村民后，主动打招呼，多年的矛盾在地震中化解了，人与人之间的感情加深了，相互关心、相互问候。

宁强县城小马和60岁的婆婆闹别扭三年多了。

小马说："其实婆婆是个热心人，但就是爱唠叨，总觉得别人做得都不对，经常是过于热心，许多事都要做，结果是哪头都没做好。"5月12日中午，小马早早回家准备午饭，但婆婆执意要一起做，两人便在狭小的厨房里忙活起来。可在短短的几分钟内婆婆给小马找了许多不是。

当日下午，小马刚到单位，地震便发生了，她的第一反应就是赶紧给婆婆打电话，迫切地想知道老人的情况，但电话始终无法接通。她便立即赶到家中。打开房门，她看到婆婆正拿着电话在拨号码，嘴里还一直念叨着"娃娃们千万可别有事……"婆婆眼中的眼泪正刷刷地往电话机上掉。当时小马心里非常难受。

"是我不对，不应该看不惯你们的所作所为，不应该干涉你们的生活。"

当看到儿媳后，还流着眼泪的婆婆一个劲地向儿媳哭诉着自己的种种不是。

外出打工挣钱建家园

5月12日之前，宁强县中心广场背靠玉带河，有树木花草和座椅，一直是附近居民散步纳凉的地方，可5月12日之后，这里成了搭满帐篷的灾民区。

罗勇是宁强县南街小学五年级的语文老师，他的妻子江娟再有20天就该临产了。与他们同睡一张"床"的是罗香一家三口，罗香的小女儿只有6个月大。这样的两个家庭，在这样一段特殊的日子里，成为一个家庭，彼此相处得十分融洽。

在广坪镇、青木川镇好多家灾民都是住在一个帐篷，10多个人，孩子们在帐篷里高兴地玩耍，时而发出清脆的笑声，大人们都在帐篷里张罗着饭菜，虽然十分简单，但他们却乐观豁达。"这次四川同胞受灾比我们严重，国家正处于灾难中，但我们坚信一定会渡过难关。这次尽管家里倒了6间房子，等我把麦子收完后，还要去山东打工挣钱，一定重建家园。"广坪镇灾民李元忠说。

灾情发生后，所有的居民、村民、领导、干部全部住进临时搭建的帐篷，机关办公室由室内转到帐篷，几个单位共用一部电话、几张办公桌，开始繁忙地统计灾情、分析情况等，办公条件虽然简陋，但一切都有条不紊地进行着。

感觉内心一些东西被唤醒

地震，让宁强人对自己以前的生活和工作态度也进行了反思。

宁强县宣传部有关负责人这样评价说：一次地震，让人们原本冷漠的双眼流下了热泪；一次地震，唤醒了人们内心深处善良的本性；一次地震，让我们失去很多，也得到了很多。我们的心灵受到洗礼，我们的爱心重新集结。在和平时代互相冷漠甚至钩心斗角，可一旦面临大灾难、大危机，人们捐弃前嫌，万众一心。在那一刻，所有的人都感到有一些东西在内心被唤醒，在内心深处都显示出了最本性的善良——责任、良心、亲情。

这位负责人介绍，"这次地震让政府和民众站在一起，上下一条心拧成一股绳，共渡难关；更重要的是，这次灾难可能孕育着社会进步的巨大可能性。"

也许真是这样，一场地震，一场灾难，没有震垮宁强人，却改变了宁强人。改变了他们对事物的看法，对生活的态度，乃至对价值观的审视……

《华商报》（2008 年 6 月 1 日）

记者亲历宁强 5.7 级余震，差点被巨石砸上

- 省长袁纯清立即召开会议，研究余震对我省影响及有关应对措施
- 余震造成 1 人受伤，860 间房屋倒塌，3100 间房屋受损；宁强略阳居民全部撤离建筑物
- 宁强地震仍属汶川余震，西安市民不必恐慌，可按照避震常识积极做好防范准备

2008 年 5 月 27 日宁强发生余震期间，记者采访途中，有三四吨重的巨石滚落，差点砸上采访车。

16：03　青木川镇政府楼顶跌落砖块

昨日 16：03，四川青川发生 5.4 级余震时，记者正在宁强县青木川镇采访。在镇政府院中，脚下突然从南方传来地啸声，几乎同时，地面开始上下颤抖，继而左右摇晃。正在政府院内坚持办公的人们惊慌奔出，在地震中已经受损成为危楼的青木川镇政府办公大楼，从楼顶跌落砖块，院内电线杆摇晃明显，电线也在大幅摆动。

震感持续不足一分钟后，大地稍显平静。然而，两分钟后，大地再次震颤。青木川政府工作人员介绍，昨日的余震较 5 月 25 日那次震感轻，但持续时间较长。在昨日发生第一次余震后 10 分钟内，除了震感较明显的 4 次余震，还能不断感受到大地的轻微震颤。

16：37　宁强 5.7 级余震发生部分路基塌陷

记者赶往广坪镇的路上，宁强再次发生 5.7 级余震，车在行驶中并无明显震感。在路上看到，从青木川镇通往广坪镇的路上，部分路段出现了路基塌陷，不断见到滚落在公路上的石块。而沿路村庄的居民显然还没有从刚刚的惊吓中缓过神来，纷纷站在路边议论着刚才的情形。

记者看到，不少村民的房屋和帐篷均依山搭建，背靠悬崖，而悬崖上方已经有不少石块，在余震过后，极易出现塌方、山体滑坡等地质灾害，造成很大的安全隐患。而不少村民显然缺乏这方面的防范意识，仍然在山体出现松动，甚至不断有碎石滚落的悬崖下逗留。

16：45　采访车紧急刹车滚落巨石堵路中

当记者车辆行驶在青木川镇与广坪镇的交界处，距广坪镇茅嘴村尚有 1.5 公里处，车辆将要驶过一处约 70°的弯道时，前方 50 多米高的山顶上突然滚落巨石，幸亏采访车的司机反应敏捷，紧急刹车。采访车紧急停止后马上往后退几米，采访车前方 3 米处就是滚落的巨石，而约三四吨的巨石及散落的石块已经堵塞了 6 米宽的公路。

采访车被阻挡了，记者赶快下车阻拦后面骑摩托车而来的群众，骑摩托车的群众知道前面有滚石后，赶快停车和记者一起查看巨石滚落的位置，而该处悬崖高度有 50 多米，况且是悬崖峭壁，建议记者赶快撤离现场，万一有更大的巨石滚落，后果将不堪设想。

在几秒钟思考后，记者想尽办法从巨石中快速离开了现场。

16：51　广坪镇所有人员撤离

当记者赶到宁强县广坪镇时，全镇 1 万多居民已经全部转移至空旷地带，街道几乎没有行人。

据了解，此余震导致部分危房再次开裂，受损加重。"我们所有人员都撤离了，我是最后一个撤离的……"在广坪镇，镇党委书记万春荣匆忙从便道跑出镇政府，随后两辆紧急救援车驶出镇政府。

陕西宁强大安镇大面积蟾蜍上公路由南向北迁徙

从 26 日早上开始，宁强县大安镇大面积蟾蜍跑上公路，由南向北迁徙。截至当晚 10 时，蟾蜍、蛇、老鼠大面积迁徙。同时，镇巴县也出现蟾蜍迁徙现象。"从早上 6 点开始，大面积的蟾蜍跑到路上，密密麻麻，黑压压，根本没法下脚……" 26 日晚上 7 时许，宁强县大安镇一企业马姓工作人员说，他活了 60 多岁，从来没有见过这种现象。26 日全天都出现蟾蜍，最密集的时候是中午 11 时至 12 时、下午 4 时至 5 时，晚上减少了很多。在大安镇，多名群众向记者介绍，26 日中午一家属院里出现很多蛇，也都跑到路上；还有家里的老鼠最近几天不知道跑到哪里去了。

另据了解，镇巴县也出现大面积蟾蜍迁徙情况。26 日晚 9 时许，记者把采访的情况及时通报给宁强县委宣传部门。

对于宁强县大安镇大面积蟾蜍、蛇、老鼠上路问题，26 日晚 10 时许，宁强县地震局负责人解释，他们只知道有大面积蟾蜍上路，关于蛇和老鼠迁徙的情况，他们马上上报汉中市、陕西省地震部门。该负责人表示，只要会商有结果，他们会第一时间向社会通报。

宁强有余震，考点可能设在操场

马上就要高考了，但宁强县 70 个临时考场还没有建设好，"物资没有及时运到，我们也很着急！"截至昨日，宁强县考场只搭建了 16 个教室。

陕西省政府决定，陕西地震灾区所处的宁强、略阳两县高考将如期举行，几千名灾区考生将在活动板房中参加高考，每间活动板房面积 75 平方米，可容纳 30 名考生。考试期间，考生一律入住救灾帐篷，每间帐篷住 8 人。

昨日下午，宁强县高考考点宁强一中操场上，工作人员正在忙碌地搭建活动板房，已搭建好 4 排，共 16 间，很多工人坐在旁边休息，原因是活动板房建材供给不上，据说今天所有建材才能完全到位。具体施工的负责人张先生说："物资没有及时运到，我们也很着急！"目前只到位 4 排教室建材，其余 14 排建材还没有到位。

宁强县教育局副局长陈宏介绍，全县今年的高考考生共 1921 人，设 70 个考场，由于仍有余震的可能，所有考生将统一集中到宁强一中操场参加高考。由于时间非常紧迫，活动板房没有条件安装监控设备。

近日，宁强县委决定，将派 70 名纪检监察干部进驻 70 个考场，外加 2 名监考人员，每个考场共 3 名监考人员，督查主要负责阻断考场内外的联系，对监考人员实施有效监督，组成人员已全部落实，由县纪委、监察局以及宁强所有 26 个乡镇的纪委书记、县直部门纪检组长和符合有关条件的县直部门党员干部组成。

昨日下午，汉中市考试巡查组已提前进入宁强县，并前往宁强一中检查督导活动板房建设。

宁强县所需的 70 个考场及两个考务办公室将在 6 月 5 日前搭建完毕。同时，宁强县教育局决定，对参加高考的学生免费提供食宿，让考生安心、舒适应考。

5 月 12 日，地震导致宁强县 226 所中小学受重灾，39 所全部摧毁，共造成经济损失 2 亿多元。

总书记情系灾区，冒着余震来宁强

5 月 30 日下午，我们获悉总书记胡锦涛前往宁强视察灾情，慰问灾民，但具体行程不知道。

5 月 31 日早上，家人电话里告诉我，电视屏幕下的字幕显示"胡锦涛在陕西视察灾情"。同时，部门副主任吕岳也告诉我，胡锦涛要去宁强，赶快联系采访。

胡锦涛到来的消息让我们振奋，无论如何也要突破各种阻力，拍到、采写胡锦涛在宁强灾区的情况。后来和宁强县委有关领导核实，胡锦涛将前往广坪镇金山寺村。

31 日 10 时许，我们出发了，司机王良臣一路开得飞快。金山寺村距离四川青川县直线距离二三十公里，在这次地震中受到严重创伤。死亡 3 人，

247 户村民房屋倒塌 40%，重度危房 60%。

当日下午 1 时 30 分，我们终于到达金山寺村，提前对灾民居住帐篷踩点，对胡锦涛可能会视察的地方走了两圈，估计来回的时间，我和郝建国每人各坚守一处，耐心等待胡锦涛的到来。

下午 3 时许，胡锦涛的车队驶来，但视察路线有变化。胡锦涛去了河对面的金山寺村五组，我没有看到胡锦涛，就在河这边耐心等待。半个多小时后，胡锦涛身着白色衬衫、蓝色裤子、黑色运动鞋，迈着轻盈的步伐朝这边走来。陪同人员有陕西省委书记赵乐际、省长袁纯清等。

胡锦涛走上山坡，直接去了灾民许春安家的帐篷，握着许春安的手问："粮食给你发到手没？钱发了没？"听到许春安说"发了"。

我听见胡锦涛问话，但不能到他跟前，最后绕到许春安家帐篷后面，从侧面钻进许春安家帐篷按动快门，近距离拍到了胡锦涛，他面带微笑和灾民交谈。

放弃大场面，专心等待拍细节

在村民集中安置点的帐篷前，胡锦涛发表了热情洋溢的讲话："乡亲们，大家受苦了。中央的同志牵挂着你们，对你们生产、生活中的困难看在眼里，急在心上。请大家一定放心，党和政府一定会千方百计把受灾群众安顿好，也一定会千方百计帮助你们恢复生产和重建家园。乡亲们，有了党和政府关心、全国人民的援助、你们的自力更生，大家一定会渡过眼前难关，生活一定会好起来。大家有没有信心？"

话音刚落，在场群众一起坚定地回答："有！"

大约四分钟后，胡锦涛来到了帐篷学校，我那时已经准备到位，胡锦涛叫来赵乐际站在自己左边，袁纯清站在右边，开始给学生讲话。而那时中央随同媒体才到位，胡锦涛拿起话筒讲话，我就开始拍照了。

正在我拍得起劲时，照相机闪光灯被人压下去了，"你是哪的，谁让你进来拍照的？让开位置！"我抬头看到是一名摄影记者，说话间，他占领了我的位置，当时心里十分委屈，但我没有和他争吵，而是寻找更好的机会。

"站在凳子上，站在课桌上再拍几张。"当时，我思考着怎样拍这张难得的照片。没有犹豫跳上桌子，站在桌子上连拍了几张，赶快蹲下身去，害怕警卫人员发现。当胡锦涛转过身，在小黑板上用粉笔写下 16 个字，并领着小朋友们朗读"一方有难，八方支援。自力更生，艰苦奋斗"时，大胆站在桌子上，一连按动了快门，其中一张就是见报的一版大图。

混进帐篷当陪床，窝藏老乡背后抢拍照

当时，我估计胡锦涛肯定要到兰州军区第三医院，武警陕西省总队医院医疗队帐篷，但我只能放弃武警陕西省总队医院帐篷，拍的太多势必让警卫反感。

我提前又进入兰州军区第三医院帐篷，坐在第二个病床上，把相机藏起来，给灾民陶琼秀说明我的想法，希望她能配合一下。10 多分钟过去了，还不见胡锦涛到来，我心里有点担心，帐篷里的军医和我的心情一样都想见到胡锦涛，希望胡锦涛到他们帐篷来。

"来了，来了……"帐篷外有人说。这时我准备好相机，坐在陶琼秀病床上（床板就在地上放着），胡锦涛刚一进来，我就开始拍照，一连又是几张，等随同记者进来时，我已抢拍了数张。这时，我被警卫人员提起衣服领子拉出来了，"你咋混进来的？"我想这下完了，相机卡肯定要被没收。

我被拉出帐篷，笑着说："我是来采访的，没有捣乱……""别说了，把卡给我就行，今天就你不听话，跑得最快，我们两个人都盯不住你……"两名警卫严肃地说。

我微笑着说："我都等了两天了，没吃一口饭，我马上就走，再不拍了……"说罢，我撒腿就跑，钻进灾民帐篷里时，我这才发现满身都是土，十分狼狈。翻看着自己近距离拍到胡锦涛的照片时，忐忑不安的心才放下来，"成功了，成功了！"

这时，才想起郝建国不知道拍得怎么样，人在哪里？就在这时，胡锦涛好像要走，我这时又来精神了，钻出灾民帐篷，拿出相机拍到了胡锦涛挥手道别的照片。

6 月 1 日，经中国地震台网中心证实，5 月 31 日 15：34：21 发生一起 4.0 级地震，震中位于四川省青川县（北纬 32.6 度，东经 105.4 度）。而当天胡锦涛所在的金山寺村距离震中直线距离仅二三十公里。而 5 月 31 日 15 时 34 分许，胡锦涛在广坪镇金山寺村帐篷小学里，向灾区和全国小朋友祝贺

"六一"国际儿童节快乐。

金山寺村82岁的王彦忠老人说:"我们这次受灾后,政府给住的、吃的、穿的、盖的,我们打心眼里感谢。胡总书记来看望我们,是心疼灾民。"灾民许明莲说:"见到胡总书记后,我特别特别的高兴,他好比父母那么亲切。"

支持重建,县信用社主任两次给灾民鞠躬

6月2日,宁强县首批35户灾民集中安置点开工建设,汉源镇亢家洞村开工现场没有红地毯,没有剪彩,只有党员突击队红旗飘扬在工地,这种场面激励、鼓舞着灾民重建家园。宁强县信用联社主任两次向受灾群众鞠躬表态,全力以赴支持灾后重建。

李友平是该村灾后重建中领到第一笔贷款的,宁强县信用联社设立现场办公点方便灾民,当场发放贷款。信用联社主任王昌荣说:"大家受灾后,一不等二不靠,全力以赴搞自救,在此我向大家表示最崇高的敬礼和慰问……"说完,他向受灾群众深深鞠躬。

"大家有什么困难可以直接找我,我们会全力以赴支持灾后重建的。"说完,王昌荣又深深鞠了一躬,这种行为让在场所有人深受感动,大家心里都觉得很温暖。

首批灾民集中安置点是经过认真规划的,对新建房屋抗震实施6级设防,灾后重建项目一定要经过城建部门规划、放线,对房屋建设质量全程监控。

汉源镇党委书记李成斌说:"对于启动建设问题,我们乡镇府已有计划,这次灾后重建的所有材料,由乡镇府担保统一进购,砖、木料、水泥等材料,等国家补助资金下拨后,再偿还材料款,一定要让灾民放心开展灾后重建。"

采访手记:

在宁强灾区采访的18天,发生了很多令人难忘的事情。吃了很多苦,受了很多罪,但这些都算不了什么,相比前去四川灾区的同人好多了,他们是好样的,值得学习。

在灾区,我亲眼看到灾民受损的房屋,暂时过着比较艰苦的生活,但他

们十分乐观，"房子倒了不要紧，只要活着什么都会有的，慢慢来吧……"

高三学生集中在帐篷里坚持学习，那种无形的力量震撼着我，面对灾难，同学们没有畏惧，依然和命运抗争……还有机关事业单位干部在帐篷里坚持办公，市民默默地和灾难斗争，一切都显得十分坦然……

地震，让人对自己以前的生活和工作态度也进行了反思。

宁强县宣传部有关负责人这样评价说：一次地震，让人们原本冷漠的双眼流下了热泪；一次地震，唤醒了人们内心深处善良的本性；一次地震，让我们失去很多，也得到了很多。我们的心灵受到洗礼，我们的爱心重新集结。在和平时代互相冷漠甚至钩心斗角，可一旦面临大灾难、大危机，人们捐弃前嫌，万众一心。在那一刻，所有的人都感到有一些东西在内心被唤醒，在内心深处都显示出了最本性的善良——责任、良心、亲情。

"这次地震让政府和民众站在一起，上下一条心拧成一股绳，共渡难关；更重要的是，这次灾难可能孕育着社会进步的巨大可能性。"

也许真是这样，一场地震，一场灾难，没有震垮宁强人，却改变了宁强人。改变了他们对事物的看法，对生活的态度，乃至对价值观的审视……

胡锦涛总书记在陕西省榆林市考察工作

陕北的深秋，天高云淡，层林尽染。2008 年 10 月 28 日至 29 日，中共中央总书记、国家主席、中央军委主席胡锦涛来到陕西省榆林市，在陕西省委书记赵乐际和省长袁纯清等陪同下，入农户、进企业、登沙丘，就贯彻落实党的十七届三中全会精神、促进经济社会又好又快发展进行深入调研。

党的十七届三中全会对新形势下推进农村改革发展做出了全面部署，胡锦涛高度重视全会精神的贯彻落实，28 日下午一到榆林，就风尘仆仆前往榆阳区小纪汗乡考察。

小纪汗乡大纪汗村这几年以玉米为主的种植业发展很快，村民周世清就是玉米种植户。他家的院子里、房顶上，都晾晒着新收获的金黄色玉米。

总书记走进周世清家，拿起沉甸甸的玉米察看，详细询问他家种了多少玉米、国家给种粮农民的补贴政策落实没有、今年收成如何、日子过得怎么样……

周世清告诉总书记，全家种了 30 多亩玉米，种粮补贴都拿到了，今年收成很好，家里的日子过得很红火。

胡锦涛脸上露出了笑容，他说："民以食为天。我们国家有 13 亿人口，粮食问题始终是头等大事。前不久召开的党的十七届三中全会出台了一系列扶持粮食生产的政策措施。今后，国家给种粮农民的优惠会越来越多，粮食最低收购价会稳步提高，种粮补贴会逐步增加，真正让农民兄弟从种粮中得到更大的收益。"

在谈到乡亲们十分关心的农村土地承包经营时，总书记说："这次中央全会通过的决定明确，农村现有土地承包关系要保持稳定并长久不变，同时允许农民按照依法自愿有偿原则，以多种形式流转土地承包经营权。在这一点上，请乡亲们放心！"

"中央的好政策让我们农民吃了定心丸，我可以放心在土地上进一步投资了！"周世清高兴地说。

提高粮食生产能力，推广农业机械化，大力发展生猪养殖，加快提高村民农业科技素质……57 岁的村支书张发林向总书记一一汇报村里今后的发展规划。

胡锦涛高兴地为大纪汗村的未来发展鼓掌。他说："有党支部的坚强领导，有全体村民的共同努力，相信你们一定能把粮食生产搞好、把养殖业搞好，使大家尽快富裕起来！"

小纪汗乡黄土梁村发展养殖业远近闻名，全村温棚养猪 1 万多头、舍饲养羊 11 万多只。村民们通过发展养殖业，走上了致富之路。

在这个村的生猪养殖大户刘世平家，胡锦涛走到一排排整洁的圈舍前，察看生猪饲养情况，向主人了解生猪品种、疫病防治、市场价格和生猪养殖补贴政策落实情况。刘世平家用自己种的玉米做饲料，大大降低养猪成本，一头猪能净挣 600 多元，今年全家收入可望达到 40 多万元。得知这个情况，总书记由衷地说："听说你家通过养猪，收入越来越多，生活越来越好，我们感到很高兴。中央扶持生猪生产的政策会保持稳定，你们可以放心。希望乡亲们依靠科学技术，搞好品种改良和疫病防控，把生猪养殖业发展得更好，得到更多的收益。"

在考察农村时，胡锦涛对省里的负责同志说，党的十七届三中全会通过的决定，适应了农村经济社会发展的阶段性特征和亿万农民的共同心愿，对推进农村改革发展做出了全面部署。全党同志要认真学习、深刻领会、全面贯彻。要坚持把建设社会主义新农村作为战略任务，把走中国特色农业现代化道路作为基本方向，把加快形成城乡经济社会发展一体化新格局作为根本要求，扎扎实实做好农村改革发展各项工作，努力开创农业、农村、农民工作新局面。

榆林市煤炭等矿产资源十分丰富，是国家新型能源化工基地，已经建成超亿吨煤炭生产基地、亚洲最大的天然气净化装置和国内最大的甲醇生产基地。

29日上午，胡锦涛来到位于神木县的锦界煤矿考察。在煤矿生产指挥中心，胡锦涛详细了解企业的运营、销售、安全生产等情况。总书记对煤矿干部职工说："现在全国煤炭需求量很大，特别是电煤供应比较紧张。你们矿为发电厂直接供煤，希望同志们着力加强科学管理，不断提高生产能力，同时加大安全生产投入，坚决落实安全生产措施，努力保持企业良好运行状态，真正实现既多采煤、又保安全的目标。"

离开锦界煤矿，胡锦涛又考察了邻近的国华锦界发电厂。这家发电厂将锦界煤矿生产的煤炭转化为电能，是榆林市能源化工基地建设的标志性项目。总书记走进发电机组集控室，同企业负责人、科研人员亲切交谈，仔细询问企业生产运营、技术攻关等情况。听了企业负责人的汇报，胡锦涛赞许地说，你们企业采取煤电一体化模式，实现了煤炭资源就地转化，减少了运输压力和环境污染，符合我国能源产业发展方向。总书记特别强调，冬季用电高峰马上就要到了，作为"西电东送"的重点项目，希望你们全力以赴搞好生产，努力增加电力供应，为缓解我国能源紧张状况发挥更大的作用。

陕西神木化学工业有限公司是一家大型现代化煤化工企业，也是我国大型煤制甲醇生产基地之一。胡锦涛详细考察了这家企业的60万吨煤转甲醇项目建设情况，向技术人员了解项目的生产流程、工艺和技术。总书记说，我国石油资源短缺，煤炭资源丰富，煤化工业有着广阔的发展前景。希望你们大力推进自主创新，加强煤炭资源的深度开发，为优化我国能源结构，维护国家能源安全，实现经济社会可持续发展做出更大贡献。

榆林市地处毛乌素沙漠和黄土高原过渡地带，是黄河中上游水土流失最严重的地区之一。胡锦涛非常关心榆林市的环境治理工作，特地来到一处治沙点，登上沙丘实地了解这里治沙造林和生态建设情况。

新中国成立以来，经过一代又一代人努力，榆林先后建成总长 1500 公里的 4 条大型防风固沙林带，860 万亩流沙有近 740 万亩得到了固定、半固定，初步实现了区域性荒漠化逆转。

看到连绵起伏的沙丘已经种上一丛丛树木，总书记深有感触地说："榆林的实践表明，只要我们依靠科学，长期奋斗，就一定能够有效遏制风沙侵蚀，营造良好生态环境。希望同志们把这件利在当代、造福后人的实事办好，为建设祖国西北绿色生态屏障作出不懈努力。"

考察途中，胡锦涛听取了陕西省委和省政府的工作汇报。他强调，当前，我国经济发展的基本态势是好的。但是，国际金融市场剧烈动荡，世界经济增长总体放缓，国际经济环境中的不确定不稳定因素明显增多，同时国内经济运行中也存在一些突出矛盾和问题。我们必须坚定信心、振奋精神，完善政策、扎实奋斗，继续着力扩大内需特别是消费需求，继续大力转变发展方式、调整经济结构，继续强化农业基础地位，继续深化改革开放，努力保持金融稳定，保持经济平稳较快发展的良好势头。

胡锦涛特别关心陕西地震灾区的灾后恢复重建工作进展情况，他叮嘱省里的负责同志，一定要周密安排、做好规划，扎实搞好受灾群众住房建设，加快推进灾区基础设施和公共服务设施建设，切实安排好受灾群众基本生活，特别是要确保灾区群众安全过冬。总书记还要求各级党委和政府热情关心灾区基层干部，采取有效措施支持他们做好工作，帮助他们减轻压力、恢复体力，保持身心健康，使他们真正感受到组织的温暖。

中共中央政治局委员、中央书记处书记、中央组织部部长李源潮，中央书记处书记、中央政策研究室主任王沪宁一同考察。

（孙承斌 文）

《新华社》（2008 年 10 月 31 日）

"总书记让人感觉那么温暖"

"我做梦都没想到胡锦涛总书记会到我们家里来！胡总书记说话的语气非常柔和，感觉那么温暖，我们一家人心里非常高兴，当时的感觉无法用语言来形容……"10月28日晚，周世清向华商报记者讲述胡锦涛总书记来他家的感受时仍很激动。

总书记笑了，周围的人都笑了

周世清是榆林市榆阳区小纪汗乡大纪汗村人，夫妻俩有一儿一女。"那天总书记穿着非常朴素，黑夹克，蓝裤子，黑皮鞋，皮鞋已磨得发皱，我怎么也没想到……"周世清说。

在周世清家里，总书记问的都是老百姓关心的话题。他询问村民粮食补贴到位没、养猪养羊收入高低、玉米产量和日常生活怎样等问题。周世清回答总书记说，粮食补贴全部到位，种一亩地补贴30元、购买粮种、化肥、农机具补贴50%；养一只羊的年纯收入在150元左右，他家养了300多只，卖掉130多只，纯收入在2万元左右；养猪的年收入2万多，30亩玉米收入2万多元，再加上儿子的收入，"我们家年纯收入在8万多元，在村里算得中上收入，日子过得还是比较幸福。"他的爱人争着说。

周世清说，当他一口气把总书记的提问回答清楚后，胡锦涛开心地笑了，周围在场的人都笑了。最后，总书记还问了村民有啥需求，几位村民说，这次看到党的十七届三中全会上，国家对农民承包的土地经营权长久不变后，"我们农民心里十分高兴，大家敢在土地上大胆投入，加快了富裕步伐。""我给总书记提了两个问题，一是让土地再改良增产，提高农作物的机械化程度；二是陕北畜牧业比较发达，我们要开办现代化肉食品加工厂，把陕北的畜产品销往国外。"周世清说，这一点需要政府扶持他们发展。

政策放宽了，大家要好好干

在小纪汗乡黄土梁村四组，胡锦涛受到村民们的热烈欢迎。总书记来到村民刘世平的养猪场。刘世平说："我当时激动得眼泪都快要掉下来了，总书记的手非常温暖，我双手紧紧握住不放，满心都是高兴的……"

刘世平介绍，总书记一下车就向大家问好，然后直接去了养猪场，询问生猪行情，并对大家说："现在国家政策放宽了，土地到农民手里，大家一定要好好干。"他的一番话语，引得在场群众阵阵掌声。

刘世平的孩子刘媛媛、刘亚军姐弟俩那天十分高兴。总书记问刘媛媛："以后的理想是什么？""好好学习，一定考上好大学。"刘媛媛是当地中学高一学生，学习成绩很好。刘亚军是小纪汗乡中学初二学生，胡锦涛关心地问他："学校课本学杂费免了吗？""没有收钱，都免了！"胡锦涛接着又问："每天伙食有补助吗？"刘亚军回答："补一块五毛钱。"

刘世平的弟弟刘高成说："我把给总书记准备的水果全部分给村民，每人一个，有大枣、花生、葡萄、苹果，人太多了分不过来，然后几个人分一个苹果，大家十分开心！"

总书记离开刘世平家两个多小时后，刘世平还沉浸在激动之中。他说："招待过总书记的茶杯我就想原样保留，地板、茶几都舍不得收拾……"他的一番话逗得几位村民笑了起来。

华商报（2008 年 11 月 1 日）

（作者注：时任中央组织部部长李源潮现任国家副主席；时任陕西省委书记赵乐际现任中央组织部部长；时任陕西省省长袁纯清现任中央农村工作领导小组副组长；时任汉中市委书记田杰现任全国政协提案委员会副主任；时任汉中市市长胡润泽现任西安市委常委、副书记；时任榆林市委书记李金柱现任省人大副主任；时任榆林市市长胡志强现任榆林市委书记；时任宁强县委书记张雁毅现任汉中市委常委、政法委书记；时任宁强县县长周景祥现任汉中市副市长；灾民赵莎莎已就读陕西省中医药大学。）

深度调查 21

一起特大煤气中毒事件致 11 个女学生永远地离开了我们，血色残阳，定边在哭泣，在流血，在流泪……时间定格在 2008 年 12 月 1 日晚。

这种痛让前来抢救的榆林市委书记李金柱动容，寒风拂乱了他的头发，焦虑不安；哭号声始终笼罩着陕北安边乡镇卫生院的每一个角落。刘莉的母亲白凤梅晕倒了，经过简单救治后，又跑回女儿身旁，拉住女儿的手继续哭号……

唯一幸存者蔡毛毛，至今让华商报记者牵挂，2014 年 7 月 22 日，华商报记者前往蔡毛毛家里看望了她，孩子恢复不错，但却落下了严重的后遗症，有时候还会短时间昏厥……

这种痛楚让人揪心不安，但蔡毛毛依然和疾病顽强地斗争着，活着就有希望，就有未来……

陕西定边学生宿舍特大煤气中毒事件调查

11 个女娃娃就这样走了

- 一女生因半夜起床透气中毒较浅仍在抢救
- 6 名相关人员被控制
- 省长袁纯清批示：确保学生生命安全
- 榆林彻查事件原因

■ 教育部紧急通知：学生宿舍尽快安装一氧化碳报警装置

定边县堆子梁镇中学 2008 年 12 月 1 日晚因炭炉取暖发生 12 名女学生一氧化碳中毒事故，11 名学生抢救无效死亡，另一名女生蔡毛毛经抢救后情况还不太稳定。

中毒的均为四年级女生

堆子梁镇中学是初中和小学合在一起的九年制学校，发生一氧化碳中毒的 12 名学生均为四年级学生，同住一个宿舍。昨日早晨 7 点多，学校发现学生中毒后，定边县委、县政府立即组织医护人员赶往学校。8 时左右，将中毒学生就近转移到安边镇中心卫生院抢救，其中一名生命体征明显的学生蔡毛毛转移到定边县医院抢救。榆林市委书记李金柱和市长胡志强得知情况后，立即赶赴现场，指挥抢救和安抚工作。

幸存女孩曾 4 次停止心跳

昨日中午，11 名学生抢救无效死亡，转入定边县医院的蔡毛毛虽然状况逐渐好转，但情况仍十分不稳定，尚未恢复神志。

记者昨日下午赶到定边县医院时，蔡毛毛插着呼吸机，躺在住院部 7 楼的 ICU 病房内。据医生介绍，在抢救蔡毛毛的过程中她的心脏停搏了 4 次。县医院的孙主任说，三四天后，才能确认她是否度过危险期。

据医生了解，幸存的女孩是因为在睡到半夜时，觉得不舒服，起床到外面透了一会儿气，所以中毒比较浅。

12 名县级领导安抚家属

目前，遇难者家属都被安置在安边镇中心卫生院，县上安排了 12 名县级领导和县有关部门、安边镇、堆子梁镇干部以及中毒学生所在村村干部组成的 12 个工作组，分别做好家属安抚工作。

探访现场：炉子旁的煤块被点燃

第一个赶到现场的学生家长刘志会说，7 时 10 分，大女儿打电话说妹妹出事了，他到达后看到多名学生嘴角流血，没有呼吸，只有一名学生眼珠动着。

昨日中午，记者在现场看到，出事的女生宿舍已被警方控制，不到 13

平方米的宿舍里，摆放着 6 张架子床，进出通道宽度大约有 20 厘米，人只能侧着身子进去。

宿舍里放着一个炉子，烟囱在距地面 30 厘米处，炉子东边床铺下就堆放着煤块，床板已被点燃，被子也被烧了，几双鞋子也没来得及穿上，散落在宿舍里。

据现场有关人员分析，引起中毒的主要原因是：学生在封堵炉子时，可能把燃煤块掉在了地上却没有发现，而学生床板底下就堆积着煤块。学生入睡后，燃煤把堆放的煤块点燃，产生大量有害气体，煤块燃烧并引燃了床板、被褥等。

11 朵凋零的花蕾

一夜间，恶毒的一氧化碳夺走了 11 个活泼的生命。她们大都与父母分别还不到 48 小时。再见时，却只能泪眼以对，阴阳相隔。

11 张曾经的笑脸，个个不能被忘记。

王帆
考个好成绩，加油，加油
11 岁　堆子梁镇庙湾村人　独生女

王帆，父母离异，父亲王广林在内蒙古自治区打工，王帆是和爷爷王万乐一起长大的。因为住校，只有周末才能回家。王帆还不会洗衣服，每次回家，王万乐都会把孙女穿脏的校服清洗干净。出事时，王帆还穿着干净的校服。而父亲接到电话后，正在赶回定边。

王帆很乖，学习成绩从没让爷爷和父亲操心过。据王帆的姑父回忆，虽然只和王帆见过四次面，"但娃娃很听话，见了大人主动问好，让人喜欢。"

在王帆桌子上有一张纸条，上面写着："我一定要超过班里最好的学生，当个好学生，取个好成绩，加油，加油，我的目标。"期中语文考试满分 100 分的试卷，王帆考了 98 分。

王小月
无论谁来叫我玩，我都在学习
11 岁　堆子梁镇仓房梁村人　双胞胎

不论刮风下雨，每到周五，王勇都会定时接他的双胞胎女儿回家，周日下午再送去学校。而他对王小月姐妹的疼爱，"几乎到了只要孩子要零花钱，父亲就会给。"王小月的姑父纪生蓝回忆。

虽然学习成绩不在前列，但包括纪生蓝在内的家里人都很喜欢王小月。"孩子年纪小，但性格活泼，能说会道，常来我们家串门。"纪生蓝说，王小月爱吃苹果，"上次到家里串门，还给她拿了不少呢。""我的目标是学习，无论谁来叫我玩，我都是在班学习，到了放假的时候，考个好成绩。"这是留在王小月文具盒上的文字。

王莹
周末走回家，爱好有很多
10 岁　堆子梁镇庙湾村人　小女儿

因为父亲忙碌，王莹有时会在周末走回家。在家的时候，除了复习功课，她的爱好很多。但面对记者，父亲已不愿再回忆有关更多的细节，他已经心力交瘁。"我们都是善良的人，善有善报，这种事情咋能发生在我们身上……"王莹的亲人非常激动地说。

席海涛
念书的钱都是妈妈辛苦挣来的
10 岁　堆子梁镇仓房梁村人　小女儿

让家人引以为傲的是，席海涛的成绩总是名列前三。周末放假回家，她也很少出去玩，总是自觉地坐在书桌前复习功课。

除了学习，席海涛空闲时经常帮着父母收拾屋子，虽然只是扫地等简单的活，但这个懂事的女孩，让父母欣慰。而妈妈做的家常饭，席海涛吃起来格外的香。

席海涛的文具盒上也有奋斗目标："我的目标是每次都能考上好成绩，

不让妈妈失望，我们念书的钱都是妈妈辛辛苦苦挣来的，如果我们不好好学习，就浪费了妈妈和爸爸的钱，同学们我们一定要好好努力地学习。"

马明霞
喜欢穿漂亮的新衣裳
11 岁　堆子梁镇菅盘梁村人　小女儿

马明霞的姑父说，孩子的学习从不让家长操心，因为成绩好，经常受到老师的表扬。周末回家除了学习外，会与村里的小伙伴一起玩耍。女娃子爱美，能穿上漂亮的新衣裳，是马明霞最高兴的时候。

武苗
回到家就给爸爸唱歌
11 岁　堆子梁镇庙湾村人　独生女

只要不忙，父亲武海贵总会在周末骑摩托接女儿回家，听武苗告诉他一周内学校里有趣的事。武苗的作文写得很好，"尤其是写景物和动物，很像。"武海贵回忆。

武苗在家的时候爱唱歌，常常唱给家长听。而各类水果，是女儿最爱吃的零食。

在教室后面黑板报上，武苗这样写道："老师您辛苦了，你每天都要做很多事，我要谢谢你。爸爸妈妈你们也很辛苦，每天起早贪黑的做事，我要谢谢你们。你们辛苦了。"

姚婷
因为家中贫穷，几乎不吃零食
11 岁　堆子梁镇庙湾村人　大女儿

姚婷是个活泼可爱的孩子，很懂礼貌，每次大伯姚立洲去学校看望她时，姚婷总是喊着"伯伯"跑过去，让他从心里疼爱自己的侄女。

因为家中贫穷，姚婷几乎不吃零食。周末回家，总是操心照顾身体有病的母亲。扫地，叠被子，给牲口喂草料……家务活姚婷总是自觉地完成。

刘莉
爱看动画片，爱吃苹果
11 岁　堆子梁镇庙湾村人　小女儿

每到周末，刘莉都是和在一个学校的姐姐结伴走 40 分钟回家。家庭作业多，父母不让她和姐姐过多地做家务，总是害怕影响两个女儿的成绩。休息时，刘莉爱看动画片，爱吃苹果。在父亲眼里，家常饭刘莉吃得特别香。

梁甜甜
喜欢画米老鼠和小白兔
11 岁　堆子梁镇仓房梁村人　大女儿

在四年级教室，梁甜甜的一幅漫画十分吸引人，那是一张米老鼠和小白兔的漫画，同桌说："甜甜喜欢画画，并且画得不错，经常帮助同学们画画。"

高梅
11 岁　堆子梁镇石庄村人

因过于悲恸，高梅的家长婉拒了采访。

孟婧
10 岁　堆子梁镇仓房梁村人

因过于悲痛，孟婧的家长婉拒了采访。

蔡毛毛：正在抢救中……
11 岁　堆子梁镇庙湾村人　二女儿

望着在 ICU 病房里抢救的女儿，蔡兴强急得满头大汗，妻子在一旁靠着墙哭泣。家里穷，蔡毛毛从小懂事，不乱花钱，不吃零食。总是认认真真听讲，认真完成老师布置的每一项作业。

每隔几分钟，蔡兴强就透过玻璃往病房里望，他相信，女儿一定能渡过难关。

亲人祈求奇迹

"把砖给娃枕上能喘过气……"

家长们不愿意相信 11 个孩子的离世，他们守在冰冷的遗体旁，哭号着，盼望奇迹发生。

轻轻为孩子擦去脸上的血迹

下午 3 时许，当记者赶到安边镇时，距离安边镇医院 50 米远的两侧道路已被临时管制，所有车辆必须绕行通过。

医院外，围满了镇上的居民，当大家知道遇难的 11 个学生才上四年级，都只有十一二岁时，没有人愿意再多打听遇难的细节。"娃娃们，太可怜……"医院门口停满警车，不时有双眼红肿的家属，被人搀扶着走出来。

医院正对面的饭馆里，遇难学生王帆的爷爷王万乐就坐在里面。他赶到医院后，一直守在孙女的遗体边，水米未进。直到下午 3 时，才被亲戚拉到饭馆里。热腾腾的羊肉粉条和馒头放在手边，王万乐却一直弓着腰坐在椅子上，筷子动也没动，只有疲惫的眼神盯着碗。干裂的嘴唇许久才动了一下，"娃娃可是个独生子……"

直到亲戚把筷子和蒸馍硬塞到他手中，王万乐才机械地夹起点肉，塞进嘴里，嚼也没嚼就咽了下去。那顿饭，他只吃了那么多。

没过 10 分钟，王万乐又回到孙女王帆的遗体旁守着，轻轻地为她擦去脸上残留的血迹。

娃呀，你快点醒过来……

王帆的遗体暂时停放在安边镇医院露天的院子里。在她身旁不远处，还放着她的 3 位同学幼小却已冰冷的身体。

尽管 4 位学生的身体都已冰凉，但家长们都没给孩子盖上白布，仍把氧气管放在她们的鼻孔里。在家长看来，女儿是因为缺氧出事的，只要不断供氧，孩子们就有活过来的希望。

虽然告诉他"娃娃已经不行了",但王万乐还是蹲在孙女身边,紧紧握住她的手,一会摸摸她的额头,一会摸摸她的腹部。王万乐甚至带来了孙女的衣服给她穿上。他希望在氧气、双手和毛背心的作用下,孙女的体温能逐渐回升。但当他一次又一次贴近孙女的胸口时,听到的只有可怕的安静。

哭号声始终笼罩着院子的每一个角落。刘莉的母亲白凤梅晕倒了,经过简单救治后,又跑回女儿身旁,拉住女儿的手继续哭号。

突然,白凤梅想到了什么,高声喊着亲戚快把院子里的几块砖搬过来,"……给娃娃枕上……能喘过气……"接着,这个无助的女人又陷入了悲恸中。孩子的姑姑在一旁望着侄女抽泣:"娃呀,你快点醒过来……"

哭泣,比寒冷更让人无法忍受,它夹杂着阵阵冷风逐渐飘出院墙,笼罩着这个陕北高原的小城。

远处,天色渐暗,残阳如血。

(合作作者 冯强)

6 名相关人员被控制

榆林市委市政府要求彻查事件原因

昨日上午,定边县采取果断措施,对学校的 6 名相关人员实行行政控制,他们分别是校长赵秉宏(音)、副校长韩惠龙、政教主任王丁、值周老师王喜锐及倪己录,班主任宋晓燕(吓得精神有点失常)。

昨日中午,定边县教育局临时决定让校总务主任吴鹏宏主持学校工作。

事故发生后,定边县委、县政府召开紧急会议,要求全力开展抢救工作,尽最大能力抢救中毒学生;对事件责任人进行行政控制;立即启动特大安全事件处理预案,紧急成立了救助工作领导小组,设置医疗救助、善后处理、事故调查等工作组,立即开展紧急救助工作。定边县各级各部门立即开展地毯式大排查,重点对各中小学校冬季取暖情况进行安全检查和安排。

榆林市委书记李金柱和市长胡志强指示:不惜一切代价,全力抢救中毒学生;采取得力措施,全方位做好善后处理工作;从中吸取沉痛教训,在全市迅速开展冬季安全生产大检查,防止类似事件发生;要彻底调查清楚事件原因，追究相关人员责任；做好社会稳定工作，确保一方平安。

各地行动

西安连夜发紧急预警：提醒市民及学生严防一氧化碳中毒

昨晚，西安市卫生监督所、西安市疾病预防控制中心发出紧急预警，提醒市民及学生严防一氧化碳中毒。

冬季是一氧化碳中毒的高发季节，进入冬季后，气温下降，气压较低，室内空气流动性差，居民家庭、学校、施工工地、餐饮娱乐等营业场所因使用煤炉等直接燃烧取暖设备、柴油发电机以及餐饮用火锅等引起的一氧化碳中毒事件时有发生。

卫生部门在预警公告中提出了 7 项注意，提出城乡居民及单位应对烟筒和烟道口进行检查，对残存的灰垢进行清理；应注意燃气热水器或煤气的正确使用方法；不要躺在门窗紧闭、开着空调的汽车内睡觉；有火锅的就餐和加工场所、学校宿舍以及歌舞厅、茶座、网吧、咖啡厅等场所应更加注意通风换气等。

各地加强校园安全检查

定边事故发生后，宝鸡、安康、铜川、汉中等市发出紧急通知要求学校加强学生宿舍安全管理。

安康要求教育部门要督促学校加强安全值班，做到值班人员、值班时间、值班职责和监管检查四落实。宝鸡市渭滨区紧急通知要求各学校加强寄宿生安全管理工作。铜川、汉中、商洛不允许学校用蜂窝煤炉取暖，铜川一些学校还和在校外居住的学生家长签订安全协议，保证学生们安全不受到威胁。咸阳市教育局已经特别对使用火炉取暖的学校认真进行安全排查。渭南城区学校普遍采用水暖方式供热。

中毒症状

重度中毒会迅速昏迷。

煤炉、炭炉等在室内使用时，如果空气充分，一般只会产生二氧化碳，只有在空气流通不畅、氧气不足时，才会产生一氧化碳。

轻度中毒患者：

会感到头疼、头晕、乏力等头部不适症状。

中度中毒患者：

会产生严重头疼、面色潮红，恶心、呕吐、口唇呈樱桃红色，步态不稳、脉快、多汗、烦躁、四肢无力等全身症状。

重度中毒患者：

除上述症状外，会迅速陷入昏迷，各种反射减弱或消失、肌张力增强、大小便失禁、口吐白沫、惊厥、呼吸困难，甚至会脑水肿、肺水肿、心衰等。

综合预防措施

西安卫生部门在预警公告中提出了7项注意：

1. 城乡居民及单位应对烟筒和烟道口进行一次检查，对残存的灰垢进行清理；

2. 夜晚睡觉前要将取暖煤炉的煤炭烧尽，不要闷盖，煤炉要安装烟筒；

3. 燃气热水器或煤气、燃煤、燃油设备等不应放置于人居住间或通风不良处，宜经常保持室内良好通风状况；

4. 应注意燃气热水器或煤气的正确使用方法及保养，随时注意是否完全燃烧；

5. 自动点火的煤气具在连续未点燃时，应稍等片刻，让已流出的煤气发散后再点火，注意检查连接煤气具的橡皮管是否松脱、老化、破裂、虫咬；

6. 不要躺在门窗紧闭、开着空调的汽车内睡觉，空调车在停驶时开空调切不可将车窗全部关闭；

7. 有火锅的就餐和加工场所、学校宿舍以及歌舞厅、茶座、网吧、咖啡厅等场所应更加注意通风换气。

救治方法

1. 发现中毒者立即移到通风处；

2. 救助者进入和撤离现场时应俯身或匍匐前进，严禁携带明火；进入现场后应迅速打开门窗通风，切断煤气来源。

- 轻度中毒的病人：应将其迅速移至空气新鲜通风处，但要注意保暖，可以喝些糖水、萝卜汤等热性饮料。
- 重度中毒者：将其头部偏向一侧，以防窒息，并迅速送医院。
- 中度中毒者：及时进行人工心肺复苏，即体外心脏按压和人工呼吸。

哭泣的定边

12 月 2 日，陕北高原上的定边县，干冷而晴朗。但再强烈的阳光也温暖不了 11 个冰冷的身躯。阵阵吹过的寒风，只会让悲恸的心愈加冰凉。

从这个早晨开始，伤痛逐渐覆盖在这个高原县城，并扩散开来。也许，天堂里不再有炉火的危险，不再有致命的一氧化碳，只有温暖的阳光和 11 个孩子天真的笑脸。

但，一切都是也许。只有医院里刀锋般刺痛人心的哭号，一次又一次提醒着我们，远走的，是 11 个不到 12 岁的豆蔻年华的孩子。

堆子梁镇，在定边县属于贫困的乡镇。

9 时 25 分，记者接到知情者第一个电话说："定边昨晚发生煤气中毒事故，12 名同宿舍的小学女生生死未卜。"12 名女学生为何都是住校生呢？还没等反应过来，10 时 9 分，在安边镇中心卫生院看病的刘先生说，11 名女学生全部死亡。悲恸刺激着我的心房，11 条鲜活的生命就这么走了，让人不敢相信是真的。

12 时，我们的采访车到达安边镇中心卫生院。眼前的一切让人感觉悲凉，住院部门前广场上摆放着学生，每个学生嘴里都插着氧气，家长们几乎哭死在地上，"我们都是善良的人，为何遭此报应，老天爷太不公平，还不如让我们大人去死，孩子太可怜……"

现场的医生也无所适从，本该在病房里救治孩子，但因一氧化碳中毒需要在通风处救治，孩子们只能放在院子里。医生只好眼睁睁地站在一旁，看着学生家长哭泣，医生焦急的表情让前来指导救援的榆林市委书记李金柱感到不安。

多次在事故现场、多次在公共场所，多次见到李金柱，可是这次看到的是他十分焦急的眼神。"第一时间知道消息我很紧张，学校是十分受人关注的领域，不同于交通事故，不同于山体滑坡，陕北几十年来，学校都存在取暖的问题，出了这种事情我们非常内疚，生命为天，抓紧时间抢救……"李金柱说。

"我们要让家属感到温暖，要爱护关心家属，12 个工作组要一对一做好安抚工作，对符合还可生育的夫妇，政策上给予优先照顾，让学生家长有生活的希望……"

2006年后，12个孩子从4个不同的村办小学聚集在堆子梁镇中学，成了好朋友。惨剧，让这个班的学生锐减了四分之一。当再次开课时，班级右上角的座位会是一片空白——12个女孩，平日就坐在那里。

教室的黑板报上，还留着她们的文字。其中，有孩子提到要好好学习，不辜负父母的艰辛付出。大家不愿将这段话转述给她的家人，因为大家实在不愿给"白发人送黑发人"这世间最悲惨的伤口上，再撒上一把盐。

尽管女儿们的身体已经彻骨的冰冷，但家长却坚信，孩子们只是睡过去了，只要不断供氧，她们缺氧的身体会再次活动起来。于是，氧气始终插在孩子的鼻孔里，家人握着女儿的手，轻轻擦去女儿脸上的血迹和灰尘。一边擦，一边哭，一边呼唤着女儿的名字，即使悲恸得昏厥，眼中仍泛着泪花。

那一刻，家长只能做那么多，但他们把全世界的希望都寄托在氧气、泪水和呼喊中……

然而，奇迹还是未能发生……

11岁的蔡毛毛还在顽强地与死神赛跑。我们期盼着奇迹的出现！

11个幼小而鲜活的生命离去了，我们祝愿她们在天堂里不再寒冷……

孩子，你的窒息撕裂我的心

2008年12月1日，对很多人而言，这个日子除了让人感到些许冬的寒冷之外，毫无出奇之处。但对于陕西定边的12个普通家庭而言，却是一个肝肠寸断、刻骨铭心的日子。在这一天里，12个孩子因晚上用炭炉取暖不慎致煤气中毒，在紧张抢救之后，11个花季的生命离开了这个美好的世界，还有一个至今苦苦挣扎在死亡线上。

这是一条让人窒息的消息，这种感受，可能与孩子们在氧气殆尽的房间里，走完生命最后时刻的窒息有所相似。11个孩子，11个小女孩——就这样走了。也许，在入睡之前，她们还在一起互相展示着自己的一条丝巾、一件新衣；也许，在躺在床上之后，她们还在一起谈着理想，说着自己喜欢的明星，畅想着城市孩子的幸福日子……但是，没等戴上自己的丝巾，没等穿上父母刚为她们买来的新衣，她们就走了，只留下冰冷的躯体。

无言沉默的孩子，尚来不及学习何为一氧化碳，尚来不及再看一眼这个承载自己无限梦想的学校，就悄然逝去了。11 个幼小生命的离去，撞击着我们每一个获悉了这个消息的人——因为，在去往天堂的路上，她们定会用稚嫩的声音问：为什么？

是啊，为什么？是失职，还是意外？

面对追问，作为成年人的我们可能会找出很多理由来为她们的离去写下注脚。比如，安全教育未见效果；比如，资金困难，难以实行集中供暖；还比如，校方及教师一时疏忽，未有保障校园安全之有力措施……

如此这般的理由，在惨剧之后我们可以找出很多很多，然而，为何我们总是看见不幸的事情一再发生？比如，2005 年 12 月 19 日夜晚，榆林市紫荆花大酒店一男员工集体住宿楼发生煤气中毒事件，致 7 人死亡，14 人住院治疗；比如，2008 年 11 月 14 日早晨，上海商学院徐汇校区学生宿舍楼发生火灾，4 名女大学生从 6 楼宿舍阳台跳下逃生，当场死亡……

历数这些深深镌刻于我们脑海抑或已开始淡去的惨剧，再看着一道又一道的惨剧之后的"紧急通知"，我们已悲伤得无力悲伤，甚至有些麻木。这，不能不是一种悲哀；这，不能不是一种伤痛。

尽管我们已看多了这般的惨象，尽管 12 个孩子的不幸遭遇足以让我们的评论语无伦次，但是，为了继续前行，我们必须告诉这些逝去的孩子：孩子，你的离去撕裂了无数人的心！

今天，当我们再次擦干眼泪的时候，我们必须要面对这个世界的一些不完美。只是，在面对之前，我们必须要以足够妥当的措施，让那些年轻的父母在孩子逝去之后能得到些许安慰；让其他的父母，能用含着微笑与慈爱的目光放心地看着孩子去上学、去行走、去长大……

《华商报》(2008 年 12 月 3 日)

11 个家庭各补偿 28 万

昨日，定边县相关领导和工作组与学生家长协商后，工作组参照有关规定给每个遇难学生家庭一次性补偿 28 万元人民币。

经初步调查，定边县堆子梁镇中学领导对学生一氧化碳中毒事故负有管理责任，校长赵秉宏已被撤职。

昨日下午 5 时许，有 9 名学生的遗体被护送至银川市殡仪馆火葬，2 名学生遗体被护送回家乡埋葬。

昨日下午，榆林市政府召开学校安全紧急电视电话会议，明确各县区政府主要领导是学校安全工作的第一责任人，分管领导是主要责任人，教育部门和学校主要负责同志是直接责任人。对学校发生的重大责任事故，要依法依纪严肃处理，首先追究"一把手"责任，决不姑息。同时，榆林市纪委派员进驻定边县对学生煤气中毒事故责任展开调查。

随着城镇化进程的加快和中小学布局的调整，榆林市寄宿制学校学生数量不断增加，目前已占中小学校学生总数的 34%，给学校的安全管理带来了新的困难。这次定边学生煤气中毒事件就充分反映出学校在安全管理工作中存在的漏洞。有的学校规章制度不健全，存在管理漏洞；有的学校硬件设施条件差，甚至缺乏基本的设备器材，物防、技防水平落后，缺乏必要的安全保障措施。

榆林市副市长刘建胜要求，各县区要尽快深入开展学校冬季取暖安全隐患集中排查和整治工作，特别是寄宿制学校，要指派专人负责煤炉、排烟设施的安装和管理工作。对采用锅炉取暖的学校，要严格按照国家对锅炉管理的有关规定，实行工作人员持证上岗，并定期对锅炉进行检查、调试、监控，确保锅炉正常安全运转。

校领导办公室暖气烫手

昨日，出事的定边堆子梁镇中学大门紧闭，只有确认身份后才能进入。在这个因为寒冷而发生事故，有着数十间教室和宿舍的学校，校领导办公室却供着暖气。

堆子梁镇中学有 500 多名学生。下午 2 时 30 分，铃声响起，正在操场上打闹的孩子迅速跑回教室开始上课。四年级一班位于教学楼一层，中毒的

12 个女孩，生前大都坐在教室的前排右侧。

这一节是科技课，老师教大家"如何搜集信息"，孩子们翻开书查找着内容朗读起来。而空着的 12 个座位上，课本还整齐地摆放在桌面上，只是那 11 个已逝去的孩子，再也翻不开课本，去搜集对她们学习有用的信息了。

事发后，12 个女孩居住的宿舍周围已拉起铁丝警戒，房子被封条贴住，烧黑的被褥丢在院子里，两名民警专职负责不让闲杂人等靠近。

学生宿舍有两排，五年级的一间男生宿舍里，炉内的炭火仍在燃烧。学生张风（化名）说，他们每天中午点着炉子，晚上睡觉前再熄灭。这样，产生的温度才能为熄灯后的宿舍保暖。说着，张风从床下拿出簸箕，把炉内的一些煤渣拨了出来，倒在门外。

除了宿舍，教室也用煤炉取暖，炉子放在教室前面，煤炭堆在教室后面。

然而，并不是学校的每一间房屋都用煤炉取暖。校内有一排贴着白瓷砖的办公室——校领导办公室，办公室没人，但里面却烧着暖气。进入办公室，暖气热得烫手，屋内温度至少在 23 摄氏度。

暖气旁，一盆植物绿油油的。

校领导办公室共有 6 间房子，分别是：校长办公室、两间副校长办公室、总务主任办公室、教务处办公室和政务处办公室。

省上通知：学校立即查安全隐患

省教工委、省教育厅昨日下发紧急通知，要求各学校立即展开拉网式冬季安全隐患大检查，做好学生冬季安全教育工作，确保学生生命和财产安全。

通知中指出，要注意检查学生宿舍、消防通道、楼梯口等事故多发处的安全隐患。寄宿制学校要注意做好冬季学生宿舍取暖、用电等安全检查工作，加大夜间值班巡逻和检查工作力度。检查中发现的问题和隐患，各学校要想方设法早日解决，消除安全隐患，杜绝意外事故发生。

西安举措

宿舍安装报警器费用由区县教育局出

西安市教育局昨日紧急召开全市教育系统安全工作专题会议，要求仍需采用燃煤取暖的学校，要尽快在学生宿舍安装一氧化碳报警装置，费用由各区县教育局出资解决。暂时安装不了的，须指定安全员定期对烟囱等通风设施进行清理和疏通。

西安市教育局纪委书记黄启成要求，要重点检查学校食堂、图书馆、阅览室等人员密集的场所，严禁学生接电线、接电器；检查电源、电路及配电室，防止线路老化或负载过大；审查学校集中供暖人员的资质，无资质的坚决予以清退。

据介绍，西安共有3200余所学校（含幼儿园），临潼等个别区县的个别学校用煤炉取暖。等专项检查结束后，教育局将研究拿出解决农村中小学取暖的具体办法。

现场检查给烟囱安上导风弯道

昨日，西安市及长安区卫生监督所、市疾控中心联合对长安区部分农村学校的取暖设施进行了检查。

昨日中午近12时，检查人员来到长安区斗门镇花园小学宿舍区。宿舍均是活动板房，有十几间，其中七八间门框上架着烟囱，最多的一间宿舍里住了40多个学生，房子中间放着一个大煤炉子，旁边有一堆炭。记者注意到，有炉子的宿舍都装有烟囱，烟囱经过的窗子也卸掉了玻璃，这样能保证一定的通风。

据该校李校长介绍，学校住宿生有350多名，其中用煤炉取暖的有100多名。每个宿舍除了有1名生活老师和学生一起居住，还有1名工人每天夜里检查宿舍，以防发生煤气中毒事故。

检查人员详细查看了每间宿舍的情况，仔细检查了烟囱设置是否安全，并指导学校工作人员给烟囱安装导风的弯道，以免发生煤气倒灌。

特别提醒：电子市场可买报警器

11名女孩一氧化碳中毒死亡，让许多西安市民在唏嘘的同时更提高了防范意识，昨日多位市民给本报打来电话询问：哪里有卖一氧化碳报警器的？

昨日下午4时，记者来到位于西安市劳动南路的高新电子市场，在一些销售报警器的商铺中找到了一氧化碳报警器。这种报警器市场价格不等，有45元、60元等好几种。当报警器检测到环境中一氧化碳浓度达到或超过预警值时，就会立即发出声光报警。

盼毛毛今晨能苏醒

2008 年 12 月 3 日，定边县下起了中雪，上天好像在为逝去的 11 个女学生哭泣……

令人感到庆幸的是，一直在医院被抢救的蔡毛毛度过了生命中最为难熬的时光。截至昨日下午 6 时，她的生命体征非常明显，尽管还处于浅昏迷状态，但她已经和死神赛跑了整整 36 个小时！

四次心脏停搏四次都挺了过来

12 月 2 日早晨，毛毛和同宿舍的另外 11 名学生被发现煤气中毒，生命危在旦夕。当时，其他 11 名女生心跳停止，唯独毛毛尚存呼吸、心跳。堆子梁镇中心卫生院的急救车紧急送她前往定边县人民医院接受治疗。

在前往县医院的路上，毛毛四次停止了心跳，死神曾经四次想夺走她幼小的生命！急救人员采取了心肺复苏、持续胸外按压等措施，她一次次都挺了过来，坚持到了医院，进入了重症监护室。

10 时 30 分，毛毛的手脚冰凉，体温 35℃，脉搏每分钟 158 次，呼吸急促，每分钟 35 次，高压 58mmHg，低压 35mmHg，呈深昏迷状态，对光反射迟钝，双侧眼球凝视，牙关紧闭，四肢肌力为 0 级，情况非常危急。

中午 12 时，榆林市第二医院的专家及时赶到，给救治增加力量。此时的毛毛处于中度昏迷，对光反射迟钝，角膜发射存在，四肢肌力仍为 0 级，双上、下肢肌张力低，刺痛时双上肢有定位回缩动作。

医务人员采取每隔半小时翻身、拍背、随时吸痰等治疗方案。

生命体征明显恢复到浅昏迷状态

2 日晚 7 时许，省上专家赶到定边县人民医院指导工作，建议继续采取脱水降颅压、脑代谢活化物支持等治疗方案。

昨日上午 11 时，毛毛的体温 37.5℃，脉搏每分钟 119 次，呼吸每分钟 18 次，高压 110mmHg，低压 70mmHg，各项指标已经趋于正常。"目前孩子的生命体征非常明显，心率、体温、血压、呼吸等几乎达到正常水平，但还不稳定，尽管目前恢复到了浅昏迷状态，但还未脱离生命危险。"昨晚，定边县人民医院重症监护室负责人说。主治医生说，毛毛自主呼吸已初步恢复，今晨有望苏醒。

傍晚时分，天空中再次飘起了小雪，温度降到了 –12℃。蔡毛毛还在医院接受治疗，顽强的生命依然在和死神赛跑……

但愿，死神早一些远离她而去，灿烂的微笑能重回她的脸上……

村庄如死般寂静

在这次堆子梁中学一氧化碳中毒悲剧中，庙湾村遭受了最惨痛的打击——12 名女学生中有 6 人来自庙湾村，其中 5 名孩子不幸死亡，唯一的幸存者蔡毛毛依旧昏迷不醒。

帮忙处理后事，村庄难觅人迹

昨日上午，黑云笼罩在村庄的上空，阵阵寒风如同刀锋般掠过地面，把棵棵荒草吹得打起卷，在村道上肆意打滚。

在庙湾村中心，有座没挂牌的院子，里面的几排房子算得上是村里的大建筑——这就是以前的村办小学。"2006 年以前，村子的娃娃在这里上学，学校撤销后娃娃都转到堆子梁镇去了，这里就基本荒下了。"一位村民说。

行走在村子里，耳朵里尽是划过地面的风声以及农家的狗叫声。人声尤其是孩子的欢笑声和打闹声很难听到。

据了解，庙湾村五六十名适龄的孩子都转到了堆子梁中学读书，只有周末才能回来与家人团聚。"现在出了煤气中毒的事，大家心里都凉透了，亲戚们大都赶到医院去帮忙，想见上娃娃最后一面。"

"我不要羊，我要我孙女"

顺着指引，记者走进死亡学生武苗的家。冰锅冷灶、家徒四壁是对这个独生女家境最贴切的描述。奶奶王贵琴独自一人坐在炕上，怀抱着一只刚出生却喝不上奶水的羊羔。

见有人进来，王贵琴没怎么说话就开始哭泣。断断续续地述说着可怜的家境和懂事的孙女。当记者询问靠养羊一年能有多少收入时，王贵琴猛然松开羊羔："我不要羊，我要我孙女……"

随后，记者又来到死亡学生王帆的家。平日，爷爷王万乐独自居住在那里，只有周末，屋子里才传出孙女的笑声。为了处理王帆的后事，王万乐已两天未回家，看门狗饿得即使见到生人也没力气吼叫，大黑猪一听见脚步声就开始兴奋，以为有人来喂食了。

孩子没了，希望破灭，飘着雪的村庄阴冷，如死般寂静。让我们记住这5个逝去的生命，她们是：武苗、王帆、姚婷、王莹、刘莉。

天堂里她们还是伴

昨日，安边镇医院内，8个死亡孩子的遗体都被抬到了病床上。

高梅的奶奶已开始为孙女清洗长发。她接来热水，一手扶住孙女的脖子，一手轻轻解开孩子的小辫子，用毛巾蘸着水，一缕一缕地擦拭着……

武苗的母亲马晓燕虚弱地靠在丈夫肩上，轻声唱起当地的歌谣，每一段的最后一句都是："娃娃，快跟妈妈回家吧……"

下午5时许，部分孩子的遗体即将送往银川火化。压抑、悲愤和哭泣似乎要掀翻安边镇医院的屋顶，每个孩子都穿上新衣服，看上去仿佛是在熟睡。

武苗的父亲武海贵说，孩子们生前是好朋友，一起上学，一起吃住，一起玩耍，"所以，家长想让娃娃一起火化，在天堂里还能相互陪伴……"

《华商报》（2008年12月4日）

校长等3人被刑拘

■ 定边县委常委贾枫等3人被免职，5人被控制

■ 幸存女生毛毛仍未苏醒，但已有痛苦表情并流出眼泪

■ 网友爆料：数十万元暖气改造费被截留，榆林市纪委展开调查

3人被免3人被刑拘

- 定边处理特大煤气中毒事件责任人，另有5人被控制
- 榆林将筹资2亿元解决381所农村学校集中供暖问题

免职：

定边县委常委贾枫、县教育局局长毛鑫、堆子梁镇党委副书记、镇长沈效亮

刑拘：

堆子梁镇中学校长赵秉宏、堆子梁镇中学副校长韩惠龙、四年级班主任宋晓燕

新闻回放

12月2日上午7时，定边县堆子梁镇中学师生上早操时，四年级班主任发现该班有12名女生没有出现。

7时20分，12名女生在所住宿舍内找到，已经不省人事，宿舍内有浓烈的烟煤味。

上午9时许，由于12名学生中毒严重，被转移到30公里外的定边县安边镇医院抢救。其中一位生命体征明显的被转至定边县安边镇医院抢救。

上午11时11分，4名学生抢救无效死亡。

上午11时40分，3名学生经抢救无效死亡。

上午12时10分，4名学生经抢救无效死亡。

死亡的孩子中，最大的只有11岁。

定边特大煤气中毒事故认定和责任追究已进一步明确，相关责任人受到处理。

昨日上午，中共定边县委研究决定，按照相关任免程序免去该县教育局局长毛鑫，堆子梁镇党委副书记、镇长沈效亮职务。对堆子梁镇中学校长赵秉宏、副校长韩惠龙、班主任宋晓燕依法刑事拘留，对另外5名涉案人员进行控制。

另外，榆林市委研究决定，免去定边县主管教育的副县长贾枫县委常委职务，建议定边县人大免去其副县长职务。

目前，11名中毒遇难学生的家属已全部签订了善后处理协议，陆续开始

处理遇难学生遗体。正在县医院抢救的女生蔡毛毛病情稳定，血压恢复正常，已由中度昏迷进入中度浅昏迷状态。

昨日中午，记者在定边县检察院看到，校长赵秉宏、副校长韩惠龙被检察人员带出大楼，两位校长表情木然，被一副手铐连着，两人随后被带上了警车。

由榆林市纪委牵头组成的工作组正对"12·2"学生煤气中毒事件进一步深入调查。榆林市县两级将多方筹集 2 亿元资金，到明年冬季来临前，彻底解决全市 381 所农村乡办初中、中心小学和九年制学校的集中供暖问题，从根本上消除学生冬季煤炉取暖隐患。

《华商报》(2008 年 12 月 5 日)

数十万暖气改造费被截留？

近日，凤凰论坛网友"严九器"爆料，定边县给堆子梁镇划拨的数十万元暖气改造专项资金被截留挪用。对此，榆林市纪委高度重视并已展开调查。

网友爆料取暖设备经费被截留

记者在该论坛看到了"陕西定边'烟煤中毒事件'不得不说的事实与真相"的帖子。

"曾经把在堆子梁中学求学的那段苦日子当作财富来对待，来记忆！但今天看到那些让人痛苦不已的照片与文字，听到朋友电话诉说自己亲戚家的小孩也不幸离开的消息，然后打电话给当地朋友了解到一些情况，得到的内情愤怒得让人无法呼吸！一些事实我情愿担着法律的责任来表达！愿有点正义感的人来关注，来改变，以期让我们所有的在寒冷中过冬的孩子有个安全温暖的冬天！"

该网友称，事件背后的内幕，据说是上面划拨 80 万元的暖气改装费用，没用到学校的暖气安装上！传说是政府的"sj"（无法准确知道是什么意思）截留了学校的取暖设备经费，从而埋下了安全隐患！又有网友爆料：县上曾经给堆子梁镇划拨 50 万元的暖气改造专项资金，但被乡镇一级截留挪用。

县教育局多少钱用于取暖不知情

对于是否有 80 万元取暖专项资金，定边县财政局局长王道虎透露，下拨给教育局的经费不止 80 万，"但具体用在哪些方面，哪个学校，财政局并不清楚，这是教育局负责划分的"。

而定边县教育局计财室一负责人介绍，每年由财政划拨给教育的经费有数千万之多，统称为"办公经费"。其中包括冬季全县各个学校的供暖费用。但划拨给堆子梁中学多少钱，这些钱是用于买煤炭，还是用于学校供暖设备的改造，该负责人称自己也不知情。

同时，县教育局一位工作人员介绍，因为煤价上涨，教育局在入冬前曾专门申请资金，用于补贴学校买煤取暖费用的空缺，"但钱有没有要下，大家都不知道，要问局长才能知道。"该工作人员说。

据了解，目前网友的爆料已引起榆林市纪委高度重视并已展开调查。

《华商报》（2008 年 12 月 5 日）

中央下拨专项取暖费　定边县教育局没收到

今年 10 月，中央财政曾下拨农村中小学公用经费（取暖费）补助资金 20.6 亿元，专用于北方地区农村义务教育阶段中小学校冬季取暖支出。中央下拨陕西省中小学专项取暖经费共 2.15 亿元，该项经费大约在今年 10 月底拨付到陕西。

据了解，此次冬季取暖费调整的适用范围为秦岭—淮河以北的黑龙江、吉林、辽宁、大连、河北、山西、山东、青岛、内蒙古、甘肃、青海、宁夏、新疆等 13 省（自治区、计划单列市）的全部地区，新疆生产建设兵团，江苏、安徽、河南、陕西省的部分地区，以及高海拔的西藏自治区。

财政部明确要求，有关地方财政部门要按照农村义务教育经费保障机制改革政策确定的公用经费中央与地方分担比例，及时足额落实应由地方财政承担的取暖费增支所需资金，尽快将补助资金预算分解下达，并适当向高寒地区和规模较小的学校倾斜。做好学校冬季取暖工作，确保师生安全过冬。

昨日早上，定边县教育局给县委宣传部提供了一份这学期公用经费情况的材料，记者看到县教育局给各中小学公用经费 896 万元，其中堆子梁中学下拨 15.92 万元，没有单独下拨取暖费。该份材料中说，中央下拨的专项取暖费，定边县教育局至今没有收到。"12 月 1 日，省财政厅已将中央拨付的取暖专项经费下拨各地市，其中榆林市 1500 万元。"昨日，省教育厅有关人士透露。

昨日，定边县政府召开了安全生产工作紧急调度会议，要求尽快对全县所有寄宿制学校的采暖设施进行排查，有条件的学校尽快安装暖气片。12 月 10 日前为各中小学安装一氧化碳报警装置；凡采用煤炉取暖的学校，要设专职或兼职安全员，定时检查；对全县中小学教师进行安全培训。

《华商报》（2008 年 12 月 6 日）

毛毛开始自主呼吸，偶尔会眨眼

"毛毛目前生命体征较平稳，但仍然未脱离危险期，病情较早上 9 点有所改善，但不够稳定……"昨日下午 6 时许，定边县医院有关负责人说。

昨日早上，蔡毛毛的母亲张粉爱和记者说话时露出了几许笑容，这是几天来，第一次露出的笑容，但还是不能掩饰内心的悲痛。而毛毛的另外一名亲属则在病房前椅子上痛哭，泪流满面。

直到昨日下午 6 时，蔡毛毛仍未苏醒，医院有关负责人介绍，截至昨日下午 4 时许，蔡毛毛体温 36.5℃，脉搏每分钟 64 次，呼吸每分钟 19 次，高压 106mmHg（毫米汞柱），低压 66mmHg，处于浅昏迷状态，按压眶上神经反应存在，角膜反射存在，偶有眨眼动作，吞咽反射存在。

从昨日中午 12 时开始，毛毛通气模式由同步间歇改为自主通气模式，截至昨日下午 5 时许，给予有创呼吸机支持呼吸，气管插管，心电监护，同时给予脱水降颅压，改善脑代谢保护剂，营养心肌、支持吸痰等治疗。

定边县医院院长杨继张介绍，截至昨日下午，毛毛已经昏迷了80多个小时，他们从来没有放弃一丝一毫的治疗机会，重症监护室主任、护士长、护士几乎不休息，重症监护室主任孙双智说："为了救活孩子，累一点没事，应该的……"另据了解，定边县政府紧急下拨58万元，为了抢救蔡毛毛，专门由县政府采购中心负责购买高压氧舱等医疗设备。

根据蔡毛毛的病情，定边县医院向省卫生厅求助，昨日省卫生厅医政处处长陈学文协调西安交通大学医学院第一附属医院专家前往定边会诊，昨日下午6时27分，该医院神经内科副教授乔晋、呼吸内科教授陈明伟赶赴定边。

专家会诊认为，定边县人民医院治疗措施非常到位，救治过程中4次心跳停止，在一氧化碳中毒十分严重的情况下，经过80多小时的治疗，目前毛毛恢复情况很好，但最后恢复到什么程度，还需要进一步治疗。

专家建议，目前采取三种治疗措施，吸氧改善通气；脱水、降颅压，防止脑水肿；营养神经，促进细胞代谢。但一定要防止并发症的发生。

《华商报》（2008 年 12 月 6 日）

当了几十年教师咋出了这种事

堆子梁镇中学校长赵秉宏、副校长韩惠龙和班主任宋晓燕等三人，目前已被刑拘。事故的发生，在家人、同事、学生家长以及邻居的言谈中不无遗憾，特别是班主任宋晓燕，她现在是一个有四五个月身孕的准妈妈。

班主任宋晓燕已有四五个月的身孕

宋晓燕和丈夫闫泽、公公闫志玺一家三人，都在堆子梁镇中学工作。23岁的宋晓燕是四年级的班主任兼语文老师，比他大一岁的闫泽是一年级的数学老师。而闫志玺负责看管学校大门。

昨日中午，堆子梁镇中学校门外，仍聚集着一部分遇难学生亲属，有人在咒骂。闫志玺看着外面，一句话也没说，尽管他听见了咒骂儿媳妇和学校的声音。

闫志玺介绍说，出事后，宋晓燕晕倒在学生宿舍外，也被送往医院。"出事后，就再没见到俩人。"闫志玺希望有孕在身的儿媳妇，能得到丈夫的照顾和警方的优待。

对于宋晓燕平时的工作，五年级老师冯鹏说："宋老师关心学生，不是对学生不管不顾的人。她喜欢孩子，平时很注意保护学生的自尊心。"冯鹏介绍，曾有学生向宋晓燕反映自己的书不见了，宋晓燕在另一个学生的课桌上发现了那本书。她把书拿回办公室，晚上还给丢书的学生时，解释是自己拿走的。"因为娃娃小，如果说出真相，宋晓燕担心会伤害学生的自尊心。"

"刑拘罪有应得，只是死去的娃娃太可怜……"

昨日采访多位学生家长，大家都不愿意提及或评价什么，说得最多的是"刑拘罪有应得，只是死去的娃娃太可怜……"对于校长赵秉宏，一位学生家长说，堆子梁镇中学一个月前发生过一次食物中毒，其中4个学生比较严重，上周一他曾到县信访局反映，当着他的面，信访局局长给县教育局原局长毛鑫（已经免职）打电话，提醒教育局应该注意学校安全。这位学生家长反映说，赵秉宏把学校管理得十分混乱，经常不在学校，他多次反映过都不起作用。

家长们除了表示对学校渎职的愤怒外，也说不出多少对校领导和老师的印象，"平常娃娃住校，我们也很少与老师见面。"家长武海贵说。但他强调，校领导和班主任必须要为此负责。

"干了几十年，最后咋能出了这种事！"

韩惠龙的家位于离堆子梁镇不远的石洞沟乡石洞沟村。儿子在西安上大学，女儿出嫁。一大片院子连着4间房，平时只有老伴一人照看。

韩惠龙在校内主要负责安全工作。他的老伴身体不好，韩惠龙每周回家最重要的任务之一，就是把下周吃的药给她带回去。据了解，韩惠龙2006年调入堆子梁镇中学任职，他回家很少提及工作的事，但老伴回忆，见到家里取暖的煤炉，韩惠龙曾提及学生也是如此取暖，并让她注意安全。

一位邻居在旁边叨咕了一句："老韩在学校忙了几十年，最后咋能出了这种事！"韩惠龙的老伴跟在后面说："是啊，忙了几十年，最后咋能出了这种事！"

《华商报》(2008 年 12 月 8 日)

毛毛已完全能自主呼吸

截至昨日下午，定边县煤气中毒中唯一幸存的蔡毛毛还没有苏醒，但呼吸机已经撤除，她完全可以自主呼吸。按压眶上神经时，毛毛已有痛苦表情。

昨日下午，蔡毛毛仍然昏迷，生命体征比较平稳，但还没有脱离生命危险。定边县人民医院负责人介绍，毛毛体温 36.4℃，脉搏每分钟 55 次，神志模糊，按压眶上神经时，已有痛苦表情。同时，角膜反射存在，心音可以听到，肌腱反射存在。目前，医护人员主要给毛毛进行听音乐、涂抹护肤霜、喝水等精心护理。

当天上午，西安交通大学医学院第一附属医院呼吸内科主任陈明伟说，毛毛目前病情稳定，早上暂停了呼吸机，下午就拔出呼吸插管，并进行鼻试，她已完全可以自主呼吸，每分钟 22 次，基本正常。毛毛抢救已经超过 100 小时，脑干反射已恢复，大脑皮层功能恢复需要一定时间，但是否全醒尚难以预料。

昨日下午，定边县医院本想通过鼻管给毛毛进食，但经过和西安专家商定，又觉得不妥，主要是害怕呛着毛毛，预计很快可给毛毛进食。

251 万元取暖费到定边

本报 6 日披露了"中央下拨专项取暖费 定边县教育局没收到"后，引起定边县政府高度重视。经查，251 万元专项经费于 12 月 4 日才到县财政局。具体如何使用，由教育局提出意见，县财政局将及时下拨到学校。

现初步查明，截至 12 月 4 日，定边县财政局没有收到相关拨款文件，于是县财政局向省财政厅电话查问，省财政厅回答有该项专款，具体文号是陕财办教〔2008〕223 号（12 月 2 日印发），但文件待后下发。

由于发文邮递还需几天，因此定边县财政局请求省财政厅将文件传真至定边，按照文件通知，省财政厅下达定边县 2008 年农村中小学公用经费（取暖费）251 万元，其中中央财政 201 万元，县级 50 万元。经县财政局国库股查询，该项专项经费 12 月 4 日才收到。而专项经费到达后未立即拨付县教育局。

目前，该项经费如何安排将由县教育局提出意见，经财政局审核后按程序及时下拨。

该项经费如何使用呢？昨日下午，定边县教育局有关负责人表示，现在天寒地冻，改造比较困难，但是他们会加强值班，监控学生宿舍取暖安全，方案一旦确定将尽早实施，确保学生安全。

《华商报》（2008 年 12 月 8 日）

我们有失误　愿意受处罚

"我们工作有失误，出了这么大的事情，心里非常痛心，愿意接受法律制裁……"定边县"12·2"特大煤气中毒事件涉案人员在接受调查时，态度诚恳，比较配合。

睡前检查显示，炉火熄灭

昨日，定边县公安局向本报记者提供了"12·2"特大煤气中毒事件的调查报告，还原了事故现场和细节。

该调查报告显示，12 月 1 日晚 9 时 30 分，堆子梁中学各班主任对各自班级的宿舍进行晚睡前例行检查，主要是检查宿舍号、短缺学生姓名、短缺学生未归原因、炉火是否熄灭等。

12 月 1 日检查表上反映，出事的四年级 23 号宿舍的学生全到，炉火熄灭，签字人为班主任宋晓燕，签字时间是当晚 9 时 40 分，值周领导签字一栏空缺。该宿舍共住 12 人，分别是已经死亡的 11 名学生和目前正在抢救的蔡毛毛。

通过警方询问倪志禄、王喜瑞、宋晓燕、周万奇（后勤管理教师），四人相互印证当晚宋晓燕检查完宿舍后，倪志禄、王喜瑞在熄灯后接着进行检查，并前往周万奇办公室，在"堆子梁中学学生晚睡前检查登记表"上签字，表上有倪志禄、王喜瑞、宋晓燕三人签字。

感觉出事了，班主任跑向宿舍

同时，上述人员反映校长赵秉宏曾到过周万奇办公室，但未在登记表上签字，而赵秉宏说他忘记了签字。上述人员反映，在学生宿舍床下存放的无烟煤是由学校分配给每个宿舍的。

12月2日早上7时20分，学校在出操时，宋晓燕发现女生少了12人，当时感觉出事了，就往女生宿舍里跑。当时宿舍门反锁着，叫里边没人应答，就叫来其他老师把门踹开，发现宿舍烟雾弥漫，视线不清，学生昏迷在床上，叫不醒，只有蔡毛毛眼睛在动，于是立即叫来镇卫生院医生；校长赵秉宏分别向堆子梁镇、教育局主要领导汇报。

"请组织处理我，我有责任"

昨日，定边县公安局、检察院等办案人员讲述了几名涉案人员被控制的一些情况，几个人都认为工作上有失误，态度诚恳，配合调查。

校长赵秉宏说："我工作上有失误，把事情没有做好，死了那么多孩子，我非常痛心，请组织处理我，我有责任……"

副校长韩惠龙干了一辈子教育工作，主管学校安全工作，他说："我工作没干好，宿舍存在安全隐患……"

班主任宋晓燕，事发后几次昏倒，精神崩溃。"即使睡着了都在喊学生名字，班主任从二年级开始就带这个班，和孩子们非常有感情……"一位办案人员说，"班主任受到这么大的精神压力，确实是常人难以想象的，她目前还在接受治疗……"

目前，堆子梁中学校长赵秉宏、副校长韩惠龙被刑事拘留，班主任宋晓燕被宣布刑事拘留，但因有身孕被取保候审；值周教师倪志禄、王喜瑞被监视居住；后勤管理教师周万奇、张勤，副校长冯建斌三人被停职检查。

《华商报》（2008年12月9日）

毛毛醒啦，急着想上学

12 月 11 日晚 9 时许，毛毛终于苏醒过来。她说了三句话，"我在哪里？我得了什么病？我几天没有去学校了，功课耽误了，我要去上学……"目前，毛毛病情稳定，但还需要进一步治疗。

毛毛苏醒了，老师乡亲来看望

昨日上午 11 时许，定边县医院 7 楼人头攒动，来来回回走动的人很多，在重症监护室门口，毛毛父亲蔡兴强和他的同学马辉群高兴地说着毛毛的病情。马辉群说，他和毛毛父亲是堆子梁中学同学，关系比较好。听说毛毛苏醒过来，他和妻子赶快再过来看看，由于毛毛身体还很虚弱，医生不让看望，于是只好在病房门口说说话，安慰老同学。

临走时，马辉群给毛毛妈妈张粉爱硬塞了几百元钱，让给娃买些营养品。张粉爱实在推不过去了，"太谢谢你了，替毛毛感谢她叔叔"。

在蔡兴强夫妇住院的病房，老师、乡亲们都来安慰他们俩。毛毛数学老师孙晓军 11 日晚上就到了医院，昨日，他也在病房外边等候看望毛毛。孙晓军说，毛毛平时学习成绩在班上排名中上，数学成绩比语文还能好点，目前，学校派他来主要是给孩子进行心理辅导，恢复记忆，适应环境，简单的数学题毛毛可以完全做出来。

"我在哪里？我要去上学"

11 日晚 9 时许，毛毛苏醒过来，第一句话说："我在哪里？"当时护士非常惊奇，赶快给毛毛回答："你在医院。"毛毛非常吃力地说："我得了什么病？""你感冒了。"接着毛毛就哭起来，然后护士耐心安慰，毛毛接着说："我几天没有去学校了，功课耽误了，我要去上学……"

一分钟内三句对话，让重症监护室医务人员十分高兴，毛毛苏醒了，可以正常讲话，消息很快传遍了医院。

毛毛的妈妈迫不及待地想和女儿说话，这几天为女儿的病，夫妻俩都累倒了。她回忆几次见女儿的情景，10号，听到女儿病情有好转，她进病房看望女儿，毛毛眼睛一眨一眨的，但就是没有说话。她给毛毛说话时，毛毛一直看着她，也不知道能不能听见，而是一直在流泪……

11日晚上和毛毛有简单对话。"毛毛见到我后，把我胳膊抱住，就是哭，感觉非常冤枉，我极力安慰毛毛。"

毛毛说："我病了几天？"妈妈回答："一天，昨天才病的。""我得的是啥病？""感冒了。"

毛毛接着说："我耽误功课了？""不要紧，妈妈把老师带到咱们家，给你辅导功课。"毛毛妈妈说："我几次去病房，毛毛都没笑一次，就是哭……"

其他问题，医生不敢让说，也不敢问，临走出病房时，毛毛又是一阵哭。

毛毛会做简单算术题

毛毛苏醒后，家人、医务人员非常高兴，父亲蔡兴强给女儿买了三本书，《一千零一夜》《阳光宝宝睡前故事》《塑造孩子性格的好故事》，让护士带给毛毛，让毛毛看，读给毛毛听。

为了测试她的记忆力，医生把毛毛亲人带来，一个一个让毛毛认。昨日，值班医生介绍，当毛毛妈妈、爸爸和几个姑姑到现场后，毛毛能够准确辨认，说明毛毛记忆有所恢复。

蔡毛毛弟弟蔡耀邦说，他见到姐姐毛毛时，医生让姐姐认他，姐姐指着他说，"这是我弟弟蔡耀邦。"昨日下午，蔡耀邦也来医院看望姐姐，他今年9岁，堆子梁小学三年级学生，他已经14天没有见到姐姐了。

医生为了测试毛毛，于是出了几道数学题。"3乘以5等于多少？"毛毛很快回答说："15。"

"50除以2等于多少？""25。"

这两道题让在场的医务人员十分高兴。

然后给毛毛在本子上写了两道应用题。"最大的三位数比最小的四位数少儿？"刚开始，毛毛考虑了一会儿，眨了眨眼睛，然后准确地回答出答案。"少1个。"

第二道应用题是"一位商店老板卖出21元的商品，顾客给了100元，但他没有零钱找，于是去邻居家换了100元零钱，给顾客找了79元。顾客走后，邻居说刚才拿来换的 100 元是假钱，他没有办法，只好给邻居赔了100 元，而他的商品进价 18 元，请问商店老板共赔了多少钱？"

医生说，当时他们把本子拿到毛毛跟前，让她好好思考，这时毛毛皱着眉头，思考了好长时间，摇摇头没有回答上来。后来在医务人员启发提示下，毛毛还是没有算出来。

"儿子就是累倒也值得"

张秀英，定边县城人，今年 64 岁，家住定边步行街，距离医院不到 500米。昨日她再次前往医院安慰毛毛妈妈，她是毛毛主治医生孙双智的母亲。

张粉爱和张秀英在病房前凳子上并肩而坐，一直手拉着手，脸上露出灿烂的笑容。"我也是最早知道毛毛苏醒的人之一，儿子每天要和我通几次电话。"张秀英说，"儿子 10 多天没有回家了，前几天都是我送饭到医院，看到儿子疲惫的身体，我心疼……"说着，张秀英哽咽起来，在一旁的毛毛妈妈也跟着擦起眼泪，后来两人干脆放声痛哭起来，楼道里回响着两位母亲的哭声。"孙医生太辛苦了，白天晚上不离病房，随时关注毛毛病情。"毛毛妈妈说。

孙双智的妻子在江苏常州工作，女儿跟随母亲也在常州上高中，学习成绩非常好，在班上排前三名。张秀英说，孙双智老家就是堆子梁镇，小学、初中就在堆子梁上的，他和堆子梁感情很深。"毛毛爸爸还是我的学生，儿子就是掉下 2 斤肉，我也认为应该，就是累倒了也没啥，这是他的工作，毕竟救回了一条生命，值得。"

讲着讲着，张秀英老人又高兴起来。在八九号的晚上，儿子激动地打来电话说，毛毛可以点头示意了。儿子问毛毛："喝水不？"毛毛没说话，只是点头示意；"想妈妈不？"毛毛又点头示意。

11 日，儿子又打来电话说，毛毛自己可以下床大小便（需要护士帮助），可以吃饭，说话，也可以读课文，写日记。当时，她非常高兴，赶往医院看望毛毛家人，看看儿子。

毛毛日记：妈妈是善良可爱的

昨日下午，定边县医院医生王利阳介绍，目前毛毛身体还很虚弱，非常疲劳，醒来一会儿又睡着了，大小便还需要在护士的帮助下完成。毛毛醒后，他们就拿来本子，让毛毛写字。

记者有机会看到毛毛两天来的日记本，因签字笔下水不畅，部分字迹不能完全辨认清楚。下面是毛毛的日记原文。

12 月 11 日，星期四

今天是星期四，我在医院里看我的病好了没有好，我去看我的病好了还是没有好（是原文），就把我的笔和本子带了出去（意思是把笔和本子拿出病房让医生给她写），要是我的病好了的话，就可在上面写一个好了，要是没有好的话，就在上面写一个没有好。

这就是我今天的笔记。

12 月 12 日，星期五

我的妈妈

我的妈妈长着长长的辫子，大大的眼睛，她每天都在给我们三个孩子做饭，她还给我们洗衣服。从我小的时候，我就感到很幸福了，我的妈妈不但对我们很好……（省略号处字迹无法辨认），从眼前就可以看出她是很善良的人。这就是我的一个善良可爱的妈妈。

《华商报》（2008 年 12 月 13 日）

毛毛病情稳定，能回家过年啦

定边县"12·2"特大煤气中毒事件唯一幸存者蔡毛毛的恢复情况一直牵动着众人的心，目前，她仍在医院接受治疗，身体恢复良好，活泼好动，只是很想回家。

2008 年 12 月 2 日，定边县堆子梁中学一女生宿舍发生煤气中毒后，定边县医院迅速调派 33 名医护人员前往现场进行抢救。经一周治疗，成功救治了心跳呼吸四次暂停、昏迷 182 小时的唯一幸存者蔡毛毛。近日，定边县人民医院对参加这一事件的 33 名医护人员给予表彰奖励。

在救治蔡毛毛的过程中，所有参与救治的医护人员日夜守护，加班加点，忘我工作，表现了全院医护人员爱岗敬业、无私奉献精神。同时，定边县委、县政府也不惜一切代价果断决策，投资近 200 万元及时为医院购置抢救设备。

昨日晚上，定边县医院有关负责人透露，目前毛毛的身体已基本恢复正常，听力有点差，目前还需要进一步观察，一定要预防并发症的发生，如果没有异常的话才能让毛毛出院。这位负责人说，预计两周后毛毛能出院，可在家里过大年。

毛毛的母亲张粉爱说："毛毛就是想回家，自 2008 年 12 月 2 日住院以来，已经 30 多天了。"毛毛的爸爸蔡兴强说，目前毛毛病情非常稳定，但头天晚上给毛毛讲述的故事，第二天她有些想不起来。就此问题，医院有关负责人解释，随着毛毛病情的治愈，这些症状可能会逐渐消失。

对话毛毛：想吃水果想吃肉

昨晚，记者用手机与毛毛进行了十多分钟的通话。交流中记者感觉到毛毛非常高兴。

记者（以下简称"记"）：是毛毛吗？

蔡毛毛（以下简称"毛毛"）：是的，我是毛毛。你是谁?

记：叔叔是华商报记者。

毛毛：哦，记者。

记：你最近看什么书？

毛毛：我爸爸给我买了一套学习资料。

记：你能给叔叔读一下书的名字吗?

毛毛：好的，第一本是《满分冲刺卷》，第二本是《高效全能练考卷》，还有《少年月刊》。

记：给叔叔说说你写得最满意的日记?

毛毛：（电话那头传来和家人商量的声音，毛毛给妈妈说"叔叔问我日记哪个好"，电话里听见毛毛妈妈说，"那你给叔叔如实说嘛！"）我感觉哪篇都不好，我感觉不会写日记了。

记：你最想吃什么东西？

毛毛：（迟疑了一会）叔叔，我想吃葡萄、橘子、苹果和香蕉。

记：你想回家？

毛毛：想，非常想。我想吃猪肉（毛毛妈妈补充说，因为他们一直在医院照顾毛毛，家里的十多头猪没人看管，于是和毛毛爸爸商量杀一些猪，这些谈话让毛毛听见了，于是毛毛说她想吃猪肉）。

记：数学、语文老师来给你补课了？

毛毛：对，数学刘老师，语文穆老师都来过，我非常高兴。

记：你知道自己住院有多长时间了吗？

毛毛：不知道。

《华商报》（2009 年 1 月 9 日）

6 名责任人受党政纪处分

榆林市纪检监察部门近日研究决定，对定边县"12·2"特大煤气中毒事故中 6 名责任人，给予相应的党纪政纪处分。

镇党委书记受党内警告处分

2008 年 12 月 2 日，定边县堆子梁中学发生特大煤气中毒事件，导致 11 名女生中毒死亡，目前唯一幸存者蔡毛毛仍然在医院接受治疗，病情非常稳定，听力和记忆力正在恢复。

今年 1 月 14 日，榆林市纪委常委会议研究决定，对张海处理意见如下：张海，男，46 岁，中共党员，定边县堆子梁镇镇党委书记，对学校安全工作指导不到位，对事故的发生负有领导责任，给予党内警告处分，并要求定边县委尽快落实处分决定，并于 2 月 15 日前报榆林市纪委。

教育局局长受行政降级处分

1 月 14 日，榆林市监察局局长办公会议研究决定，对屈永军等责任人进行处理。

屈永军，33 岁，中共党员，定边县堆子梁镇副镇长，分管安全工作，对学校安全工作监管不力，对事故的发生负有重要领导责任，给予行政记过处分。

樊明，36 岁，定边县堆子梁镇副镇长，分管教育工作，未认真履行对学校教育安全监管职责，对事故的发生负有重要领导责任，给予行政记过处分。

沈效亮，42 岁，中共党员，定边县堆子梁镇镇长。作为全镇安全工作第一责任人，未认真履行对学校监管职责，工作不到位，对事故的发生负有重要领导责任，给予行政记大过处分。

毛鑫，53 岁，中共党员，定边县教育局局长。未认真履行对学校监管职责，工作不到位，对事故的发生负有重要领导责任，给予行政降级处分。

定边县堆子梁镇中学校长赵秉宏、副校长韩惠龙、四年级班主任宋晓燕等 6 名责任人的处理，待司法机关作出决定后，再按照相关规定给予相应的党政纪处分。

榆林市监察局要求定边县政府按照程序尽快落实处分决定，并于 2 月 15 日前报榆林市监察局。

副县长贾枫受行政警告处分

贾枫，女，1962 年 12 月生。2002 年任定边县副县长，2006 年任县委常委、副县长，分管教育工作。2008 年 12 月 4 日，因"12·2"煤气中毒事故，被市委常委会议免去县委常委职务，并建议定边县人大罢免其副县长职务。

榆林市政府 1 月 21 日党组会议研究决定，因贾枫未认真履行职责，对学校安全工作指导不到位，对事故发生应负有重要领导责任，给予贾枫行政警告处分。

《华商报》（2009 年 1 月 23 日）

定边特大煤气中毒案一审宣判，四责任人最高判五年

2008 年 12 月 2 日早晨 7 时 20 分，定边县堆子梁中学女生宿舍 12 名女生被发现一氧化碳中毒，经抢救，11 名女生死亡，1 名女生幸存。近日，定

边县人民法院对该案一审宣判：4名责任人因玩忽职守罪获刑，被告人赵秉宏、韩惠龙分别判处有期徒刑三年；宋晓燕判处有期徒刑五年；周万奇判处有期徒刑四年。四被告人都表示将上诉。

对于此案，定边县人民检察院指控，4名被告人未正确履行其职责，工作疏忽大意，从而造成了11名女生煤气中毒死亡的严重后果，犯有玩忽职守罪。定边县人民法院认为，4名被告人的行为严重侵犯了国家机关的正常活动以及公共财产，国家、集体和人民的利益。4名被告人的行为均构成玩忽职守罪。公诉机关指控罪名成立，应当以玩忽职守罪对4名被告人予以处罚。

法院驳回原告刑事附带民事的精神损害抚慰金诉讼请求。目前，11名遇难者家庭每户安排一名家属在延长油田股份有限公司定边采油厂上班，每户家庭获28万元补偿。

一名被告人刚当妈妈

被告人宋晓燕案发时因有身孕，采取取保候审，近日，定边县人民法院去其家中宣判结果，被告人宋晓燕不服一审判决，表示要上诉，但情绪比较平稳。

据悉，宋晓燕目前已当上了妈妈，还在月子期间。

被告人的辩护人认为，4名被告人在工作中均履行了自己的职责义务，不存在玩忽职守的行为。法院查明，4名被告人虽然履行了一定的职责，但在职守中马虎、草率从事，履行职责极不负责任，从而导致了严重后果，故4名被告人辩护人的辩护观点不予采信。

最新消息：毛毛一星期后出院

定边"12·2"特大煤气中毒事件中唯一的幸存者蔡毛毛目前康复很好。昨日下午，毛毛的父亲蔡兴强说，毛毛比春节后好多了，听力基本恢复，能很好地和人正常交流，只是记忆力没有完全恢复。毛毛从亲属交谈中得知，自己是因煤气中毒住院的。

蔡兴强说，毛毛能断断续续回忆起出事当晚的情景，只是不太完整，"他们不让女儿回忆或说出当时的情景，可能是害怕影响孩子的康复"。另外，11名女生离世的消息一直没敢给毛毛讲。

提到 4 名责任人被判刑的事情，蔡兴强认为，这件事情也不是老师故意的，疏忽大意了，感觉对老师判得有点重，他能体谅老师。但一些因煤气中毒死亡学生的家长则不这样认为，"我和他们也常见面，他们认为判得太轻了，我能理解其他家长"。

定边县人民医院负责人说，目前蔡毛毛恢复很好，其实早就能出院了，但家属就想在医院继续观察治疗。蔡兴强说，他们打算一个星期后出院回家，这是他们自愿的，在医院治疗了半年之久，医务人员很尽心，非常感谢关心毛毛病情的好心人。

新闻链接：惨剧是如何发生的

定边县堆子梁中学共有在校学生 424 名，其中住校生 271 名，从 2008 年 11 月初开始供暖，学生宿舍采用铁炉子烧煤供暖，燃料煤分发到各宿舍存放。

2008 年 12 月 2 日早晨 7 时 20 分前后上操时，发现该校小学四年级 23 号女生宿舍住宿的 12 名女生全部一氧化碳中毒，虽经全力抢救，但其中 11 名女生死亡。

调查发现，该校对学生宿舍冬季取暖安全检查制度不完善，存在重大漏洞，宿舍未预留通风口且分发的燃料煤堆放在学生宿舍内，存在重大安全隐患。定边县公安局现场勘验，炉子距煤堆最近距离 18 厘米，学生清理炉子时不慎将未燃烧尽的煤块掉进煤堆引起燃烧，产生的一氧化碳气体导致 11 名学生中毒窒息死亡。

《华商报》（2009 年 6 月 16 日）

深度调查 22

 核心提示:

2005 年 7 月 23 日，本报接到举报称陕师大附中乱收择校费，记者事先踩点守候并制订初步采访计划，但到 24 日当天下午，学校家属院大门紧闭，外人根本无法进入，最重要的是举报人犹豫不愿意配合，记者采访计划被打乱。

时间就是生命。采访计划打乱后，离乱收费截止时间只剩下 3 个多小时，可采访一点都没突破……后记者偷偷绕到学校操场高台上，隔墙在烈日下守望着学校家属院的动静……而在外的另一记者通过特殊关系，并和前来交费家长扮演成夫妻混进了家属院，进入交费老师家里，拍摄到了惊人的乱收费现场……

陕西师大附中乱收费　上初中交三万元无票据

近日，有西安市民反映，称陕西师范大学附属中学 7 月 24 日下午收取今年 9 月份上初中的新生费用，每名学生 3 万元左右，且不给家长开任何票据，收费的地方很隐秘，是在陕西师大附中家属院 4 号楼 × 室（西户），希望记者调查了解。

昨日上午，记者前往位于雁塔西路东口的陕西师大附中家属院了解情况。

家属院早上随便进，下午有人把门

在该家属院门口值班室，一名保安正在看报纸，家属院两扇大铁门敞开着。记者一行 2 人在没有登记盘问的情况下，顺利进入家属院，进入大门后右拐就是 4 号楼。获知准确消息校方收钱工作是在下午 3 时到晚上 9 时许后，记者在楼门口察看一番后离开。

下午 3 时许，记者再次来到该家属院门外。此时门口已戒备森严，两扇大铁门基本关闭，3 名工作人员坐在凳子上，有几人背着包进入该家属院，门口的工作人员对进门者仔细盘问，然后指点着让进入的人直接朝右拐，而右拐就正好是 4 号楼。

为了不让门口工作人员察觉，记者进入陕西师大附中操场，经过一番努力，终于在距家属院约 200 米处找到一恰当位置。通过操场和家属院铁丝网隔墙，可以看到该家属院门口的一切活动。

现场观察半小时，十多人前去交费

4 时许，一男子手提黑包进入家属院，门口工作人员询问后，手指向 4 号楼；过了几分钟，一名中年女子背着包进来了，同样是一番询问，工作人员也让其朝 4 号楼方向走去。

记者在此处守候的半个多小时内，共看到十多人朝 4 号楼方向走去。

"我是来交钱的，在你们学校操场旁边的巷道里，家属院怎么找不到呢？"

4 时 30 分许，一身着黑色上衣的中年妇女打电话的声音，引起了记者注意。记者立即背包来到操场旁的巷道里，以家长身份和她交谈起来。中年妇女介绍，她是来向陕西师大附中交钱的，因孩子考分少几十分，要上陕西师大附中就得交钱，但交多少她也不知道，因走得匆忙，把陕西师大附中家属院给弄错了，走到了学校里。记者本想和这位妇女一起进入家属院，但遭到其拒绝。

5 时许，记者再次来到陕西师大附中家属院。门口依然戒备森严，几名工作人员很警惕地朝外观望。

交费室沙发上满是百元钞票

既然已经初步确定这些出入陕西师大附中家属院的人是来交费的，那么他们心里愿意吗？记者与前来交费的一学生家长同去交费。记者和该家长边说话边进入该家属院，到门口时却遭到工作人员阻拦。

工作人员：你们俩是干啥的？

记者：是来交钱的，不知咋走？

工作人员（上下打量了一番）：谁让你们来的？到哪里去？

记者：到 × 室。

工作人员：就是这栋楼，右拐 × 单元 × 室。

记者在楼下按响了 × 室门铃，门铃里传出一女性声音："干啥的？"记者答："是来交钱的。"然后，进楼门被打开。上楼后敲门，一偏瘦的中年女性开门将我们迎进去。与此同时，有几名女士从 × 室里出来，匆匆离开。在 × 室十多平方米的客厅里，一名穿红裙子的女士正坐在靠墙摆放的组合沙发上数钱，沙发上摆满了百元钞票，数钱的女士神情显得有些不耐烦。一中年男子在另外一房间里玩电脑。

等该家长报出自己孩子名字后，负责接待的中年女士拿着一份名单说："你娃交 3 万。"记者默默数了一下，这张表上有 40 多名学生的名字，名字后面分别注明交费金额，其中有几个是 2.5 万和 2.8 万元，其余都是 3 万元。

该家长拿出钱清点后交给她，然后在名单上签字，最后，那位女士在一份打印并盖好公章的"陕西师大附中录取通知书"上填写了这位家长的孩子姓名，然后递给其说："到时拿着这个东西来就行了。"

记者看到这份"陕西师大附中录取通知书"上写道："×× 同学，经我校招生考查，你符合录取资格，被录入我校初 2009 级学习。请于 8 月 31 日上午 8 时，持此通知书和户口本，来校办理报到手续。"落款是陕西师大附中教务处，并加盖该校教务处红色印章。

家长气愤交这么多钱也不给票据

昨日下午，一位前来交款的学生家长无奈地告诉记者，从去年底，陕西师大附中就私下考试招生，他的孩子就是应试中的一个。今年 7 月初孩子再次考试，考了多少分也不知道，直到 7 月 23 日，他突然接到学校通知，让7 月 24 日下午 3 时至晚上 9 时来学校交 3 万元，并告知交费具体地点。该学生家长气愤地说，自己交钱也实在是没办法，国家三令五申义务教育阶段实行"一费制"，不许学校乱收费，可他们白白给陕西师大附中交了 3 万元，既不给任何解释，也没有任何票据。

到昨晚 8 时多记者离开时，还有陆续前来交钱的家长……

据了解，陕西师大附中曾私下举行考试，当时有六七百名学生参加，计划招收约 500 名初中新生。这 500 人中又有多少人交了高价呢?

19 天前师大附中这样说，我们承诺不乱收费

7 月 6 日，在治理教育乱收费警示教育大会召开的次日，西安市 11 所热点中小学校长在西安市教育局治理教育乱收费座谈会上公开承诺不会乱收费，并表示接受社会的监督，其中包括陕西师大附中。陕西师大附中当时承诺："我们是省级重点中学，现在都在争创省级示范性高中，在治理教育乱收费这项工作中，理应做出表率，发挥出示范和辐射作用。我们郑重承诺，今后将继续严格执行省物价局规定的收费标准，进一步规范学校的收费和办学行为，严格执行招生计划，规范招生行为，严格执行三限政策，努力为陕西省和西安市的基础教育事业做出更大的贡献。"

乱收费会有啥结果，乱收费严重，校长撤职

今年 1 月 20 日，西安市教育局要求，今年要在学校推进"教育收费承诺制"，校长应以书面形式对学校收费行为做出公开承诺，同时要将"教育收费承诺制"和"责任追究制"相结合，对不履行承诺的校长建议引咎辞职。对顶风违纪且情节严重的，依照相关规定，给予责任人行政警告甚至撤职处分。

7 月 5 日，西安市教育局再次表示，从今年起，在全市中小学校要积极推行"教育收费承诺制"，各学校校长要以书面形式对学校收费行为做出公开承诺。对不履行承诺的校长，将给予责任追究。对顶风违纪且情节严重的，该处分处分，该免职免职。

看看政策咋规定，企事业单位择校初中，每生每学期借读费 500 元

7月5日，西安市教育局和纠风办联合召开了治理教育乱收费警示教育大会。西安市教育局有关负责人再次强调，义务教育阶段初中、小学按照规定接收学生，不得自定收费标准招收学区外的所谓"择校生""高价生"。

西安市教育局重申了义务教育阶段学校的收费项目和标准，其中关于"学杂费"，企事业单位所属初中在完成政府委托的义务教育任务后招收的其他学生，可按规定收取借读费，标准是小学每生每学期 300 元，初中每生每学期 500 元。

《华商报》（2006 年 7 月 25 日）

深度调查 23

两年前，北京林业大学英语教师、博士施兵偶然发现一本大学英语教材出错。"其中南京师范大学、北京林业大学、北京航空航天大学、山东师范大学等四所高校教材和北京大学的教辅最让我吃惊，与其声望严重不符。本应示范的教材，结果却出现了失范的差错，怎么能用来教学生呢？"

之后，他开始给大学英语教材"找碴"，翻阅了近100本大学英语教材和相关书籍，发现问题的确不少。今年5月和9月，他的《大学英语教材质量分析报告》直谏国家教育部。

2015年10月23日，教育部回复：已经将此质量分析报告下发相关出版社，正在起草十三五教材建设指导意见，规范"谁都能编教材"的现状。

博士实名向教育部和中纪委举报英语教材差错

"无论得罪行内多少人，我都在所不惜，为了全国大学生的利益，即使冒着被学校开除、解聘的危险，这事也得有人去做……"提起自己眼下的境况，北京林业大学英语老师施兵博士，瞪大了双眼，坚毅地说。

大学课堂上，施兵是一个和蔼幽默的老师，他曾提着螃蟹上英语课，用生动形象的创新教学吸引学生；在同事眼中，他严谨、认真，做事不留情面，

"宁愿得罪前辈老师、领导以及同事，也绝不能让粗制滥造的教材坑害学生"。

"把挑刺的活儿当成课题在搞"

2013 年底，施兵在学校图书馆看书，随意找出一本英语读物，发现有语言错误。当时他并未特别在意，又翻了些英语教材，却发现不少问题。

教学生学英语的书怎么能出错呢？施兵想知道情况有多严重，他一开始看的是普通大学英语教材，发现不少问题，后来再关注国家十一五、十二五规划教材、教育部推荐教材、教育部教学改革试点教材，情况还是如此。

施兵感到震惊，开始有针对性地搜集教材，大多数是学校图书馆馆藏图书，还有一部分是陆陆续续从书店购回的。

"到 2014 下半年，我找出了 10 套教材的问题，直到这时我心里才有谱，确实问题不小，如果能提交教育部门供决策参考，功德无量，我几乎是把这个挑刺的活儿当成课题在搞。"

今年 5 月底，施兵的调研报告多次修改后寄送教育部，14 天后，他接到教育部的电话说："教育部领导高度关注，请将电子版本交给我们，以反馈下发给出版社并通知作者再版更正。"

7 月 11 日，他参加"北京市高校英语教师专业能力发展研讨班"，将此事告诉了研修班主讲专家——中国外语教育研究中心文秋芳教授，得到"你办事认真、提出的意见很仔细，你一定能为大学英语教学改革做出重要贡献"的评价。

9 月，全国大学陆续开学了，他再次向中纪委提交报告，反映教育管理部门、图书出版部门失察失职，希望中纪委加大对高校教学领域和图书出版领域的监督。他认为：这些编者拿着国家几十万的经费编书，错误百出，坑害学生，有违师德，单位不察甚至充耳不闻，必须得到监督。

10 月 20 日，他将此事告诉了自己的博士生导师陈国华。"你的举报材料我看了前面的一部分，绝大多数教材中确实是错误的，这让我震惊。"

教育部示范教材竟然也大面积出错

按照施兵的统计，目前大学英语领域的教科书，印着"教育部推荐教材""教育部教学改革示范教材""国家十五（十一五）规划教材"之类标识的，几乎每一本都出现错误，既有语言使用错误（涉及语法、词汇、翻译、课文注解、编写试题和提供答案等方面），也有前后不一致出错、常识性出错、文字录入出错（包括拼写错误、首字母大小写不分、书名未用斜体、个别地方漏掉了单词）等错误。

施兵说："其中南京师范大学、北京林业大学、北京航空航天大学、山东师范大学等四所高校教材和北京大学的教辅最让我吃惊，与其声望严重不符。"

还有，辜正坤是北京大学资深教授，国内顶级英语专家，而其审订的《中国文化通览》各类错误竟多达 26 个。施兵认为，上述情况反映出的问题至少有三个：

一是编者英文水平不够，出了错误自己意识不到，许多错误极其低级。许多错误本可以避免，但编者懒得查字典和语法书，责任心不强。

二是编者业务不熟，许多知识点本来就是大学英语课程要求学生必须掌握的东西。"这些竟然也出错，只能说明要么编者不懂，要么教材主编者审订漫不经心。"

三是当下一些教材编著失范，有名的拿课题，找一帮学生甚至承包给他人编，自己只挂个名。"这也是一定程度上的学术腐败，应该引起足够重视。"

北航教材现 13 处错误，含禁用词

施兵还注意到，个别教材因为资料来源或者其他原因，出现了禁用词。

比如大学英语选修课系列教材、北京航空航天大学《中英文化对比》，张乐兴主编（北京航空航天大学副教授），李养龙（北京航空航天大学教授）主审，科学出版社 2010 年出版。第 86 页出现 FormosaOolongtea（福尔摩沙乌龙茶）。而"台湾乌龙茶"正确译文应为 TaiwanOolongTea，国内企业在买买茶网站使用了这个正确译文，遗憾的是大学教材却错了。根据百度百科，历史上荷兰殖民者侵占宝岛台湾称其为"福尔摩沙"，由于该词带有殖民主义色彩在中国大陆官方场合（政府公文、媒体报道、大中学校）禁用。

该教材共出现 13 处错误，其中语法错误 5 处、词汇使用错误 3 处、翻译错误 1 处、文字录入错误 3 处、政治错误 1 处。

给自己学校编写的教材挑差错，三本挑出 100 多处

施兵是北京林业大学英语教师。他发现自己所在的北京林业大学，2014年承接了教育部大学英语教学改革示范点项目，一套教材共三本书也出现大量错误（由北京大学出版社出版），其中《西方文化读本》《中国古代社会与文化》《中国当代社会与文化》各类错误累计超过 100 个。主要包括这几方面：

一、词汇使用错误。英语中有些词汇由于拼写极其相似，极易混淆，需要在教师课堂上反复提醒学生注意。遗憾的是，这套教材总计出现 10 个错误，其中《西方文化读本》5 个、《中国古代社会与文化》2 个、《中国当代社会与文化》3 个。

二、语法应用错误。《西方文化读本》这类错误总计 35 个。

三、疏于复查产生的低级错误。"同一个作者编写的材料，重要知识点前后不一致，出现穿帮，自己竟然没有发现"，施兵很惊讶。

四、常识性错误。《西方文化读本》说"意大利诗人维吉尔出生于靠近意大利北部曼图亚的安第斯山脉（Andes）"，此处 Andes 应翻译为"安德斯村庄"，安第斯山脉在南美洲，不在意大利。

攻打巴士底监狱的时间应为 1789 年，被错写成 1879 年（课文原文 TheBastillefellin1879）。

这套教材承担让中华优秀文化走出去的重任，然而关于中国文化方面的低级错误竟然也有。比如《中国古代社会与文化》第 126 页将《二泉映月》作者华彦钧（HuaYanjiu）错写成了刘彦钧（LiuYanjiu）；《中国当代社会与文化》第 88 页将江苏省苏州市错写成了浙江省苏州市（Suzhou, ZhejiangProvince）。

其他差错包括，对照课文编写的课后练习（含答案）出错；文字录入错误，包括拼写错误、书名未用斜体、个别地方漏掉了单词等。《西方文化读本》错误数量最多，接近 60 个。

"即使是号称中国一流大学的北京大学也错了不少"，该校英语系主编《最新大学英语四级考试 36 天过关》（科技文献出版社 2004 年出版）错误最多。按施兵的统计，文字录入错误 15 个，语言错误 12 个。

另外，大学英语方面的辅导书，是大学生巩固课堂所学内容的重要工具，

主要以四级试题集为主。这类书林林总总，数量很多，然而几乎都有错误。

教育部回应：正起草指导意见，规范教材编著

在反映给教育部半年之后的 10 月 23 日，施兵与教育部再次取得联系。电话中，教育部高教司人士称，正在起草指导意见，规范教材编著。以下是电话交谈摘录：

施兵：我是北京林业大学施兵，今年 5 月份给教育部寄送《大学英语教材质量分析报告》，当时教育部确认收到了？

高教司：是的，收到了。

施兵：已经过去半年了，当时教育部明确告诉我已将存在的错误下发给出版社，并通知更正，作者有没有反馈呢？

高教司：是的，但目前还没反馈，因为更正也得根据再版时间来确认，我们把您的质量分析报告给出版社了。

施兵：对，这个我也知道了，出版社有人跟我说过。主要是我反映的这个情况是全国面上的，比较严重，所以我专门写了这样一个报告，报给教育部，我想问一下，部里有没有采取过什么措施，要把这个事在全国范围里督促一下？

高教司：您那个是针对出版社出版的一些教材吧？

施兵：实际上不是针对出版社的，有一个行业内的情况，书是出版社出的，实际上主要是编者，是大学和大学教师的问题，这是教育部门的事儿，不是出版部门的事。

高教司：我明白了，您信里头附的那些错误我们已经返给出版社了。另外，您建议要加强质量管理？

施兵：对，加强质量管理是教师，不是出版行业，虽然表面上是出版行业，其实是高校教师，是教材，因为我在大学工作我知道啊，这教材都是教师搞的。

高教司：嗯，是这样的，教育部准备出台一个十三五教材建设的指导意见，在指导意见里对教材的质量问题进行规范，什么样的教师可以编教材，我们会有一些指导意见，不是每个人都可以编教材。

施兵：我跟你们反馈一个意见，现在是个人都能编书。

　　高教司：现在教材已经市场化了，但选择什么样的教材，学校应该是有自主权，更应该能把控的。在这个问题上我们正在起草一个指导意见，正好您提出了这个质量分析报告，我们准备在指导意见里对学校提出要求。

　　施兵：这个问题还是比较严重的。

　　高教司：当然了，不光是大学英语教材，其他专业的教材都应该注意这个问题，教材质量的问题。

　　施兵：《报告》也提到某些学校，诸如北京航空航天大学所编教科书违法。

　　高教司：具体处理情况，我们有具体同志在做，我看过你那个《报告》，我们是一项一项地在做这个工作。

　　施兵：有些教科书编得质量太差，当事人拿着国家这么多的经费编得太差。北京航空航天大学将台湾称为"福尔摩沙"严重违法。

　　高教司：这个我查一下您的材料吧，咱们的《出版条例》有严格规定的。

　　施兵：这是英语教材，英文版的没人注意。

　　高教司：只要是正式出版物就应该看得出来的。

　　施兵：对呀，现在问题是就没有人看得出来啊！

　　高教司：这个肯定是要反馈的。

　　施兵：一定要反馈到北京航空航天大学。

　　高教司：这不光是北京航空航天大学的问题，反馈给出版社，他就自然会反馈到学校的。

《华商报》（2015 年 11 月 9 日）

深度调查 *24*

陕西省教育厅 2015 年 11 月出台 "禁令": 严禁中小学校组织、要求学生参加有偿补课; 严禁中小学校与校外培训机构联合进行有偿补课, 对在课堂上故意不完成教育教学任务、课上不讲课后讲并收取补课费的教师重点查办。

现实情况究竟如何? 近日, 华商报记者进行了调查, 面对现实生活, 一些教师心里的师道尊严明显不敌其日益膨胀的经济欲求。比起教学质量, 更看重自己车子的质量, 多挣钱的愿望使他们中有的在学校敷衍, 在课外拼命, 有的甚至在课堂减量, 在课下补充, 逼得学生不得不参加他的补课班。

西安在职教师 "走穴" 调查——校内敷衍 校外拼命

在知情者的带领下, 近日, 华商报记者来到位于西安市北郊凤城六路的海荣阳光城小区。该小区距西安中学不远, 小区内有四家教育培训机构。

其中, 一家名为 "乐助教育" 的培训机构位于该小区 5 号楼 3 单元 105 室, 接待记者的是负责人房老师。机构内, 墙壁上张贴着各种各样的 "光荣榜" 和 "喜报", 很是醒目。喜报上, 罗列了上百名考入名校的学生名单。

除了学生名单, 还有对 "恩师" 的感谢。2015 年喜报上写着: "对各任课的赵老师、王老师、周老师等老师的辛勤工作表示感谢。" 2014 年喜报显示，有 19 名学生被各大学录取，其中 18 名是西安中学的。高考喜报中感谢了 33 名老师，中考和小升初共感谢了 8 位老师。

"乐助教育"：师资来自重点中小学，四科补 7 个月收费近 3 万

据房老师讲，"乐助教育"是 2009 年创办的，主要针对小学三年级至六年级、初高中学生的辅导；师资主要是特聘重点中小学专职教师、特高级教师。

华商报记者半信半疑，该负责人拿出宣传册耐心地说："我刚才说的是公开承诺，师资绝对是在职教师，优秀的在职教师。"他进一步解释，来这里补课的学生都补数理化英四门，一般在周末，因为代课老师周内要在他们学校上课，周末才有时间代课。

为了吸引报名试听，房老师说，看看我们老师的年龄你就会有信心，年龄就是经验，给你推荐：数学"王晓娟"（音），女老师，44 岁；物理张鹏（音），男老师，50 岁；化学赵婷（音），女老师，40 岁；英语宗老师，女，40 岁。

华商报：都是哪个学校的老师？

房老师：对不起，绝对不能说，是在职老师，绝对保证。

华商报：收费呢？

房老师：初三 1 对 1 授课，每小时 135 元，可以优惠，122 元吧。12 月开始补课，到明年 6 月底中考共 7 个月，按照每周补四科计算，每周 8 个小时，每月 32 小时共计 224 小时，共收费 27328 元。

华商报：接近 3 万元，太贵了！

房老师：是贵了点，不过已经打折了，在职老师的身价可不是一般的大学生，教学经验丰富，请都请不来的，能来的都是关系好的，一定要保证质量。

华商报：怎么安排补课呢？

房老师拿出一张《教师授课表》，稍加思考，很快把课程时间排出来，他甚至没有打电话问老师是否有时间。

在课桌上，华商报记者看到了两张《教师授课表》，学生名字"赵×ד，九年级，教师名字"程妮娜"，辅导科目为英语，授课时间 10 月 4 日 16：20~18：20；另外一张《教师授课表》，学生名字"米×ד，八年级，教师名字"王"（只有姓），辅导科目为"数学"，授课时间"2014 年 5 月 31

日 18：00~20：00"，教学内容为"平行四边形的判定（二）"。

"为学教育"：为躲避检查，北郊的班聘东郊和南郊的老师

在该小区 8 号楼 101 室，一个窗户上电子屏幕滚动着"为学教育""在职教师"等字样，其余窗户上贴满了广告。

"为学教育"一位女老师介绍，他们的代课老师全是在职的初三、高三任教老师。她说，马上中考了，时间紧，辅导老师一定要选对。费用初三年级每小时130元，一次课2个小时共260元，如果一次报四科的话可优惠到230元。

华商报：代课老师都是哪些学校的？

女老师：这不方便透露，即使告诉了你也不认识。我们教学点在北郊，因此我们选择东郊和南郊的在职老师，补课是政策不允许的，跑远些就是能避开学校和教育局的检查。

华商报：都是专职老师上课？

女老师：都是在职教师，老师除在本校上课外，其余时间都在我们这里，不像其他培训机构的老师，在多个机构代课，心都不专，除过挣钱还是挣钱。

这位女老师向记者重点推荐了"宋老师"，因为"英语水平高，千万不要错过，保证高考成绩 120 分以上"。

除了上述两家，"扬帆教育"位于该小区 7 号楼一二层，各种招生广告也贴满了窗户。同样，也是自称各门功课都是在职教师。

代课老师：教育局和学校查得严，不敢留电话

按照约定，11 月 29 日上午 10 时许，在"乐助教育"，华商报记者见到了"赵婷"老师。她中等个子，戴个眼镜，扎个马尾巴辫，土红色外套，黑裤子，挽着大包，疲惫地从课堂走出来。通过对学生 30 分钟的测试，"赵婷"说，基础还行，就是动手能力差，还有点懒，几道题测试下来都不会做，需要强化补课。

等待期间，一名男老师下课了，40 多岁，看样子累了，很快点了一支烟，猛吸几口。据悉，他是教高中的，"1 对 1"；与此同时，有一名男性老师前来上课，他在《教师学生签到表》上签上自己的姓——"赵"，是小学六年级老师。

该表上共有 9 名学生参与补课，其中一名丁同学补五门课。此表共涉及

11 名老师，补课时间是"2015 年 11 月 28 日、29 日"。

华商报记者和一名前来试听的学生家长交流。这名家长姓高，孩子上高中，在该小区居住。她想给儿子补英语，"听说这里的英语田老师不错，但不让家长和老师单独见面，等试听确定报名后才能和田老师联系"。

而据"赵婷"说，自己教初中化学已经 10 多年，知道学生容易在哪些知识点丢分，在此培训机构代课也好几年了，学生都很喜欢她的课。但问及她是哪个学校的老师时，她笑而不答，只是说："周末我都在这里代课，可带孩子来这里补课；如果实在不方便，我可以去家里给孩子补课。"

在"乐助教育"的宣传海报上，2013 年至 2015 年在此代课的老师共 30 多名，"都是在职老师"。

另据学生家长提供的几份教师授课表显示，在这里代课的还有"蔺云秋"，初二语文老师；"王莹"，小学六年级语文老师；"杨花"，英语老师；"程妮娜"，初三英语老师。

而在"为学教育"，华商报记者看到，一名男老师给学生补高中化学。

10 时 45 分，一名初三物理女老师给学生试听授课，该女老师姓"廖"，说是南郊一中学在职老师，询问名字和手机电话时也是笑而不答，"学校教育局查得紧，这个不方便告诉"。

北郊某中学：老师给补习班介绍生源，学生硬着头皮来听

暗访期间，华商报记者了解到，培训机构从学校挖补课生源都有"绝招"，一般操作模式是"贿赂"老师，特别是班主任，把班上同学介绍到培训机构，学生和家长一般不敢声张，去补课就是。

"有省教育厅的禁令，我们才敢举报不道德的老师，直接赤裸裸地让孩子补课。"一位初三学生家长气愤地说。

教育机构为了扩大生源，各学校、老师都要升学率，尤其是各班主任，于是就出现了这样一种现象：教师和培训机构双向合作，美其名曰"互惠互利"，补习机构目标是各校初三毕业班的班主任，班主任与学生沟通比较方便，学生和家长也易于接受。

补习机构在学校附近的小区租借地方，成立补习班，并采用游说、请

吃饭、送购物卡等方式，要求班主任推荐学习较差的学生。为升学率和提成，教师就鼓动学生去补课，甚至劝说家长，想尽一切方法把差生送到外面补习。

那么，补习机构给老师的报酬如何计算呢？一般按人头向教师提供报酬，介绍一位学生 500~1000 元；老师在校外补课，特别是晚上对学生进行小班辅导，一个班十几个学生，时间一般为 1~2 小时，每个学生向培训机构交 50~100 元左右，其中，老师分七成。

12 月 3 日晚 8 时许，华商报记者在北郊某中学附近一住宅小区就看见了补课的学生。一位不愿透露姓名的初三同学说，他们是被班主任推荐到这里补课的，"学习成绩不好，可能会影响升学率，本也不想来，但是班主任说了，唉！怎么办呢？只好硬着头皮来听"。

中学老师：好学生都补，差生就没了不补课的理由

教育部门严厉禁止在校教师课外参加有偿补课，但补课依然上演，是什么原因造成的？

一位不愿透露姓名的中学老师说，他有 20 年教龄，补课缘由首先是现在学生课业负担繁重，从中学来看，一进中学，主科猛增为七门，且每科老师都将本学科视为重中之重，就向学生下达具体任务，如有些教师某单元考试 80 分以下请家长，60 分以下补考等。面对这样的要求，不少学生失去了方向感，丝毫不敢怠慢，只好出去补课。

其次是学习竞争日益激烈。课堂时间有限，没有谁能轻易拿到好成绩，基础好的同学都补课，基础差的学生就没有了不补的理由。

由竞争而引起的补课热主要有两种情况：程度较差的希望消除差距，而程度较好的希望扩大差距。

补课形式不断变花样，费用也逐年攀升。这位老师说，记得 1999 年时，老师的补课费用是每小时 10 元；后来是教师组织校外补习班，基本上每小时 30 元；现在是教师到补习机构兼职代课，"一对一"补课费一小时 100 元以上，价钱是机构和老师三七分成，机构"三"，老师"七"。许多教师直言不讳地说，校外补课收入远远大于正常的学校收入。

教务主任：为多挣钱，老师校内敷衍，课外拼命

"教师在校外补课不仅损害了教师的社会形象，更为严重的是影响了学校教育教学改革的深化……"不愿透露姓名的初中教研组长认为，教师走穴会不专注于课堂教学，而是将大部分精力放在补习班上，从而导致对教材、学生缺少研究分析，备课、批改作业不认真，以及授课无计划，降低了单位时间内传授知识的含金量。

另外，有教师为吸引学生补课，补课内容超前，致使学生对课堂内容没兴趣，甚至有的学生过分依赖课后补习，忽略了学校的正规教育，课堂上课学生无精打采，似懂非懂，问他为什么？学生说，"这些知识我已经学过了"。

西安市一重点中学教务主任认为，面对现实生活，一些教师心里的师道尊严明显不敌其日益膨胀的经济欲求。比起教学质量，更看重自己车子的质量，多挣钱的愿望使他们中有的在学校敷衍，在课外拼命，有的甚至在课堂减量，在课下补充，逼得学生不得不参加他的补课班。

他认识西安某中学的名师，个人专业能力非常不错，据他本人聊天时说，每月仅周末校外补课的收入就远超学校一月的工资，轻轻松松上课，不改作业，不坐班，何乐而不为呢？

《华商报》(2015 年 12 年 8 日)

深度调查 25

 核心提示：

> 流程：用针孔摄像机将考题传出考场，后将答案通过电台传给使用隐形耳机的考生；
>
> 调查：记者举报后，无线电管理部门现场查获"作弊电台"，抓获8名参与者；
>
> 尴尬：公安雁塔分局以无法律依据为由拒绝接收移交过来的案件，8名参与者又被放走；
>
> 观点：律师认为泄露国家机密，公安机关可以"非法经营罪"对参与者进行立案。

考场外架设无线电台给考场内传递答案

学生举报：作弊团伙在考场外设电台

2007年1月11日晚11时许，本报接到知情者举报称，他是西北政法大学的学生，最近和一个专业的考试作弊团伙有所接触，得知1月20日和21日全国研究生入学考试期间，该团伙将在西北政法大学行动，对方还让他参与，但被他拒绝。这位同学希望华商报记者调查。

据知情者介绍，作弊团伙使用的仪器和方法很专业，届时将有几人冒充考生进入考场，使用圆珠笔尖大小的针孔摄像机将原题传出考场，考场外有专门雇用的高手负责做题，随后将答案传送给使用隐形耳机的考生。

知情者同时提供了一个重要信息：作弊团伙正在考察设立电台发射器的地点，主要围绕西北政法大学 3 号教学楼，初步定了几个地点——行政楼四楼、教工食堂楼顶、北边八里村的几栋民房——所使用的发射器，是脸盆大小的正方形盒子。

此外该团伙共有几十人，所安装的发射器可以突破考场的屏蔽器，使用的对讲机频率号码第一位是 4，后面全是 0，收取作弊考生每门 1000 元至2000 元。

记者初查：可疑发射器架在民房顶

与此同时，记者得到另一知情者提供的消息：作弊工具可能隐藏在西北政法大学附近的民房里。

12 日下午，记者来到西北政法大学北边的八里村，不时有很多学生模样的人从 5 号房里出来。记者顺着该民房楼梯，一直上到 7 楼，但各住户房门都紧锁着，无法找到准确的作弊地点。

而据知情者介绍，作弊地点主要就在这几户民房里，不会有错。

于是记者又继续寻找目标，最后在 5 号民房楼顶，记者发现有一白色盒子挂在铁柱子上，白色盒子长约 30 厘米，宽约 20 厘米，上面没有任何标识。盒子上还连着一根黑色电线，从 7 楼伸下去，通过窗户进入房子；同时，东边民房屋顶上也悬挂着同样的装置。

但记者不能确定这就是考试作弊团伙的发射器。

现场监测：无线电管委会锁定"作弊电台"

1 月 18 日，考研日期临近，记者向省无线电管理委员会办公室西安市监测站（以下简称无线电监测站）举报。下午 3 时许，无线电监测站出动两辆移动监测车，携带监测设备，出动 5 名技术人员前往探测。无线电监测车到达八里村后，立即引起附近停放的两辆面包车的注意，一辆车号为"陕AW937×"的白色丰田面包车停放在一辆监测车前面，一直注意着监测车里的动静。

移动监测车不得不赶快离开并隐藏起来，接着监测车锁定了正在调试的对讲机频率——433.3350。技术人员迅速调整对讲机频率，断断续续听到有人在读文字和英语字母："一组3321，4334，3414，OK！二组2213，4321，3221，OK！"

无线电监测站几位技术人员商量后，基本判断这是私设的非法电台，架设在屋顶的白色盒子就是发射器，但是否是用来进行考研作弊还无法确定。晚10时30分，无线电监测站技术人员秘密住进西北政法大学附近一宾馆，随身携带便携式测向仪等技术工具。

接着，技术人员检测到对方的声音，这种无序的调试方式断断续续一直持续到19日凌晨3时许。1月19日下午2时20分，对讲机里收到报信语言，是一个女声，陕西口音，念中文与男子对话，显示频率"435.9600"最后监听到"调试成功完毕"。从19日下午到20日上午8时许，再没有监听到调试语言。

至此，技术人员已完全可以判断出非法电台的设置地点，如果20日考试作弊团伙利用它传送考研答案，他们将立即出动并让警方介入，一举摧毁该非法设置。

捣毁电台：8名参与者上午被抓

昨日上午9时许，考研开考已经半个多小时，无线电监测车在八里村5号民房检测到了对方声音："别着急，才开始考试，试卷不可能马上弄出来……"

9时10分，记者给西安市公安局雁塔分局报案。9时50分，公安、监测站等十几名执法人员一齐冲上去，在705号房间，执法人员推开门后，看到一名男子手持对讲机，另外一名男子坐在电脑前，还有其他3名女子也在紧张做题，等他们回过神来时，已经被突如其来的执法人员吓蒙了，纷纷扔掉对讲机、充电器、书本等，蹲在地上不敢抬起头来。

这时记者才看到，这是一间只有4平方米的小房子，窗口的黑色电线连接在扩频器上，电脑里显示着下列字句——

"不要着急，试题马上传出，别着急！"

"我国社会主义初级阶段性质和所处的初级阶段……"

"35答案要点为……""这两种都行，一个意思，你们答一下。"

"我题目都发两种答案，你们随便选一个，要修改不要雷同。"

同时在现场，记者看到一张政治题："简答马哲指出认识是实践基础上，主体对客观的能动反映……"

就在执法人员检查时，5 号民房东边民房里出来 2 名女士，手里提一个塑料袋，民警从她们手里的塑料袋里查出对讲机、充电器、电源线等设备，在警方和监测站执法人员询问下，这些人都低头不语。

昨日上午，从八里村两处民房里，共抓获 9 名参与考研作弊者，其中一名女子逃跑，其他 8 名参与者落网。

据房东王女士介绍，两个月前有自称是西北政法大学的学生来租房子，一共租了 603、604、705，租房的是付某、李某、秦某，603 没人住，604 住一个女生，他们经常带很多学生来，因此就没有多问。记者在房东登记本上看到，付某身份证是河南平顶山人，李某是西安市莲湖区人，秦某是河南省凌县人。

缺乏依据：几小时后又被放走

昨日下午 3 时许，整个询问笔录结束。无线电监测站站长申树林介绍，从目前调查结果来看，这些人所进行的都是与研究生考试有关的活动，并且这些参与者也承认了，但对于私设电台的行为，这些参与者都不知情。申树林说，这是一起与国家级考试有关的事件，性质比较严重，他们要马上移交公安雁塔分局。他们的职责就是捣毁非法无线电设备，阻止泄露国家秘密的行为。

但申树林等人把询问笔录等证据移交公安雁塔分局时发生了意想不到的事情，公安雁塔分局认为，治安管理处罚法和刑法关于作弊没有明确条文，他们没有权力处理该事件，所以不能接收该案。

下午 4 时 30 分，无线电监测站将 8 名参与考研作弊者放走。

而《中华人民共和国无线电管理条例》第 43 条规定，擅自设置、使用无线电台（站）的，国家无线电管理机构或者地方无线电管理机构可以根据具体情况给予警告、查封或者没收设备、没收非法所得的处罚；情节严重的，可以并处一千元以上、五千元以下的罚款或者吊销其电台执照。

律师观点：应该采取强制措施

对于公安雁塔分局不接收无线电管委会案件移交一事，陕西嘉瑞律师事务所律师朱占平认为，该作弊事件公安机关应该很快介入调查，根据有关法律规定，该事件已构成泄露国家机密事实，给国家组织考试部门造成十分大的压力。

同时，参与者非法架设电台是以出售答案获利为直接目的，依据《中华人民共和国刑法》第 225 条第 4 款规定，可认定"非法经营罪"。不论从何种角度来说，公安部门应该尽快介入调查，并对参与者采取强制措施。

《华商报》(2007 年 1 年 22 日)

高科技"作弊手表"安全接收考研答案

探访窝点

作弊集团称，手表橡皮都能传输答案

"'西北学团'在考研助考界有着丰富的经验、可靠的团队、良好的信誉和诚信，能够高质量及时提供考前与考中辅导……"2008 年 1 月 13 日，在西安南郊某大学考研辅导班门口，散发着大量的"西北学团"宣传单。

"和西北学团合作，能够让您的成绩瞬间提高，英语、政治 75 分，数学 120 分，西医综合 210 分……"西安某大学的王同学感到十分好奇，也拿了一张"西北学团"宣传单，凑到跟前询问究竟。

"我们的设备绝对保密，是第二代反手机屏蔽设施，考试答案通过手表接收器或智能橡皮阅读。"发传单的男子诡秘地说，"当手表接收器和视力垂直时，考生可以看到发送的答案，橡皮贴在脑门上可以听到播放的考试答案，如果需要请和我们联系……"

出于一种社会责任感，王同学及时举报了这些不法行为。

按照传单上提供的地址，记者很快进入"西北学团"网站。

首先是"以诚搏四方，天下考生都是西北学团的朋友"的主题，其子项目有"西北学团服务项目""研究生考试注意事项""付款方式""答案的传输"等信息。在该子项目中，提供的作弊门类齐全，共涉及六大类 25 小类考试服务项目。

"我们推荐用第 2 代反屏蔽隐形耳机或手表接收器。我们用 QQ 传给你的朋友，再由他用第 2 代反屏蔽隐形耳机或手表接收器，传到你的耳机里或手表上，具体传输细节请打电话或面谈。"服务价格，政治 1500 元、英语 2000 元、数学 2500 元。

答案传输发射器紧急从重庆空运

1 月 18 日，西安市东八里新村招待所 408 室，记者和 10 多名考生咨询手表接收器。

记者看到，这个手表接收器貌似普通电子手表，大屏幕，灰色，皮链子。一个身高 1.7 米左右的瘦个男子熟练地介绍说："我把答案发给你的朋友，然后让你的朋友用群发软件发到手表上，十分安全。"

"发射器是啥样子的？"

该男子拿出一个发射器的空盒子，上面写着 RS-800 智能传呼系统，生产单位是"重庆饶氏电子科技有限公司"，没有电话号码，地址"重庆市渝中区华一路"。

"有没有实物？让我看看！"

"实物断货了，大家都在等，现在马上从重庆紧急空运！"

该男子向考生们讲，这种电子手表最安全，一旦答案从考场外传递来，考生可以安全接收到答案；一旦监考老师走过来，考生按一下表上按钮，监考老师看到的只是手表。

紧急抓现：15 名作弊者现场被抓

"选择题 10~15 题，32214……""医生和病人的关系有两层……"这是 1 月 19 日研究生考试第一天，西安市无线电监测站执法人员在西安文理学院考区，监听到的传输答案的声音，执法部门随后展开了紧张的现场抓考试作弊行动。

19 日下午 2 时 55 分是英语考试。

在校外一工地上，执法人员监听到信号后，抓住去年刚毕业的西安财经学院学生符某，现场搜出磁环接收机一个，西安易考通宣传单（提供作弊设备的名片），60 多个作弊用的频率记录单。他交代，考研前在西安交通大学、西安文理学院、西安财经学院等高校贴作弊传单 100 多张。

当日下午 4 时 10 分，无线电执法人员用 EB200 接收机徒步寻找信号，在沙井新村一栋民房顶层找到正在用电脑传答案的作弊者，他是西安交通大学 2004 级电气工程专业的学生程某。同时，民警在楼下抓获一准备逃跑的男同伙。现场发现用于作弊的电脑 3 台，对讲机 6 部。程某说，他负责给西安文理学院考场里的 4 个人传答案，其中一名是张某，一名是周某，另外两名他不认识。

截至 19 日下午 5 时考试结束，西安文理学院考场内抓获作弊考生 9 个，没收对讲机 10 多台，暂扣笔记本电脑 5 台。西安市公安局文保支队和辖区派出所对参与作弊的人员正在进一步调查。

尴尬一幕：在场警察拒不出警，作弊窝点及时撤离

1 月 19 日早 8 时 30 分，记者随同西安市无线电监测站执法人员在西安文理学院采访，当时西安市公安局文保支队警察也在场，主要是维护考试安全，预防考生作弊。

9 时许，记者紧急把 18 日在东八里新村暗访的情况告诉文保支队一名女警察。她得知这一消息后立即说："你稍等，我们马上给你联系人。"并让记者在文理学院南门保安室内等待，准备一同前往。

10 分钟后，她的态度突然 180 度大转弯："我们不去了。"并让记者自己联系当地派出所。而当时时间非常紧迫，记者担心该窝点及时撤离，再次报警要求文保支队出警查处。

"你报警我们就要出警吗？"这位女同志生气地说。

"你这不是拒绝出警吗？"记者反问。

"拒绝出警怎么了，你能把我怎么办？"女警非常生气地说，随后让学校五六名保安强行把记者轰出校门。记者在外边雪天中耐心等待，而半个多小时里，该校南大门有很多闲杂人员出出入入。

记者无奈联系西安市公安局，在有关领导协调下，在场的文保支队负责人这才给校保安打招呼，让记者跟随无线电监测站执法人员采访。

19 日中午 12 时，记者向公安雁塔分局长延堡派出所报案，但民警赶到东八里新村招待所 408 室的非法窝点时，已是人去楼空。招待所服务员介绍，408 室的客人是 19 日 11 时退房的。

当日下午 3 时，记者在西安文理学院再次见到文保支队的那名女警察，并向她通报了这一情况。"人家要跑掉，我们有啥办法！"她两手摊开做出无奈状。

"我们报警后，你们为什么不及时出警？"记者问。

"你报警了我们就要出警吗？"她还是这句话。

"既然不让闲杂人员进入，请问停在图书馆附近的作弊车辆咋进入校内的？"

这位女警察拒绝回答记者的提问。记者又追问："您贵姓？"

"我没有姓！"说罢，她进入文理学院南大门，叮咛保安不要让记者进入。

而就在考试前夕，有关部门要求对于代考、助考、网络诈骗及涉嫌在考前和考中，非法传播与考试相关内容的网站、机构及人员严肃查处。

执法难题：作弊手段先进，法律制裁空白

西安市无线电监测站负责人介绍，现在作弊者发信号的时候都移动作案，仪器虽然能监测到，但等执法人员过去后，作弊者早就跑了。另外，考生作弊的手段非常先进而且隐蔽，监测站对一些装备良好的对讲机存在监控难度，如利用电子表接收器作弊，他们都没有见过这种设备。

据了解，目前西安市无线电监测站只有 8 位工作人员，每逢考试只能对一个考点进行监控，对一些监测到的非法信号只有实行屏蔽，在管理上难度非常大。依据《无线电管理条例》，600MHz 的频率是广播电视等机构专用的，400MHz 虽然是民用的，但个人要使用也须在西安市无线电监测站申请，可现实中很少有人申请，都被非法使用。

对利用无线电参与考试作弊，《治安管理处罚法》明确规定："违反国家规定，故意干扰无线电业务正常进行的，或者对正常运行的无线电台（站）产生有害干扰，经有关主管部门指出后，拒不采取有效措施消除的，处五日以上十日以下拘留；情节严重的，处十日以上十五日以下拘留。"

记者曾多次参与打击利用高科技作弊的行动，但尴尬的是现有法律没有考试作弊的处罚规定，警方很难介入调查。《治安管理处罚法》《刑法》等没有相关条款，法律层面上确实出现了空白；集团化参与作弊是新情况、新问题，特别是在考试期间试卷是否是国家秘密也没有认定。

西安交通大学人文学院教授、博士生导师马治国认为，只要考试存在，不论出于何种原因的作弊行为都要受到谴责，考试已经成为我国升学、就业、晋升的必经环节，对社会、公民具有普遍意义的活动。但至今在法律上还处于空白，显示了立法和司法的滞后。高科技集团化作弊，正严重冲击考试秩序，立法治弊，刻不容缓。

2007 年 12 月 25 日，教育部新闻发言人透露，《考试法》正在拟定中，目前已提交给国务院法制部门。据悉，该法将使打击作弊有法可依。

《华商报》（2008 年 1 年 23 日）

（作者注：2015 年 11 月 1 日起正式实施的《刑法修正案（九）》明确规定，"在法律规定的国家考试中，组织作弊的，处三年以下有期徒刑或者拘役，并处或者单处罚金；情节严重的，处三年以上七年以下有期徒刑，并处罚金"。与此同时，提供作弊器材，非法出售或提供考试的试题、答案，替考等作弊行为，也都会入刑，依照刑法规定进行处罚。）

三农篇

深度调查 26

 核心提示:

> 　　陕西省委书记赵乐际曾说过,现在好多地方争着去掉贫困帽子,用贫困县的帽子来掩盖自己的无所作为。
>
> 　　面对省委书记的话,荣获"全国百强县"的神木县委书记说:"我们还戴贫困县帽子明显不合适了。"
>
> 　　"贫困县帽子"戴与不戴,如何戴,既有不均衡发展自然条件的限制,也有制度安排的问题,必须抛弃 GDP 的崇拜。

贫困县帽子是荣是耻?——必须抛弃 GDP 崇拜

　　现在好多地方争着去掉贫困帽子,我们一些地方却在争戴贫困帽子,这说明我们的一些县领导忽视富民,安于贫穷。用贫困县的帽子来掩盖自己的无所作为。

——赵乐际

　　"咱神木是陕西唯一一个被评为全国百强县的!""神木还是陕西'省级扶贫开发重点县'。""那是这个'百强县'有水分,还是贫困县帽子戴错了?"

　　从西安开往神木的 4901 次列车上,有两名来自神木的乘客一边翻看一份报纸一边争论——引起他们争论的是这份报纸刊登的一条《热烈祝贺神木跨入全国百强县》的广告。广告称"2007 年神木县完成地区生产总值 197 亿元，财政总收入 47.5 亿元，其中地方财政收入 10.8 亿元，农民人均纯收入 5122 元。2008 年又在全省率先跨入全国百强县的行列"。

神木县机关大院里的豪车

神木县有 38 万人口，面积 7600 平方公里，居全省之最，接近比利时国土面积的四分之一。最令这里人自豪的还不在于大，在于它的下面埋藏着数量惊人的乌金——上个世纪 80 年代，被誉为世界第八大煤田的"神府东胜煤田"发现，其中神木境内探明储量超过 500 亿吨，且煤质优良、埋藏浅、易开采。

今年 7 月 6 日揭晓的"全国县域经济基本竞争力"评价中，神木县跨入全国百强县，居第 92 位，从而改写了陕西没有全国百强县的历史。

作为全国第一产煤大县，神木经济强劲崛起已是不争事实。走在大街上，到处都在开工的大楼和一家挨一家的酒店，显示着这里的繁荣。位于县城中心的县委、县政府两栋高层办公大楼，无论从建筑面积还是墙体材料看，都能看出当地政府的财力。

行政大楼的院子里停放着近百辆小轿车，仅陆地巡洋舰、丰田霸道、现代国际等名车就有几十辆，有不少是公车，也有一些是来政府办事的私企老板的车。

7 月 30 日上午，当记者来到神木县政府某部门领导的办公室时，这里有一位酒店女老板正在要账。当地官员请客吃饭一般先记账，累积到一定数目后统一到会计核算中心报账后才给酒店付款。

"有几张单子被财务卡住了，说是没有写明招待谁。"报账员向领导解释说，"可能是大家当时喝多了，没写清。"

"大家过日子没问题"

和县城的繁华相比，沙峁镇的石角塔村就显得落后多了。石角塔位于神木县城南 40 余公里处，革命战争年代，这个近千人的村子出过好几名"红小鬼"，其中有两名后来成为省部级领导干部，一位是甘肃省原省委书记李子奇，另一位是国务院原能源办副主任李智盛。

前不久，沙峁镇政府为改善石角塔村村容村貌，在村民居住的石窑洞外墙上抹了一层水泥，但政府出钱办的好事却并没有受到当地村民的好评。"抹水泥费工费料，这钱都白花了。我们这里石匠多，墙本来就很坚固，没必要抹水泥。"一位村民说。

因为地下没有煤，石角塔属于神木县经济发展较弱的一个村，全村现有低保人口 98 人，超过户籍总人口的 10%，其中 60 岁以上的老年人大多数享受了低保。村民有四成外出务工，留守的靠卖红枣、花生及养猪生活。

"现在中央政策对农民很好，大家吃饭、穿衣、过日子都没问题，只有生病、娶婆姨时才有点困难。"当过 20 年村支书的李子义说。

按照当地婚俗，结婚时男方要向女方送彩礼，一般万元左右，再加上置办结婚衣物、家电家具、招待客人，结婚的总费用多在 3 万元上下。与当地农民的收入相比，这个数字显然高了点。

合河村是神木县马镇镇一个贫困人口较多的农业村。白光明家住的是一孔曾祖父留下来的石窑洞，因为年代久远，窑洞表面的石头已经被雨水腐蚀得凹凸不平。石窑洞里墙面被烟熏得漆黑，显然很多年已经没有粉刷了。

白光明的妻子残疾，两个孩子上小学，4 口人只有一个劳动力。从 2006 年开始，白光明一家享受农村低保，每人每月得到政府固定补助 40 元，除过没有户口的妻子，3 人全年可领到 1440 元的补助，基本解决了温饱问题。

和白光明比，白四晃一家在村里属于中等偏上户。去年因为红枣受灾绝收，他们家 5 口人收入不足 1 万元，这还包括他本人外出当石匠务工收入 2000 多元。虽然不算宽裕，但维持家庭基本开支还是没有问题的。

"贫困县帽子我们早就想摘"

"神木县目前的贫困面还是比较大的，到 2007 年底，全县还有 4.8 万贫困人口，其中年收入在 625 元以下的有 1.9 万人，625 元至 825 元之间的有 2.9 万。"神木县扶贫办副主任温玉珊说。

谈到神木县头上的两顶"帽子"时，县委书记郭宝成笑着说："贫困县帽子我们也想摘，但摘帽子不是我们的事。上面每年给贫困县拨的七八百万元专款，和我们十多亿元的财政收入比微不足道。"

郭宝成介绍，前不久，省委书记赵乐际来神木考察时说，"神木贫困县帽子早就该扔到太平洋了……"当时，他的一番话把在场的官员都逗乐了。

回去后，县上领导都认真思考了赵书记开玩笑的一句话，认为神木既戴"全国百强县"的帽子，又戴"贫困县"的帽子，明显不合适。

据了解，今年神木县已实行12年制义务教育，义务教育阶段所有在册中小学生全部免费上学，并且还给所有寄宿生每人每天补助生活费3.5元。明年，县上还打算对所有人口做到"免费看病"，对所有住院看病的群众、干部一视同仁，全部免费。同时，对所有孤寡老人、残疾人都将实行集中供养，费用由县财政负担。"其实贫困县帽子我们早就想摘，借这次思想大解放、大讨论机会，就彻底摘掉吧！"郭宝成接受采访时说。

"贫困帽"是怎样戴上的

目前，陕西有50个国家扶贫开发工作重点县，数量位居全国第二（与贵州并列），另有27个省级扶贫开发工作重点县。这些贫困县主要分布在陕北白于山区、黄河沿岸土石山区和陕南秦巴中高山区。近两年，国家对每个扶贫开发重点县资金支持平均每县在五六百万元之间。

公众感到难以理解的是，同为贫困县，吴起、神木两县人均地方财政收入是丹凤、商南的十几甚至几十倍。其中人均可支配财力超过1万元、位居全省第一的吴起县，至今还是国家扶贫开发工作重点县。志丹目前也是国家扶贫开发工作重点县，2007年这个只有13.5万人口的县地方财政收入达到11.4亿元，人均接近万元。

据省扶贫办政策法规处工作人员介绍，陕西现有的77个扶贫开发重点县是2001年规划确定的，规划期10年（2001~2010）。确定扶贫开发重点县主要有4个指标，分别是贫困人口（人均年纯收入小于825元，按物价上涨等因素推算到2007年为1067元）占农业人口的比例（占60%），农民人均纯收入（占30%），人均地方财政收入（占5%），人均GDP（占5%）。

确定扶贫开发重点县采用的数据是国家统计局公布的，为减少偏差，其中农民人均纯收入、人均地方财政收入是按1997年、1998年、1999年3年平均数据计算的。国家扶贫开发工作重点县名单，要经过国务院扶贫开发工作领导小组审查备案，省级扶贫开发工作重点县由省扶贫开发领导小组研究决定。和国家扶贫开发工作重点县比，省级扶贫开发工作重点县的特点是，全县整体上的贫困基本消灭，但县内仍有一部分贫困区和一定比例的贫困人口。

近年来，省扶贫办及有关方面已经认识到对贫困县动态管理的必要性。据了解，日前，省级扶贫县神木、志丹、延安市宝塔区 3 县区的"贫困帽"已经摘掉。同时，省上已向国务院扶贫开发领导小组建议，摘掉吴起县的"贫困帽"。

全省 9 强"贫困县"财政收入、人均可支配财力示意图

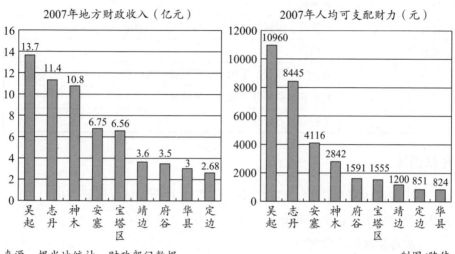

来源：据当地统计、财政部门数据。　　　　　　　　　　　　制图/陈伟

陕西"国贫县"数量全国第二。

50 个国家扶贫开发工作重点县（2001~2010）

所属市	数量（个）	县（区）
延安	6	子长县、安塞县、延长县、延川县、吴起县、宜川县
铜川	3	耀州区、宜君县、印台区
渭南	3	合阳县、蒲城县、白水县
咸阳	5	永寿县、彬县、长武县、旬邑县、淳化县
宝鸡	3	麟游县、太白县、陇县
汉中	5	洋县、西乡县、宁强县、略阳县、镇巴县
榆林	10	清涧县、子洲县、绥德县、米脂县、佳县、吴堡县、横山县、靖边县、定边县、府谷县
安康	8	汉滨区、汉阴县、宁陕县、紫阳县、岚皋县、镇坪县、旬阳县、白河县
商洛	7	商州区、洛南县、丹凤县、商南县、山阳县、镇安县、柞水县

27个省级扶贫开发工作重点县（2001~2010）

所属市	数量（个）	县（市区）
榆林	2	神木县、榆阳区
延安	7	宝塔区、志丹县、富县、甘泉县、洛川县、黄陵县、黄龙县
西安	1	蓝田县
渭南	5	大荔县、澄城县、华县、临渭区、华阴市
咸阳	1	武功县
宝鸡	5	陈仓区、凤县、千阳县、扶风县、凤翔县
汉中	4	城固县、留坝县、勉县、佛坪县
安康	2	平利县、石泉县

专家访谈

史耀疆，1963年出生，教授、博士，西北社会经济发展研究中心主任，主要研究方向为农村经济和能源经济。

经济发展富县还是富民

记者（以下简称记）：从公开的资料看，神木既是陕西唯一的全国百强县，同时又戴着省级扶贫开发重点县的帽子，您怎么看待神木这种矛盾？

史耀疆（以下简称史）：神木既是百强县又是贫困县这种背后的原因是不均衡发展。不均衡发展有自然条件限制的原因，也有制度安排的问题。像神木这样的财政状况，有能力解决这个问题。

缺少对农民能力提升的教育

记：您眼中合理的制度安排包括哪些？

史：神木有那么多的大型企业，政府应该把老百姓的就业作为首要发展指标。现在的问题是，一方面神木本地一些劳动力就业不充分，另一方面外来劳动力大量进入神木。为什么当地的劳动力没有竞争力？说到底还是教育问题。政府对教育的支持不够，劳动力转移的后劲肯定不足。只有给每一个人公平的受教育机会，社会才能和谐发展。所以在制度安排方面，首要的是解决教育问题，最缺的是针对现有农民能力提升的教育。

记：除了重视教育、加强劳务培训外，政府在扶贫方面还有哪些事急需要做？

史：一个农民家庭能不能脱贫主要由以下四点决定：一是健康，二是人力资本，三是土地，四是水资源。在欠发达地区农村，经常可以见到因病返贫的家庭。针对这个问题，政府应该逐步建立完善的医疗保障体系。人力资本，主要靠教育提升。现在的农村剩余劳动力主要转到建筑业去了，但修路、盖楼不可能一直这么搞下去，所以还要考虑农业的问题。政府在农业技术推广、农村供应链的衔接、金融支持、小额信贷方面有所作为，要为农民参与市场的便利性创造条件。

从"吃饭财政"转向公共财政

记：神木目前人均可支配财力已接近 3000 元，这个水平远远超过全省的平均数，是不是可以这样理解，当地应该有能力解决自身区域内的贫困问题？

史：随着一个地区经济的发展，财政会从主要维护政府机关自身转到发展公益事业、支持当地经济建设上来。前面一种情况叫"吃饭财政"，就是财政收入主要用来发工资养活干部；后面才是真正意义上的公共财政，纳税人的钱绝不是为了干部吃饭！

就神木而言，当地应该拿出一个统计数据，看他们用于维护政府机关自身运转的费用，包括工资、办公费、车辆折旧、招待费、会议费等有多少，在财政总收入中占什么比例。我们再拿一个人口相当的县做对比，然后研究总结。这涉及一个地方政府有了财力后怎么支配的话题。

必须抛弃 GDP 崇拜

记：在现有体制内，政府业绩评价是一种重要的监督手段，您对这种监督有何评价？

史：无论向上级汇报，还是宣传报道，GDP 总是最受关注的，这种 GDP 崇拜是错误的。评价地方政府的绩效，不能过于侧重一个指标。社会发展不是一个 GDP 能反映出来的，像就业、教育、公共卫生、环境保护问题跟不上，即使 GDP 上去了，也不能实现可持续发展。所以，我们必须抛弃 GDP 崇拜。神木县的这种矛盾，从根本上说是一个"富县"还是"富民"的问题。

记：从数字看，当地政府这些年投入扶贫的钱也不算少，为何还有不少贫困人口？

　　史：这是一个政府服务的有效性和平等性的问题。现在的扶贫完全是政府主导的，没有让农民参与到这个过程中。正如你在前文中提到的那个村，政府花钱给他们的石窑洞外抹了水泥，但老百姓并不满意。为什么呢？因为没有让老百姓参与，如果参与了，他们可能会用这笔钱去改善一下厕所或猪圈。

　　我们提倡参与式扶贫，因为这种方式不仅提高了农民的满意度，更重要的是参与的过程本来就是一种监督。

《华商报》（2008 年 9 年 22 日）

（合作作者　郝建国）

深度调查 27

 核心提示：

　　2015 年 2 月 13 日，中共中央总书记、国家主席、中央军委主席习近平来到陕西考察调研，向革命老区人民和全国各族人民祝贺新春。第一站，总书记到的是延安市延川县梁家河村。

　　总书记这次到延安，一个重要目的是对革命老区脱贫致富进行调研。习近平在很多场合说，全面建成小康社会，最艰巨最繁重的任务在农村，特别是在贫困地区。没有农村的小康，特别是没有贫困地区的小康，就没有全面建成小康社会。

习近平视察陕西后，陕西省扶贫在行动——

陕西今年脱贫人口 100 万　革命老区要先致富

　　2015 年 2 月 26 日，陕西省扶贫办召开中心组（扩大）学习会议，传达学习了习近平总书记在陕西视察时的重要讲话精神，省扶贫办确定今年脱贫目标为 100 万人。该负责人介绍，为实现这个目标，他们将通过六大措施落实：

　　一是深入落实精准扶贫。就是谁贫困就扶持谁，谁的贫困程度深对谁的扶持就多。

　　二是持续推进移民搬迁，重点抓好特困户搬迁安置工作，扎实搞好移民安置点基础设施和公共服务配套建设。

　　三是加快片区攻坚步伐。继续推进秦巴山、六盘山、吕梁山三个国家片区扶贫攻坚规划实施，打通贫困村、贫困户发展的"最后一公里"通道。

四是广泛开展社会扶贫。强化干部联户帮扶工作，完善干部驻村考核管理制度。建立社会扶贫网络信息服务平台。

五是创新扶贫体制机制。改革扶贫资金管理机制，全面下放扶贫项目资金审批权限。

六是对于老区的扶贫是重点更是难点，陕西省扶贫办今年会加大革命老区建设力度。加大投入支持力度，采取更加倾斜的政策，增加对老区扶贫开发财政资金投入和项目布局，加快老区基础设施、社会事业、产业开发、生态环境、社会保障的建设，支持革命老区率先脱贫致富。

靖边县的安广生今年76岁了，是靖边县老区建设促进会会长，昨日下午他告诉华商报记者："在电视上看到总书记的讲话，特别是提到老乡两字，心里非常激动和温暖……"安广生说："因自然条件的限制，县里还有近4万贫困人口，人均年收入才几百元，生活十分艰难，这下我们迎来了好的发展机会。"

据悉，2014年陕西扶贫开发全省累计脱贫114.7万人，创历史新高，贫困人口从575万人减少到460.3万人，贫困发生率从21.7%下降到17.7%。

省农业厅11个督导组将下基层，促进农民增收和农业增效

近日，陕西省农业厅党组中心学习组传达学习了习近平总书记在陕考察时的重要讲话精神，以及陕西省委书记赵正永在全省领导干部研讨班上的讲话，围绕加快推进陕西特色现代农业建设，研究贯彻落实意见。

陕西省农业厅厅长白宜勤表示，结合当前春季农业生产工作，省农业厅将组成11个督导组，由厅领导带队包市，开展为期1个月的转作风抓落实下基层活动，督导春耕生产、动物防疫、农村土地承包经营权确权登记颁证和调研等工作，千方百计促进农民增收和农业增效。

目前，陕西省农业厅已将《关于加快推进陕西特色现代农业建设意见》报请省政府，待批准后尽快实施。

省果业局加强品牌与营销创新，提高果业效益，增加果农收入

习近平总书记在陕调研期间，来到延川县梁家河村，他深入山地果园，

询问果农苹果销路、收入情况，强调陕西果业要提高生产标准化水平和科技含量，延长产业链条，推动果业发展迈上新台阶。

近日召开的陕西果业工作会上，陕西省果业局局长高武斌介绍，陕西果业目前进入转型升级阶段。调结构方面，要因地制宜，改造乔化，发展矮化，打造全国最大的陕北黄土高原山地苹果示范区、渭北北部老果园改造示范区和渭北南部矮化栽培示范区；猕猴桃要按照"东扩南移"思路，推进秦岭北麓及汉江、丹江猕猴桃基地建设……转方式方面，由简单生产型向科研创新型方式转变，通过加强职业果农培训、加强市场信息服务、加强品牌与营销创新等方式，提高果业效益，增加果农收入。

专家观点

扶贫工作尚不够均衡、全面、精准

华商报记者昨日连线出席全国两会的全国政协委员、西北农林科技大学教授、校长助理霍学喜。霍学喜认为，习近平总书记强调的"老乡"寓意农村居民，"老乡"的传统与习俗、文化与理念、基础与能力等，与国家城乡快速发展的趋势距离比较远，适应城乡经济、社会发展的能力比较弱；"老乡"的生存条件与环境、发展条件与环境，以及发展现状、发展基础与能力距离全面建成小康社会的战略安排与目标比较远，其中革命老区的"老乡"境况更是如此，因此，习近平总书记深为担忧。

霍学喜认为，陕西省扶贫及全面建成小康社会工作不够均衡、不够全面、不够精准、不够有效等问题突出，建议省委、省政府尽早细化为政策、项目，并推进执行。

扶贫工作应立足综合性、稳定性和长效性

西北农林科技大学经济管理学院院长、教授赵敏娟认为，扶贫工作应从综合性、稳定性、长效性等方面加以完善和调整。

一是强化决策综合性。强化"生态环境约束下"的产业政策，动态考虑老区的生态资源禀赋。

二是完善举措的系统性。需要从全产业链的视角，明确相对优势、劣势，确定互补、合作对象，有助于实现脱贫的稳定性。

三是增加形式更为多样的能力建设内容。

四是全面推进贫困地区公共产品的供给，实现扶贫工作的长效性。

突出发展以红色旅游为代表的旅游业

山西运城学院副教授、博士苏建军表示，截至目前，陕西省老区县59个，贫困村5946个，贫困人口400多万。应该以市场为导向调整农业产业结构，加快农业现代化步伐；调整工业结构，充分利用优势资源，构建新的工业转型重要架构；继续加大特色优势服务业发展，突出以红色旅游为代表的旅游业的龙头地位；推动老区进一步对外开放，进一步完善老区交通、金融、物流等设施条件。

《华商报》（2015 年 3 年 10 日）

深度调查 28

 核心提示：

　　宝鸡市是丝绸之路上一个重要的战略要地，西部工业重镇，钛产量排名世界第二，重型卡车产能全国前三，青铜器的故乡，获得了"国家卫生城市""国家森林城市"等一系列国家级荣誉称号。

　　面对一系列荣誉，市长上官吉庆最为揪心的是三个数字："74 万贫困人口""22 万残疾兄弟姐妹""26 万低保城口"，他告诫决策者，我们不能骄傲，不能盲目乐观。

　　作为市长，他坦言压力很大，确实很累，几乎每天工作都近 12 个小时。他说："把标准定得高一些，要求严一些，即使现在压力大，长远看，值得。"

华商报社总编辑鲍剑对话宝鸡市市长上官吉庆

　　宝鸡的核心竞争力是什么？宝鸡市市长上官吉庆回答——工业与生态环境。

　　面对近年来 GDP 由全省第二降为第四，上官吉庆并未过分担忧："宝鸡工业的科技水平和创新能力，会让我们在市场上拥有持久的地位。"

　　说到兴致处，上官吉庆拉着华商报社总编辑鲍剑的胳膊，走到办公室窗前，一边指一边说未来"关—天经济区"副中心城市的"轴"在哪里，五个组团大致位置又在哪里。

作为市长，他坦言压力大、累，几乎每天工作都近 12 个小时，"但把标准定得高一些，要求严一些，即使现在压力大，长远看，值得"。

优势：这里的工业产品，不少是世界级的

鲍剑：和 4 位市长访谈后有个体会，每位市长对市情如数家珍，而且是放在全省，甚至全国的平台上谈自己市的优势。你在宝鸡，觉得宝鸡的优势在哪里？

上官吉庆：一个是区位优势。这里自古就是中原地区通往大西北、走向大西南的战略要地。陆路交通占重要地位的时候，宝鸡是丝绸之路上一个重要的战略要地。

鲍剑：可是现在陆地上已经有其他路线了，航海、航空技术也很发达。

上官吉庆：所以，现在就要为巩固区位优势和战略枢纽地位而奋斗。

鲍剑：比如说安康，现在也在建设交通枢纽，这在过去怎么都想不到。

上官吉庆：这么做是基于这两点考虑，一是交通枢纽能成为一个地区发展的支撑。如果交通、区位没优势，你想谋划好发展，想站高点发展，我认为可能性不大。二是交通枢纽本身就意味着生产力、消费力。一旦成为枢纽，人流、物流、资金流都要从这里经过，自然就会带动发展。

第二个优势，宝鸡是西部工业重镇。经过几十年努力，宝鸡形成了门类齐全的工业体系，其中装备制造和新材料的研发与生产特别突出，工业自主创新能力很强。

鲍剑：宝鸡的工业科技能力，放在全国平台，处于什么水平？

上官吉庆：宝鸡工业不是资源型，我们是以装备制造业为主。一个国家工业水平的高低，其实主要体现在装备制造水平上，这是整个工业中最基础的门类。在此之上才有新材料、高新技术等。而且，宝鸡工业创新能力强，工业产品有核心技术，自然就有强大的市场竞争力。我们现在的很多产品，在全国、全球市场上都占有较大份额。

鲍剑：比如说，钛。

上官吉庆：咱们只说钛材料的民用市场这一块：国内市场 80% 的份额，国际市场 10% 以上的份额都是宝鸡的。

鲍剑：这就算得上世界级。

上官吉庆：宝钛集团的产量现在全球排第二。我们有一个目标：本届政府要把钛产业打造成千亿元级的产业集群。今年，仅宝钛集团就能做到170亿元。

鲍剑：几年之后，能达到1000亿？

上官吉庆：千亿是指整个宝鸡的钛产业。宝鸡现在有400多户从事钛的企业，宝钛是龙头。我们正在打造宝鸡钛产业联盟，围绕产业链进行整合，让这些企业能科学合理地分布在产业链上。

工业里面，宝鸡的重型卡车，产能全国前三。宝鸡的石油机械产品，陆地钻机现在可以钻探到地下12000米，这个技术世界上只有中国和美国拥有。

鲍剑：一听到石油机械，总感觉这是一个很传统、很传统的行业啦。

上官吉庆：所以企业也在调整思路。现在石油开采向海洋进军，宝鸡的企业也在主攻海洋钻井技术研发，现在已经有钻井平台矗立在波斯湾。

宝鸡还有一家企业，是生产铁路道岔的，技术和产品都在这个企业，不夸张地说，这个技术直接影响中国普通铁路提速的水平。

因此，这里是名副其实的工业重镇。因为创新能力、核心竞争力强，不少产品在国内、国际上都有很大的影响力和持久的竞争力。

生态：各市工业都发展了　就比谁天更蓝水更清

鲍剑：除了区位和工业，宝鸡还有哪些优势？

上官吉庆：生态环境优势。现在形成"两条林带，一片水面，城在林中，林在城中"的格局。宝鸡这几年获得"国家卫生城市""国家环保模范城市""国家森林城市"等荣誉，这些都是对宝鸡生态环境的充分肯定。

鲍剑：如果让宝鸡跟陕南的市比，这种优势还存在吗？两者有哪些不一样？

上官吉庆：陕南生态先天优势强，宝鸡主要是后天努力的结果。宝鸡要达到这样一个目标：在全国生态最好的城市中，宝鸡工业最强；在工业最强的城市中，宝鸡生态最好。

一般大家都认为工业好的城市，生态环境不行。生态环境好的，工业又不行。

鲍剑：这个判断很准。这可能和宝鸡的工业类型也有关系，高耗能、高污染的行业在宝鸡工业中多吗？

上官吉庆：现在很少，但过去高能耗、高污染的企业不少。这些年为打造生态环境，关闭了很多这类企业。现在不管是招商引资还是现有企业扩大产能，都抬升了环保门槛。

鲍剑：我觉得这是宝鸡一个非常鲜明的特征，其实就是宝鸡的核心竞争力。

上官吉庆：再过些年，各个市工业都发展了，你有的别人也都有了。那时候比什么？就比谁的天更蓝，水更清，山更绿，看谁的交通更便捷，看谁没有污染，看谁的文化发掘得更深。

短板：市强县弱、国强民弱、二产强一产三产弱

鲍剑：宝鸡给我的一个传统概念，就是工业很强，说到西安都没有这个感觉。过去，陕西除了西安，第二个龙头就是宝鸡。但是这几年，宝鸡和省内其他市比，经济总量排名落后了。

上官吉庆：我们现在排名第四，除西安之外，榆林和咸阳都超越了宝鸡。

鲍剑：这是怎么造成的？你觉得这是个很严重的问题吗？

上官吉庆：确实是个问题。宝鸡的经济总量原来一直排陕西第二。我觉得被超越是两方面原因造成的。一是大的客观环境。二是宝鸡在发挥优势和潜能方面还得继续努力。

随着全国、全省打造陕北能源基地等布局，那里的关注度高了，政策、资金形成聚集效应，再加上市场支撑，人家就先后超越了宝鸡。

鲍剑：这和老天的赐予关系很大。

上官吉庆：客观因素在这方面起了重要作用。但宝鸡本身还有三个问题没有解决好。第一，市强县弱。市本级经济实力强，央企、省企、市属企业发展较快，但是各个县发展得相对慢一些。你看咸阳，人家的县域经济就比宝鸡发展得好。第二，宝鸡的国有企业很强，但民营经济相对较弱，国强民弱问题一直没解决好。国有和民营的比重现在是各占一半。

鲍剑：那比延安强很多呀。

上官吉庆：但是以宝鸡的工业基础和能力，民营经济应该发展得更快才对。这几年我越来越感受到，民营经济发展起来活力足、后劲大。国有企业

制约因素太多，遇到一个好项目层层审批，把时间耽误了。但民营企业瞅上一个项目，从决策到干起来效率高。

鲍剑：东岭集团董事长李黑记给我讲了个故事：一个国有煤矿着火了，怎么处置？层层上报。到最后，矿基本快毁了。

上官吉庆：是这个道理。再说第三个问题，宝鸡二产强，一产和三产弱。和咸阳对比，2011 年，咸阳的 GDP 比宝鸡多了 183 亿。

鲍剑：多在哪里？

上官吉庆：第一产业，咸阳比宝鸡多 124 亿，第三产业比宝鸡多 70 亿。第二产业，我们比咸阳多 11 亿。一比较，就比咸阳少 183 亿。第三产业跟西安就更没办法比了。宝鸡作为交通枢纽，应该在第三产业上更有作为。但是光靠宝鸡现在自身的城市容量来谋求第三产业快速发展，不行，因为就这么些人，收入就这个水准。怎么办呢？宝鸡必须立足"关—天经济区"发展规划中赋予宝鸡"副中心城市"的地位，一方面向东承接西安发展给宝鸡的辐射与带动。另一方面，重点向西，向天水、平凉方向辐射、带动。

鲍剑：天水愿意接纳宝鸡的辐射与带动吗？

上官吉庆：不愿意。很简单，吸纳效应。但天水人在宝鸡买房的不少。自从宝天高速开通后，一个半小时就到宝鸡了。我们做过调研，天水人觉得宝鸡宜居，教育质量好，医疗条件好。

目标：2016 年初步建成"关—天"副中心

鲍剑：咱们继续说"副中心城市"。这个定位，在宝鸡发展战略中越来越重要。它的内涵到底是什么？宝鸡究竟如何定位"副中心城市"？

上官吉庆：宝鸡的目标是：在整个"关—天经济区"以内，宝鸡要成为除西安以外经济总量最大、产业结构最优、财税增长最快、城乡居民增收最多，城镇化水平最高、生态环境最好的西部增长极。到 2016 年，宝鸡的经济总量占到全省的八分之一。

鲍剑：那个时候，经济总量在"关—天经济区"中排名第二，也就是要超过咸阳和榆林比呢？

上官吉庆：我觉得没有必要这么简单地比较。现在的经济水平，不仅要看总量，还要看人均和经济结构，这样可能比较客观。宝鸡工业，拼的还是科技含量和自主创新。

鲍剑：说到"副中心城市"的建设，仅仅是把宝鸡放在"关—天经济区"这个区域中来看待吗？

上官吉庆：有些工作肯定不仅仅局限在这个范畴内。比如工业发展，就是放在全国、全球范围来谋划。打造千亿元级的钛产业集群，就是瞄准全球市场。如果把所有事都只放在"关—天经济区"范畴内，反而限制了宝鸡一些优势的发挥。宝鸡整体工作的抓手是打造"关—天经济区"副中心城市，但具体到各个方面，有些参照系和视野就要超出这个框框。

鲍剑：按照你们的计划，"副中心城市"到什么时候就算建成了？

上官吉庆：2016 年，初步建成副中心城市。除经济总量占全省 12%，也就是八分之一外，城乡居民收入那时候也要达到全国平均水平以上。

鲍剑：为什么只是平均水平？不能再高一些？

上官吉庆：现在宝鸡和全国的平均水平还有差距。去年，宝鸡的城镇居民可支配收入是 22337 元，农民人均纯收入 6340 元。农民人均纯收入跟全国平均水平比差 637 元。

城市建设：东扩南移北上，城市人口到 2020 年达 130 万

鲍剑："副中心城市"在未来的建成区面积和城市人口上，有哪些具体指标？

上官吉庆：按规划，宝鸡到 2020 年，建城区面积达到 143 平方公里，城市人口到 130 万人，城镇化率达到 70% 左右。现在这两个数字是 95 平方公里，87 万人。

鲍剑：到那时候，人口的聚集会不会让宝鸡失去生态城市的样子？那时候，交通拥堵等城市病，宝鸡会不会也有了？

上官吉庆：这个也是我们担心的。一方面要建成"副中心城市"，一方面又要避免大城市的拥堵、污染等城市病。所以宝鸡对城市建设规划进行了新一轮修订，规划提出，宝鸡建设"一轴一带五个组团"。一轴，就是以蟠龙新区、行政中心、蟠龙大桥、南客站为轴向的南北向拓展轴。轴线东西两边，各占一半。一带，就是渭河。然后在一轴一带上分布福谭工业组团等五个组团。组团间通过城际道路、绿带和水系连接，保持生态环境优势，

避免城市病。

鲍剑：城市发展，面积首先要扩大。宝鸡如何扩展？

上官吉庆：东扩，主要是虢镇一带。南移，现在正在建宝鸡南客站（西宝客专宝鸡南站），以南客站为核心，那里有 15 平方公里的片区。还有就是北上，在蟠龙塬规划了 45 平方公里的新区。

鲍剑：这和延安上山建城有些类似？

上官吉庆：还不一样。塬从底下看是山，上去以后都是平原。通过东扩、南移和北上，达到扩张城市规模的目的。

宝鸡一边是秦岭，一边是北塬，没法摊大饼。也不能顺着渭河东西无限拉长，这样运行成本太高，交通不便于组织。通过北上和南移，把南北拉开，便于组团发展。

鲍剑：但是城市病，从现有的大城市建设来看，似乎谁也不能避免。

上官吉庆：其实，宝鸡这几年也开始有城市病了，现在也开始堵车，停车慢慢的也不方便了。怎么办？两句话：老城区完善功能，新城区提高标准。老城区没有足够停车场，在改造时弥补欠账。比如经二路改造提升工程，我们专门拆了一片地方，建有 1200 个停车位的停车场。再比如搬迁渭滨区区政府后，这片黄金地段不做商业开发，地下建成两层的停车场，地上一部分完善附近一所小学的功能，另一部分建成街心公园。

新城区要科学、高标准规划。比如说公共交通，现在的宝鸡建轻轨还太超前，但规划中已经预留了未来建轻轨的通道。这些地方不建永久性建筑，否则将来还要拆迁。

鲍剑：规划不科学，是很多城市患上城市病的重要原因。

上官吉庆：是。这也是我们一直强调的，首先要规划科学，高起点，高标准，还要严格按规划执行，不能领导脑袋一发热，今天这里挖条路，明天那里再干个啥。

市长心病："宝鸡还有 74 万贫困人口"

鲍剑：和每位市长对话，发现每个人都有"心病"。在他们心目中，总有一件自己特别关注的事情。比如，商洛市长就非常关心"80 万商洛人的移民搬迁"，延安市长就关心"城市几乎完全饱和后怎么找新地方"。你在宝鸡，最操心、最放不下心的是什么？

上官吉庆：我在很多场合给大家讲，在宝鸡工作，我们想问题、做决策，始终要把三个数字牢记在心。哪三个数字？第一，宝鸡还有74万年收入在2500元以下的贫困人口，这占全市372万人的19.9%。第二，一定要记住宝鸡还有22万残疾兄弟姐妹。第三，宝鸡还有26.1万城乡低保人口。这三个数字，我最揪心。

咱们刚才说了那么多，不论做什么，一切的一切，从起点到终点，终究是为了富裕宝鸡老百姓。但是新中国成立都63年了，宝鸡还有庞大的贫困群体。这说明我们还不富裕，问题还很多，我们还得努力，不能骄傲，不能盲目乐观。

"我喜欢用数字说话，更直观、更有说服力"

鲍剑：咱俩交流，我发现你很爱用数字。

上官吉庆：这可能跟我长期在财政系统工作有关系，老要记数字。

鲍剑：因为擅长记数字，所以干财政？还是因为干了财政，所以数字记得牢？

上官吉庆：在工作实践中我体会到，与其给别人讲大道理，不如讲几个数字更能说明问题，更直观、更有说服力，还减少争议。

举个例子，我在做县委书记时，提倡大家跑项目、争资金。要讲道理能讲一大片，但大家感受不深刻，讲一组数字对比一下，问题马上就发现了，道理不用讲大家就清楚了。

比如，县上当时有32.5万人，从1月1日开始面朝黄土背朝天干到12月31日，地方财政收入5000万。但是，一部分县级部门跑项目、争资金，一年下来，我们争取到中、省各项资金7000多万元，这充分说明了争资金、争项目的重要性。于是大家都豁然开朗。

可能就是基于工作经验和职业习惯，我喜欢用数字说话。

"宝鸡文化缺少'眼'，要向西安学习"

鲍剑：最后一个问题。我在西安生活，我觉得挺有优越感，西安有那么长的历史，做西安人是很荣光的事。但到了宝鸡，特别是到了青铜器博物院，我的自信减了不少，宝鸡的历史更长，文化也很厚重。

上官吉庆："中国"一词，最早就出现在西周的青铜器上，这尊青铜器就是在宝鸡出土的"何尊"。

鲍剑：简而言之，宝鸡有历史，不是一般的历史；有文化，也不是一般的文化。那么，未来的宝鸡，文化会扮演什么样的角色？

上官吉庆：国学大师文怀沙先生有一句经典评述：我们的根文化在宝鸡。"根文化"就把宝鸡文化的外延和内涵表述得很充分了。要说宝鸡的优势，还应该加一条"历史悠久、文化厚重"。经济社会发展到一定阶段，最终在文化上见高低。

但为什么一开头我没说这个优势，因为我觉得宝鸡文化缺少"眼"。这方面，要向西安学习。西安把汉唐文化挖掘得很好，把文化优势转化成了产业优势。宝鸡现在对周秦文化的发掘，特别是把文化优势转化为产业优势，做得不够。

比如，西安的"眼"是大雁塔，是《长恨歌》。宝鸡就缺少这个"眼"。按照我们的规划，现在的宝鸡青铜器博物院那一带，就是未来宝鸡文化产业的核心圈。

鲍剑：很多事情，都需要时间。我觉得你有一个阳谋——按照既定目标，默默地干，到最后，一切都会有的。

上官吉庆：我们要么不做，要做就得做好，而且一定要有战略眼光。

很多事，现在做起来可能很难，压力很大，但是从长远看，非常有意义。比如说宝鸡南客站的建设，按铁道部要求，地级市站房面积只能有5000平方米，但我们建2万平方米。因为，要考虑未来副中心城市建成后，5000平方米不够用了，咋办？

标准高，对我们压力肯定大，但长远来讲，现在苦了一点，值得。在很多问题上，我们都是这样想、这样做的。

（合作作者 冯强）

记者节前夕，宝鸡市委书记寄语本报记者站

第13届记者节前夕，宝鸡市委书记唐俊昌在记者站送阅的《2012多半年新闻策划报道总结》上批示："希望继续发扬优良作风，及时、高效、客观、

全面宣传宝鸡，为打造关—天副中心，建设和谐新宝鸡继续鼓与呼。"

"华商报宝鸡记者站，今年工作卓有成效"

今年来，本报陕西新闻版、华商网宝鸡特快同时加大了时政、民生新闻的报道力度，坚持围绕服务大局，服务县区，很好地履行了党和人民"喉舌"的作用，切实肩负起了舆论引导和社会监督职能，弘扬社会主旋律，及时客观准确报道宝鸡政治经济的大事小情，推出一期期精彩的策划，将市委市政府的施政方针和惠民政策通过各类新闻报道形式——展示，为宝鸡社会经济发展营造了良好的舆论氛围。

截至10月底，本报共推出新闻策划二十几个，其中年初的党代会专题、"两会"专题、市长专访、"经二路交通流向打颠倒"、"1元关爱计划"、公安局长接热线、新闻热线推广、社区新闻、《华商报》15周年改版、西周大墓系列报道、经二路改造、"科学发展成就辉煌"喜迎十八大等主题策划报道受到一致好评，华商网宝鸡特快及时开通视频专题，让新闻表达方式更全面、更多元，时时新闻更新，第一时间网罗宝鸡资讯，全方位展示宝鸡。

今年以来，本报新开通的栏目有：今日视线、帮打听、社区新闻、学生作文、西府辣评、西府漫评、区县直通车、回音壁等。其中"回音壁"栏目，将网民投诉、举报或者意见建议直通各部门，将调查结果及时回复网民并在报纸版面上给予展示，这很好地架设了网民、读者、政府多方沟通的桥梁。

看到上述总结策划报道函后，11月1日，宝鸡市委书记唐俊昌在本报记者站送阅文件上批示："华商报宝鸡记者站，今年以来工作很有成效，在围绕中心，服务大局，关注民生，促进和谐等方面，坚持正确舆论导向发挥了积极而重要的作用，希望继续发扬优良作风，及时、高效、客观、全面宣传宝鸡，为打造关—天副中心，建设和谐新宝鸡继续鼓与呼。"

总编辑对话市长，为走进中心工作开启大门

本报策划的"社长、总编对话市长"是充分展示地市"科学发展成就辉煌"的报道，总编辑对话市长奠定了华商报走进地市党委政府中心工作、服务中心工作的新基础、新局面，弘扬主旋律，为宝鸡营造良好的舆论氛围。

本报总编辑鲍剑近日与宝鸡市委副书记、市长上官吉庆面对面进行了近2个小时的访谈，上官市长如数家珍介绍宝鸡的社会经济情况，从区位优势、西部工业重镇、装备制造业等工业产品不少都是世界级的，比如钛的产量全球排名第二，重型卡车全国前三名等；宝鸡的环境优势明显，获得"国家卫生城市""国家环保模范城市""国家森林城市"等荣誉，到 2016 年初步建成"关—天"副中心城市，经济总量要占全省 12%，城乡居民收入也要达到全国平均水平以上，到 2020 年城市人口达到 130 万。

在描述宏伟蓝图时，上官市长说他还有块心病："宝鸡还有 74 万贫困人口"，他在很多场合给大家讲，在想问题、做决策时始终要把三个数字牢记在心。一是宝鸡还有 74 万年收入在 2500 元以下的贫困人口，占全市 372 万人的 19.9%；二是宝鸡还有 22 万残疾兄弟姐妹；三是宝鸡还有 26.1 万城乡低保人口。这三个数字，他最揪心。

在当天的专访中，上官市长说："华商报每天我都要看，并号召领导干部都要学习，你们的今日宝鸡地市新闻版的多篇稿子我都批示过，希望多报道宝鸡新闻。"

市委副书记陈光明：媒体须给人以振奋的报道和指向

11 月 5 日，宝鸡市委副书记陈光明，市委常委、宣传部部长龚晓燕等一行到本报记者站调研，给予本报高度评价。当日的记者节座谈会上，市委副书记陈光明说："如果说教师是一个人在出生后，给予他最早的教育和外部干预的话，那么媒体是在人成长和成人以后，对他一生的持续影响，这种干预的效应是非常大的。"

他说，环境指标控制上有一个指标叫"好天气"，大家追求一年 300 多个好天气，就感觉自己的环境很好。实际上，人们每天也追求好心情，好天气决定好心情，而我们媒体也营造的是一种好心情，只有在好环境下，才有好心情、好心态。因此，立足于当下，着眼于未来，给人以振奋的报道和指向，对于提高我们的生活质量，都非常有用。

《华商报》（2012 年 10 年 29 日）

（作者注：唐俊昌现任陕西省人大常委会秘书长；上官吉庆现任西安市委常委、副书记、西安市市长；陈光明现任宝鸡市政协主席、市委副书记；龚晓燕现任陕西省妇联主席。）

深度调查 29

近年来，榆靖高速公路榆林出口附近数百亩基本农田被侵占、闲置或荒芜，但此事并没有引起当地土地主管部门的重视，侵占基本农田的事情不断发生。

知情者说，大量土地被非法侵占后，执法人员执法不严助长了非法侵占的气焰，甚至有执法人员参与入股，充当"保护伞"……

榆林数百亩农田被侵占背后的管理乱象

大片耕地被侵占、出租始于 2003 年前后。和耕地一起被荒废的还有榆林市榆阳区榆阳镇王家楼村"庄稼把式"们的手艺。"几年前这里都是水浇地，绿油油的庄稼连成一大片，是我们村最好的田地之一。"许多老人谈起往事时，显得很惘然。

如今的 2008 年，水浇地成了汽修厂、停车场或仓库，地面被硬化，厂房林立，曾经的"水田风光"早已荡然无存。"好好的水浇地，你说咋就成了这样？"74 岁的贾奎秀老人说，他从 1967 年担任村小组长至 1997 年卸任。关于近年来土地被非法侵占一事，"村里研究和讨论已经无数次了，也向镇上主要领导汇报过，但田地被非法侵占的现状没有丝毫改变"。

种地不如出租地？

在保持沉默和直面揭露的痛苦选择间，榆林市榆阳区的土地执法人员小马（化名）最终站了出来。"我作为土地执法人员，感觉十分痛心，部分执法人员充当了侵占农田的'保护伞'，从中牟利……短短几年间，近1000亩耕地被侵占……""开始修建榆靖高速前，我们组全部是水浇地，庄稼长势非常好。高速路从水浇地中穿过后，地里水渠被破坏了……"8月31日，榆阳区榆阳镇王家楼五组村民诉说着水浇地被废耕的事。

从2003年开始，个别村民偷着对外租地，每亩1500元左右，"以温室大棚菜名义出租的，刚开始土地执法人员来检查过，但都走了，没采取措施。"村民说。后来，有的人胆子越来越大，把村北几十亩土地全部对外承包。

村民算了一笔账，种地每亩每年可收入500元，但对外承包每亩每年可收入3000元左右。

力保耕地的五任村组长

"现在糟蹋耕地情况太严重了，谁想占都可以去占，我们祖祖辈辈在这里生活，过去谁敢这么做？"贾奎秀说。

参加保护耕地的，包括贾奎秀和现任村小组长纪文刚，以及其他三任村小组长。他们只有一个目的：保护王家楼四组村民的耕地。

王家楼二组村北一处在建仓库北边是绿油油的庄稼，四组村民说，仓库是今年开始非法建设的，把他们四组几十亩耕地侵占了，但没办法要回来。大家说，他们去镇政府反映过，但是没人管，去榆阳区土地监察大队后被告知"知道了，目前正在处理"。

榆林市国土资源监察支队执法人员说，当时修路征地时答应给群众补偿，可后来补偿不到位，群众也没办法。此外，公路两侧土地污染很大，村民不愿意再种地……这些都成为废耕、非法出租耕地的主要原因。

执法中的"猫和老鼠"游戏

王家楼村基本农田被非法出租，村干部如何看待呢？

"其实村民都知道基本农田不允许侵占，但各村都在变相搞着废耕、侵占耕地的事情，而且愈演愈烈……"9月8日，该村一负责人说。

从2004年开始，村上不再参与土地租赁事宜，都由各村民小组自行租赁。"越强调保护耕地，村民糟蹋耕地越快，执法人员来检查都是不了了之，而村民就在这种试探中越走越远，也就有越来越多的土地被侵占、废耕……"这位负责人说。

据了解，从各组开始对外租赁土地到目前，有 800 多亩基本农田被侵占或废耕。开始，对外租赁的基本农田都是以大棚菜名义搞的（其实用于工业、厂房等建设，都改变了用途），目的就是欺骗土地等执法部门检查。

侵占行为背后的"保护伞"

9 月 25 日，榆林市国土资源监察支队一大队负责人说："没办法，高速公路开工后，水浇地破坏了，村民也不想种地，就开始租地。"

这位负责人称，他们曾经和非法侵占者发生过冲突，也会同公安、综合执法等部门查处过，但效果不大。今年他们又成立了工作组，对多年屡禁不止、未结案子要严肃处理。通过认真摸排，9 月初形成调查报告，王家楼村出租基本农田能查实的案子（就是有租赁合同的），共涉及二组、三组、四组、五组、六组和七组，涉案 17 宗，租赁基本农田 330 亩，租金 300 多万，至今没能收回一分钱的非法所得，而荒芜的基本农田未在统计之中。

王家楼村基本农田被侵占、破坏、废耕一事，国土资源部西北督察局通过航拍早就发现了。"目前我们的压力很大，上面查得很紧，底下我们又管不住，唉！不知道该咋弄……"这位负责人无奈地说。

11 月 24 日，榆林市国土资源监察支队负责人说，前几年执法不严，执法队伍不健全，责任没有夯实到人，疏于管理怕得罪人，甚至有些执法人员参与入股（前几年有这种情况），"我当时也明察暗访过，但没有查出……"

该支队一大队负责人则表示，要想查明保护伞，他建议纪委、检察部门及时介入，只要突破一个线索，涉及一个人，其他参与者都会被牵扯出来。

非法侵占者的猖狂"叫板"

可怕的一幕发生在今年七八月。

非法侵占基本农田者叫嚣："再拆除，我拿 100 万要你的人头，老子连你的人根都给你拔了……"非法占地者的猖狂，让前去执法的土地、公安、综合执法等部门的几十名人员不知所措。

上面这一幕就发生在王家楼二组村北，49 亩基本农田一夜之间被侵占。

执法人员称，他们当时拆除违法建筑时，建设方徐某放话，要拿 100 万买执法者的人头。

"以前执法确实不严，现在违法者说'别人能租，我就能侵占，我咋就弄不成？要拆除我的，你先把别人的拆除后，再来拆我的！'"榆林市国土资源局监察大队负责人说。

针对王家楼村耕地大面积被侵占的事情，榆阳区榆阳镇主管土地的镇党委副书记张志祥说："没人给我汇报，我根本不知情。"而榆阳区主管土地的副区长雷亚成说，王家楼村的土地直接由榆林市国土资源部门管辖，他们区根本无权管。

对于非法侵占基本农田问题，榆林市国土资源监察支队一大队负责人说，榆林经济近年来驶入快车道，城市要发展势必要占用榆阳镇的基本农田，但基本农田审批权限在国务院，而榆林市 1999 年城市建设用地规划时，没有考虑到榆林经济发展这一问题。

"问题明显是监管不到位"

北京市惠诚律师事务所西安分所副主任杨蓬伟说，我国《基本农田保护条例》规定："县级以上人民政府应当将基本农田保护作为政府领导任期目标责任制的一项内容，并由上一级人民政府监督实施……基本农田保护区经依法划定后，任何单位和个人不得改变或者占用……依法追究刑事责任。"

他说，去年中纪委、监察部、国土资源部等部委出台《违反土地管理规定行为处分办法》也规定，出现土地管理秩序混乱等，要对县级以上人民政府主要和其他负有责任的领导人员，给予相应的处分。

此外，他认为，出现上述问题很明显是监管不到位。他认为，针对榆林经济快速发展的矛盾，政府应对亟须解决的钢材市场、车辆市场、煤炭销售市场、废旧品市场等统一规划，解决当前乱搭乱建侵占耕地的行为；在基本农田数量不变的情况下，把榆林城区原划定的基本农田调整为建设用地，从长远上解决供需矛盾。

《华商报》（2008 年 12 月 11 日）

深度调查 30

核心提示：

　　2008 年 3 月，知情者举报称，米脂县去年通村水泥路几乎都是"豆腐渣"工程，为了验收过关，给上级部门"打点费"，最后勉强过关。当地老百姓气愤地说："请拿走你的水泥路，归还我的黄土道！富民工程变成了富个别人的害民工程，真叫人痛心……"

　　接到线索后，华商报记者先后深入该县多个乡镇，对 10 多条水泥路实地查看，有些水泥路破损处根本没有混凝土，出现了石子是石子，沙子是沙子的情况。特别是杨家沟毛主席旧居 2 公里路段，出现了水泥路面几乎全部露石、起皮、断板等问题……

陕西米脂"豆腐渣"通村路如何过了审验关

记者调查："毛主席旧居这条路纯粹是糊弄人"

　　用脚轻轻一踢，起皮的水泥脱落；手轻轻一掏，掏出大把大把的石头和沙子，里面看不到混凝土……

　　米脂去年全县通村油路、水泥路建设项目 41 个、161.9 公里，许多质量不合格的公路通过了验收。知情人爆料：为验收过关，米脂县交通局让施工单位"掏钱"，按每公里 1000 元的标准来"打点"上级核准人员。

　　2007 年，从米脂县杨家沟镇杨家沟村底到毛主席旧居新修了一条水泥路，长约 2 公里，该段水泥路也属于米脂县村村通油（水泥）路工程。

今年 3 月 19 日，在这条已经竣工的路段上，用于修路的搅拌机还停放在半山腰的路边，几袋水泥"躺"在一旁。记者看到有一大块混凝土，看起来很结实，但用手轻轻一掰，便可将一块掰下来。沿路步行上山，路面上散落好多石子，用手一拨，路面表层的水泥很容易剥落，像这样的路段有 100 多米。

顺着山路直到毛主席旧居门口，不到 30 平方米的空地上，有几处水泥严重起皮，用脚轻轻一踢，水泥就脱落了。

"那台搅拌机是被我们挡下的，几个月过去了，还没有给我们工钱，这条路纯粹是糊弄人，工程层层发包了多次，使用水泥标号不够……"杨家沟村村民王某说，施工几乎没人监督，路修好的第二天就开始跑车了。

村民马某说，该路段所用的水泥是他拉送的，水泥是从绥德县四十里铺镇拉来的，啥牌子都有，每车给他 20 元运费，由于运费不及时给，他就不干了。记者在杨家沟村一间民房里看到，修路剩余的两袋水泥，外包装上显示的厂家是山西的。

一条路被层层发包 4 次

在米脂县十里铺乡，210 国道向东 1 公里处便是赵家山村。这条水泥路的上报里程 900 米，记者数了数整个路段有 106 个切缝，路面断裂缝就达 27 处，其中有几处路面已形成大坑，用手轻轻一掏，就可掏出大把的石头和沙子，里面看不到混凝土。

村民赵某说，这条路是 2007 年 9 月份开始修建的，路面主体工程只用了 5 天就完工了，速度太快了，村民发现问题后，和施工方交涉无果。

在一份当地村民写给上级领导的信里看到："村村通公路是一项得民心的富民工程，可谁能想到水泥路里没水泥，用的都是劣质产品……请拿走你的水泥路，归还我的黄土道！富民工程变成了富个别人的害民工程，真叫人痛心……"

3 月 19 日至 26 日，记者在米脂县石沟镇、十里铺乡、杨家沟镇等多个乡镇实地调查，看到几乎所有的水泥路面上都有断裂、起皮、路基塌陷等情况，石沟镇至庙焉的 8.8 公里路问题尤为严重，上下坡路段的石子几乎全部裸露。3 月 26 日，庙焉村有关负责人对记者说："多次向上面反映情况都没有结果，真是劳民伤财，把路能修成这样。这条路被层层发包了 4 次，偷工减料，石子本来要用绥德的青石，可施工方却用本村的黄砂石，这种砂石根本不能铺水泥路。"

据了解，去年米脂县通村油路一项共建成项目 41 个，其中水泥路 133.2 公里，沥青路 28.7 公里，涉及全县 13 个乡镇 88 个行政村，项目总投资 4652 万元，其中省补 2342.4 万元。对这些路，米脂县现任交通局局长李成桢这样总结："符合标准、质量合格的为数不多。"

知情者说：修路用的水泥销售被人垄断

水泥经销户李某说，去年修的水泥路有问题是明事，是米脂县交通局前任负责人指定让用姜某运送的水泥。

据了解，姜某是 2000 年从佳县调入米脂县交通局下属的交通运输管理所的，2003 年开始在该所上班。3 月 21 日，记者拨通了姜某的手机，她称自己在上海，当记者问她，米脂通村修路她是否卖过水泥时，姜予以否认，说都是她妹妹在卖水泥。

3 月 26 日，记者找到了姜某的妹妹。她说自己去年年初开始做水泥生意，为保证质量，她去山西考察过，去年共销售水泥近 3000 吨，主要供应米脂县陶镇修路所用，该路段已验收过关。

她对自己垄断了水泥销售的说法予以否认。记者表示想看看水泥经销单据时，她说："水泥合格证等票据给了施工方，我们没留。"

经营户的水泥不能用，而姜某的水泥却能送进工地。这种做法让榆林市交通局在场的监理人员看不过眼，在一条村路的施工中，坚决抵挡没有送检的水泥进工地，最后导致该路段被迫停工数天。

交通局长：施工单位工程质量意识淡薄，没良心，唯利是图

记者了解到，刚修好的路开始断裂、起皮、露石等，主要原因是管理不到位。米脂县交通局局长李成桢在全县公路系统会议上明确指出，去年施工管理不到位，从通村油路建设来看，施工管理没有强硬的措施和行之有效的办法，奖惩制度不明显，使工程质量无法进行全面控制。

李成桢介绍，在 1 立方米混凝土中，标号为 32.5 的水泥标准用量应为

530 公斤，而去年所修的水泥路中，这一标号的水泥用量最高上限为 400 公斤，每立方米混凝土少加了 130 公斤左右的水泥，这是导致混凝土抗压强度和弯拉强度不达标的最主要原因之一。

更重要的是，施工单位工程质量意识淡薄。"一些工程队连起码的良心都没有，唯利是图，违规操作，只是一心一意地赚取最大利润，给工程质量留下了隐患。"

前任局长"把关不严"，劣质水泥用到工地

3 月 26 日晚 10 时许，记者见到了米脂县交通局前任局长张某，他说："去年 8 月 4 日，我离开县交通局，当时才修了 50 多公里水泥路，至于后来新修的 100 多公里水泥路是啥情况，我就不太清楚了，其间也听说路段质量有问题，群众意见很大……为验收过关，交通局收施工队每公里 1000 元，这种做法不对，这样做给施工队造成一种心理暗示，收钱了肯定会让过关，从而给工程留下更大的隐患。"

对于一些水泥经销户反映的"米脂县交通局前任负责人指定让用姜某运送的水泥"，张某否认给姜某介绍过水泥生意，也没有指定用哪家牌子的水泥。

张某认为，导致水泥路大面积未过关原因有三个。他离开单位后，李成桢曾调换了人员岗位，让不太懂技术的人员管了技术工作；收取施工队每公里 1000 元费用的做法不对；进料把关不严，让劣质水泥等材料进入工地。

过关内幕：每公里出 1000 元向核查人员"打点"

既然 41 条道路中质量合格的为数不多，况且验收就是没有过关，那最后为何又顺利过关呢？

通过"打点"，不合格的水泥路被验收合格

有知情人向记者透露，水泥路质量如此之差，而为了让"上级部门"核准核查通过，2007 年 9 月 19 日，县交通局召开局务会，副科以上干部参加了会议，商量让施工单位"掏钱"，所有施工队，每公里出 1000 元用来打点上级核查核准人员。

为什么在去年 9 月 19 日开会呢？原来在 9 月份，米脂县通村公路第一

次上报了 19 条公路，但过关的只有 4 条，分别是米佳路—惠家沟（1.1 公里）、米佳路—对岔（1.5 公里）、班家沟—何石磕（3.6 公里）、210 国道—井家畔（0.815 公里），其他 15 条没有过关，于是就想出这么一个办法。

第二次验收的时间是去年 12 月初，这次上报的是剩余的 37 条路段，包括第一次没有验收过关的 15 条。知情者说："上级部门验收比较严格，县交通局为核查过关费了很大劲，打点验收部门，就这样，所有不合格的水泥路被验收合格。"

米脂县交通局提供去年 12 月的一份整改报告："黑石窑至高兴庄沥青路有一处 10 米长纵向裂纹""石沟至庙焉、高兴庄至黑山则、李站至薛坪、张岔至张家峁底、官家湾至周家沟的 5 条水泥路存在部分断板和露石，将进行返工处理"，必须在 2008 年 6 月底前完工。

为核查过关，交通局上下想尽一切办法

对于给"上级单位"验收"打点"一事，3 月 21 日，记者采访了该县交通局现任局长李成桢。

李成桢介绍，从去年开始公路验收程序由原来的"县验收、市核查、省核准"调整为"县验收、市核准、省核查"。李成桢在有关工作报告中有这样描述："为了核准核查过关，全局上下想尽一切办法，动用一切力量，想方设法和上级业务部门联系疏通，才算勉强过关，搞得真是焦头烂额。"

记者提到大家议论的"向施工队每公里收 1000 元打点费"话题时，李成桢如此解释，也说不上是打点，他是 2007 年 8 月 7 日到交通局主持工作的，实际到 10 月份才正式移交了手续，可以说"白手起家"，局里账上没有一分钱反而欠账 600 多万，这期间他只知道"埋头工作"，没有丝毫的运作。

下硬茬，清退"四无"建筑队

"看到去年道路建设质量如此之差，我心里也很难过，现在只能尽快修缮道路。"李成桢说，"我今年就是得罪完所有施工方，也要把质量抓上来，这是我给自己定下的死命令。"3 月 21 日，李成桢表明自己的决心。

今年 2 月 20 日，交通部研究决定，从今年开始在全国开展为期三年的"农村道路建设质量年"活动。根据交通部要求，米脂县公路建设今年将彻底改变全年一哄而上，不招标，乱铺摊子的做法，明确市场准入制度。

目前该县已经制定了《通村油（水泥）路建设施工单位准入制度》，对"四无"建筑队下硬茬，坚决清退出公路建筑市场。

为此，交通局已经成立了三个机构，农村公路质量监督领导小组、通村油（水泥）路工程项目管理办公室、通达工程项目管理办公室，全面负责农村公路建设质量监督管理工作，做到"六个严把关"。

严把设计关，做到设计不合理不施工；严把材料质量关，材料不合格不准进场使用；严把配料关，未审批的配合比不得指导生产；严把设备进场关，设备不齐全不得开工；严把试验和测试关，质量隐患不排除、不放过；严把验收关，做到基层不合格不铺面层，质量不合格不签字。

《华商报》（2008 年 3 年 31 日）

本报报道引起省上领导高度重视，省纪委书记郭永平要求——

严查米脂"豆腐渣"通村路

昨日上午，省纪委有关人士电话里告诉记者，《华商报》的报道引起了省委常委、省纪委书记郭永平高度重视，要求快速调查并将严肃处理。同时，榆林市纪委有关负责人也接到省纪委的通知，要求他们组成调查组尽快查处。

"你们披露很及时，本身一件民心工程弄成这样，让我们修路的人感到惭愧……"昨日，远在西安的米脂人电话里说。这位不愿透露姓名的男子介绍，去年他参与了米脂县通村路建设，当时负责了两条路段施工，首次验收没有通过。据该男子介绍，当时水泥路还没有验收过关，他就要求具体施工人员尽快返工，可是没想到交通局收了钱就验收过关了。当时他还比较纳闷，昨日看了《华商报》的报道后才知道其中隐情。他表示，适当时间将给记者提供重要证据和材料。

记者近日对米脂县"豆腐渣"水泥路展开调查后，米脂县交通局有关负责人 3 月 26 日首次承认，县交通局收取了施工队每公里 1000 元费用，但具体金额他不愿意透露，同时，他还明确表示将尽快把钱退还给施工队。前文中不愿透露姓名的男子证实说，"县交通局开始给他们施工队退钱"。

《华商报》（2008 年 3 年 31 日）

榆林市纪委已派员展开调查，责令限期退还

10 多万"打点费"全退还

"县交通局收取施工队的费用已全部退还，并对该局主要领导警示训诫，责令纠正错误，同时对去年通村公路重新检查，对发现问题全部整改。"本报"米脂'豆腐渣'通村路如何过了审验关"，报道引起米脂县委、县政府的高度关注，昨日中午，米脂县政府有关领导接受记者采访时明确表态。米脂县纪委、监察局作出处理，责令县交通局收取的 10 多万元全部退还。

县交通局主要领导被警示训诫

3 月 31 日一早，米脂县县长姚宏就召开了县政府常务会议进行专题研究。当日下午，县委常委会就此事作出处理安排，对照本报的披露查找问题。

据介绍，210 国道至周家沟村、210 国道至井家畔村、林石路至杜家沟村、桃杨路至毛主席旧居等 4 条没有验收达标的路，县交通局已于今年 1 月作出决定，责令施工企业按照有关技术标准重新返工，并于 6 月底全部完成；还有两条问题路没有上报验收。

对县交通局收取施工队每公里 1000 元的问题，县纪委、监察局近日作出处理，责令县交通局限期退还，目前该款项已全部退还，涉及赞助费（打点费）金额共 10 多万元；并对县交通局主要领导进行警示训诫，作出责令纠错处理。

重新检查 2007 年度通村公路

同时，对披露的工程"转包""分包"以及水泥垄断包销问题，责成由县监察局牵头，县审计、交通等相关部门配合，着手进行调查，一经查实，将按照有关法规严肃处理，处理结果第一时间向社会通报。凡 2007 年度施工质量差、工程验收不合格的施工企业，2008 年度不予准入，并将施工劣迹记入档案，同时按照《工程建设质量管理条例》作出相应处罚。

由县委副书记王乃延具体负责，组织相关部门的技术、质检人员，对 2007 年度实施的通村公路进行重新检查，对发现的问题全部进行整改。

米脂县委、县政府在处理情况报告中提到，2007 年是米脂县通村公路跨越发展的一年，但由于公路建设规模较大，县交通部门技术力量比较薄弱，个别路段管理监督措施不到位，加之去年秋季出现了罕见的连阴雨天气，造成部分通村公路出现露石、断板等问题，影响了工程建设质量。

榆林市纪委也已派员赴米脂县展开调查，听取米脂县政府专题汇报；榆林市副市长白玉仁指示，对存在的问题不要回避，并要求对去年米脂县的通村公路全部检查。

省公路局调查组赴米脂调查

米脂县杨家沟镇杨家沟村"豆腐渣"路引起省交通厅、省公路局重视，决定由省公路局副局长王春英牵头成立调查组。调查组已于昨日下午赶赴榆林展开调查。

王春英表示，调查组将主要调查造成这条路目前状况的原因，究竟是质量事故还是质量问题导致的；是否存在所谓每公里收 1000 元打点上级验收单位费事实，谁收的这笔费用，这笔费用的最终去向。省交通厅养护管理处负责人表示，交通厅下周起将派出 5 个检查组，在全省范围内抽查农村公路建设情况。

《华商报》（2008 年 4 月 2 日）

米脂今年通村公路统一招标

今年米脂县通村公路建设工程，由县政府统一招标，并严格实行责任追究制。

3月31日，本报独家报道了米脂县《通村公路咋成了"豆腐渣"》一文后，引起省委常委、省纪委书记郭永平重视并要求严查。近日，榆林市纪委监察部门赶赴米脂展开调查，就去年米脂通村公路所用水泥、工程层层发包、"打点费"等问题，纪检部门正在紧张调查之中。

昨日下午，米脂县委召开常委扩大会议，对全县通村公路集中整改工作进行安排部署，强调全县上下要统一思想认识，变压力为动力，以积极的态度对待媒体的监督；各级各部门要以此为鉴，深刻反思，从大局出发，增强为民服务意识，认真做好本职工作，并提出七条整改措施。

加强通村道路的管理养护工作。县上集中一个月时间，对全县所有通村公路进行彻底排查，发现损毁路段及时维护或返工。县委、县政府决定拿出65万元，给每一个乡镇增加通村道路养护专项资金5万元，用于清扫路面，清除塌方路段障碍、边沟杂物。交通局负责对通村道路病害路段的勘察和维护（主要针对技术层面的问题进行处理）。对几条没有验收达标的通村公路，责令施工企业按照乡村道路建设标准立即返工。

责成由县委副书记王乃延同志牵头，县纪检委、县委、县政府督察室负责对全县通村公路的整改、维护进展情况进行跟踪督察通报。交通局负责人就去年通村公路建设存在的问题，向县委、县政府作出深刻检查，并对全面工作进行回顾反思。今年全县通村公路建设工程，由县政府统一招标，并严格实行责任追究制，让乡村干部群众广泛参与监督，确保工程建设质量。

又讯4月2日，省交通厅、省公路局派技术人员赶赴米脂县，对去年的41条水泥路实地考察1天，昨日上午和县委、县政府有关领导进行座谈，提出对路面维护、保养的意见。记者昨晚从米脂县委获悉，省公路局技术人员已经返回西安，就该问题向省交通厅领导汇报，但并没有对路面涉及的问题定性。

（合作作者 任建飞）

《华商报》（2008 年 4 月 6 日）

米脂"豆腐渣"通村路咋过审验关

针对米脂县去年通村公路建设存在的问题，昨日下午，省公路局相关人士介绍说，目前全局全力以赴，正在基层调查。

省公路局党委办公室有关人士介绍，《华商报》披露后，他们非常重视，立即派技术人员前往米脂县展开调查。经过实地查看，目前局里已经有初步的认定书面报告，已经上报省交通厅汇总批准，报告内容目前暂时保密。

记者提出要采访省公路局去年前往米脂审验的人员时，该人士解释说，自媒体披露米脂县通村公路问题后，全局全力以赴，由省公路局王副局长带队，前往米脂调查"豆腐渣"通村公路。目前已经分五路下基层检查通村公路建设，农村公路处办公室一个人都没有，全部在基层。

米脂县委书记高度重视本报报道，表示最大收益是——

各县都高度重视农村公路建设

"我们修路的决心不变，信心不倒……虚心接受媒体的舆论监督，米脂公路暴露出来的问题，引起全省各县都高度重视农村公路，这是好事。"昨日，米脂县委书记张雁冰接受本报记者采访时说。

本报连续报道了米脂通村公路存在质量问题，引起各界普遍关注。消息见报当日，米脂县县长姚宏召开政府常务会议进行专题研究。4 月 3 日，县委书记张雁冰主持召开县委常委扩大会议，通报事件相关情况。昨日，张雁冰接受本报记者采访时说，《华商报》报道米脂通村公路存在质量问题后，他们虚心接受媒体舆论监督，存在的问题马上整改；针对披露政府工作人员存在的违纪问题，县纪委已着手调查，之后将向省市纪委汇报。张雁冰说，有了问题就改正，变压力为动力。"农村最惠民的工程就是修路，尽管米脂公路问题暴露出来，脸面上有些不好看，但是我们修路的决心不变，信心不倒，任务不减，标准不降。"他说，米脂的问题暴露，引起全省各县对农村公路的高度重视，这是报道的最大收益。

针对本报报道交通局收取赞助款弥补经费不足的问题，按照县委、县政府要求，已全部退还，并对县交通局局长进行警示训诫，作出责令纠错处理。县上要求，交通局要对此事进行全面反思，作出深刻检查。对于转包、分包以及水泥垄断包销问题，张雁冰说，目前纪检部门正在进行调查。

据了解，米脂县交通局技术力量薄弱，41条通村公路仅有两名技术人员，缺乏有效监管导致施工质量差。"监管失控使得施工单位唯利是图，加上去年一些配套设施跟不上，摊子铺得过大，加上原材料涨价，连绵阴雨天气，造成质量差。"米脂县委一领导分析认为。

据悉，米脂县决定，凡2007年度施工质量差、工程验收不合格的施工企业，2008年度不予准入，并将施工劣迹记入档案，同时按《工程建设质量管理条例》作出相应处罚。

米脂全面修补"豆腐渣"路

省、市交通部门严肃指出米脂县"豆腐渣"水泥路问题后，近日米脂县全面展开路面修补工作，力争4月底完工等待再次验收。同时，省交通厅分5路抽查全省农村公路，重点检查招投标等问题。

交通部门指出水泥路问题

本报披露米脂县"豆腐渣"水泥路后，引起省交通厅、省公路局高度重视，4月2日，省公路局和榆林市交通局一行对米脂县去年已建成的通村油路（水泥路）进行了"回头望"。检查组发现部分项目局部路段出现了路面起皮、松散、露石、断板等质量缺陷，另外还存在塌方较多、边沟堵塞、路容路貌不整洁、混凝土路面底部因水毁出现了脱空等现象，造成路面沉陷等安全隐患。

根据4月3日县委常委扩大会议精神，米脂县交通局下发对全县通村油路（水泥路）存在问题整改意见的通知。该通知要求由各乡镇负责本辖区内塌方的清理、边沟的开挖、路边杂物和路容路貌的清扫；对路段起皮、松散的碎石进行清扫，防止病害扩大；对因占地纠纷未培的路肩各乡镇要尽快协调完善；对混凝土板块脱空的地方，由乡镇负责处理，县交通局进行技术指导，采用水泥浆或水泥砂浆注浆的方法进行板下封堵；对存在断板、露石、松散等质量缺陷的路段，由县交通局安排，按技术标准及省市要求进行整改。

4 月底全部完成整修任务

4 月 10 日，记者和县交通局主要领导冒着大雨前往毛主席旧居水泥路查看，该 2 公里路段已经开始全面返工，200 多袋水泥、20 多方石子堆放在路边。据现场施工人员姚某介绍，该路段主要问题是起皮，原因是水灰比较大，没有及时养护好，路修好后的第三天就开始跑汽车了。该路段准备把水泥面彻底铲掉，然后再上 10 厘米厚的混凝土，这样的话整个路段厚度将达到 28 厘米，将彻底改善水泥路面质量。

根据米脂县委、县政府的安排，在 4 月份开展为期一个月的公路集中治理，县上成立检查组，由县委副书记王乃延同志牵头负责，具体分两个工作组巡回检查。县农村公路管理站人员全体出动，配合各乡镇及农村公路管理所，坚守基层第一线，督促整改。

重点检查招投标、工程分包

省交通厅目前正在分 5 路抽查 2006 年度和 2007 年度全省农村公路建设。据了解，这次主要抽查招投标执行情况，农村公路建设项目设计、施工、监理是否按建设规模和投资额度进行招标；招投标过程是否规范、监督是否到位；招标材料是否齐全，招标文件和招标结果是否上报上一级交通主管部门审批和备案；是否存在工程分包、转包等问题。同时，还要抽查工程质量状况、计划管理执行情况、资金管理和使用情况；通村油路（水泥路）建设项目，工程是否符合规定，抽检部分通村油路（水泥路）路面厚度、强度等。

省交通厅要求，抽查组严格遵守"四不准"工作纪律：不准向受检单位提出任何与检查工作无关的要求；不准收受、索要礼品；不准参加受检单位安排的娱乐活动；不准借检查机会游览名胜风景。这次抽查从 4 月 7 日开始，计划 7 天时间，各检查组要将检查情况上报省交通厅。

《华商报》（2008 年 4 月 11 日）

"豆腐渣"水泥路，四人党内严重警告一人党内警告处分
力争 4 月底完工等待再次验收

3 月 31 日，本报独家披露米脂县"豆腐渣"水泥路后，引起陕西省委常委、省纪委书记郭永平的高度重视，要求快速展开调查，随后榆林市纪委赶赴米脂展开调查。省交通厅、省公路局派出技术人员对米脂县去年已建成的通村油路（水泥路）进行检查。同时，省交通厅分 5 路抽查全省农村公路，重点检查招投标等问题。

根据 4 月 3 日县委常委扩大会议精神，米脂县交通局下发对全县通村油路（水泥路）存在问题整改意见的通知，县上成立检查组，由县委副书记王乃延同志牵头负责，具体分两个工作组巡回检查。目前，省市公路部门技术人员仍然督导检查"豆腐渣"水泥路修补。

米脂县纪委文件通报称，2007 年米脂县通村公路部分项目局部路段出现了路面起皮、松散、露石、断板等质量缺陷，另外还存在塌方较多、边沟堵塞、路容路貌不整洁、混凝土路面底部因水毁出现了脱空等现象，造成路面沉陷等安全隐患。经查，米脂县通村公路出现质量问题有主客观因素，但主要是主观因素，第一，县交通局监管不到位，第二，施工单位质量意识淡薄，通村公路出现质量问题，对米脂县交通事业造成一定的损失和不良影响。

省、市交通部门严肃指出米脂县"豆腐渣"水泥路问题后，米脂县全面展开路面修补工作，力争 4 月底完工等待再次验收。

四人党内严重警告一人党内警告处分

昨日下午，米脂县政府有关负责人介绍，经过近一个月的调查，4 月 21

日县纪委常委会研究决定，并经县委常委会批准，对县交通局有关人员作出党内严重警告处分、警告处分。

米脂县纪委文件通报称，根据《中国共产党纪律处分条例》第127条和第139条之规定，县纪委常委会研究决定，并经4月21日县委常委会批准，对以下五人给予相应处理。

李成桢，米脂县交通局局长，没有很好履行职责，致使通村公路出现质量问题，并违规向施工单位收取"赞助费"问题，应负主要领导责任。经研究决定，给予李成桢同志党内警告处分。李成桢2006年12月任交通局副局长，2007年8月主持工作，2007年9月至今任交通局局长。

艾小斌，米脂县交通局副局长，身为主管副局长，不能正确履行职责，不能及时发现问题、解决问题，应负主要领导责任。经研究决定，给予艾小斌同志党内严重警告处分。艾小斌从2004年至今任交通局副局长。

申怀军，米脂县地方道路管理站副站长，主要负责210国道至周家沟、210国道至井家畔、林石路至杜家沟项目。在施工过程中，对施工单位技术要求不严，原材料进场把关不严，致使水泥路面出现露石、断板、裂缝等质量问题，应负直接责任。经研究决定，给予申怀军同志党内严重警告处分。

赵海军，米脂县交通局主任科员，负责杨家沟毛泽东旧居项目，对施工单位工艺流程监督不到位，原材料进场把关不严，致使水泥路面出现露石、断板、裂缝等质量问题，应负直接责任。经研究决定，给予赵海军同志党内严重警告处分。

齐继清，米脂县交通局主任科员，县交通局质量监督组组长，在工作中没有负起应负的责任，有失职行为，应负直接责任。经研究决定，给予齐继清同志党内严重警告处分。

《华商报》（2008年4月29日）

（作者注：时任米脂县委书记张雁冰现任榆林市总工会主席；时任米脂县长姚宏现任榆林市国土资源局局长。）

深度调查 31

 核心提示：

"蝇贪"成群，其害如"虎"。"苍蝇"相比"老虎"，虽然不显赫，但对广大人民群众来说，"苍蝇"之害更显切肤之痛。剑指"蝇贪成群"，清除群众身边的腐败分子、保护群众利益不受侵犯，是最大的得民心工程。

2015年4月，华商报记者深入基层调查采访拍"苍蝇"刹"四风"的情况时，现场抓拍到一些"作威作福、吃拿卡要、堕政懒政"的镜头，同时也看到了不少基层干部勤政廉政的一面。

"尸位素餐本身就是腐败，不作为的'懒政'也是腐败！"李克强总理曾严厉指出，问责那些"混日子""不作为""得过且过"的行为。

"苍蝇"为何难打？

难缠的"蝇贪"

镜头1：罚款不开票，商洛协警佩戴安康警号

"交警收钱不开票，能如此执法吗？向交警要罚款票据时说没有，让我赶快走，要不领导来了罚得更多，我一听此话吓得赶快就跑，不敢再要票据了……"4月29日下午3时许，华商报记者刚从商洛出口下了高速，碰到刚被交警处罚过的浙江牌照小车司机，他非常气愤。

原来，这位司机忘记携带驾照接受处罚，但交警没有向其提供罚款票据，"都是协警，哪有执法权，狐假虎威，雁过拔毛，这山高皇帝远的你们也要小心点……"说罢，司机摇着头，钻进车里走了。

华商报记者正要上前询问时，五男一女上了车号为陕 H0375 制式警车里，副驾驶坐一名女民警，后排坐 4 名男警察，明显超载的状况下驶上高速离开了。

华商报记者找到留在现场的几名警察询问："刚才处罚是否给开票了？"4 位交警沉默不答，再三追问下才承认："没有开！"

当问及谁在负责带班时，一名警号为"208852"的女民警说："我是干部，带班呢，叫魏小红，另外三名男交警都是协警。"但佩戴在胸前的正式警号引起华商报记者的关注，刘琪警号：027928，董学喆警号：028650，张迪没警号。

华商报记者追问："协警为什么敢佩戴正式警号呢？谁给你们的？"

刚开始没人应答，一会儿后一名男交警说："是单位给发的。"单位是商洛市公安局交警支队高速大队西商中队；而刚才离开的陕 H0375 制式警车是南商中队的。华商报记者通过调查获悉，"警号 208852"无任何信息；"警号 027928"是山阳县公安局民警的；"警号 028650"是安康市汉滨区民警的。很明显，交警魏小红、刘琪、董学喆假冒了其他民警的身份。

镜头 2：干部去向明确，公示行踪一目了然

4 月 30 日下午，华商报记者来到距山阳县城 40 公里的板岩镇，看到该镇便民服务大厅工作井然有序，《干部岗位去向公示栏》明确标注 62 名镇干部去向，公示着每一名干部的手机号码，以便群众联系。

板岩镇党委书记谢俊峰介绍，《公示栏》上必须载明干部去向、时间、地点等详细信息，比如，镇长一栏：出差；地点：县上开会；时间：全天。再比如，镇纪委书记一栏：显示在岗。他们刚从县上拿回来《信访维稳宣传材料》，正在仔细研读，准备下乡给群众讲解维权、信访的基本知识，教育群众依法合理维权，他们也积极快速查处发生在群众身边的腐败问题。

据悉，近期他们共查处 3 起干部违法违纪案件，镇民政办负责人阮某违纪案件；山岔村党支部书记程某、广梅沟村支书操某的失职渎职案，"我们下硬茬查办案件，压力、阻力都很大，但受到群众拍手称赞"。

听说华商报记者来采访，村民纷纷上前议论打"苍蝇"，"打得好，打得及时，好好查处这些村官，我们镇民政办领导都被查处了，镇上力度还是大"。

在基层工作了 22 年的镇党委书记谢俊峰深有感触地说："群众能来镇上反映问题，我们一定要重视，做深入了解，反复研究，在最短时间内提出解决问题的办法，绝对不敢推三阻四，让群众在政府院子伤心，流泪……"

镜头 3：只要认认真真，群众会记住你的好

4 月 27 日下午 1 时 30 分，华商报记者来到扶风县北部召公镇进行探访。记者看到镇政府二楼几间办公室门都开着，进入书记办公室后，看到他正在处理文件，看到有人进来，很有礼貌起身询问情况。当华商报记者表明身份后，他和记者攀谈起来。

"在近期的村干部换届选举中，群众经常会发牢骚，再把不合适的村干选上的话，他们就去上访，有时候矛盾真的很尖锐。"书记说，目前，农村党风廉政建设基础薄弱，村干部法制观念淡薄，监督机制不完善，农村党员老龄化问题严重且结构不合理，目前没有严格的村干部任职条件，也存在村干部不是党员的问题，入口关难把。

正在攀谈期间，一名干部风尘仆仆地进入书记办公室，他端起杯子一饮而下，"渴死我了，赶快喝口水。"这时，他才注意到办公室有来访者。通过介绍，他是镇纪委书记朱鹏飞，西安市灞桥区人，2005 年的选调生，后扎根扶风县基层工作，整整 10 年，目前已经在扶风安家了，"我已经是扶风女婿了，扶风半个儿"。

朱鹏飞讲了去年监督修路的故事，镇上的道路被水泥罐车压坏了，坑洼不平，晴天尘土飞扬，雨后泥泞不堪，群众把这条路叫 "tang 人街"（tang，读二声，西府方言就是尘土飞扬的意思），多方协调后开工修路。施工期间，因道路临时封闭，附近群众意见很大，骂声不断，他们挨家挨户给群众做解释工作，修路期间他两个月没休息一天，每天步行上路巡查 10 多趟，一直监督着把路修好。

朱鹏飞动情地说："路修好后，群众在街上主动打招呼，让进家里喝口水，歇歇脚。这么多年的基层工作实践让我懂得，基层没什么天大的事情需要你去干，只要认认真真，扑下身子为群众服务，群众会记住你的好。"

"此前镇街道烂得不像样子，群众意见很大，多次反映，这下修好了，群众满意了！"召公镇西街村民老田说，"大家对村组干部的评价都不高，农村这事不好干，也没人干，也没有把村干部当回事，大家总感觉里面有问题，但啥问题村民也弄不明白，主要是啥都不健全，国家要好好管管，指望村民不行。"

就在华商报记者采访之际，陕西省纪委派人员前往宝鸡、扶风调研，安排部署指挥协调基层如何"打苍蝇"。

镜头 4：便民服务中心 9 点多没开门，机关单位内部脏乱差

华商报记者获悉，今年 3 月 20 日一大早，商洛市商州区阎村镇多名群众去镇上办事，镇便民服务中心大门紧锁，直到 9 时 45 分，多名镇干部还未到岗，于是群众投诉至纪委。

经查，该镇便民服务中心 9 时 22 分也还没开门上班，9 时 45 分，16 名干部不知去向，机关单位内部脏、乱、差，商州区委对负有主体责任的镇党委书记周建文停职检查，给予其党内警告处分；镇长赵军、镇纪委书记周铂、副镇长张萌分别被责令纠错、诫勉督导、警示提醒谈话。

闫村镇责令因故不在岗和延迟上岗的 11 名干部写出书面检讨，并全镇通报批评；商州区计生局追究长期不在岗的镇计生站干部杨小军的责任；商州区委派出指导组进驻闫村镇开展为期一个月的专项整治。

华商报记者了解到，商洛市委书记获悉此事后，严肃批评如此脏乱差的镇机关为"猪窝"，要求严肃查处和整改，如此工作面貌和工作状态如何为群众服务呢？！

基层"苍蝇"为何难打

华商报记者梳理近年查办的村官违纪违法案件发现，当前村官腐败已经从吃吃喝喝、多吃多占演变为多种形式：权钱交易，索贿受贿；套取、冒领惠农资金、低保款、救济款、优抚款；私分、贪污集体土地补偿款；申报低保优亲厚友；项目实施中少做多报；挪用集体资金；失职渎职，使集体资源流失；大量报销招待费、差旅费等费用。

现象："办一案、查一窝、挖一串"，村干部集体窝案频出

犯罪团伙化是村官违法犯罪的一个特点和发展趋势，通常出现"办一案、查一窝、挖一串"的现象。据眉县检察院有关负责人介绍，近年来，他们查办过多起因村务不公开、财务管理混乱的村干部集体窝案。

2004 年初，眉县马家镇车圈村村支部书记李某、村副主任杜某和张某以及村报账员杜某某嫌工资待遇低，四人商议后决定给每人 7 亩退耕还林补助

款。经查，2004 年 2 月至 2006 年 3 月，四人共侵吞集体所有的 28 亩退耕还林补助款 17556 元。

眉县金渠镇蔡家崖村也爆出村干部贪腐窝案。2010 年元月至今，村支书宫某、村主任司某、副主任严某和赵某，将村民征地补偿款 73000 余元，采取虚报冒领方式予以私分。同时，还将国家拨付给两户村民的低保金 3000 余元和沼气池建设水泥款 4000 元，采取收入不入账的方式予以私分。目前，该案已移送审查起诉。

提起被查村主任陈文治，山阳县十里镇磨沟口村四组村民李党莲直摇头。据李党莲介绍，给孩子上户口，陈文治说要 4000 元，不给钱不给娃上户口。该组村民黄彦芝说："我领个低保，要给村主任掏钱，不掏钱就不给填表……心太黑了。"据了解，陈文治在任村主任兼村文书期间，不仅存在吃拿卡要行为，还存在贪污受贿等经济问题。

经查，2008 年至 2013 年，陈文治为村民屈某协调换地和办理农家乐审批手续时收受现金 3000 元；在为王某办理小孩户口手续时收受现金 2500 元；为崔某办理宅基地审批手续过程中，先后三次收受现金 1400 元……据悉，2014 年以来，山阳县查处涉及村干部贪污案 21 件，7 名村干部被移交司法机关处理。

贪腐村官无孔不入，能捞一把算一把。延川县土岗乡樊家洼村支书冯玉民，故意隐瞒村民李某死亡事实，致使家属冒领老龄补贴 15 个月，受到党内警告处分。

问题：乡镇纪委面对的是熟人或朋友，碍于情面不想监督、不敢监督、不会监督

"村官再小也是官，是官就有权，有权就有利，滋生腐败是不可避免的。"吴堡县纪委书记韩金华说，当前村干部问题主要表现在五个方面：一是选举不够民主；二是村务不公开或公开走过场；三是村级财务管理混乱；四是有些村村支书、村主任不团结；五是监委会作用发挥不够，特别是在财务管理上缺乏监督。

据韩金华介绍，有些村村支书、村主任每人手里各攥一套账务，谁也不给谁签字，也不能在"村财乡管"处报销，导致一届甚至两届村委会账务没

办法交接，许多惠民利民政策和项目不能实施，村民怨声载道，上访告状不断。

对于村官犯罪问题，扶风检察院曾做过调研，该院主要负责人介绍，村官职务犯罪呈现出五个特点：犯罪主体多样化；贪污、挪用犯罪案高居首位；村官作案手段简单直接、传染性强；团伙化作案凸显；案子小影响却很恶劣。

华商报记者采访中发现，纪委和检察机关在查处"村官"犯罪时也存在困惑，集中表现在以下几个方面：基层乡镇纪委办案能力差；证据不足，无账可查；村民小组长和村民代表职务犯罪主体难认定；预防"村官"腐败缺乏有效抓手等问题。

神木县纪委李建国认为，乡镇纪委面对的不是熟人就是朋友，经常是碍于情面不想监督、不敢监督、不会监督。不少基层干部认为，现行法规对非党员村干部的纪律约束事实上是空当，非党员村干部由村民选举产生，不是党员，党纪管不了，也不是监察对象，行政监察对其无效。

此外，权力过分集中是导致犯罪的必然因素。在基层农村，大权仍集中在村支书和村主任等个别人或少数人手中，甚至有的集党、政、企大权于一身，大小事情由其说了算。

借鉴：吴堡向村民发《村务公开报》，眉县"廉洁村官"制度让村干部更有威信

怎样才能很好地打苍蝇？华商报记者深入基层采访了陕西眉县检察院和陕西吴堡县纪委，他们的一剂良药也许可以给治疗"问题村官"提供借鉴。吴堡县纪委 2014 年率先在榆林市实行"一村一报"的《村务公开报》，向每户村民发放，目的是让村民更加清楚、详细、真实地知道村务财务情况。

华商报记者看到了一份《村务公开报》，公开的是张家山镇辛庄村，公开三部分内容。"党务公开"中有 4 项："发展党员名单""党员评议""党费缴纳""离任村干部"；"村务公开"中有 9 项："宅基地审批""集体生产资料和经营实体运营""各类项目建设及资金使用""土地利用补偿的管理使用""新增低保户、五保户""各类惠农政策落实""计划生育执行""本村户口迁入迁出""扶贫捐赠、救灾救济款物发放对象和金额"，此项目共有 22人得到救济款项，张文生最多 500 元，王成年最少 150 元。"财务公开"共 9

项内容："各项收入""办公支出""劳务支出""培训交通差旅支出""公益项目建设支出""集体资产运营""集体债权债务""村干部工资""其他"。

据悉，眉县检察院早在5年前，率先在宝鸡市启动并推广"廉洁村官"制度。据"廉洁村官"工程的奠基者之一——眉县检察院检察长董秦介绍，在实施"廉洁村官"工程中，眉县检察院通过落实"四人会签"制度等举措，全方位地构筑"廉洁村官"工程实施体系。所谓"四人会签"制度是指村财务支出由党支部书记、村委会主任、监委会主任和经手人共"四人会签"。

当了31年的眉县营头村村支书的李满仓给华商报记者讲述了一个真实的故事：2010年，省环保厅要在营头村投资建设一所环保收集站。由于项目投资大，一些人传闲话，说他拿了人家的东西，吃了人家的回扣，是"四人会签"制度还了李满仓清白。李满仓在村上公开宣布：欢迎每位村民到村上查阅财务票据，村上的每一笔钱支付清楚，数额精确。谣言不攻自破，村干部的威信空前高涨。原本这个项目有些阻力，邀请村民审阅财务票据后，那些"阻力"主动消失了。

专家观点："苍蝇式"腐败量大面广，专项治理是有效惩治手段

中共陕西省委党校党建部副主任刘飞认为，在对"老虎式"腐败高压震慑和严厉打击的同时，对群众身边的"苍蝇式"腐败同样需要下大力气解决。

"苍蝇式"腐败是群众能够耳闻目睹、切身感受到的基层公职人员非法利用权力谋取不当私利的行为。这些问题，具有一定程度的同类性、顽固性、反复性和多发性，量大面广，潜规则程度明显，社会关注度高，直接侵蚀群众利益，对"苍蝇式"腐败必须迎面痛击。

廉政意识和法治意识淡漠是导致苍蝇式腐败问题产生的主观因素；基层"一把手政治现象"凸显是导致苍蝇式腐败问题产生的内在原因。基层管理制度和廉政制度不健全是导致苍蝇式腐败问题产生的根本原因。乡科级单位、农村基层单位是当前纪律监管的薄弱环节。民主管理制度、财务管理制度、资金监管制度不健全，导致出现管理上的漏洞，同时制度的执行力也存在很多问题。

监管不力是导致苍蝇式腐败问题产生的外部条件，"上级监督太远、同级监督太软、下级监督太难"的问题仍然存在。

查处力度不够是导致苍蝇式腐败问题产生的直接原因。一些纪检干部认为苍蝇式腐败职务层次低，涉案数额不大，查处力度施之以宽，施之以软，忽略了对典型案件的查处。

问责是惩治腐败的前提条件和重要保证，打击和遏制"苍蝇式"腐败，首要的条件就是健全责任追究体系。要严格责任追究，推动任务落实，基层党委、纪委都要切实负起责任，坚持"一案双查"。

教育是预防腐败的基础性工程，打击和遏制"苍蝇式"腐败，特别是廉政勤政教育。法治是惩治腐败最根本的途径，打击和遏制"苍蝇式"腐败，最根本是改革和完善基层行政管理制度，完善基层公共治理体系。

要建立基层政务民主决策制度；畅通民意诉求表达渠道，健全完善论证会、听证会、社会公示和专家咨询等制度；深化基层化管理体制改革，简政放权，缩减行政审批项目。

专项治理是惩治腐败的必要条件和有效手段，打击和遏制"苍蝇式"腐败，必须深入开展廉政专项治理行动。

《华商报》（2015 年 5 月 11 日）

深度调查 32

核心提示：

> 每年5月第三个星期日是"全国助残日"，关爱残疾人是每一个公民的责任和义务。陕西省目前有各类残疾人178万，这是个令人震惊的数字。
>
> 战国时期的孙膑下肢残疾，却写下了著名的《孙子兵法》；酷爱音乐的阿炳，双目失明，但谱写了享誉中外的名曲《二泉映月》；张海迪是当代身残志坚的典范，他们的故事时时刻刻都在激励着我们。
>
> 然而，在我们生活的空间里，时常可以看到冷漠、歧视、嘲笑残疾人的事情，我们的调查"您关爱过身边的残疾人吗？"仅有207人参与了投票并发表观点，残疾人是一群被社会遗忘的人群，他们的生活比我们想象的更难……

残疾人比我们想象的更难

在我们生活的空间里，经常会看到残疾人不甘示弱、顽强拼搏的身影，他们为社会做出了应有的贡献。但是，由于他们身体的残疾，这一切往往被我们所忽视和冷落。

2005年5月15日是全国助残日。为了进一步关注残疾人生存状况及其需求，同时也让更多的人来了解、关怀和支持这一社会弱势群体，在全国第15个助残日来临之际，请参与本报的第56期生活调查"关注残疾人就是关爱我们自己"，并就此参与讨论。

参与方法

1. 登录华商网生活调查栏目投票

2. 发邮件至：shdc@mail.huash.com

3. 拨打本栏目热线：029-88429355（周一至周四，每日下午 2 时至 5 时）

调查内容

1. 您身边的用工单位是否愿意安排残疾人就业（　　）

A. 不愿意安置　　　　　　　　B. 愿意，但只是象征性安排

C. 实实在在解决残疾人就业

2. 残疾人最急需何种帮助（　　）

A. 就业　　　　　　　　　　　B. 康复

C. 技能培训　　　　　　　　　D. 社会保障

E. 法律援助

3. 您是否关注过残疾人（　　）

A. 从未关注过

B. 不知道，感觉离自己生活较远

C. 想关注，但不知道用什么方式

D. 经常关注，因亲朋好友中就有残疾人，他们生活确实不易

4. 您用什么方式关爱残疾人（　　）

A. 只表同情心　　　　　　　　B. 经常捐款捐物

C. 扶助残疾人生活　　　　　　D. 提供就业使残疾人脱贫

E. 工作、生活中帮他们做一些力所能及的事情

5. 您是否占用过残疾人盲道（　　）

A. 停车、摆摊占用过　　　　　B. 没有占用过

C. 是否占用根本就没注意

6. 公交车上您是否帮助过残疾人（　　）

A. 帮助过，主动为残疾人让座　B. 没注意到残疾人在车上

C. 没帮助过

7. 公共场所您见到残疾人的态度（　　）

A. 因其身体缺陷而不正眼瞧瞧　　B. 见到残疾人走来，远远地躲避

C. 主动和残疾人接触　　　　　　D. 与己无关从不在乎

8. 当看到沿街乞讨的残疾人时，您的第一反应是（　　　）

A. 同情，但没有任何行动

B. 视而不见

C. 想帮助，但感觉不能解决问题

D. 伸出援助之手捐钱

9. 您是否破坏过公共场所残疾人设施（　　　）

A. 很爱惜，没破坏过　　　　　　B. 破坏过，但未赔偿

C. 破坏过，主动赔偿　　　　　　D. 不知道哪些是残疾人设施

截至昨日，仅有 207 人参与第 56 期生活调查"您关爱身边的残疾人吗"的投票，而调查更显示 53% 的被调查者不愿安排残疾人就业。

调查背景

陕西省目前有各类残疾人 178 万人，这是一个令人震惊的数字。在全国助残日活动期间，本报第 56 期生活调查围绕"您关爱身边的残疾人吗？"这一话题展开，但截至昨日，仅有 207 人参与投票并发表观点。

核心数据

53% 的被调查者不愿安排残疾人就业

42% 的被调查者认为残疾人最急需社会保障

53% 的被调查者不知道如何关爱残疾人

40% 的被调查者在公共场所不关注残疾人

调查表明，53% 的单位"不愿意安置"，37% 的单位"愿意，但只是象征性安排"，只有 10% 是"实实在在解决残疾人就业"。

咸阳市残疾人李先生对自己的求职深有体会。他中专毕业，后分配到县上，仅因为身体残疾，而被拒绝安置，家里人为他费尽了心思，后通过熟人还是没能上班，他一气之下前往深圳打工。去深圳后，费尽周折在好心人的帮助下，才在一家设计公司上班，收入还不错。

2003 年，家人通知工作一事已经办好，可当回到家，谁知情况又发生变化，他心灰意冷，不是他的能力不行，而是社会不能正常接纳他。他说："残

疾人就业难，最主要原因是社会不能正常接纳他们，对残疾人存在偏见。"

专家观点：政府应强制安置残疾人

陕西省社科院经济研究所所长张宝通认为，残疾人就业难的主要原因是，目前我国正从农业社会向工业社会过渡，劳动力相对过剩，企业是以赢利为目的，如果仅仅从企业本质的趋利性来看，让企业自愿安排残疾人就业是有点困难。企业愿意使用健康人，因为健康人相对比残疾人更能适应工作。因此在这种情况下，政府应制定政策并强有力地贯彻执行，强制各单位安排残疾人就业。

42% 的被调查者认为残疾人最急需社会保障

您认为"残疾人最急需何种帮助"，结果怎样呢？调查表明：24% 的被调查者认为残疾人最急需就业；7% 的被调查者认为是康复；25% 的被调查者认为是技能培训；42% 的被调查者认为是社会保障；2% 的被调查者认为是法律援助。

农村残疾人马先生说，他本人是一名残疾人，家里每年的收入仅 4000多元，但不幸的是，孙子又是先天性残疾。因收入有限，3 年都过去了，孩子的病情根本没有得到任何治疗，他心急如焚，可谁能给他提供就业岗位呢？

专家观点：社会忽视了残疾人

陕西师范大学教育科学院副教授冯建新说，残疾人问题，大多数人认为是社会的事情，但是，这恰恰反映了另外一个问题：对残疾人的忽视，认为残疾人任何事情都做不成，忽视了残疾人就业、参与社会竞争的需求。

53% 的被调查者不知道怎样关爱残疾人

对于"您是否关注过残疾人？"调查显示：5% 的被调查者"从未关注过"；14% 的被调查者"不知道，感觉离自己生活较远"；53% 的被调查者"想关注，但不知道用什么方式"；28% 的被调查者"经常关注，因亲朋好友中就有残疾人，他们生活确实不易"。

在高校工作的倪老师苦恼地说，他想给残疾人捐助，但不知捐到哪里，即使捐了，也没能从根本上解决问题。要想解决好残疾人问题，对于有劳动能力的，应尽可能地安置就业；对没有劳动能力的政府应出资妥善解决，解除残疾人及其家庭的后顾之忧。

专家观点：关爱残疾人必须先尊重

陕西省社科院社会学研究所江波认为，关爱残疾人首先是态度问题，一是必须打破对残疾人"标签化"的概念，然后我们才能接纳和尊重他们，真正理解关爱他们；二是要减少语言歧视，特别是在公共场所；三是社会的融合程度，经常组织残疾人参加各种活动，让志愿者为残疾人服务；四是主动加强与各级残联的联系，从而获取关爱残疾人的活动和信息。

40%的被调查者在公共场所不注意残疾人

"公共场所您见到残疾人的态度"会取得怎样的效果？调查显示：11%的被调查者"因其身体缺陷而不正眼瞧瞧"；9%的被调查者"见到残疾人走来，远远地躲避"；40%的被调查者"主动和残疾人接触"；40%的被调查者"与己无关从不在乎"。

在公交车上有74%的被调查者"帮助过，主动为残疾人让座"；22%的被调查者"没注意到残疾人在车上"；只有4%的被调查者"没帮助过"。

香港一招商公司西安公司工作人员李建华认为，在竞争激烈的社会中，人们生活和工作的压力就已经很大，残疾人不但要忍受身体残疾的痛苦，还要面对生活中的另眼相看，作为正常人应给予极大的关注，主动与残疾人接触、交流，让他们主动参与社会竞争，增强自信心。

专家观点：应强化国民对残疾人的关爱教育

陕西省社科院社会学研究所江波认为，这首先反映的是人的道德修养、精神世界和内在思想问题，关心残疾人是一种社会良知，我们在助人的时候，同时自己的灵魂也得到升华，助残体现一种社会美德。如何解决问题呢？江波认为，应该从孩子抓起，在公民教育中增加扶残助残的知识，从小事抓起，营造社会助残的氛围，在残疾人活动的空间里，要能看到我们助残的身影。

在本期生活调查的同时，本报曾另外专门针对残疾人而设立"残疾人请把您的生活告诉我"的调查问卷，由本报和省残联组织了近600名残疾人答卷。其结果显示：60%的残疾人只有小学和中学文化程度；66%的残疾人失业或临时就业；34%的残疾人参加保险；70%的残疾人对保障法、优惠政策不清楚或不了解；80%的残疾人不知道如何申请法律援助；54%的残疾人月收入300元以下，仅有0.25%的残疾人月收入超过1500元。

《华商报》（2005年5月16日）

后　记

　　12年的风雨新闻路，蓦然回首，山月满路，花木成荫：同事、领导的不断鼓励、父母家人和亲朋好友的默默支持；忘不了时任采访中心主任张静庭、张萍妹的关心；忘不了民生策划报道路上吕岳主任的指点；忘不了调查报道之路上李亦南副主任、李正善主任、方荣亮主任的指引；忘不了社会新闻之路上裴亮主任、张小斌副主任、彭惠副主任的帮助。更不能忘记和我的搭档魏光敬并肩战斗的日日夜夜，以及程斌、潘京、李勇钢等很多记者、编辑老师的关心和帮助。所有这些，从来不曾刻意想起，却永远也不会忘记。

　　奋笔疾书，想记录当下中国民主与法治的进程；不辞劳苦，想见证当下中国的沧桑巨变；耐得寂寞，生怕错过了记录当下美好的时代；守住清贫，要讴歌我们勤劳而伟大的人民。

　　忘不了和地市业务总监赵富军一起，带领团队探索地市报模式的艰辛和喜悦；忘不了身体力行，扎根宝鸡，终于成功探索出"今日宝鸡"地市业务新模式，并向全省复制和推广，有幸见证并参与了媒体大融合的巨变时代。时任华商传媒集团总裁周怀忠、副总裁孙晓冰、总编辑鲍剑、总经理王朝阳、副总经理相伟、拓峰、副总编辑杨君、石磊、宋俊峰、李明以及主编邓光明、侯亚萍等领导的鼓励和期望，历历在目。

　　喜欢新闻工作，喜欢深入调查；喜欢走街串巷，听基层百姓的故事和呼声；喜欢和官场的朋友聊天，从部省级到乡科级，到父老乡亲，很多都是忘年交。从他们那里，见证了太多故事，增长了太多知识，这些经历，延伸了我生命的维度。

　　2015年3月，重新回到我酷爱的记者岗位，从事深度调查报道，半年时间调查了8组冤假错案，监督启动了错案追究，见证了司法的公平与公正；

"铁肩担道义"，我深刻的知道记者的使命和责任，更深知百姓的渴求与期望；"辣手著文章"，坚持深入调查研究，还原事实真相，力争每篇调查报道成为明天的历史。"却顾所来径，苍苍横翠微。"2014 年，高中同桌马绪强建议出版作品集，并和钟维文老师在百忙之中替我整理书稿，直到 2015 年国庆节后我才下功夫精选出 32 篇、约 25 万字的调查报道。

出版过程中也得益于高中同学杨新磊、黄超和霍永库等兄长的支持；有幸得到中共中央党校苏士铎老师关爱为拙作写序；兰州军区政治部陈扶军老师不吝墨宝题写书名；感谢人民日报出版社编辑张炜煜老师、实习生赵文文同学不厌其烦，几易书稿，感谢锋刚、宋亮等兄弟帮忙校对。千淘万漉，方有此稿。

人常说："滴水之恩当涌泉相报！"感觉还有很多朋友、同事需要感谢，在此不再赘述，届时我定会捧拙作当面讨教。

因时间仓促，写作水平有限，编写过程中难免存在错误和缺点，请读者朋友不吝指正。

2015 年 11 月 8 日于西安